아리스를 위하여

금빛안개 장편소설

아리스를 위하여 2권

초판 1쇄 인쇄일 | 2017년 10월 25일
초판 1쇄 발행일 | 2017년 10월 31일

지은이 | 금빛안개
펴낸이 | 박성면
펴낸곳 | (주)동아

출판등록 | 제406-2007-000071호
주소 | 경기도 파주시 문발로 115, 세종출판벤처타운 201-A호
전화 | (031)8071-5201
팩스 | (031)8071-5204
E-mail | bear6370@hanmail.net

정가 | 11,800원

ISBN 979-11-5511-920-4 (04810)
       979-11-5511-918-1 (set)

아리스를 위하여

2

금빛안개 장편소설

동아

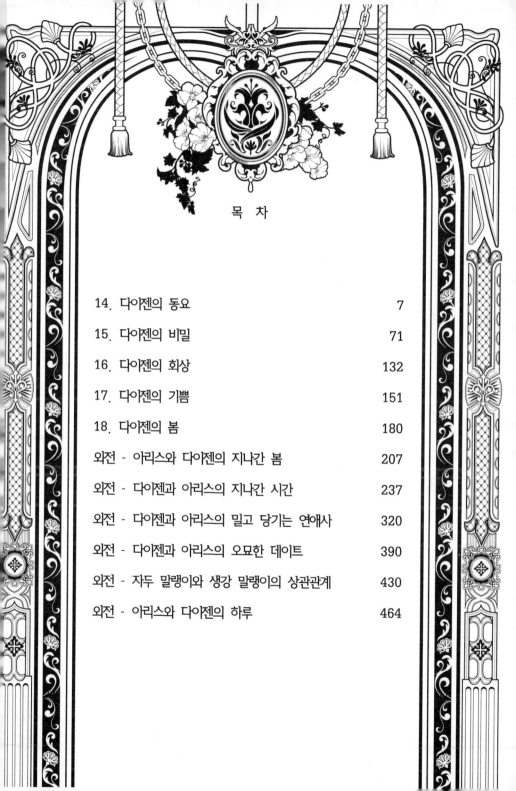

목 차

14. 다이젠의 동요

"모두 교과서 214페이지를 펼치세요."

축제가 끝나고 다시 일상이 시작되었다.

하시만 축제 전야제에 걸쳐 근 이틀간 신나게 논 탓인지 학생들은 저마다 피곤에 절어 있는 상태였다.

"아, 교수님. 오늘 수업해요?"

"그럼 수업 시간에 수업을 하지, 뭘 합니까?"

"교수님, 오늘은 쉬어요."

물론 어젯밤 점호 시간은 평소처럼 이루어졌지만 들뜬 마음에 쉽게 잠이 올 리가 없었다. 그래서 어젯밤 기숙사 곳곳에서는 한밤중의 작은 파티가 벌어졌다.

친한 친구들끼리 방이나 휴게실에 모여 늦은 새벽까지 간식거리를 먹으면서 노닥거리는 건 축제와 또 다른 재미가 있었다. 어제만큼은 기숙사의 사감이나 점호 담당 학생도 그들을 그냥 못 본 척해 주었다.

그리고 오늘, 평소처럼 1교시 수업에 들어와야 했으니 대부분의 학생들이 골골거리고 있는 것도 당연했다.

슬쩍 옆을 보니 리즈벳은 이미 책상에 엎드린 지 오래였다.

아리스도 피곤한 건 마찬가지였지만 학생들의 성화에 동참하지는 않았다.

"그럼 오늘은 자율 학습을 하도록 하세요."

"와아!"

결국 노교수가 학생들의 앙탈에 못 이긴 척 자율 학습을 허락했다. 하지만 사실 어젯밤 교수들 역시 축제의 뒤풀이로 다 같이 모여 늦게까지 술을 마셨다고 했으니, 오늘 아침이 고된 것은 학생들뿐만이 아닐 터였다.

"어, 뭐야. 수업 안 해?"

"자율 학습이래. 자는 애들도 그냥 내버려 두는 것 같은데, 너도 좀 더 엎드려 있어."

잠시 후 부스스 고개를 든 리즈벳이 고요한 교실에 깜짝 놀란 듯 속닥거리며 물었다. 다른 때라면 자율 학습 시간이라고 해도 이렇게 조용할 리 없었다. 하지만 축제 때문에 다들 진이 빠진 데다 1교시 수업이었기 때문에 모두 떠들 기운도 없는 모양이었다.

리즈벳은 아리스의 말에 신나 하며 다시 책상에 얼굴을 묻었다.

대부분의 학생들이 수면을 취하고 있는 교실에는 적막감이 물씬 감돌고 있었다. 축제도 끝나고 이제 얼마 후면 예비 졸업 시험이 있었다. 하지만 공부를 하는 학생은 교실에 아무도 없었다.

아리스도 책을 보는 대신 창밖에 시선을 던졌다. 늦가을이 되면서 한층 깊어진 하늘이 짙은 푸른빛을 내고 있었다.

문득 어제 저녁 폭죽이 터지는 하늘 아래에서 만났던 사람이 머릿속을 스쳐 지나갔다.

그 애는 지금 수업 중이려나?

* * *

다이젠이 속한 2-B반은 수업이 한창이었다.

아쉽게도 오전 수업인 정치학 과목의 교수는 깐깐해서 학생들의 푸념에도 묵묵히 수업을 강행했던 것이다.

"그래서 국교 통합 이후 약 100여 년간의 아르바조네스의 정세는 교황 세드릭 1세를 중심으로……."

하지만 예상했듯이 제대로 수업을 듣고 있는 학생은 아무도 없었다.

다이젠도 평소의 그가 대개 그렇듯 창밖을 보며 다른 생각을 하고 있었다. 대놓고 딴 짓을 하는 모습에 한마디 꾸중을 할 만도 하건만, 정치학 교수는 다이젠을 지적하지 않았다.

이미 학기 초에 질문 폭탄을 던지는 것으로 면박을 주려 했지만 통하지 않았기 때문이었다.

믿을 수 없게도 다이젠은 그의 질문에 단 한 번도 대답하지 못하는 일이 없었다. 평소의 불량한 수업 태도로는 도저히 상상되지 않는 일이었다.

몇 번 그런 일이 있고 나자 다이젠의 머리가 비상하게 좋아서 따로 수업을 듣지 않아도 이미 그 내용을 다 숙지하고 있다는 결론이 나왔다.

그럼 차라리 조기 졸업을 해 버릴 것이지?

론데 아사크앙에는 졸업 학점을 다 채우고 시험을 통과하면 4년간 재학하지 않고도 졸업할 수 있는 제도가 있었다.

물론 요즘에 와서는 존재조차 흐릿한 제도이기는 했지만, 그래도 아예 사라진 것은 아니었다. 더구나 다이젠은 학교의 부부 교사의 아들이기도 하니 생각만 있다면 충분히 정보를 얻을 수 있을 터였다.

그런데 또 다이젠의 시험 성적을 생각해 보면 썩 좋은 것은 아니어서 혹시 일부러 시험을 대충 치르고 있나 싶기도 했다.

그리고 정치학 교수가 그런 생각을 하며 홀로 고뇌할 때, 정작 그 당사자인 다이젠은 그냥 아무 생각이 없었다.

창밖의 노란 이파리가 바람을 따라 흔들리다가 하나둘씩 떨어져 내렸다. 붉은 눈동자가 그 모습을 담아내며 느리게 감겼다가 다시 떠졌다.

고요한 표정과 달리 그의 머릿속은 바깥에 이는 바람만큼이나 산만했다.

아침에 눈을 뜬 직후부터 다이젠은 계속 어제 저녁의 기억을 떠올리고 있었다. 하지만 모든 것이 지독히도 선명했던 어제와 달리 지금은 어쩐지 현실감이 들지 않았다.

그냥 꿈이었나……?

그런 생각에 공연히 손을 들어 목덜미를 쓸었다.

"그럼 과제는 다음 주까지 제출해라."

"아, 조금만 미뤄 주시면 안 돼요?"

"안 돼, 지난번에도 그렇게 말해서 축제 뒤로 미룬 거잖아."

"아아, 교수님."

결국 정치학 교수는 종이 칠 때까지 수업 시간을 꽉 채워서 강의한 뒤 교실을 떠났다.

어제의 여파로 지친 학생들은 곧바로 책상 위에 엎드렸고, 그렇지 않은 학생들은 제각기 어제 있던 일을 떠들며 아직 가시지 않은 열기를 해소했다.

"다이젠."

문 쪽에서 다이젠을 부르는 목소리가 들려온 것은 바로 그때였다. 다이젠은 그 소리에 반사적으로 고개를 돌렸다. 그리고 뒷문에 서 있는 아리스를 발견하고 두 눈을 약간 크게 떴다.

"헉, 아리스 선배다."

"우리 교실에는 웬일이지?"

"지금 다이젠 부르지 않았어?"

아리스의 존재감으로 인해 교실이 조용해졌다. 하지만 이내 웅성거리는 소음이 번지기 시작했다.

다이젠은 전혀 예상치 못했던 사람의 등장에 내심 놀랐다. 어느덧 아리스는 옆에서 그녀를 아는 척하는 학생들을 향해 웃는 낯으로 인사해 주고 있었다.

이윽고 아리스의 눈동자가 다이젠을 향해 다시금 미끄러졌다. 어서 오지 않고 뭐하냐는 듯한 그 눈빛에 그는 퍼뜩 정신을 차리고 자리에서 일어났다.

"카디건 돌려주려고. 빌려줘서 고마웠어."

아리스의 목적은 전야제 때 다이젠이 빌려주었던 옷을 돌려주는 것이었다.

"나중에 줘도 되는데."

아리스를 마주한 직후에야 다이젠은 방금 전부터 느끼고 있던 위화감의 정체를 깨달았다.

본래 어디를 가든, 또 뭘 하든 사람들의 관심에서 자유롭지 못한 아리스였다. 때문에 그녀는 평소에 괜한 소문을 낼 만한 일을 알아서 조심하는 편이었다.

그러니 다이젠이 아는 아리스라면, 지금도 이렇게 다른 학생들의 이목이 집중된 곳에서 그에게 빌린 옷을 돌려주지 않는 게 맞았다.

"어제 저녁에 깜빡하고 못 줬으니까."

하지만 아리스는 아무래도 상관없다는 듯 그저 고개를 옆으로 슬쩍 기울이며 웃을 뿐이었다.

잠깐, 그런데 어제 저녁이라고?

옷을 건네받던 다이젠의 손이 멈칫했다. 아리스의 입으로 '어제 저녁'이라는 소리를 듣는 순간 갑자기 심장이 덜컹거리는 느낌이 들었다.

곧 그의 눈동자가 서서히 크게 떠졌다.

"그럼 수업 잘 들어."

아리스는 그런 다이젠을 무슨 생각을 하는지 모를 얼굴로 바라보다가 몸을 돌렸다. 평소처럼 깔끔한 태도였지만 왜인지 모르게 다른 때와는 느낌이 조금 달랐다.

다이젠은 스스로도 알지 못한 기분에 휩싸여 아리스의 뒷모습을 시야에 담았다.

"뭐야, 아리스 선배가 왜 널 찾아온 거야?"

"그거, 방금 전에 아리스 선배가 준 거 맞지?"

"어, 이거 네 옷 아니야?"

이내 복도의 모퉁이 너머로 아리스의 모습이 완전히 사라졌다. 다이젠은 시끄럽게 호들갑을 떨어대는 학생들 사이에서 처음과 같은 모습으로 우두커니 서 있었다. 그의 시선은 은색의 잔상이 사라진 자리에 못 박혀 있었다.

"어, 너 어디 가?"

"앗, 대답은 해 주고 가!"

다음 순간, 다이젠은 굳은 듯 멈추어 있던 자리에서 발길을 뗐다.

그는 복도를 오가는 학생들도 모두 뒤로 제치고 앞만 보고 달렸다. 언제나 여유롭고 권태감 넘치던 다이젠이 이렇게 급히 뛰는 모습은 처음이었다. 그래서인지 옆을 스쳐 지나가는 학생들마다 깜짝 놀라 두 눈을 동그랗게 떴다.

다행히 얼마 안 가 그는 목표했던 사람을 따라잡을 수 있었다.

"아리스 선배."

팔을 붙드는 손에 아리스가 몸을 돌렸다. 다이젠을 확인한 그녀의 눈이 약간 크게 떠졌다. 아리스는 헝클어진 다이젠의 머리카락을 보며 입을 열었다.

"뛰어 왔어?"

이리도 급하게 자신의 뒤를 쫓은 이유가 뭔지 궁금하다는 듯한 어조였다. 주위에 있던 학생들이 두 사람을 보고 저마다 호기심 어린 눈동자를 빛냈다. 하지만 다이젠의 눈에는 지금 마주한 아리스 외에 다른 사람은 아무도 들어오지 않았다.

그는 아리스를 향해 아침부터 그를 혼란스럽게 했던 물음의 해답을 구했다.

"꿈 아니야?"

"꿈?"

그러자 시선 끝에 닿은 얼굴이 미세하게 찌푸려졌다. 아리스는 그의 질문이 무슨 의미인지 바로 깨닫지 못한 듯했다. 하지만 그녀는 곧 다이젠의 생각을 이해한 듯이 작게 입술을 벌렸다.

그리고 이내 그를 향해 어쩔 수 없는 사람을 보듯 어렴풋이 웃었다.

"꿈인 줄 알았어?"

그 미소를 보며 다이젠은 혹시 어제뿐만이 아니라 지금 이 순간도 꿈인 게 아닐까 싶어졌다.

"난 꿈으로 칠 생각이 없는데."

하지만 아리스는 단번에 그의 의심과 혼란을 종식시켰다.

"그래서 뛰어왔구나. 바보같이."

부드러운 손길이 다이젠의 머리카락을 스쳤다. 헝클어져 있던 머리카락이 아리스의 손 아래에서 점차적으로 단정한 모습을 되찾아 갔다.

다이젠은 그녀의 말처럼 바보같이 아무런 말도 못한 채로 그 나긋한 손길을 받았다.

그때, 쉬는 시간의 끝을 알리는 종이 울렸다. 아리스도 그 소리를 들은 듯 다이젠을 향해 뻗어 있던 팔을 내렸다.

"수업 종 쳤다. 늦기 전에 교실로 돌아가."

그러면서 미소 지은 얼굴로 돌아서는 아리스의 모습이 너무도 태연했다. 그 자연스러운 모습에 다이젠은 방금 전 무슨 일이 있었는지 알 수 없는 기분이 되어 버렸다.

투둑.

하지만 주위에 있던 학생들의 반응이 대신 현실을 깨우쳐 주었다.

이동 수업을 위해 복도를 오가던 학생 중 하나가 손에 들고 있던 책을 떨어뜨렸다. 몇몇 학생들은 자신들이 어느덧 걸음을 멈춘 채 다이젠과 아리스를 보고 있었다는 사실조차 깨닫지 못한 것 같았다.

방금 전 두 사람 사이에 있던 친밀해 보이는 접촉에 놀라서 입을 벌리고 있는 학생들도 있었다.

다이젠도 그런 학생들 틈에서 망부석처럼 선 채 아리스가 사라진 자리를 바라보았다.

그들이 충격과 경악으로 물든 복도를 떠날 수 있었던 것은, 다음 수업을 위해 온 교수들이 아직까지 교실로 돌아가지 않은 학생들을 향해 호통을 친 뒤였다.

* * *

꿈인 줄 알았다고?

제법 귀여운 생각을 하네.

아리스는 아까 전 보았던 다이젠을 떠올리며 작게 웃었다.

어쩐지 교실에 갔을 때 영 이상한 눈으로 그녀를 본다 싶었다. 뜨뜻미지근한 반응이 평소와 다를 바 없어서 솔직히 기분이 약간 미묘해지려고 했는데.

그런데 설마 그런 생각을 하고 있었을 줄이야.

"와, 이번에도 아리스 네가 1등이네."

옆에서 들리는 리즈벳의 감탄에 아리스도 고개를 돌렸다.

상위 50명까지의 성적이 적힌 종이가 3학년 교사의 중앙에 떡하니 붙어 있었다.

즐거운 축제가 끝나자마자 이렇게 곧바로 기말시험 성적이 공개되다니. 어찌 보면 교수진의 악취미라고도 할 수 있었다.

주위에는 성적이 올랐는지 화색을 하는 학생들도 있었고, 상위 50명에 들지 않아 실망하는 학생들도 있었다.

"하긴 당연하지. 너 아니면 누가 1등을 하겠어."

그리고 리즈벳의 말처럼 아리스는 지금까지와 같은 성적에 그저 무덤덤한 기분이었다. 벽보 근처에 있던 학생들은 전 과목 만점에 가까운 아리스의 점수를 보고 감탄했다.

그러다 문득 웅성거리는 소리가 귓가에 울렸다.

"헐, 그런데 그 밑에 봐 봐."

"와, 2등이 바뀌었네?"

"뭐? 에이드리안 아니야?"

언제나 학년 수석과 학년 차석을 사수하던 아리스와 에이드리안이었다. 그런데 오늘 그 불문율이 깨지고 말았다. 아리스도 학생들과 같은 것을 보고 조금 놀랄 수밖에 없었다.

그도 그럴 것이, 차석 자리에는 에이드리안의 이름 대신 다른 학생의 이름이 적혀 있었던 것이다.

"헉, 그런데 3등도 아니야."

"뭐야, 그럼 에이드리안은 어디에 있어?"

심지어 에이드리안의 이름은 전교 9위권에 올라와 있었다.

"웬일이야. 답지 밀려 썼나?"

옆에 있던 리즈벳도 의외의 상황에 놀란 듯 중얼거렸다. 하지만 다른 사람도 아닌 에이드리안이 설마 얼간이처럼 답지를 밀려 써 낮은 성적을 받았다는 것도 썩 납득이 가지 않았다.

"그만 가자."

아리스는 애매한 기분을 안고 리즈벳과 함께 벽보 앞에서 발길을 돌렸다.

에이드리안도 이번 시험의 결과를 보았을까? 만약 그렇다면 지금쯤 충격이 꽤나 클 텐데.

리즈벳의 말처럼 정말 답지를 밀려 쓰기라도 한 걸까? 아니면 그냥 다른 이유일까?

뭐, 아무래도 상관없긴 하지만.

그래도 상당한 노력파인 에이드리안이니만큼 이번 시험 결과에 분명 적지 않은 타격을 받을 것이었다. 사실 에이드리안은 타고난 천재라기보다는 보이지 않는 곳에서 남몰래 노력을 기울이는 타입이었다. 아리스는 그의 그런 성실한 점을 좋아했었다.

물론 그렇다 해서 아리스가 에이드리안과 동일한 애정의 깊이를 가지고 있던 것은 아니었지만 말이다.

두 사람의 감정의 저울추는 어디까지나 에이드리안 쪽으로 기울어져 있었고, 교제하는 동안에도 보이지 않는 마음의 온도는 쉬이 변할 줄을 몰랐다.

지난 시간 동안 굳건했던 아리스를 움직이게 한 것도 말하자면 자신을 향한 에이드리안의 그 한결같은 정성과 노력이었다. 그렇기 때문에 사실상 아리스에게 있어서는 애정보다 신뢰가 먼저 싹튼 연애였다.

그런 이유로, 에이드리안에게 느닷없는 이별 통보를 받았을 때 배신감도 더욱 컸던 것이었다.

아직까지 그때의 앙금이 남아서 그런지 에이드리안의 추락이 조금은 쌤통으로 느껴지기도 했다. 그런 내색을 하지는 않지만 그는 은근히 성적에 신경을 많이 쓰는 편이었다. 아리스는 꼭 성적에 연연한다기보다는 천성이 지는 걸 싫어해서 공부하는 경우였지만, 에이드리안은 다른 사람들의 시선을 꽤 많이 의식했다. 그러니 분명 앞으로 얼마간은 속이 좀 쓰릴 것이다.

"참, 너 아까 쉬는 시간에 어디 갔다 온 거야?"

리즈벳의 물음에 아리스는 대답했다.

"다이젠한테."

"아, 맞다. 전야제 때 빌린 옷 돌려주려고?"

"그것도 있고, 반응이 궁금해서."

"반응?"

리즈벳은 그녀의 말에 의아한 눈치였지만 아리스는 그저 한 번 웃고 말았다.

* * *

"할 말 있으면 해 봐."

"할 말은 아리스 선배한테 있는 거 아니야?"

"할 말이 없으면 왜 그렇게 귀여운 표정을 짓고 있는데?"

"귀엽……."

아리스의 말에 마주한 이의 미간이 꿈틀거렸다.

다이젠은 자신을 놀리는 듯한 아리스가 마음에 들지 않는 눈치였다. 하지만 그는 입술을 달싹이다 말고 입을 굳게 다문 채 아리스를 바라보았다.

그리고 이내 복잡한 심경을 담은 목소리로 중얼거렸다.

"진짜냐고, 이거."

물음이 아니라 혼잣말이었기 때문에 아리스는 대답하지 않았다.

어제의 일이나 지금의 상황이 진짜가 아니라면 오늘 이 자리에서 두 사람이 마주 앉아 있을 일도 없었다.

방과 후, 아리스와 다이젠이 만나고 있는 곳은 학생 휴게실이었다. 주위에는 학생들이 몇 명 없었지만 웬일로 한 자리에 앉은 두 사람을 힐끔거리는 시선들이 간혹 느껴졌다.

"어제 일이 꿈이 아닌 건 이제 알겠지?"

다시 생각해 봐도 퍽 재미있는 말이었다. 설마 다이젠에게서 볼 수 있으리라 여기지 않았던 귀여운 반응이었기도 하고. 하지만 오전에 만났던 다이젠은 진지했다. 그녀의 팔을 붙잡았을 때 그가 보였던 눈빛이 아직도 생생할 정도로.

"그래."

마침내 다이젠의 입에서 현실을 인정하는 말이 흘러나왔다.

두 사람은 잠시 동안 아무 말 없이 시선을 마주했다.

"그래서, 넌 나랑 뭘 하고 싶은데?"

그 직후 아리스가 다이젠을 향해 단도직입적으로 물었다.

"뭘 하고 싶냐고?"

그러자 아직까지 미약한 혼란을 품고 있던 붉은 눈동자가 의문을 품었다.

"뭐……. 나랑 같이 있으면 하고 싶은 일이라던가, 그런 거 말이야."

그녀의 말에 다이젠이 고개를 옆으로 비스듬히 기울였다.

마치 아리스가 그런 것을 물을 줄은 몰랐다는 얼굴이었다. 하지만 그녀는 다이젠의 생각을 미리 알아 둘 필요성을 느꼈다.

어제 저녁에는 약간의 충동적인 마음으로 '네가 원하는 걸 내가 줄 수도 있을 것 같다'고 말했지만 사실 그 범위가 어디까지인지 알 수가 없었다.

물론 다이젠이 생각 이상으로 그녀를 좋아한다는 것만은 알 것 같았다. 하지만 그렇기 때문에 한편으로는 더욱 조심스러운 마음이 드는 것도 사실이었다.

다이젠은 생각을 알 수 없는 얼굴로 아리스를 물끄러미 바라보다가 이내 말했다.

"지금 하고 싶은 거라면……."

곧 아리스의 눈앞으로 손이 뻗어졌다.

"이런 거."

다음 순간 그녀는 테이블 위로 겹쳐진 손을 내려다보았다.

지금 하고 싶은 게 손을 잡는 거라고? 의외로 소박하네.

"아리스 선배가 좋아."

"그러니 옆에 있게 해 줘."

"제발."

어제 저녁 깜짝 놀랄 만큼 애끓는 목소리로 속삭이기에 엄청난 게 튀어나올 줄 알았는데.

그래서 안심한 건지 실망한 건지 모를 마음속에서 아리스는 입을 열었다.

"그래, 손 정도야 잡고 싶으면 얼마든지……."

이 정도야 뭐, 하는 생각에 픽 웃으며 말하는 순간 갑자기 손가락 사이로 온기가 파고들었다.

아리스는 얽혀드는 손가락에 조금 놀라서 움찔했다.

빈틈 하나 없이 맞붙은 손바닥을 통해 열기가 스며들었다. 반사적으로 팔을 뒤로 뺐으나 바싹 포개진 손은 조금도 떨어지지 않았다.

어라? 이건 뭔가 좀 이상한 것 같은데.

아리스는 방금 전과 달리 어색하게 웃으며 다이젠을 쳐다보았다.

"이건, 음, 좀 그렇지 않아?"

작은 목소리에 다이젠의 시선이 다시금 아리스를 향했다.

"왜?"

그는 아리스가 지금의 상황에 약간 당황하고 있다는 사실을 깨달은 듯했다.

"설마 하니 아리스 선배가 고작 손잡는 일에 당황하는 거야?"

왠지 아리스에게 있던 여유가 붙잡은 손을 통해 다이젠에게 옮겨진 것 같은 느낌이었다.

'고작'이라니? 이렇게 손을 이상하게 잡아 놓고는!

하지만 그런 말을 하자니 왠지 좀 자존심이 상했다. 정작 이런 짓을 한 다이젠은 저렇게 아무렇지도 않은 얼굴을 하고 있는데, 먼저 약한 소리를 하기는 좀 그랬다.

"설마 그럴 리가."

결국 아리스는 다이젠 못지않은 의연함을 가장해 말했다.

아리스의 승부욕에 불이 당겨졌다.

아, 그래. 기껏 해야 손 좀 잡는 것뿐인데. 닿는 것도 아니고.

아리스는 눈을 약간 가늘게 뜨고 다이젠을 보다가 슬그머니 손을 움직였다.

가느다란 손가락이 다이젠의 손등을 슬쩍 훑었다.

바로 그 순간 다이젠이 꿈틀거렸다. 그는 불에 덴 듯이 손을 빼려고 했지만 이번에는 아리스가 놓아주지 않았다.

오히려 힘을 줘 더욱 꽉 잡아 오는 손길에 다이젠의 표정이 변했다. 아리스는 그걸 보고 만족스럽게 웃었다.

아, 이제 좀 공평해졌네.

"좀 놔 봐."

"으음? 네가 잡고 싶다며."

아리스가 딴청을 피우자 다이젠의 얼굴에 드리워진 곤혹감도 한결 짙어졌다. 아리스는 천하의 다이젠이 이렇게 여유 없이 당황하는 게 신기해서 끝까지 손을 놔 주지 않았다.

"이렇게 직접 대 보니까 생각보다 손이 크네."

한마디씩 할 때마다 동요하는 다이젠의 모습이 재미있었다. 꼭 순진한 마을 처녀를 희롱하는 탕아라도 된 것 같은 기분이라 웃기기도 했다.

"손가락도 예쁘고."

하지만 그렇다 해서 마음에도 없는 말을 한 것은 아니었다.

"응, 내 취향이다."

가만히 보니 다이젠의 손은 꽤 아리스의 마음에 드는 모양을 하고 있었다.

"이런 거 이상해."

마침내 다이젠이 억눌린 음성으로 중얼거렸다.

맞잡지 않은 다른 한 손으로 얼굴을 쓸어내리는 꼴을 보니 지금의 상황이 퍽 괴로운 듯했다.

일단 악력의 차이가 있으니 강제로 손을 떼어 내거나 뿌리치면 아리스도 별수 없을 텐데, 그는 그러지 않았다.

"왜? 싫어?"

아리스가 고개를 기울이며 물었다. 그러자 다이젠이 얼굴에서 손을 떼며 한숨 섞인 목소리를 흘렸다.

"이상하다고 했지 싫다고는 안 했어."

앗, 그래도 이제는 제법 솔직했다.

"그럼 좋아?"

공연히 되묻자 이번에는 입술을 꾹 다물고 아무 말도 하지 않았다. 그래도 다이젠의 얼굴을 보니 대답을 알 것 같았다.

"나도 이상해."

아리스는 어쩐지 조금 기꺼운 기분이 되어서 여트막하게 미소 지었다.

"지금은 네 표정만 봐도 무슨 생각을 하는지 알겠어."

"아니, 선배는 몰라."

글쎄, 뭐가 맞을까.

다이젠은 끝내 부정했지만 아리스는 그런 그를 보며 그저 웃었다.

* * *

축제 이후 에이드리안과 크리스틴의 사이에는 찬바람이 쌩쌩 불었다.

두 사람 다 나름대로 서로에게 실망한 점도 있고 화가 난 점도 있어서 먼저 상대방을 찾기 않았다.

게다가 에이드리안은 축제가 끝나자마자 공개된 기말시험의 성적을 보고 충격을 받은 상태였다.

언제나 차석 자리를 도맡아 하던 자신이 전교 10등 이내에 겨우 든 성적이라니?

그가 기말시험을 이렇게 망친 이유는 크리스틴 때문이었다. 데이트를 하자고 하도 성화를 부려서 시험 이틀 전까지도 저녁 늦게까지 끌려 다녀야 했던 기억이 났다.

물론 이 정도야 괜찮겠지 싶어서 그녀에게 져 주고 만 자신도 문제였지만…….

그래도 크리스틴이 그렇게 떼를 쓰지만 않았어도 이 지경까지 처참한 점수를 받지는 않았을 터였다. 그런 생각을 하자 더군다나 지금은 크리스틴을 보고 싶지 않았다.

"후우."

그는 전 과목 만점에 가까웠던 아리스의 성적을 떠올렸다. 에이드리안과의 일이 있었는데도 아무런 타격도 받지 않은 것처럼 그녀는 가뿐히 수석 자리를 차지했다.

그런데 자신은 어째서…….

"왜? 싫어?"

"이상하다고 했지 싫다고는 안 했어."

그러다 문득 옆을 지나던 학생 휴게실에서 낯익은 목소리가 들려왔다. 에이드리안은 그 소리에 이끌려 고개를 돌렸다.

그리고 곧 보게 된 광경에 두 눈을 크게 뜨고 말았다.

테이블을 사이에 두고 마주 앉아 손을 잡고 있는 아리스와 다이젠의 모습이 눈에 들어왔기 때문이다.

학생 휴게실 안에 있는 몇몇 학생이 에이드리안과 마찬가지로 놀란 얼굴을 하고 있는 것이 보였다. 그런데 정작 두 사람은 다른 사람들의 시선은 안중에도 없는 것 같았다.

"나도 이상해."

에이드리안은 눈을 살짝 접고 미소 짓는 아리스의 얼굴을 보며 저도 모르게 숨을 멈추었다.

"지금은 네 표정만 봐도 무슨 생각을 하는지 알겠어."

정신을 차렸을 때, 어느덧 그는 눈앞의 장면으로부터 달아나듯 빠른 걸음으로 걷고 있었다.

방금 전 보았던 두 사람의 모습이 자꾸만 시야에 어른거렸다.

도대체 언제부터?

사실 아리스와 교제 중이던 동안에도 다이젠의 존재가 계속 그의 마음을 불편하게 만들기는 했다.

하지만 아리스가 다이젠을 그런 식으로 보지 않는 것도 알고 있었고, 또 그동안 다이젠 역시 어딘가 태도가 어중간했는데.

아니, 사실 그런 건 중요하지 않았다.

분명 에이드리안은 아리스에 대한 애정이 식었다 생각하여 그녀에게 이별을 통보했다. 그런데 왜 이제 와서 이런 마음이 든단 말인가?

모르겠다.

하지만 이건 자신이 원하던 결과가 아니라는 생각이 자꾸만 들었다.

에이드리안은 스스로의 이런 혼란이 어디에서 오는 것인지 명확한 답을 내지 못한 채 자꾸만 뒤돌아보고 싶은 마음을 애써 외면했다.

* * *

"아리스, 너!"

기숙사에 돌아가자마자 리즈벳이 아리스를 반겼다.

"아까 전에 뭐야!"

그녀는 방과 후 교실 앞에서 기다리고 있던 다이젠을 만나 함께 자리를 떠나는 아리스를 보고 놀란 듯했다. 다른 때라면 그러려니 했을 테지만 기분 탓인지 두 사람의 분위기가 평소와 좀 다른 것 같았기 때문이다.

"둘이 뭐 있어?"

"글쎄, 있긴 있는데……."

아리스가 애매하게 말하자 리즈벳은 더욱 궁금한 눈치였다.

똑똑.

"아이 참, 이 중요한 순간에."

"들어와."

그때, 방문을 두드리는 소리가 들렸다. 탄식하는 리즈벳을 뒤로한 채 아리스는 문을 열었다. 그러자 기숙사에서 바로 옆방을 사용하고 있는 친구가 슬쩍 얼굴을 내밀었다.

"리즈벳, 혹시 지금 바빠?"

"왜?"

"아, 나 주말에 남자 친구랑 외출할 건데 혹시 옷 좀 같이 골라 줄 수 있나 해서."

"지금?"

"아니, 그냥 주말 전에 언제든 너 편할 때."

리즈벳은 예쁜 옷이나 액세서리를 쇼핑하고 모으는 것을 좋아했다. 그런 그녀의 취미를 다들 알고 있기 때문인지 평소에도 이런 식으로 리즈벳을 찾아오는 여학생들이 종종 있었다. 리즈벳도 그것이 싫지 않은 눈치였다. 그래서 특별한 일이 없으면 대개 그녀들의 부탁을 들어주는 편이었다.

"그럼 이따 저녁 먹고 내가 너희 방에 갈게."

리즈벳이 승낙하자 방을 찾아온 여학생이 기뻐했다. 그러다 문득 그녀가 생각났다는 듯이 물은 말에 아리스는 저도 모르게 멈칫하고 말았다.

"아, 그런데 부 활동하러 안 가? 시험 끝나면 매일 부실에 붙어 있을 거라고 그러더니."

하지만 리즈벳은 태연히 대꾸했다.

"응, 이제 부 활동도 좀 질려서. 다른 재미있는 것도 많고."

"하긴 처음부터 네가 원예부라고 해서 좀 의외라고 생각하긴 했어."

"하하, 다들 그렇게 말하더라. 애초에 안 어울리던 거라서 금방 질렸나 봐."

두 사람은 웃으며 짧게 대화를 나누었다. 그 후 여학생은 리즈벳과 약속을 잡고 밖으로 나갔다.

아리스는 축제에서의 일이 있은 후 리즈벳과 유리 하이트의 이야기를 의식적으로 하지 않고 있었다.

그것은 리즈벳도 마찬가지였다.

그렇기 때문에 불시에 그날의 일을 상기시키는 상황에 닥치자 약간 서먹한 기분이 들었다. 그런 마음을 아는지, 리즈벳이 먼저 아리스에게 말을 걸었다.

"아리스, 역사 과제 다 했어?"

"아직."

"아, 그럼 저녁 먹기 전까지 도서관 가서 같이 할래? 나 책 찾아볼 것도 있는데."

"그래, 같이 가자."

두 사람은 나란히 방을 나섰다.

"아리스, 혹시 남자 친구 생기면 나한테 꼭 제일 먼저 알려 줘야 돼."

"당연하지. 내가 너 아니면 누구랑 그런 얘기를 해."

"헤헤."

리즈벳에게 미안했지만 그런 마음을 표내는 것은 옳지 않다고 여겨졌다. 그래서 아리스도 리즈벳을 따라 아무렇지 않은 척 웃어 보였다.

* * *

기말시험이 끝나고 3학년은 예비 졸업 시험 준비로 또 바빠졌다.

에이드리안도 지난 과오를 만회하려는 듯 열심히 공부하는 눈치였다. 사실 아리스는 별로 시험이 걱정되지 않았지만 눈에 불을 켜고 공부하는 학생들이 많아서 혼자만 손 놓고 있기는 좀 그랬다.

어차피 진짜 졸업 시험도 아니니 저렇게 긴장하지 않아도 될 텐데.

하지만 론데 아사크앙의 졸업 시험은 난이도가 높기로 유명했으니 이제 졸업 학년이 되는 입장에서 걱정하는 것도 이해는 되었다.

"난 지금부터 공부할 건데."

"알아, 방해 안 해."

토요일 오전, 아리스와 다이젠은 도서관 뒤뜰에 있는 벤치에 앉아 있었다. 학기가 끝나기 전에 마지막 시험이 남은 것은 3, 4학년뿐인데도 도서관은 이미 만석이었다.

"그게 아니라, 네가 심심할 테니까."

"안 심심해."

안 심심할 리가 있나?

하지만 다이젠은 자리를 떠날 생각이 없는 것 같았다. 축제 날 이후로 두 사람은 지금처럼 간혹 만나 함께 시간을 보내곤 했다.

그걸 보고 수군거리는 학생들이 날이 갈수록 늘어났으나 아리스도 다이젠도 크게 신경 쓰지 않았다.

오늘은 햇빛이 강해서 그런지 날이 제법 따스했다. 도서관 뒤뜰에 마련된 휴식 공간에는 나무로 된 탁자와 벤치가 마련되어 있었다. 인적이 드문 곳이라 그런지 주위는 조용했다.

하지만 아리스는 공부에 집중할 수가 없었다. 다이젠이 너무 빤히 그녀를 쳐다보고 있었기 때문이었다.

결국 아리스는 책에서 시선을 떼고 마주한 사람을 향해 입을 열었다.

"음, 너무 그렇게 쳐다보지 말아 줄래?"

"신경 쓰지 말고 공부해."

어떻게 신경을 안 쓰지?

다이젠은 한 손으로 턱을 괸 채 나른히 눈을 내리깔고 있었다. 하지만 아까부터 시선은 단 한 번도 옆으로 비껴 나가는 법 없이 아리스를 향하고 있었다. 그 눈빛에 얼굴이 다 따가울 지경이었다.

아리스는 옅은 한숨을 내쉬며 입을 열었다.

"왜, 내가 너무 예뻐서 눈을 못 떼겠어?"

그만 보라는 의미로 말한 것이었으나 다이젠의 대답은 예상을 빗나갔다.

"맞아, 잘 알고 있네."

아리스는 한순간 말문이 막혔다.

내가 지금 뭘 들은 거지? 지금 얘가 나보고 예쁘다고 한 거야?

만약 예전의 다이젠이었다면 아리스의 말에 별소리를 다 들어 보겠다는 듯이 반응했을 것이다.

그런데 저렇게 태연히 수긍하다니.

"머리카락 만져 보고 싶어."

게다가 이번에는 한술 더 뜨기까지 했다. 귓가를 스친 목소리가 너무 담담해서 아리스는 방금 전과 마찬가지로 한순간 귀를 의심했다.

지난번 손을 잡았을 때처럼 이번에도 다이젠은 아리스의 대답을 기다리지 않고 몸을 움직였다.

느린 손길을 피하려면 피할 수 있었는데도 아리스는 다이젠의 손이

다가오는 걸 그냥 보고만 있었다. 어깨 위로 흘러내려 있던 머리카락이 의외로 단정한 느낌을 풍기는 손가락에 휘감겼다.

다이젠은 손에 잡히는 매끄러운 촉감을 음미하듯 느리게 움직였다. 그가 대범한 건지 조심스러운 건지 영 갈피가 잡히지 않았다.

아리스는 괜히 낯간지러운 기분이 들기 시작했다.

다이젠이 만지는 건 분명 아무런 감촉도 전달되지 않는 머리카락이었는데……. 왜 이렇게 속이 간질거리는 느낌일까?

아리스는 아무 말도, 아무 반응도 내보이지 못한 채 다이젠이 하는 양을 그저 가만히 내버려두었다.

"머리, 언제부터 기른 거야?"

문득 나지막한 목소리가 귓가를 스쳐 지나갔다.

"아마…… 입학하기 얼마 전부터."

아리스는 잠시 생각하다가 대답했다. 학교에 입학하기 전, 그녀의 머리카락은 어깨 정도까지 내려오는 길이의 단발이었다. 그러다 변덕이 들어 기르기 시작한 것이 오늘까지 오게 된 것이었다. 그 후로는 기껏해야 끝을 다듬는 정도 이상으로 머리카락을 잘라 본 적이 없었다. 그래서 지금은 허리까지 내려올 정도로 길게 되었다.

다이젠은 여전히 아리스의 머리카락을 손으로 만지고 있었다. 그의 손가락에 이리저리 꼬여 휘감기는 머리카락에서 이상하게 시선을 떼기 어려웠다.

"짧은 머리도 예뻤는데."

그러다 문득 바람처럼 귓가를 스치는 음성에 아리스의 눈길이 미끄러졌다.

"방금 뭐라고 했어?"

"아무것도."

아무것도 아니라니. 방금 잘못 들은 걸까? 마치 예전의 그녀를 알기라도 한 것처럼 말한 것 같은데?

하지만 다이젠은 다시 말할 생각이 없는 것 같았다.

"너, 예전에 날 본 적이 있어?"

그래서 이번에는 직설적으로 물었다. 그러자 다이젠이 손에 느슨히 움켜쥐고 있던 머리카락에서 시선을 떼고 아리스를 바라보았다.

심연처럼 끝도 모르게 깊은 붉은 눈동자가 그 안에 아리스를 담아냈다.

"글쎄."

"그게 뭐야."

모호한 대답에 불만스럽게 중얼거렸다.

"표정만 봐도 무슨 생각을 하는지 알겠다더니. 역시 아니었네."

그 말에 아리스의 불만 어린 표정이 한결 더 짙어졌다. 하지만 다이젠은 그저 알 수 없는 얼굴을 한 채 그런 그녀를 보며 웃을 뿐이었다.

머리 위로 따사로운 햇빛이 내리비쳤다.

아리스는 수수께끼 같은 다이젠의 말에 열심히 생각했지만, 결국은 소득 없이 해답을 찾는 데 포기해야만 했다.

* * *

야옹.

다음 날 저녁, 눈앞에 나타난 얼룩 고양이에 아리스는 걸음을 멈추었다.

"너 요즘 자주 보인다."

축제 때 유리 하이트와 함께 사라졌던 네로였다. 기숙사로 돌아가던 아리스를 불러 세웠던 것도 그렇고, 다이젠의 온실에 나타났던 것도 그렇고, 근래 들어 퍽 모습을 자주 비친다 싶었다. 요즘 들어 여기저기 제집처럼 돌아다니는 걸 보면 예전에 이런 고양이가 교내에 있는 줄도 몰랐던 게 신기할 정도였다.

"안녕, 아리스."

그리고 요즘 들어 갑작스럽게 존재감이 부각되고 있는 인물이 여기하나 더 있었다.

아리스는 갑자기 나타나 여상히 인사말을 던지는 유리 하이트를 보며 미간을 약간 찌푸렸다. 별로 반갑지 않은 인물의 출현이었다.

고양이는 그에게 친근히 다가가 비비적거렸지만 아리스는 빈말로도 그를 반길 수가 없었다.

"너도 리즈벳도 요즘 얼굴 보기 힘드네."

지난 번 무슨 일이 있었냐는 듯 태연한 얼굴을 보자 속이 조금 꼬이는 것 같았다.

그도 그럴 것이, 축제 날 갑작스러운 행동을 보인 유리 하이트 때문에 리즈벳이 상처를 받지 않았던가.

"왜 네로 보러 안 왔어? 기다렸는데."

"따로 보러 갈 이유가 없어서요."

그래서 아리스는 다소 쌀쌀맞게 대답했다. 애초에 몇 번이나 말을 섞어 봤다고 개인적인 관심이 있네, 뭐네. 하필이면 리즈벳이 있는 자리에서 저런 말을 한 것이라 더 마음에 들지 않았다.

"그날 내가 한 말 때문에?"

하지만 이번에도 너무 태연한 대답이 돌아와서 멈칫하고 말았다. 유리 하이트는 아리스의 그런 반응에도 아랑곳 하지 않고 또 다시 물었다.

"리즈벳은 요즘 왜 부 활동하러 안 와?"

하지만 저렇게 궁금하다는 듯이 묻는 걸 보니, 자신을 향한 리즈벳의 마음을 정말 모르는 것 같았다. 하기야 정상적인 사람이라면 그 사실을 알고서도 리즈벳의 제일 친한 친구인 아리스에게 고백하듯이 말하지 않았겠지.

"그것도 내가 한 말 때문인가?"

그런데 이어진 그의 말은 아리스의 예상을 벗어난 것이었다.

"리즈벳은 좋아하는 사람한테 그런 말을 들으면 회피하는 성격이었구나."

유리 하이트는 그의 다리 주위를 맴도는 고양이를 안아 들며 덧붙였다.

"예상한 거랑 다르네."

그 얼굴이 평소처럼 온화하기 그지없어 아리스는 일순간 지금 자신이 들은 말이 무엇인지 깨닫지 못했다.

"무슨 짓이에요?"

그리고 곧 속에서부터 끓어오르는 분노에 표정을 차게 식혔다.

"리즈벳 앞에서 절 좋아하는 척 거짓말하는 것도 마음에 안 들었는데, 심지어 일부러 그런 거라고?"

"좋아하는 척이라니, 왜 그렇게 생각해?"

유리 하이트가 발뺌하려는 걸 싶었으나 그런 것치고는 말투나 표정이 너무 담담했다.

도대체 뭐 하자는 거지? 아까부터 태도가 꽤나 모호하지 않은가?

아리스는 마주한 사람을 여전히 싸늘히 응시하며 대답했다.

"그동안 절 좋아하는 사람이 차고 넘치도록 많았거든요."

당당한 목소리가 허공에 울렸다.

그 순간 유리 하이트의 표정이 변했다. 설마 그런 대답을 들을 줄은 몰랐다는 듯 할 말을 잃은 얼굴이었다.

아리스는 그런 그를 향해 코웃음 치며 말을 이었다.

"그래서 정말 절 좋아하는 사람이 그런 얼굴을 하지 않는다는 것쯤은 알아요."

얼핏 들으면 굉장히 오만하게 느껴질 수도 있는 말이었으나 그 대상이 아리스이기 때문인지 이상한 설득력이 있었다.

"이런 게 재미있어요? 괜히 상대방 반응을 떠보고 예상대로 나오나 안 나오나 지켜보는 게?"

아리스는 불쾌한 기분으로 유리 하이트에게 일침을 가했다.

하지만 그는 고개를 옆으로 슬쩍 기울이며 동요 한 점 깃들지 않은 얼굴로 말했다.

"맞아, 그렇게 하면 재미있을 것 같았거든."

이상한 사람이다.

아리스는 유리 하이트를 향한 평가를 다시 했다.

이 사람 완전히 악취미잖아?

"아, 하지만 방금이 더 재미있었어. 전혀 상상도 못 했던 말이라."

그는 방금 전 아리스가 내뱉은 말의 의외성이 흥미롭다는 듯이 읊조렸다. 그 바람에 아리스는 얼굴을 구기고 말았다.

더없이 선량하고 반듯해 보이는 얼굴을 한 채 저런 이상한 말을 하는 것을 듣자 위화감마저 들었다.

"전 하나도 재미없어요. 앞으로 아는 척하지 마세요. 기분 나쁘니까."

그렇게 말한 뒤 아리스는 유리 하이트를 지나쳐 갔다.

등 뒤에서 야옹, 우는 소리가 들렸지만 아리스는 뒤돌아보지 않았다. 유리 하이트가 쳐다보고 있는지 등에서 시선이 느껴졌다.

그것이 못내 찜찜해서 아리스는 괜히 걸음을 재촉했다.

* * *

"너 아리스 선배랑 뭐야?"

궁금증을 참다못한 같은 반의 학생 하나가 다이젠에게 물었다. 직설적인 물음에 교실에 있던 학생들의 시선이 순식간에 집중되었다.

"요즘 자주 같이 있던데."

그동안 호기심에 몸부림치면서도 누구 한 사람 다이젠에게 먼저 묻지는 못했던 말이었다. 하지만 그것도 이제 한계에 달한 모양이었다. 방금 전까지도 두 사람에 대해 수군거리던 학생 하나가 '에라, 모르겠다.'라는 듯이 속에 있던 말을 내뱉어 버렸다.

그 소리에 다이젠이 한쪽 눈썹을 슬쩍 치켜 올리며 고개를 돌렸다.

주위에는 그의 대답을 기다리고 있는 학생들이 가득했다. 그러나 쉬이 열리지 않는 그의 입을 보며 방금 전 물었던 학생이 거듭 되물었다.

"역시 사귀는……."

"다이젠!"

바로 그때, 뒷문을 벌컥 열고 누군가가 교실 안으로 들이닥쳤다.

이제 늦가을에 접어들면서 실내의 보온을 위해 닫아 두었던 문이 거친 손길에 밀려 벽에 부딪혔다. 그 다음 모습을 나타낸 것은 예쁘장한 여학생이었다.

그녀의 이름은 로즈 카르테. 일전에 도서관의 뒤뜰에서 다이젠에게 제 마음을 고백한 적이 있던 여자아이였다. 그러나 그 마음은 끝내 받아들여지지 않아서, 결국은 상심에 젖어 눈물을 흩날리며 자리를 떠나야 했던 여학생이기도 했다.

"아니지?"

느닷없이 다이젠의 교실에 등장한 로즈 카르테는 무언가에 흥분한 듯 얼굴을 발갛게 상기시키고 있었다. 그녀는 뒷자리에 앉은 다이젠을 향해 곧바로 다가왔다.

그리고 분노, 황당함, 의심, 배신감 등의 복합적인 감정이 얽힌 눈으로 다이젠을 보며 물었다.

"너 아리스 선배랑 사귀는 거 아니지?"

분명 로즈 카르테와 다이젠은 아무 관계도 아닌데, 이렇게 추궁하듯 묻는 것이 웃기기도 했다. 게다가 마치 다이젠이 그녀를 두고 한눈이라도 판 듯한 태도였다.

"그냥 애들이 헛소리 하는 거지? 그렇지?"

그 목소리가 얼마나 절절하던지, 상황을 모르는 사람이 보면 다이젠이 로즈 카르테의 남자 친구라도 된다고 생각할지도 몰랐다.

"저기, 일단 진정하고……."

"내가 지금 진정하게 생겼어?"

옆에 있던 다른 학생이 흥분한 로즈 카르테를 말렸으나 그녀는 오히려 앙칼지게 쏘아붙였다.

한편 다이젠은 지금의 상황에 귀찮음을 느끼고 있었다.

그의 성격으로는 도대체 다들 왜 이렇게 남의 일에 관심이 많은지 도통 이해가 되지 않았다. 그래서 '어차피 너희랑 상관없는 일이잖아'라고 말하려고 하다가 그냥 다른 말을 꺼냈다.

"내가 좋아해."

"뭐?"

하지만 그들은 그의 말을 제대로 들은 눈치가 아니었다. 아니면 사실은 그의 말을 듣긴 했지만 단번에 이해가 되지 않아 의문을 느끼고 있는 중인지도 몰랐다.

다이젠은 한 번 더 같은 말을 반복해 주었다.

"내가 아리스 선배를 좋아한다고."

지극히 담담한 낮은 음성이 교실 안에 울려 퍼졌다. 바로 그 순간 주위가 쥐 죽은 듯이 조용해졌다. 교실 밖에서는 다른 학생들이 떠드는 소리가 여전히 시끄럽게 들려오고 있었다. 하지만 다이젠의 목소리가 퍼진 공간만큼은 마치 바깥과 완전히 분리된 장소인 듯 깊은 정적만이 가득 차 있었다.

바늘 굴러가는 소리조차 들릴 것만 같은 조용한 교실 안에서 모두가 두 눈을 부릅떴다.

로즈 카르테는 얼이 빠진 얼굴이었다. 주위에 있던 다른 학생들도 별반 다르지 않았다.

지금 우리가 뭘 들은 거지……? 다이젠이 지금 무슨 말을 한 거야?

좋아한다고? 누구를? 아리스 선배를? 지금 우리도 다 듣는 데서 아리스 선배를 좋아한다고 밝힌 거야?

"좋아한다고……?"

"그래."

"아리스 선배를?"

"그래."

믿을 수 없다는 듯 로즈 카르테가 거듭 확인했다. 하지만 다이젠은 여전히 동요 한 점 없는 눈동자로 그녀를 똑바로 마주하며 말했다. 그 대답에는 한 치의 망설임도 없었다.

"으."

로즈 카르테의 입에서 짧은 신음이 새어 나왔다.

다이젠에게 자신의 마음을 고백했을 때의 일이 불현듯 떠올랐기 때문이다. 아니, 꼭 그날의 일만이 아니더라도 지금까지 언제나 자신에게 무관심하고 차갑기만 했던 다이젠이 아니던가.

하지만 그래도 괜찮았다. 지금까지 다이젠은 그녀에게만이 아니라 다른 모든 여학생들에게 공평히게 차가웠으니까. 게다가 다이젠을 마음에 둔 여학생들은 대개 그의 그런 면을 좋아하고 있는 것이었다. 여자아이들이라면 누구나 가슴 설렐 수밖에 없는 멋진 외모를 가진 것도 그렇지만, 누구에게도 쉽게 틈을 보이지 않고 무심한 점이 오히려 더 흥미를 끌었으니까.

어떤 의미로는 오기나 허영심이 생기기도 했다. '저렇게 모든 여학생들에게 냉정한 다이젠이 만약 나에게만 다정해진다면…….'하는 생각은 아마도 그를 좋아하는 여자아이들이라면 모두 한 번쯤은 해 보았을 터였다.

그런데 그렇게 모두에게 냉담했던 다이젠에게 좋아하는 사람이 있단다.

로즈 카르테는 지난번 도서관의 뒤뜰에서 그 비슷한 말을 들은 적이 있다는 걸 상기해 냈다. 하지만 지금까지 그녀는 그 소리를 곧이곧대로 믿지 않았다.

그도 그럴 것이, 다른 사람도 아니고 다이젠 아르카노발이 아닌가?

그에게 좋아하는 여학생이 있다니, 그런 말을 쉽게 믿을 수 있을 리가 없었다. 그래서 그때에도 그냥 둘러대려고 한 말이라고 생각했다.

한데 정말이라고? 더군다나 그 대상이 한 학년 위의 아리스 키프로스라고?

로즈 카르테는 방금 전 다이젠이 좋아한다고 밝힌 상대를 떠올렸다.

인정하기 싫지만 아리스는 교내에서 제일 예쁘고 똑똑한 여학생이었다. 게다가 성격도 좋아서 모두에게 친절하고 상냥하기까지 했다. 로즈의 친구들 중에도 그녀를 동경하는 여학생들이 많았다. 아마 그녀의 친구들뿐만이 아니라 전교생에게 물어도 아리스에 대해 안 좋게 말할 사람은 없을 것이었다.

그래서인지 다이젠이 그녀를 좋아한다는 말에 납득이 가면서도 끝내 인정하고 싶지 않기도 했다.

"왜 아리스 선배야?"

로즈 카르테는 알 수 없는 패배감을 느끼며 외쳤다. 다이젠에게 따질 문제가 아니라는 자각은 있었지만 왜인지 모르게 분해서 참을 수가 없었다.

"왜 하필 아리스 선배냐고?"

차라리 다른 사람이었다면 포기하지 않아도 되었을지도 모르는데. 만약 상대가 아리스 선배만 아니었다면, 그게 누구든 이길 자신이 있었는데.

다이젠은 그녀가 그런 생각을 하는 것을 아는지 모르는지, 방금 전 들은 질문에 눈매를 약간 찌푸리며 말했다.

"왜냐고?"

처음과 마찬가지로 지극히 담담한 음성이었다. 그렇기 때문에 다이젠의 말은 로즈 카르테의 속까지 더욱 깊숙이 침투했다.

"그런 건 몰라. 그냥 그 사람이 아니면 안 됐을 뿐이야."

결국 로즈 카르테는 입술을 깨물며 처음 나타날 때처럼 거칠게 문을 닫고 교실을 나섰다. 그 얼굴에 떠오른 감정은 실연의 슬픔보다는 자존심이 상했을 때의 분노에 가까웠다.

그리고 그날 다이젠의 교실에서 있었던 일은 주위의 학생들을 통해 날개 돋친 듯이 빠른 속도로 전교에 퍼져 나갔다.

* * *

방과 후, 아리스와 다이젠은 온실에서 만났다.

"오늘 전교생이 다 네 얘기만 하는 것 같더라."

화단에 앉아 아리스가 먼저 꺼낸 말에 다이젠의 미간이 움찔거렸다.

"로즈 카르테라는 애, 널 정말 좋아하나 봐."

아리스는 미묘한 표정을 짓고 있었다. 아마도 오늘 점심시간 때 다이젠의 교실에서 있었던 이야기를 그녀도 들은 모양이었다.

다이젠은 다소 못마땅해졌다. 하여간 이놈의 학교는 사생활 정보라는 개념 자체가 없는 건지, 무슨 일만 생겼다 하면 금세 소문이 퍼지기 십상이었다.

"선배가 생각하는 그런 건 아니야."

다이젠은 딱 잘라 말했다.

그가 느끼기에 로즈 카르테가 자신에게 가진 감정은 일종의 소유욕에 가까웠다.

오늘 그를 찾아와 따지듯 물은 이유도 정말 다이젠을 깊이 좋아해서가 아닐 터였다. 그 증거로 로즈 카르테가 그의 앞에서 보였던 표정도 원하던 장난감을 갖지 못하게 되었을 때의 분통에 가깝지 않던가.

"지난번에도 네가 울려 놓고."

그러다 문득 아리스가 지나가듯 던진 말에 다이젠은 의아해졌다.

그가 로즈 카르테를 울린 적이 있다니? 언제를 말하는 거지?

그리고 다이젠은 곧 로즈 카르테에게 고백을 받을 때 아리스도 그 광경을 목격했다는 사실을 기억해 냈다.

"그건…… 이유가 있어서 그랬던 거고."

그러고 보니 그 당시 다른 여학생들을 상대할 때보다 더 매몰차게 고백을 거절했던 것이 생각났다.

"무슨 이유?"

아리스가 물었지만 다이젠은 대답하지 않았다.

"아니. 난 포기 안 해. 다른 사람을 좋아해도 괜찮으니까 나랑 사귀자. 그런 것쯤, 난 다 이해해 줄 수 있어. 네가 마음에 담은 사람이 누구인지는 몰라도 결국 너도 그 사람 말고 날 좋아하게 될 거야. 분명히."

그때 로즈 카르테의 자신감 넘치는 발언에 반발심이 들어서 그랬다는 말을 할 수는 없지 않은가. 스스로조차 어찌할 수 없었던 마음을 마치 자신이라면 손쉽게 좌지우지 할 수 있다는 것처럼 말하는 모습에 불쾌감을 느꼈다.

물론 지금에 와서는 똑같이 유치한 심보였다는 자각을 하고 있지만.

"뭐, 됐어. 내가 네 성격을 모르는 것도 아니고."

하지만 그런 것을 모르는 아리스는 그냥 알 만하다는 듯이 눈을 가늘게 뜨고 말했다.

"너처럼 확실한 게 더 나을 수도 있지. 우유부단하게 끌려 다니는 것보다는."

그 말을 듣고 다이젠은 고개를 비스듬히 기울였다.

혹시 에이드리안의 생각을 하는 걸까?

크리스틴이라고 했나. 그 여자와 처음 만나게 된 것도 제 가족의 소개를 거절하지 못해서였다고 했으니까. 게다가 그 후로도 애매한 관계를 질질 끌면서 아리스 몰래 만나 왔던 모양이고. 결국은 그것이 두 사람의 이별의 원인까지 되었으니.

아리스의 옆에 붙어 있는 에이드리안을 한두 번 봐 온 것도 아니니, 다이젠도 그의 답답한 성격은 익히 알고도 남았다.

"아리스 선배한테는 안 그래."

하지만 생각하지 않았으면 좋겠다.

"어떤 이유가 있어도, 아리스 선배 마음이 상할 만한 일은 안 할 거야."

그의 앞에서 에이드리안과의 일 같은 건 떠올리지 않았으면 좋겠다. 아니, 그가 없을 때에도.

"절대로."

아리스의 마음에 다른 사람이 들어설 자리 같은 건, 아예 없어져 버렸으면 좋겠다.

하지만 그런 집요한 마음을 지금 입 밖에 낼 생각은 없었다. 다이젠은 그를 아는 사람이 보았다면 깜짝 놀라 두 눈을 부릅뜨고도 남았을 만큼 유순한 얼굴로 아리스에게 손을 뻗었다.

마치 야생 동물이 사육사에게 길들여져 순종적으로 털을 비비는 것 같은 모습이었다.

다이젠의 손이 얼굴에 닿는 순간 아리스가 작게 움찔했다. 하지만 그는 그것을 모르는 것처럼 계속 조심스럽게 손을 움직였다.

"손 다음에는 머리카락, 그 다음에는 얼굴이야?"

한숨 섞인 웃음이 귓가에 부스러졌다. 아리스는 자신의 이마에서부터 얼굴 윤곽을 타고 내려오는 간지러운 손길을 느끼며 작게 웃었다. 정말 어쩔 수 없는 애네, 하는 듯이.

그래도 그녀는 제 앞으로 불쑥 다가온 손을 피하지는 않았다.

"가까이 있으면 만지고 싶으니까."

가감 없는 속마음에 마주한 눈동자에 담긴 감정이 약간 변했다. 그것은 곤혹감 같기도 했고, 당황스러움 같기도 했다.

다이젠은 그것마저도 기꺼웠다. 어떤 감정이든, 자신의 눈앞에서 보이는 아리스의 감정은 모두 다 온전한 그의 것이었으니까.

좀 더 욕심을 부리면 안 되는 걸까?

마음 깊은 곳에서 문득 고개를 든 생각에 다이젠의 눈동자가 살짝 가라앉았다.

사실 그는 아리스가 한 말에 크게 기대감을 품고 있지는 않았다. 그녀는 그에게 원하는 것을 줄 수 있을 것 같다고 했지만, 지금 두 사람의 마음이 같지 않다는 건 누구보다 다이젠이 제일 잘 알고 있었다.

하지만 이유가 뭐건 아리스는 그를 곁에 있게 해 주었다. 먼저 손을 내밀어 주었고, 맞잡은 그의 손을 밀어내지 않았다. 그것만으로도 충분했다.

그러니 아리스에게 무리한 걸 요구할 생각은 없었지만…….

그래도 어쩔 수 없이 욕심이 났다.

"간지러워."

마주한 얼굴을 만지는 손길이 조금 더 집요해졌다. 아리스는 그것을 아는지 모르는지, 오히려 그를 부추기는 것 같은 속삭임을 내뱉었다.

다이젠의 손이 아리스의 뺨과 귀를 감싸듯이 어루만졌다. 천천히 얼굴이 가까워졌다.

그리고 다음 순간, 입술이 맞닿았다.

미처 의식하지 못한 새 벌어진 일이었다.

입술이 겹쳐지는 순간 두 사람 다 숨을 멈추었다. 꽃향기가 물씬 풍기는 온실에는 어느덧 방금 전과 다른 적막감이 감돌고 있었다.

그리 길지 않은 시간이 지나 마침내 맞닿았던 입술이 떨어졌을 때,

다이젠은 눈앞에서 작게 흔들리는 녹색 눈동자를 보았다.

"다이젠……."

얕은 숨결 뒤에 속삭여진 그의 이름이 왜 그렇게 달콤하게 들렸는지 모르겠다.

"미안."

다이젠은 지금 막 자신이 동의 없이 제멋대로 저질렀던 일을 아리스에게 사과했다.

"미안해."

그리고 이제부터 그가 하게 될 또 한 번의 잘못에 대해서도.

방금 전보다 한결 더 깊숙이 포개진 붉은 입술에서는 꽃향기가 났다. 그 향기에 취한 듯 머리가 약간 어지러웠다.

다이젠은 꽃의 꿀을 탐하는 나비가 된 것 같은 기분으로 눈을 감았다.

* * *

쾅!

"으억, 깜짝이야!"

갑자기 벌컥 열렸다가 또 거칠게 닫히는 문소리에 리즈벳은 소스라쳤다. 그녀는 기숙사 방에 혼자 남아 손톱에 매니큐어를 바르던 중이었다. 그런데 갑작스러운 소리에 놀라 그만 손이 삐끗해 버렸다.

"아리스?"

고개를 돌리자 문 앞에 서 있는 아리스의 모습이 눈에 들어왔다.

그런데 어째서인지 그녀의 얼굴이 평소에 비해 좀 이상했다.

"왜 그래?"

리즈벳의 의아한 물음은 아리스의 귀에 미처 닿지 않았다. 사실 그녀의 머릿속은 공황 상태에 가까웠다.

방금 무슨 일이 있었던 거지? 내가 다이젠하고 만나서 뭘 한 거지?

무슨 정신으로 온실을 나와서 기숙사까지 온 건지 잘 기억이 나지 않았다.

머릿속에 벌떼가 날아다니는 것처럼 어수선하고 정신이 하나도 없었다. 쿵쿵, 가슴이 시끄럽게 뛰었다. 방금 전까지 뛰어서 그런가? 하지만 사실은 온실에서 도망치기 전부터도 계속 이런 상태였다.

"내가 이상해."

아리스의 입에서 혼잣말 같은 소리가 흘러나왔다.

"어어, 그러게……."

가쁜 숨을 몰아쉬며 심각하게 중얼거리는 아리스의 모습에 리즈벳도 엉겹결에 말했다. 여전히 아리스가 왜 이러는지 알 수는 없었지만, 그녀의 반응으로 보았을 때 보통 일이 벌어진 게 아닌 것 같았나.

한편 아리스는 방금 전에 있던 다이젠과의 일로 이렇게까지 동요하는 스스로를 이해할 수가 없었다.

지금까지는 한 번도 이런 적이 없었는데. 에이드리안과 교제할 때에도 이렇게 동요해서 어쩔 줄 몰라 한 적이 없었는데.

아니, 그나저나 갑자기 뭐야? 언제는 손만 잡아도 만족스럽다는 것처럼 굴더니?

물론 그렇다 해서 방금 전 다이젠이 아리스에게 강압적이었다거나 한 것은 절대 아니었다.

문제는 바로 그것이었다.

왜 피하지 못했을까? 예전에 에이드리안에게 그랬던 것처럼 고개를 돌려 버리거나, 하지 말라고 말했으면 되었을 텐데. 그런 상황에서 설마 다이젠이 억지로 입을 맞췄으리라고는 생각하지 않았다.

그런데 왜 가만히 있었던 거야?

처음에야 당황해서 얼결에 그랬다고 쳐도, 두 번째에는 확실히 거절할 수도 있었잖아.

"으윽."

"헉, 아리스?!"

결국 아리스는 앓는 소리를 내뱉으며 자리에 주저앉아 버렸다.

그러자 리즈벳이 깜짝 놀라 자리에서 벌떡 일어났다. 하지만 그녀는 곧장 아리스에게 다가올 수 없었다.

"으악, 쏟아졌어!"

책상을 짚을 때 그녀의 손에 걸린 매니큐어의 병이 옆으로 넘어졌기 때문이었다. 유리병 안에서 쏟아진 액체가 리즈벳의 손과 책상, 그리고 바닥에까지 얼룩을 만들었다.

"너 진짜 무슨 일 있었어? 앗, 잠깐. 손 좀 닦고. 너한테도 묻겠다."

"아니야, 리즈벳. 나 괜찮아."

"안 괜찮아 보이는데?"

아리스는 손으로 달아오른 얼굴을 문지르면서 웅얼거렸다. 바닥에 점점이 떨어진 연한 분홍색 액체가 시야에 닿았다.

그럴 리가 없었건만, 꼭 그 얼룩이 아리스의 마음에도 물든 것 같았다.

* * *

"넌 왜 볼 때마다 친한 척이야."

다이젠은 또 다시 만난 얼룩 고양이를 보며 눈매를 슬쩍 찡그렸다. 네로라는 이 고양이는 그를 볼 때마다 지치지도 않고 친한 척을 했다. 가끔 온실에서 볼 때 물이나 먹을 걸 준 적이 있어서 그런가.

거듭 말하지만 다이젠은 원래 고양이를 썩 좋아하지 않았다. 그런데도 가까이 다가와 엉기는 네로를 보며 미간을 좁힐지언정 쫓아내지는 못한다는 게 모순적이었다.

이번에도 그는 어쩔 수 없이 발밑에서 골골거리는 고양이의 턱이라도 만져 줘야 하나 생각했다.

"여어, 너 거하게 한 건 했더라?"

하지만 곧 등 뒤에서 들려온 목소리에 다이젠의 그런 생각은 행동으로 이어지지 않았다. 그의 얼굴이 방금 전보다 더 찡그려졌다.

가로수 길에 나타난 것은 그의 아버지인 레안 아르카노발이었다.

"네가 그렇게 내빌힐 줄은 몰랐는데."

교수치고는 껄렁한 걸음으로 다가온 레안이 아들을 보며 히죽거렸다.

그 순간 어제 온실에서 있었던 일이 문득 뇌리를 스쳐 지나갔다. 도둑이 제 발 저린다고, 다이젠은 괜히 뜨끔해서 까칠하게 말했다.

"내가 하긴 뭘 했다고."

그러자 레안이 그를 향해 코웃음 쳤다.

"뭘 하긴 뭘 해. 너 전교생 앞에서 좋아하는 여자애 있다고 고백했다며. 시치미 떼기는."

그 얘기였나.

다이젠의 미간이 깊은 굴곡을 그리며 패였다.

그런데 도대체 그가 언제 전교생 앞에서 그런 고백을 했단 말인가. 이래서 소문이란 믿을 것이 못 된다. 지금처럼 언제 어디서, 어떤 식으로 와전되어 퍼질지 모르니까.

그래도 괜히 아버지의 앞에서 긁어 부스럼을 만들고 싶지는 않아 짜증스럽게 입을 다물었다. 여기서 정정해 봤자 별 소용이 있을 것 같지도 않았다.

지금도 놀릴 생각이 만반인 얼굴로 그를 보고 서 있지 않은가?

냐옹.

그런데 방금 전까지만 해도 다이젠을 귀찮게 만들던 고양이가 처음으로 도움이 되었다.

"이 소리 뭐야."

느닷없는 울음소리에 고개를 내린 레안이 다이젠의 발에 매달려 있는 얼룩 고양이를 발견했다. 그 직후 그의 얼굴이 왕창 구겨졌다.

"그 괭이는 뭐냐?"

역시 부자 아니랄까 봐 튀어나오는 반응도 비슷했다. 레안은 고양이가 어지간히 싫은지 질겁한 얼굴로 다이젠에게 물었다.

"학교 식당에서 밥 주는 고양이라던데."

"뭐? 누구 마음대로."

"아, 허락 받아야 하는 거였어?"

"그렇지 않나? 교장 선생님이라거나, 이사장님이라거나……."

"그럼 허락 안 하면, 쫓아내려고?"

그 말에 레안의 시선이 다시금 얼룩 고양이에 닿았다.

야옹.

고양이는 '날 버릴 거야? 진짜 버릴 거야?'라는 듯이 애처롭게 그를 올려다보았다. 고양이의 파란 눈동자와 시선이 마주친 순간, 레안이 떨떠름하게 중얼거렸다.

"그건 좀 비윤리적인 것 같기도……."

레안도 고양이를 좋아하지는 않지만 그렇다고 저 작은 동물을 학교 밖으로 매몰차게 쫓아내는 상상을 하자 마음이 영 편치 못했다.

"그런데 왜 너한테 그렇게 찰싹 붙어 있어? 너 그 고양이 좋아하냐?"

"그게 아니라 얘가 날 좋아하는 거겠지."

레안의 미심쩍은 질문에 다이젠이 혼잣말처럼 중얼거렸다. 그 말을 듣고 레안은 대놓고 희한하다는 표정을 지었다.

"이 고양이 취향 한 번 독특하네."

"더 할 말 없으면 이만 가 보시죠."

그 삐딱한 반응에 레안이 측은한 표정을 지으며 말했다.

"쯧. 할 말이 없지는 않지만 고양이한테나 인기 있는 네가 가엾어서 그냥 간다."

"고양이한테도 사람한테도 인기 없는 아버지가 할 소리는 아닌 것 같은데."

"난 이미 임자 있는 몸이라 상관없거든. 그런데 넌 아직 갈 길이 먼 것 같더라."

"아, 진짜."

누가 보면 부자인지 친구인지 알 수 없는 광경이었다.

레안은 그렇게 다이젠을 약 올린 뒤에야 만족스럽게 클클 웃으며 자리를 떠났다. 가로수 길에 남겨진 다이젠은 멀어지는 아버지의 뒷모습을 찌푸린 얼굴로 바라보았다.

야옹.

그때, 발밑에서 다시 한 번 울음소리가 들렸다. 다이젠은 고개를 내려 이제는 아예 그의 발등에 올라와 앉아 있는 고양이를 보았다.

"옷에 털 묻잖아."

검은색인 교복 바지에 하얀 털이 잔뜩 붙어 있는 게 보였다. 아까부터 끈질기게 매달려 있는 고양이 때문이었다.

다이젠은 그의 발등 위에서 식빵을 굽고 있는 고양이를 약간 착잡하게 내려다보다가 이내 허리를 굽혔다.

"얘는 집이 어디야. 식당에 데려가면 되나?"

곧 그의 손이 고양이의 포동한 몸을 들어 올렸다. 네로는 다이젠의 손길이 좋은 것처럼 한 번도 버둥거리지 않고 얌전히 그의 품에 안겨 갸르릉거렸다.

다이젠은 그 상태로 가로수 길을 걸었다.

방과 후이기 때문인지 주위에는 길을 오가는 학생들이 꽤 많았다. 방금 전 아버지인 레안과 있을 때에도 그들을 훔쳐보는 시선들이 적지 않았다. 물론 다이젠이나 레안의 성격이 호락호락하지 않다는 것을 다들 알기 때문에 섣불리 다가오는 사람은 없었지만.

고양이를 받쳐 든 손길이 조심스러운 것과 달리 다른 생각에 잠긴 다이젠의 표정은 쉽게 근접할 수 없는 분위기를 풍겼다. 그래서 마주치는 학생들마다 다들 슬금슬금 다이젠을 피해 갔다.

그는 어제 저녁에 있었던 일을 생각하고 있었다. 그리고 그 이후부터 지금 이 순간까지 만난 적 없는 아리스도.

혹시 그를 피하는 걸까? 어제의 일을 생각해 보면 그럴 수도 있을 것 같았다.

역시 성급했나, 하는 생각도 들었지만 마음이란 게 그렇게 뜻대로 움직이는 것이 아니었으니까.

아마도 지금 다이젠의 머리 위에 꽃이 있다면 시무룩하게 꽃잎을 말고 있을 것이었다. 다이젠은 낮은 한숨을 내쉬었다.

그러고 보니 내일이 예비 졸업 시험이었지. 그럼 그냥 오늘은 찾아가지 않는 게 낫겠다.

야옹.

품 안에 안겨 있던 네로가 다이젠의 마음을 다 안다는 듯이 손을 핥았다. 다이젠은 고양이를 좀 더 편하게 고쳐 안고 식당을 향해 걸어갔다.

* * *

얼룩 고양이 네로가 피투성이로 발견된 것은 다음 날 아침이었다.

졸업시험을 보러 기숙사 밖으로 나온 4학년 학생이 등굣길에 쓰러져 있는 고양이를 발견했다. 낙엽 위에 누운 고양이는 날카로운 것에 베인 것처럼 몸에서 피를 흘리고 있었다.

처음 네로를 발견한 학생은 당황해서 우왕좌왕했다. 다들 시험장으로 향하는 길이었기 때문에 많은 학생들이 그 광경을 목격했다.

그러다 문득 어느 학생이 소리쳤다.

"앗, 어제 다이젠이 데려갔던 고양이잖아?"

물론 그 학생은 어제 방과 후에 보았던 모습이 떠올라 말했을 뿐,

딱히 다이젠에게 악감정을 가지고 있지는 않았다.

하지만 '어제 다이젠이 데려갔던 고양이가 오늘 아침 피투성이가 되어 나타났더라.'하는 소문이 그 후 교내에 일파만파 퍼진 것은 어쩔 수 없는 노릇이었다.

* * *

"내가 안 그랬다고 몇 번을 말해?"

다이젠은 지금 이 상황이 매우 거지같다는 생각을 하며 입을 열었다.

오늘은 3, 4학년의 시험이 있는 날이었기 때문에 다른 학년은 수업 자체가 없었다. 하지만 다이젠은 오전부터 선도부실에 출석해야만 했다. 바로 아침에 있던 사건 때문이었다.

그로서도 네로가 피투성이로 발견되었다는 사실에 놀라지 않을 수 없었다. 그렇기 때문에 자신이 범인으로 의심받는 상황이 매우 유감스러웠다.

물론 그를 호출한 교수들은 다이젠을 범인으로 생각하지 않는다고 말하며, 다만 목격자로서의 진술을 듣고 싶다고 했다. 하지만 지금 눈앞에 마주 보고 앉은 사람은 분명 그를 범인으로 취급하고 있었다.

"물론 넌 그렇게 말하겠지."

바로 학생회의 선도 담당인 에이드리안 라인츠버그였다.

"하지만 어제 널 목격한 학생들이 너무 많아."

어느덧 시간이 흘러 정오 무렵이 되어 있었다. 어느덧 3, 4학년의 시험도 끝난 뒤였다.

그럼 얌전히 기숙사에나 가서 쉴 것이지, 선도부실에는 왜 들어와서 취조하는 흉내를 내고 있는 거야?

다이젠은 삐딱하게 생각했다.

"식당에 데려다주고 곧장 나왔다고 했잖아."

"그 말을 믿으라고?"

"안 믿으면 어쩔 건데? 이미 증인도 있어."

"그 후에 다시 찾아갔겠지."

"찾아가서? 내가 그 고양이를 다치게 만들 이유가 있어?"

"그건 네가 한 짓이니 네가 더 잘 알지 않을까?"

도무지 말이 통하지 않았다.

그 고양이가 얼마나 다친 건지 알려 달라고 해도 대답해 줄 생각은 안 하고 저 따위 시답잖은 소리나 계속 지껄이고 있다니.

그나저나 이렇게 눈에 불을 켜고 억지를 부리는 이유가 뭘까.

다이젠은 고개를 기울이고 의자에 앉아서 마주한 사람을 응시했다. 그리고 곧 알 만 하나는 듯 싸늘히 웃으며 말했다.

"날 범인으로 몰고 싶으면 그냥 그렇다고 말해. 구질구질하게 뱅뱅 돌려서 헛소리나 늘어놓지 말고."

에이드리안의 눈매가 한순간 움찔 떨렸다. 잠시 동안 그의 눈동자에 동요가 내비쳤다. 하지만 그는 곧 얼굴을 굳히며 다이젠의 말을 부정했다.

"네가 거짓말만 하지 않으면 나도 이렇게까지……."

"거짓말이 취미인 건 그쪽일 텐데."

"그게 무슨……!"

다이젠의 서느런 말에 에이드리안이 저도 모르게 언성을 높였다가 곧 입을 다물었다. 그 후 그는 감정을 삭이듯 잠시 동안 눈을 감고 손으로 이마를 짚었다. 찔리는 게 있어서 그런지 에이드리안은 예민하게 반응했다. 다이젠은 그런 그의 모습을 속으로 비웃었다.

"다이젠은 안 그랬어."

바로 그때, 굳게 닫혀 있던 문이 열렸다.

그 안으로 들어선 사람을 보고 에이드리안과 다이젠 둘 모두 멈칫했다. 선도부실 안으로 들어선 것은 아리스였다.

"이상하네. 교수님들이 다이젠은 사건 직전의 목격자로 진술하러 온 거라고 했는데, 내 눈에는 왜 범인 취급을 받고 있는 걸로 보이지?"

아마 문 밖으로 두 사람이 나누는 대화가 새어 나갔던 모양이다. 그녀는 곧장 에이드리안을 보며 말했다. 아리스의 표정이나 말투는 지극히 담담했지만 에이드리안은 그녀에게 비난받기라도 한 것처럼 한순간 흠칫했다.

"그런데 에이드리안, 왜 네가 여기에 있어? 교수님들은?"

"급한 일이 생겼다고 나가셨어. 그 전에 나한테 다이젠을 맡기셨고."

"그래? 그럼 얼추 얘기는 끝났겠네. 다이젠 데려가도 되지? 나 배고픈데."

아리스는 선도부실 안의 심각한 분위기가 느껴지지 않는 것처럼 태연히 말했다. 다이젠을 데리고 나가겠다는 그녀의 말에 에이드리안이 입을 열었다.

"아리스, 다이젠은 아직 이번 일에 대한 의혹이 풀리지 않아서……."

"아직 이야기가 덜 끝난 거야?"

아리스의 고개가 옆으로 움직여졌다. 이번에는 에이드리안이 아닌 다이젠에게 물은 것이었다.

다이젠은 여전히 서늘한 얼굴을 한 채로 대답했다.

"할 말은 다 했어. 별로 관심은 없어 보였지만."

그 말에 에이드리안은 반박하려 했지만 아리스의 말이 조금 더 빨랐다.

"다이젠은 어제 저녁에 나랑 계속 같이 있었으니까 필요하다면 내가 증언할게."

바로 그 순간 에이드리안의 표정이 변했다. 그는 믿을 수 없는 것을 들은 얼굴로 아리스를 보며 저도 모르게 반문했다.

"둘이 계속 같이 있었다고……?"

그녀의 말에 미묘한 표정을 지은 것은 다이젠도 마찬가지였다.

어제 두 사람은 만난 적이 없었다. 사실 아리스와 다이젠은 그저께 온실에서의 일이 있고 나서 지금 처음으로 서로의 얼굴을 본 것이었다.

그런데도 아리스는 천연덕스럽게 말했다.

"그래. 그러니까 너도 괜한 데 신경 쏟지 마. 이럴 시간에 진짜 범인을 찾는 게 더 생산적이겠어."

그 후 다이젠은 자신을 따라 나오라는 듯 눈짓하는 아리스를 보고 자리에서 몸을 일으켰다. 여전히 기분이 좀 미묘했지만 그것을 내색하지는 않았다.

먼저 다이젠을 문 밖으로 내보내고 난 후 아리스가 그 뒤를 따랐다.

"……네가 그렇게 두둔해 줄 만한 가치가 있는 애야?"

등 뒤에서 조용한 음성이 흘러든 것은 바로 그때였다. 뒤돌아보자 어두운 얼굴을 한 채 가라앉은 눈동자로 아리스를 응시하고 있는 에이드리안이 눈에 들어왔다.

아리스는 무심한 어조로 그에게 반문했다.

"그럼 그건 내가 대답해 줄 가치가 있는 물음이야?"

에이드리안은 대답하지 못했다.

아리스는 그런 그에게서 시선을 떼고 다시 뒤돌았다. 그리고 에이드리안을 혼자 둔 채 문을 닫았다.

* * *

"내가 물어봤는데 네로는 많이 다치지 않았대."

복도로 나서자마자 싸늘한 바람이 뺨을 스쳤다. 어딘가에서 창문을 열어 둔 모양이었다.

"상처가 얕아서 보기보다 출혈이 많지는 않았나 봐. 지금은 자고 있다더라고."

아리스는 미간을 찡그리며 말을 이었다. 방금 전 전해 듣고 온 네로의 모습을 생각하는 듯 표정이 그리 밝지 못했다.

그렇게 나란히 복도를 걷다가, 문득 아리스는 얼굴 옆으로 쏟아지는 시선을 느꼈다. 그것을 좇아 고개를 들자 미묘한 표정을 지으며 그녀를 내려다보고 있는 다이젠이 시야에 들어왔다.

그것이 마치 이유를 묻는 듯해서 아리스는 말했다.

"궁금할 것 같아서. 너랑 친했잖아."

물론 처음 그 소식을 전해 들은 아침부터 고양이의 상태가 궁금하기는 했다. 그렇다고 해서 아리스의 생각처럼 네로와 친한 것은 아니었지만, 그래도 어쨌든.

　하지만 다이젠이 지금 궁금했던 건 다른 문제였다.

　"왜 거짓말 했어?"

　어제 그와 만난 적도 없으면서 마치 편을 들어 주듯 그런 거짓말까지 한 것을 이해할 수 없었다.

　"그렇게 안 하면 끈질기게 굴 것 같아서."

　아리스는 아까 선도부실 안에서 그랬던 것처럼 무덤덤하게 대꾸했다.

　"교수님들도 그렇고 다른 애들도 그렇고, 다들 네가 그랬다고는 생각 안 해. 애초에 네 얘기를 꺼낸 애도 의심해서 그런 게 아니라, 그냥 어제 네가 네로랑 같이 있는 모습을 본 게 생각나서 말한 거라고 하니까."

　사실 그가 진짜로 의심받고 있는 상황이라면 부모인 레안과 리리안부터 노 이렇게 손 놓고 있을 리가 없었다. 애초에 다이젠은 고양이를 다치게 한 범인을 찾는 참고 역으로 불려 온 것이기도 했다.

　그렇기 때문에 에이드리안에게 느닷없이 추궁을 받았을 때에는 더욱이 황당한 기분을 감출 수 없었던 것이다.

　"그냥 에이드리안만 유난인 거야."

　아리스가 콧잔등을 찌푸리며 덧붙였다. 그녀는 방금 전 선도부실 안에서 있던 일이 못마땅한 것 같은 얼굴이었다.

　다이젠은 아리스가 그런 반응을 보이는 것에 왠지 이상한 기분이 들었다.

"시간이 좀 늦었네. 빨리 가자."

"어디를?"

"나 배고프다니까."

그렇게 건물 밖으로 나왔을 때, 아리스가 다이젠을 재촉했다. 그가 되묻자 아리스는 아까 전 자신이 한 말을 어디로 들었냐는 듯이 슬그머니 눈썹을 치켜 올렸다.

"너 때문에 밥 먹으러 가던 길에 급하게 온 거란 말이야."

그 말에 다이젠의 걸음이 일순간 멈칫했다.

자신 때문에 급하게 선도부실로 왔다니, 그 말은 마치 그녀가 그를 걱정했다는 것처럼 들렸다.

"걱정했어?"

"그럼 안 하겠니?"

곧바로 긍정 어린 대답이 돌아와 다이젠은 침묵했다. 아리스는 옆에서 잠시 동안 아무 말이 없자 의아하게 고개를 돌렸다. 그리고 그때, 아리스의 손에 그녀의 체온보다 조금 낮은 온기가 닿았다.

"그래, 밥 먹으러 가자."

아리스의 손을 붙잡은 것은 다이젠의 손이었다.

아리스는 얼결에 그에게 이끌려 교정을 걸었다. 주위를 지나다니는 학생들이 그런 두 사람을 토끼 눈을 한 채 보고 있었다.

그렇게 좀 걷다 보니 문득 이상한 기분이 들었다.

아니, 지금 엄청 자연스럽게 손을 잡고 있잖아? 그러고 보니까 온실에서의 일도 잠깐 잊고 있었는데 갑자기 또 생각이 났다.

아리스는 퍼뜩 정신을 차리고 다이젠을 올려다보았다.

"왜?"

그러자 그가 그녀를 내려다보며 물었다. 그런데 다이젠의 얼굴을 보는 순간 이상하게 말이 잘 나오지가 않았다.

"어, 아니……."

그래서 결국 아리스는 어물거리며 다시 정면을 향해 고개를 돌리고 말았다.

다이젠에게 붙잡힌 손이 괜히 의식되어서 그녀는 손가락을 꼼지락거렸다. 하지만 또 이상하게도 다이젠의 손을 먼저 뿌리칠 수가 없었다.

이거 진짜 뭔가 이상한데…….

그런데 정확히 뭐가 이상한지는 모르겠어서, 아리스는 알쏭달쏭한 마음으로 계속 교정을 걸을 수밖에 없었다. 여전히 손은 다이젠에게 붙잡힌 채였다.

* * *

3, 4학년의 시험이 끝나고 나자 이제는 정말 학기말이라는 느낌이 났다.

야옹.

다이젠과 아리스는 그 후 의무실에 있는 네로를 보러 갔다. 온몸에 붕대를 감고 있는 네로는 책 속에 등장하는 미라 같았다.

아리스는 그 모습이 안쓰러워 표정을 흐렸다. 의무실의 보건 교사는 그래도 회복 속도가 빠르니 너무 걱정하지 말라고 그런 그녀를 위로했다.

다이젠의 표정도 썩 밝지는 못했다. 네로는 다른 누구보다 다이젠을 반가워하며 이불 위에 앞발을 꾹꾹 문질렀다.

야옹. 야옹.

기운 없이 누워 있던 방금 전과 달리 다이젠에게 다가가는 움직임에는 생동감이 넘쳤다. 아무래도 다이젠을 정말 좋아하는 모양이었다. 다이젠도 그런 네로를 밀어내지 않았다.

그는 무심코 고양이를 쓰다듬어 주려는 듯 손을 뻗었다가, 곧 어디를 만져야 좋을지 모르겠다는 듯 다시금 팔을 내렸다. 온몸이 상처투성이여서 어디를 만져도 아플 것 같았기 때문이었다.

네로는 완전히 회복될 때까지 의무실에서 보살필 예정이라고 했다.

그녀는 누군가 일부러 네로의 몸에 상처를 낸 것이 분명하다며, 그런 짓을 한 사람이 학교 안에 있다는 사실에 소름이 끼친다고 했다. 그 말에는 아리스도 동의했다.

나중에는 어느 학생이 찾아와 다이젠에게 사과하는 일도 있었다. 아침 등교 시간에 쓰러진 네로를 보고 다이젠의 이야기를 꺼냈던 학생이었다. 그는 다이젠을 음해할 의도로 그의 이름을 입 밖에 낸 것이 아니며, 만약 자신 때문에 오해를 받았으면 미안하다고 다이젠에게 말했다.

멋쩍음과 미안함이 뒤섞인 그 얼굴은 진심이어서 아리스의 마음은 조금 누그러졌다. 물론 정작 당사자인 다이젠은 끝까지 아무래도 상관없다는 반응이었지만 말이다.

"와, 이거 뭐야?"

그리고 일주일 만에 방문한 온실에서 아리스는 저도 모르게 탄성을 내뱉었다.

"이틀 전인가에 아버지가 가져왔는데, 수위 할아버지가 기증했다더라고."

며칠간 걸음하지 않았던 사이 온실에 못 보던 것이 생겼기 때문이었다.

그것은 2, 3인용으로 보이는 그네 의자였다. 수위 할아버지가 기증했다는 말대로 그것은 전체적으로 좀 낡은 느낌이었다. 하지만 푹신한 쿠션과 방석을 깔아 두자 모양이 제법 그럴듯했다.

"푹신푹신해."

"방석을 깔았으니까."

아리스는 드물게도 들뜬 티를 내며 가서 의자에 앉았다. 바닥에 발을 짚고 무릎을 움직이자 의자가 앞뒤로 흔들리기 시작했다. 기름칠을 해서 그런지 삐걱거리는 소리 하나 없이 매끄럽게 움직였다.

"너도 앉아 봐."

어린애처럼 신나 하는 그 모습을 보며 다이젠은 웃었다.

"왠지 아리스 선배가 좋아할 것 같았어."

평소에는 권태에 잠겨 있거나 날카로운 느낌을 풍기던 붉은 눈동자가 부드럽게 휘어졌다. 지극히 무심한 빛을 내던 얼굴에도 온기가 어려 있었다. 그 모습을 보는 순간 이상하게도 턱 말문이 막혔다. 얼마 전부터 다이젠을 볼 때면 나타나는 증상이었다.

아리스는 괜히 당황스러워서 다이젠의 말을 부정했다.

"아니, 별로 막 그렇게 좋진 않거든? 나 어린애 아니거든?"

"그렇다고 쳐."

그러자 어느덧 원래의 얼굴로 돌아간 다이젠이 코웃음 치며 맞받아쳤다. 그 얄미운 말투에 발끈하지 않은 것은 아니었다. 하지만 곧이어 그가 아리스의 옆자리에 와서 앉았기 때문에 그녀는 따질 타이밍을 놓치고 말았다.

아리스는 속으로 투덜거리며 시선을 앞으로 돌렸다. 그리고 곧 시야에 들어온 광경에 작은 탄성을 내뱉었다.

"아, 이렇게 앉아 있으니까 온실 풍경이 한눈에 다 보이네."

방금 전까지는 그네 의자에만 관심이 쏠려서 미처 몰랐다.

하지만 이렇게 다시 보니 눈앞에 보이는 온실의 풍경이 장관이었다. 이제 곧 겨울인데도 온실 안에는 색색의 꽃들이 활짝 피어나 있었다. 물론 아리스는 그 꽃들의 이름을 알지 못했지만 꽃들의 배치라던가 조합이 굉장히 조화롭고 예쁘다는 것만은 알 수 있었다.

"이 자리가 명당인가 봐."

"그래서 일부러 의자도 여기에 가져다 둔 거야."

그런 것 같다고 생각했다. 전체 조경을 잘 아는 게 아니라면 지금 이 자리에 휴식 공간을 만들 생각도 하지 못했을 테니까.

온실 안에 휴식 공간이 마련된 이후로 아리스와 다이젠은 의자에 나란히 앉아 같이 시간을 보내는 날이 많아졌다.

그들은 함께 소소한 이야기를 나누기도 했고, 가끔은 그냥 각자의 시간을 보내기도 했다.

"그러고 보니까 너 여동생 있다며?"

그러던 어느 날 푹신한 쿠션에 파묻혀 책을 읽다 말고 아리스가 문득 생각났다는 듯이 입을 열었다.

그녀의 질문에 다이젠이 멈칫하다가 되물었다.

"어떻게 알았어?"

"어제 네 친구들 봤는데 어쩌다 보니 말이 나와서."

하여간 입들은 가벼워서.

다이젠의 얼굴에 못마땅함이 어렸다. 그는 호기심 어린 눈동자를 빛내는 아리스를 보며 내심 곤혹감을 느끼고 있었다. 하지만 워낙 표정 변화가 적었던 탓에 그런 속내를 아리스에게 들키지는 않았다.

"너랑 닮았어?"

곧 그녀가 호기심 어린 눈을 빛내며 물었기 때문에 어쩔 수 없이 입을 열 수밖에 없었다. 사실 정 말하기 싫은 내용이라면 그냥 그렇게 말을 하면 되었을 것이었다. 다이젠이 원하지 않는데 아리스가 그에게서 억지로 무언가를 캐내려 할 리는 없었으니까. 하지만 다이젠의 머릿속에는 아리스가 원하는 일을 거부한다는 답안지 자체가 없었다.

"별로 안 닮았어."

결국 다이젠은 아리스가 그의 여동생에 대해 묻는 말에 그 후로도 착실히 대답했다.

"몇 살이야?"

"나보다 두 살 어려."

"어, 그럼 내년에 우리 학교 올 수도 있겠다."

다이젠의 대답에 아리스가 두 눈을 크게 떴다.

다이젠과 두 살 차이라면 내년에 입학이 가능한 나이였다. 그래서 별다른 생각 없이 그렇게 말했으나 어째서인지 다이젠은 대답을 망설였다.

"글쎄."

시원치 못한 그 목소리에 아리스는 고개를 갸웃했다.

혹시 동생이랑 별로 안 친한가? 하기야 형제나 자매라면 몰라도,

남매라면 그럴 수도 있을 것 같았다.

"난 네가 외동인 줄 알았어."

"다들 그렇게 생각하니까, 뭐."

그 후 대화는 뜨뜻미지근하게 끝났다.

다이젠의 태도가 왜인지 모르게 마음에 걸렸지만 어쩐지 더 이상 이야기 하고 싶지 않은 것 같아서 아리스도 굳이 더 묻지 않았다.

그 후 아리스는 아까부터 읽던 책을 다시 보기 시작했다. 다이젠도 원래 하던 대로 화단에 물을 주었다.

꽃잎 위에 물방울이 분산되어 쏟아지는 소리가 평화로운 정적 위에 덧씌워졌다.

아리스는 어느 순간부터 책에서 눈을 떼고 다이젠의 모습을 바라보고 있었다.

처음에는 절대로 한 데 엮을 수 없는 조합이라고 생각했는데, 다이젠에게는 의외로 꽃이 잘 어울렸다. 눈앞에 보이는 광경이 평화로워서 덩달아 아리스의 마음도 평온해지는 기분이었다.

"……."

그리고 잠깐 눈을 감았다 떴을 때, 어느덧 주위에는 해가 지고 있었다.

가물가물한 시야에 주황색 노을이 길게 드리워져 있는 것이 보였다. 아리스는 한순간 상황을 인식하지 못하고 느리게 눈을 깜빡거렸다.

주위는 여전히 조용했고, 은은한 꽃향기가 후각을 간지럽혔다.

아직까지도 졸음이 묻어 있는 눈동자에 의문이 떠올랐다.

어, 뭐지? 왠지 아까보다 시간이 좀 흐른 듯한…….

그리고 문득 그녀는 방금 전까지 자신이 잠든 상태였다는 것을 깨달았다. 아무래도 온실 안이 따뜻하고 조용해서 자기도 모르게 졸음이 쏟아진 모양이었다.

그런데 다이젠은 어디에 있지?

팔락.

그때, 옆에서 종이를 넘기는 소리가 들려왔다. 아리스의 눈길이 소리가 들린 방향을 향해 도르륵 굴러갔다.

아리스는 지금 자신이 누군가의 어깨에 머리를 기대고 있다는 사실을 깨달았다.

"으앗."

그 직후 그녀는 깜짝 놀라 상체를 일으켰다. 그러자 옆에서 나직한 음성이 날아들었다.

"좀 더 자도 되는데."

다이젠은 아리스가 읽던 책을 들고 있었다. 방금 전까지 책장 넘기는 소리가 들렸던 것으로 봐서, 아마도 그녀가 자는 동안 책을 읽는 중이었던 것 같았다.

내가 지금 얘 어깨를 베개 삼아 베고 잔 거야?

아리스는 잠시 동안 넋을 놓고 있다가 이내 퍼뜩 정신을 차렸다.

설마 침을 흘리고 잔 건 아니겠지?

엉뚱한 걱정에 곧장 시선을 움직였지만 방금 전까지 그녀가 기대 있던 어깨에는 아무런 흔적도 남아 있지 않았다.

"지금 몇 시야?"

"아직 저녁 시간 안 됐어."

아리스가 묻자 다이젠이 여상히 대답했다. 다행이라고 해야 할지,

아직 시간이 그렇게 많이 지난 건 아닌 모양이었다.

그런데 다음 순간 다이젠이 아리스에게 손을 뻗었다. 약간 헝클어져 있던 머리카락에 그의 손이 닿았다.

아리스는 무척이나 자연스럽게 자신의 머리를 정리해 주는 다이젠 때문에 조금 얼떨떨해졌다.

머리에 닿는 손길이 조심스럽다고 느껴질 정도로 꽤나 부드럽고 섬세했다. 그래서인지 그 손길을 받고 있는 동안 아리스는 기분이 좀 이상해졌다. 그래서 괜히 헛기침을 한 뒤 입을 열었다.

"깨우지 그랬어?"

"생각보다 깊게 잠든 것 같아서."

그 무덤덤한 반응이 평소와 다르지 않아 그래도 안심이 되었다.

아리스는 밖에서 쉽게 방심하는 성격이 아니었다. 그래서 다른 사람과 같이 있을 때 단 한 번도 이런 식으로 잠들거나 한 적이 없었다.

그녀는 공연한 어색함에 슬그머니 의자의 등받이에 몸을 기댔다.

"심심했겠네."

"아니, 그렇지는 않았어."

그리고 옆에서 작은 웃음소리가 들려 고개를 돌렸다. 그러자 다이젠이 책으로 시선을 내린 채 옅게 미소 짓고 있는 모습이 눈에 들어왔다.

그의 머리 위로 붉은 햇빛이 내리비췄다. 그녀에게 보이고 있는 옆얼굴에도 석양이 물들었다. 그런 그의 머리는 조금 모양이 헝클어져 있었다.

방금 전 아리스의 머리카락은 정성껏 정돈해 줘 놓고, 정작 자신의 머리카락이 저런 상태인 것은 모르는 눈치였다.

아리스는 다이젠의 모습을 물끄러미 응시했다.

"왜?"

그러자 그녀의 시선을 의식했는지, 곧 다이젠이 물으며 눈길을 움직였다.

"그냥, 좀 아쉬워서."

예전 같았다면, 지금 이 순간에도 그녀를 향해 봄 만난 듯 활짝 피어나는 꽃을 볼 수 있었을 텐데.

그 광경이 한순간 넋을 잃을 정도로 무척이나 예뻤기 때문에 왜인지 조금은 아쉬운 마음이 들었다. 이래서 사람의 마음이 간사하다고 하는 모양이다. 한때는 제발 좀 사라지라고 간절히 바랐던 주제에, 이제 와서 아쉬움을 느끼는 것이 스스로 생각하기에도 조금 웃긴 것 같았다.

물론 다이젠은 그녀의 말을 이해하지 못한 눈치였기 때문에 아리스도 그냥 다이젠의 머리를 한 번 쓰다듬어 주기만 했다.

* * *

그리고 다음 날 아침 눈을 뜬 아리스는 황당함을 느끼며 자리에서 몸을 일으켰다.

"진짜야?"

"응? 뭐가?"

황망한 중얼거림에 오늘따라 일찍 일어나 아리스를 깨운 리즈벳이 의아하게 물었다.

그런 그녀의 머리 위에는 하얀 꽃 세 송이가 피어 있었다. 이해 못

할 아리스의 반응에 의문을 느끼는 것처럼, 그 꽃들은 고개를 갸웃거리듯이 좌우로 몸을 흔들기 시작했다.

"왜 그래? 어디 아파? 오늘 종업식인데 그냥 쉴래?"

실로 많은 일들이 있었던 3학년의 마지막 날.

아리스의 혼란과 함께 방학이 시작되었다.

15. 다이젠의 비밀

시야가 온통 새하얬다.

눈에 비친 의사와 간호사의 가운도, 병동에 입원한 사람들의 환자복도, 복도의 내벽도 모두 때 타지 않은 하얀색이있다.

이러다가는 없던 결벽증까지 생길 것 같다고 다이젠은 무심코 생각했다.

"나 왔어."

장기 입원을 하는 환자들이 모인 제5병동은 조용했다.

다이젠은 기나긴 복도를 걸어 병실의 문을 열었다. 그러자마자 곧장 강한 바람이 얼굴로 날아들었다.

"어서 와."

열려진 창문 앞에서 커튼과 함께 흔들리고 있는 검은 머리카락이

제일 먼저 눈에 들어왔다. 일부러 볕이 잘 드는 병실을 고른 탓인지 안으로 내리쪼이는 햇빛이 제법 강렬했다.

"오는 게 보여서 기다리고 있었어."

병실에서 그를 맞아 준 것은 체구가 작은 소녀였다. 다이젠은 성큼 걸음을 옮겨 소녀가 앉은 창가로 다가갔다.

"아, 내가 좋아하는 거다."

그녀는 다이젠의 손에 들린 상자를 향해 반색하다가 눈앞에서 닫히는 창문을 보고 곧 실망한 표정을 지었다.

"조금 더 열고 있어도 되는데."

"안 돼, 감기 걸려."

다이젠의 단호한 태도에 소녀도 결국 체념했다.

그녀는 다이젠을 따라 창가에서 벗어나 침대 옆에 있는 테이블로 자리를 옮겼다. 그리고 들뜬 손길로 다이젠이 가져온 상자를 열어보았다.

"맛있겠다. 다 내가 좋아하는 거네."

그 안에는 레몬 타르트, 초콜릿 브라우니, 딸기 쇼트케이크, 바닐라 밀푀유, 몽블랑 등등의 디저트 케이크가 한가득 들어 있었다. 지난번에도 다이젠이 그녀를 위해 가져왔으나 갑자기 속이 안 좋아져서 먹지 못했던 것들이었다.

그러니 아마도 그날 그녀가 아쉬워했던 것을 기억하고 오늘 다시 케이크를 사 온 것일 터였다.

"오빠가 이렇게 섬세하고 다정한 성격이라는 걸 다른 사람들도 알아야 할 텐데."

"그런 생각을 하는 건 너랑 어머니 정도밖에 없어."

장난스럽게 한숨을 폭 내쉬며 하는 소리에 다이젠이 실소를 흘렸다.

"아리스는 잘 지내?"

그러다 문득 그녀가 바닐라 밀푀유를 상자에서 꺼내며 지나가듯 물었다. 다이젠이 멈칫한 사이 연이어 소녀가 말했다.

"응. 잘 지내는 것 같더라."

자문자답하는 모양새에 다이젠의 미간이 움찔 찌푸려졌다.

"그걸 네가 어떻게 알아?"

"축제 때 봤어. 학교에 몰래 들어갔거든."

그 순간 다이젠의 얼굴이 서늘하게 굳어졌다.

아, 이건 혼나기 직전의 얼굴인데.

애초에 아버지인 레안 아르카노발과 쏙 닮아 있는 저 표정을 알아채지 못하는 게 더 어려웠다.

"화내지 마. 벌써 엄마, 아빠한테 엄청 혼났으니까. 병원에서도 혼났어."

"당연히 혼나야지."

다이젠은 가차 없이 단호하게 말했지만 그래도 시무룩한 소녀의 모습에 더는 다른 말을 하지 않았다.

사실 그녀는 다이젠이 이럴 것을 알고 일부러 더 풀이 죽은 척하고 있었다.

다이젠도 아마 그 사실을 모르지는 않을 것이었다. 그런데도 그냥 모르는 척 넘어가 주는 것이 그의 다정함이었다.

아마도 남들 몰래 병원을 빠져나갔던 그녀의 마음을 헤아리고 있기 때문이겠지.

"앞으로는 혼자 위험한 일 하지 마."

"그래도 재미있었어."

포크로 디저트의 윗부분을 누르자 바닐라 밀푀유가 모양을 흐트러뜨리며 부서졌다.

소녀는 '다시는 그러지 않겠다.'는 약속을 하지 않았다. 그에 다이젠의 얼굴이 또 다시 엄격해지려는 찰나, 가느다란 목소리가 귓가에 울렸다.

"나도 내년에 학교에 갈 수 있을까?"

"창문 잘 닫고 자고 밥도 잘 먹고 운동도 열심히 하면."

"입학시험도 봐야 하는데 공부하라는 소리는 안 하네?"

"벌써 오래 전부터 준비했으니까 너 정도면 거뜬할 거야."

빈말이라고 해도 일단 듣기에는 좋았다. 소녀는 밀푀유를 먹으면서 웃다가 슬쩍 다이젠의 눈치를 봤다.

"있지, 아리스가 다시 날 만나러 와 줄까?"

그녀의 입에서 또 한 번 나온 익숙한 이름에 다이젠은 마주한 사람의 얼굴을 말없이 응시했다.

"미안하다고 사과하고 싶은데."

벌써 아리스를 마지막으로 만난 지도 몇 년이 되어 가고 있었다. 아마 끝이 그렇지 않았다면 오늘까지 이렇게 마음 한구석이 무겁지는 않았겠지.

그러나 지나간 일은 이미 어쩔 수 없었다. 그래서 다만 그녀는 아리스에게 사과하고 싶었다.

몇 년 전 그날, 그렇게 인사 한마디 없이 갑자기 사라져서 미안했다고.

그러다 문득 다이젠의 얼굴을 보니 마주한 눈동자에 곤혹감이 담겨 있었다. 아무래도 난처하게 만들었나 보다.

그녀는 다이젠이 반응하기 전에 먼저 말을 돌렸다.

"아리스도 이제 오빠가 우리 오빠인 거 알아?"

"아니."

"아직 기억 못하는 거야? 그냥 오빠가 먼저 말하지? 쑥스러워서 그러는 거면 그냥 내가 말해 줄까?"

"됐어, 내가 말할 거야."

"그게 벌써 2년째잖아? 이대로라면 졸업할 때까지 말 못하는 거 아니야? 그냥 내가……."

"아나이스."

나직한 음성으로 이름을 불린 소녀는 결국 하는 수 없이 말을 멈추고 말았다.

"알겠어. 그만 놀릴게."

치, 농담도 못 해.

잠시 입술을 삐죽였지만 다른 사람도 아닌 아리스의 일이있으니 그녀의 오빠가 예민하게 반응하는 것도 이해했다.

다이젠은 아나이스가 테이블 위의 밀푀유를 전부 먹어 치우는 것을 지켜본 뒤에야 자리에서 일어났다.

"그만 가 볼게."

"벌써? 엄마, 아빠 금방 오실 텐데."

"그래서 지금 가려는 거야."

"아빠랑 싸웠어?"

"싸운 건 아닌데…… 그냥 좀 짜증나."

"아빠가 놀렸구나?"

다이젠은 대답하지 않았지만 듣지 않아도 알 수 있었다. 그녀는 다이젠의 눈매가 미묘하게 구겨지는 것을 보고 몰래 웃었다.

하긴, 오빠가 좀 놀리는 재미가 있긴 하지.

물론 다이젠 앞에서는 하지 못할 소리였다.

"어쨌든 내일 또 올게."

"내일? 주말이 아니고?"

"방학 했어."

아, 벌써 그럴 때구나. 하루 종일 병원에만 있어서 그런지 시간의 흐름에 종종 무뎌질 때가 있었다.

"그럼 내일 봐, 오빠."

"그래."

남매는 그렇게 여상한 인사를 나눈 뒤 헤어졌다.

＊ ＊ ＊

"안녕하세요!"

현관을 쩌렁쩌렁하게 울리는 목소리는 리즈벳의 것이었다.

그녀는 방학을 맞아 오늘 아리스의 집에 놀러 온 참이었다.

"어서 와, 리즈벳. 오랜만이다."

마침 집에 있던 아리스의 어머니 줄리아도 딸의 친구를 반갑게 맞아 주었다.

두 사람의 머리 위에 있는 꽃들도 서로 인사하듯 파닥파닥 몸을 흔들었다.

아리스는 그 모습을 옆에서 보며 웃다가 다음 순간 리즈벳이 내뱉은 말에 의문을 느꼈다.

"네, 어머니! 지난번에 학교에서 뵙고 처음이네요!"

"학교?"

아리스가 무심코 반문하자 리즈벳이 한순간 움찔했다.

"학교에서 우리 엄마 만난 적 있었어?"

"으, 응? 그게……."

그냥 별생각 없이 궁금해서 물었을 뿐인데 리즈벳은 곧장 대답하지 않았다. 기분 탓인지 그녀는 슬쩍 줄리아의 눈치를 보는 것 같았다. 그 모습을 보자 방금 전까지 없던 미심쩍은 마음이 생겨났다.

"지나가다가 우연히 만났어."

아리스의 눈동자에 의심이 물드는 것을 보고 줄리아가 리즈벳 대신 말했다.

"왜, 레안 아르카노발 교수님한테 인사차 갔을 때 있잖아."

아, 그때 말인가.

머리를 좀 굴리자 어렴풋이 그날의 기억이 떠올랐다. 하지만 그런 거라면 왜 굳이 지금 리즈벳이 말하는 걸 망설인 걸까?

게다가 평소에 그녀는 시시콜콜한 온갖 이야기를 아리스에게 전부 이야기하는 경향이 있었다.

그런데 왜 그녀의 어머니를 학교에서 만났다는 소리는 지금껏 하지 않았을까?

"우리 엄마 만난 거 왜 나한테 말 안 했어?"

"그냥 까먹었어."

한 번 의심이 싹텄기 때문인지 그럴 듯한 리즈벳의 대답에도 아리스의 눈빛은 쉽게 바뀌지 않았다.

"진짜야. 내가 너한테 일부러 숨길 이유가 없잖아?"

그러게. 그런데 왜 자꾸 뭔가를 감추고 있는 것처럼 느껴지지?

게다가 리즈벳의 머리 위에 있는 하얀 꽃도 주인과 같이 허둥지둥
하며 몸부림을 치고 있었다.

"그럼 둘이 방에 들어가서 놀아. 엄마가 간식 가져다줄게."

리즈벳이 아리스의 수상쩍은 눈초리에 점점 안절부절 못하기 시작
했다. 줄리아는 그 모습을 보다 못해 두 사람을 급히 방으로 들여보
냈다.

그래서 결국 아리스는 어쩔 수 없이 더 추궁하지 못하고 리즈벳과
함께 방으로 향했다.

뭐, 방에서 둘이 있을 때 물어봐도 되니까. 숨기는 게 뭔지는 모르
겠지만 어머니인 줄리아와 연관된 일인 건 분명한 것 같고. 그럼 차
라리 그녀가 없는 자리에서 묻는 게 나을 수도 있었다.

그렇게 방을 향해 걷고 있을 때, 문득 잊고 있던 것이 생각났다.

이번 가을, 줄리아가 학교에 와서 레안 아르카노발과 나누었던 대
화가.

"저희 남편을 찾으셨다고요. 휴가가 끝나서 오늘부터 다시 출근했으
니 병원에 가시면 만나실 수 있을 거예요."

"그렇지 않아도 병원에는 내일쯤 한 번 들르려고 했으니 그럼 그때
뵙죠."

그러고 보니 뭐였을까. 그 후의 대화는 듣지 않아서 모르겠지만 아

버지에게 중차대한 볼일이 있는 것 같았는데.

게다가 그 전에 아리스가 먼저 레안 아르카노발을 만나 대화했던 내용도 덩달아 같이 떠올랐다.

"그럼 너희 아버지, 이제 휴가도 끝난 건가? 얼마 전부터 병원에 갈 때마다 계속 자리에 없던데."

"혹시 중요하거나 급한 문제면 제가 아버지한테 전해 드릴게요."

"아니, 그런 건 아니고. 그냥 물어보고 싶은 일이 좀 있어서. 그래, 일주일이라고. 그럼 그때 다시 찾아가지."

그동안 이런저런 일에 치여 잊고 있었는데 갑자기 또 궁금해졌다. 솔직히 일반적으로 생각했을 때, 여러 번 병원에 들러 의사를 찾는 이유는 한정되어 있지 않던가?

혹시 집안에 아픈 사람이라도 있는 걸까?

그런 생각을 하자 조금 걱정이 되기도 했다.

"아리스, 오늘 아버지는 집에 안 계셔?"

"응, 병원에 가셨어."

"에이, 아깝다. 뵙고 싶었는데."

아리스의 대답에 리즈벳은 대놓고 아쉽다는 티를 냈다.

방금 전 어머니의 일로 수상함을 느꼈기 때문인가. 혹시 이것도 무슨 의미가 있는 말이 아닌지 잠깐 의심이 들었다. 하지만 슬쩍 얼굴을 살펴보니 별다른 뜻은 없는 눈치였다.

하긴, 그러고 보면 평소에도 리즈벳은 아리스의 아버지인 이안을 두고 자기 취향의 미중년이라며 좋아했다. 그러니 지금의 말은 진짜로 그냥 순수한 의미의 아쉬움인 것 같았다.

그러다 문득 아리스는 리즈벳의 머리에 달린 꽃을 보며 착잡한 기분을 느꼈다.

방학식 날부터 다시 보이기 시작한 꽃이 오늘도 어김없이 그녀의 시야를 어지럽히고 있었다. 그래도 이번이 두 번째라고 금방 적응이 되어서 다행이었지만…….

도대체 이유가 뭐지?

저 꽃이 그녀의 눈에만 보이는 까닭이 뭔지, 또 한동안은 보이지 않다가 왜 다시 생겨난 건지 여전히 알 수가 없었다.

짐작 가는 것이라고 해봤자 그 전날 '다이젠의 머리 위에 있던 꽃을 이제는 볼 수 없다니 조금은 아쉽다'라고 생각한 게 전부인데…….
설마 그런 이유로 꽃이 다시 생긴 건 아닐 테니까.

아리스는 혼자 고민하며 리즈벳과 함께 방을 향해 걸어갔다.

* * *

사흘 뒤의 오후, 아리스는 외출 준비를 마치고 현관으로 나섰다.
그러자 줄리아가 호기심 어린 얼굴로 그녀를 따라 나왔다.

"저 좀 나갔다가 올게요."

"리즈벳하고 만나니?"

"아니요, 다른 친구요."

"누구, 다이젠?"

"네…….'

흠칫.

아리스는 무의식중에 대답해 놓고 움찔해서 구두를 들고 있던 손을 멈추었다.

당황해서 고개를 돌리자 온화하게 미소 짓고 있는 줄리아가 눈에 들어왔다. 그런 그녀의 얼굴만 보면 방금 전 아리스에게 폭탄을 투하한 사실도 없는 일인 것 같았다.

"다, 다이젠 이름이 갑자기 왜 나와요?"

"어머, 왜기는."

그러지 않으려 했지만 갑작스러운 기습에 놀라 당황한 티를 조금 내고 말았다. 그런 딸을 보며 줄리아는 호호 웃었다.

"그냥 지난번에 만났던 게 갑자기 생각나서 말해 봤어."

"학교에서 리즈벳 말고 다이젠도 만나셨어요?"

"아니, 리즈벳하고 만난 날 말고. 왜, 네가 다리를 다쳐서 다이젠에게 업혀 왔을 때 있었잖니."

줄리아는 정말 아무런 의미도 없이 그냥 해 본 소리라는 것처럼 담담한 태도였다. 하지만 그녀를 보는 아리스의 눈동자에는 이미 의심이 그득 됐다.

"애는, 약속 시간에 늦겠다. 어서 나가 봐야지."

마주한 얼굴이 못내 수상했지만 줄리아는 여전히 해맑게 웃으며 그녀의 등을 떠밀 뿐이었다.

"그래서, 다이젠하고 만나는 거라고?"

"아니에요!"

그러면서 은근히 또 한 번 물어 오는 말에 아리스는 반사적으로 부정했다. 이번에는 줄리아의 얼굴이 방금 전 아리스가 지었던 표정과 비슷해졌다. 그녀의 머리 위에 있는 보라색 꽃도 정말이냐는 듯 좌우로 갸웃 고개를 흔들었다.

"그럼 다녀올게요."

"그래."

결국 아리스는 줄리아를 피해 급히 문을 나설 수밖에 없었다.

* * *

아리스는 방금 전 집을 나서기 전에 있었던 일을 곱씹으며 걸음을 서둘렀다. 아직까지도 당황스러운 마음이 남아 있어서 그런지 절로 걷는 속도가 빨라졌다.

사실은 오늘 다이젠과 만날 약속을 한 게 맞았기 때문에 더욱 속이 찔렸다.

어머니를 속일 마음까지는 없었는데 떠보는 듯한 어조에 저도 모르게 그만 거짓말을 해 버렸다.

"이상하네."

잠시 후, 아리스는 공연히 혼잣말을 중얼거렸다.

정말 아무 의미 없는 소리였을까? 어머니는 그냥 해 본 말이라고 했지만 왠지…….

끄응. 아리스의 입에서 낮은 신음이 새어 나왔다. 아무래도 이따가 집으로 돌아가면 좀 더 자세히 물어봐야겠다 싶었다.

아, 하지만 혹시 그랬다가 만약에 역으로 다이젠과의 일을 묻기라도 하면…….

솔직히 들켜도 상관없긴 했지만 은근히 찜찜한 이 기분은 뭐지? 다이젠이 레안 아르카노발 교수님의 아들이라 그런가? 부모님끼리 아는 사이이기도 하고.

게다가 리즈벳과 어머니가 학교에서 따로 만났다는 사실도 계속 마음에 걸렸다. 리즈벳은 끝까지 그날의 일은 우연한 만남이었다고 주장했지만 아리스의 감은 그것이 아니라고 말해 주고 있었다.

아, 모르겠다. 하지만 사실은 아무리 고민해 봤자 지금 당장 해소할 수 있는 궁금증이 아니기도 했다.

아리스는 계속해서 기분을 찝찝하게 만드는 생각을 떨치고 걸음을 재촉했다.

사람들이 많은 길가로 들어선 탓일까. 슬슬 속이 미식거리기 시작했다.

머리 위에 피어난 꽃들은 그 종류가 제각각인 만큼 향기도 다양했다. 개중에는 특히 머리가 아플 정도로 강렬한 향을 내뿜는 꽃도 있었고, 카밀레 키든의 것처럼 썩은 냄새를 풍기는 꽃도 있었다.

그 모든 냄새가 뒤섞인 길거리의 공기는 실로 끔찍했다. 아리스는 어서, 1초라도 빨리 이 쾌적하지 못한 공간에서 벗어나고 싶다고 생각하며 발길을 서둘렀다.

아마도 아리스에게 꽃가루 알레르기 같은 것이라도 있었다면 지금쯤 이보다 더한 지옥을 맛보고 있을 것이었다. 그런 걸 생각하면 그나마 다행이라고 여겨야 하는 걸까.

딸랑.

아리스는 오늘의 약속 장소에 다다라 유리문을 밀어젖혔다.

실내의 공기라고 바깥과 썩 다르지는 않았다. 그나마 수십, 수백 가지의 꽃향기들이 뒤섞여 있던 바깥보다는 조금 나았지만 여기는 또 밀폐된 공간이라 그런지 공기가 영 답답했다.

아리스는 얼굴을 약간 찌푸린 채 다이젠을 찾았다.

하지만 그녀는 주위를 오래 두리번거려야 할 필요가 없었다. 어디에선가 문득 익숙한 향기가 흘러들었기 때문이었다.

찡그려져 있던 아리스의 표정이 서서히 풀어졌다.

울렁거리던 속도 빠르게 가라앉기 시작했다. 아리스는 낯익은 붉은 꽃을 향해 걸음을 옮겼다.

다이젠에게 가까워질수록 후각을 마비시킬 만큼 독한 향기가 점차 옅어져갔다.

"일찍 왔네? 오래 기다렸어?"

"아니, 나도 방금 왔어."

아리스는 다이젠이 앉은 테이블의 맞은편에 가서 자리를 잡았다. 그런 아리스의 얼굴을 잠시 동안 살피던 다이젠이 물었다.

"무슨 일 있어?"

"아니, 왜?"

"처음에 들어올 때 표정이 별로여서."

아무래도 처음 실내로 들어설 때 아리스의 얼굴이 썩 밝지 않던 것을 본 모양이었다. 하지만 가까이에서 본 그녀는 또 방금 전과 달리 편안한 표정을 짓고 있어서, 다이젠은 내심 긴가민가한 것 같았다.

"지금은 괜찮아."

아리스는 그 모습을 보고 웃었다.

확실히 처음 이 안에 들어설 때만 해도 속이 울렁거리고 기분도 별로였지만……. 다이젠을 만난 순간부터는 괜찮아졌다.

아리스는 자신의 눈앞에 활짝 피어나 있는 붉은 꽃을 보았다. 방학식 날 보았던 것처럼 다이젠의 꽃은 여전히 그녀를 향해 봄철을 맞은 듯이 만개해 있는 상태였다. 그 꽃에서 흘러나오는 향기가 아까부터 그녀의 머리를 아프게 만들던 다른 꽃향기들을 부드럽게 누르고 있었다.

그래서 아리스는 아까보다 확연히 기분이 좋아진 채로 다이젠을 마주할 수 있었다.

잠시 후, 그녀는 모락모락 하얀 김을 내는 따뜻한 커피를 눈앞에 두었다.

맞은편에 앉은 다이젠이 그녀의 커피에 각설탕 반개를 대신 넣어 주었다. 그 후에 그는 아리스가 차를 마실 때 주로 먹는 진저 쿠키를 앞으로 슬쩍 밀어 주었다.

아리스는 그 자연스러운 동작에 위화감을 조금도 느끼지 못하다가 잠시 후 멈칫했다.

"너 내 취향을 어떻게 이렇게 잘 알아?"

"보통 아닌가?"

아리스의 기억에는 지금껏 딘 힌 빈도 다이젠의 앞에서 자신의 커피 취향과 티 푸드 취향을 말하거나 한 적이 없었다. 하지만 다이젠은 아리스의 물음에 그저 한 번 픽 웃으며 대꾸할 뿐이었다.

아리스의 눈썹이 슬그머니 치켜 올라갔지만 다이젠은 다른 말을 더 하지 않았다.

"3학년은 졸업식에 의무 참관이지?"

"응."

"그럼 그날 학교에서 볼 수 있겠네."

"너도 그날 학교에 볼 일 있어?"

"온실 때문에."

아, 그렇구나. 하긴, 설마 다른 사람도 아니고 다이젠이 '선배들의 졸업식에 참석하기 위해서'라는 이유로 학교에 오지는 않을 거라고 생각하긴 했지만.

그런 것보다는 지금 이렇게 다이젠과 함께 카페에서 마주 보고 앉아 이야기하고 있는 것 자체가 더 신기했다. 게다가 다이젠은 아까부터 은근히 섬세하게 그녀를 챙겨 주고 있기까지 했다. 그런데 다이젠에게 절대로 어울리지 않을 것 같던 그런 행동들이 상당히 자연스러워서 기분이 좀 이상했다.

주위에는 그들처럼 마주 보고 앉아 대화를 나누는 중인 사람들이 많았다. 두런두런 나지막한 말소리가 은은하게 귓가에 울렸다.

아리스는 커피 잔을 입가에 대고 다이젠의 얼굴을 물끄러미 바라보았다.

다이젠은 그녀의 시선을 느끼지 못한 것처럼 창밖을 보고 있었다. 그편이 다이젠의 얼굴을 관찰하기에는 오히려 더 좋았다.

하지만 아리스는 곧 자신의 생각을 정정할 수밖에 없었다.

다이젠이 그녀에게서 시선을 떼고 있는 동안, 코끝에 다시금 독한 향기가 밀려들기 시작했기 때문이었다. 그러고 보니 아리스에게서 눈길을 돌린 다이젠의 머리 위에는 더 이상 아까의 꽃이 보이지 않았다. 녹색의 새싹이 자그마하게 머리 위로 솟은 모습은 제법 귀염성이 있었다. 하지만 아리스는 그 의외의 귀여움을 제대로 만끽하지 못했다.

"다이젠."

점점 또 속이 울렁거리기 시작해서 아리스는 반쯤 충동적으로 입을 열었다.

"다른 사람 쳐다보지 마."

그 순간 턱을 받치고 있던 다이젠의 손이 움찔거렸다. 그의 턱이 손에서 살짝 들린 직후, 눈이 마주쳤다.

다이젠은 그녀의 말에 반사적으로 고개를 돌린 듯했다. 시선을 맞대자마자 붉은 꽃이 다시금 활짝 피어났다.

어째서인지 다이젠은 깜짝 놀란 표정이었다.

"그래, 그렇게 나만 보고 있어."

반면 아리스는 이제야 속이 편안해져서 만족스러웠다. 다이젠이 다른 곳을 보고 있으면 머리 위의 꽃이 사라져서 곤란했다. 다이젠의 꽃이 아니면 이 지독한 냄새들을 막아 줄 만한 게 아무것도 없지 않은가?

"다른 사람을 쳐다보지 말라고?"

그런데 다이젠은 당황스러움과 의문이 섞인 목소리로 작게 중얼거리다가 이내 그녀에게 직설적으로 물었다.

"실마 _그거 질투 같은 기아?"

"푸읍!"

아리스는 그만 마시던 커피를 입 밖으로 내뿜을 뻔하고 말았다. 가까스로 대참사를 면하기는 했으나 사레가 들려 기침이 터져 나왔다.

그리고 눈길을 돌려 보니 다이젠은 미심쩍은 표정을 짓고 있었다. 자신이 물어봐 놓고도 상당히 회의적이고 의심스러운 기색이었다.

애가 지금 무슨 말을 하는 거야? 질투? 갑자기 그런 소리가 왜 나온 거지? 방금 전 그녀가 한 말 어디에서 그런 생각을 할 만한 부분이 있었다고…….

그리고 아리스는 그제야 퍼뜩 방금 전 자신이 한 말이 다른 사람에게 어떻게 들렸을지 깨달았다.

다른 사람 쳐다보지 말고 나만 보라니. 이건 꼭 다른 데 한눈팔지 마라, 뭐 그런 소리 같잖아?

"아니, 그런 의미 아니야……!"

아리스는 당황해서 소리 높여 외쳤다.

지금 한 말은 절대 그런 말랑말랑하고 근질근질한 의미가 아니었다. 그저 다이젠이 다른 곳을 보고 있으면 이 불쾌한 냄새를 차단할 방어막이 사라지니까, 그래서 한 말일 뿐이었다.

아리스는 애써 동요한 마음을 가다듬었다.

느닷없이 예상치 못한 오해를 받아 당황스럽긴 했지만 그렇다고 해서 펄쩍 뛰며 부정하는 것도 좋지 않은 것 같았다. 꼭 괜히 찔려서 인정하는 것 같지 않은가?

"진짜 전혀 아니야. 그러니까 그냥 다른 데 쳐다봐. 나 말고."

"왜? 방금 전하고 말이 다르네."

그래서 평온을 가장하고 말하자 다이젠이 아까 그녀가 했던 말의 꼬투리를 잡았다.

"언제는 선배만 보라면서."

다이젠은 아예 턱까지 다시 괴고 그녀를 쳐다보았다. 얼굴에는 얄미운 미소까지 띠고 있는 상태였다. 마주한 눈동자에 담긴 장난기에 아리스는 낮게 신음할 수밖에 없었다.

"그래, 이제 다른 데로 눈 안 돌릴게."

"아니야, 그러지 마."

"이걸 원했어? 이제 만족스러워?"

"아, 진짜. 그런 거 아니라니까?"

다이젠은 그녀의 말을 믿지 않는 건지, 아니면 이제는 진실이 무엇이든 상관없는 건지, 아리스의 반응에도 아랑곳 하지 않고 그녀를 놀려 댔다.

아니, 오히려 아리스의 반응이 재미있어서 더 그러는 건지도 몰랐다.

어쨌든 그래서 아리스는 당장이라도 자리를 박차고 뛰쳐나가고 싶은 충동에 휩싸일 수밖에 없었다.

그래도 그 후로 다이젠이 정말 그녀에게서 시선을 떼지 않았기 때문에 남은 시간을 꽤나 쾌적하게 보낼 수 있었던 건 다행이었다.

* * *

"이 뜻깊은 날을 맞아 지난 4년간의 학교생활을 뒤돌아보며……."

오늘은 몬네 아사크잉의 졸업식이었다.

대강당은 졸업을 맞은 학생들과 졸업식을 참관하러 온 3학년 학생들, 또 학교의 교수들과 졸업생의 가족들로 가득 차 있었다. 단상 위에서는 졸업생 대표인 학생회장의 축사가 한창이었다.

원래는 리즈벳도 옆에 있어야 했지만 그녀는 오늘 배탈이 났다는 이유로 학교에 오지 않았다.

그렇다고 해서 진짜로 그녀가 아픈 것은 아니었다. 지난번 리즈벳이 집에 놀러왔을 때, 아리스는 미리 그녀에게 오늘의 계획을 전해 들었다.

리즈벳은 아프다는 핑계로 졸업식에 참석하지 않고 사촌들의 집에 놀라갈 것이라고 했다. 아리스는 그 말을 듣고 혹시 그런 계획을 세운 이유가 유리 하이트 때문은 아닐까, 어렴풋이 생각했다.

물론 리즈벳은 이제 더 이상 그를 좋아하지 않는다고 말했지만……. 사람 마음이란 것이 어디 그렇게 칼 같이 도려내지는 것이던가.

하지만 리즈벳에게 그런 것을 물을 입장은 아니었기 때문에 아리스는 다른 얘기 없이 그냥 혼자서 졸업식에 참석했다.

마침내 교장 선생님의 마지막 축사를 끝으로 졸업식이 파했다.

"선배, 졸업 축하해요."

"고마워."

아리스는 학생회를 비롯해 전부터 알고 지내던 졸업생들에게 축하한다는 말을 건넸다. 대강당은 학생들과 학부모들이 뒤섞여 매우 복잡했다. 교수들과 마지막 인사를 나누는 졸업생들도 있었다.

그 속에 섞여 있던 아리스는 잠시 후 몇몇 학생들에 섞여 대강당을 나섰다.

"춥네."

이제 완연한 겨울이기 때문인지 밖으로 나서자마자 절로 춥다는 소리가 터져 나왔다. 숨을 내쉬자 하얀 김이 공기 중으로 흩어졌다. 날씨가 흐린 것을 보니 아무래도 눈이 올 것 같았다. 몇 년 전부터 지속된 이상 고온 현상으로 첫눈은 아직이었다.

다이젠은 지금 온실에 있을까?

원래는 졸업식이 끝나는 시간에 맞춰 그가 대강당 쪽으로 오기로 했지만 예상보다도 식이 훨씬 일찍 끝났다. 그러니 이대로 기다리기보다는 그녀가 먼저 다이젠을 찾아가는 게 더 나을 것 같았다.

그런 생각을 하며 아리스는 온실을 향해 걸음을 옮겼다.

대강당이 멀어지면서 시끄러운 소음도 점차 잦아들기 시작했다.

나앙.

그리고 대신이라고 해야 할지, 꽤나 익숙한 울음소리가 아리스의 귓가에 날아들었다.

"네로."

방학식 날 마지막으로 보았으니 네로를 만난 것도 오랜만이었다. 얼룩 고양이는 누가 만들어 주었는지 모를 하얀 털옷을 입고 있었다. 척 보아 하니 누군가가 서툰 솜씨로나마 직접 만들어 준 듯했다.

혹시 의무실의 보건 교사일까? 네로를 치료하는 동안 정이 많이 든 것 같았고, 또 고양이를 퍽 귀여워하는 듯했으니까. 아니면 식당에서 일하는 사람들 중 한 명인지도.

그렇게 생각하며 아리스는 털옷 밖으로 드러난 네로의 몸을 살폈다. 방학식 날 볼 때만 해도 아직 생채기가 조금 남아 있었는데 그래도 이제는 상처가 완전히 다 아문 것 같았다.

야옹.

네로는 오랜만에 보는 아리스가 반가운지 냉큼 다가와서 그녀의 발등에 제 앞발을 턱 얹었다.

"잘 지냈어?"

나앙.

"왜 밖에서 돌아다니고 있어?"

털옷을 입긴 했지만 아무래도 추울 것 같은데.

아리스는 네로를 데리고 실내에라도 들어가야 할지 잠깐 고민했다.

바스락.

그런데 바로 그때, 뒤쪽에서 누군가의 발자국 소리가 들렸다. 혹시 다이젠일까, 하고 생각했으나 평소 그가 가까이 있을 때 흘러들던 향기가 없었기 때문에 다른 사람임을 알았다.

"안녕, 오랜만이네."

그리고 고막을 파고드는 목소리를 듣는 순간, 아리스는 움찔 눈살을 찌푸리고 말았다.

고개를 돌리자 찬바람에 흩날리고 있는 푸른 머리카락과 고요한 푸른 눈동자가 눈에 들어왔다. 졸업식이었기 때문인지 그는 외투 대신 교복 마이만 입고 그 위에 목도리를 두르고 있었다.

아리스의 표정이 별로 좋지 않은 걸 봤는지, 유리 하이트가 어깨를 으쓱이며 말했다.

"오늘이 마지막인데 인사 정도는 할 수도 있잖아."

아리스는 언제 우리가 인사씩이나 할 정도의 사이였냐고 말하려고 했다.

캬악!

그녀의 발치에 있던 네로가 돌연 이를 드러내며 등을 부풀리지만 않았다면. 아리스는 갑작스러운 네로의 변화에 놀라 두 눈을 크게 떴다. 네로가 경계하고 있는 상대는 분명히 지금 나타난 유리 하이트였다.

하지만 유리 하이트는 평소 네로가 아무런 저항 없이 다가가 안기고 밥을 얻어먹을 정도로, 네로와 돈독한 사이가 아니었던가?

아리스의 눈동자가 다시금 마주한 사람에게 향했다.

그는 자신에게 이를 드러내는 고양이를 보고서도 당황스러운 기색하나 드러내 보이지 않았다. 동요 한 점 없이 고요한 물처럼 잔잔하기만 한 그 푸른 눈동자를 보자 점차적으로 기분이 이상해지기 시작했다.

평소 그의 얼굴을 볼 때마다 온화하고 선한 인상을 하고 있다고 생각했는데……. 목에 두르고 있는 목도리가 그의 입가를 가리고 있는 탓일까? 그래서 언제나 그가 은은히 지어 보이고 있던 미소가 감추어졌기 때문일까?

지금의 유리 하이트는 소름이 끼칠 정도로 무감정해 보이는 얼굴을 하고 있었다.

온기라고는 조금도 배어 있지 않은 무기질적인 그의 눈동자에 한순간 숨이 막혔다. 네로는 여전히 눈앞에 있는 사람을 위협하듯 이를 보이며 사납게 으르렁거리고 있었다.

"……선배예요?"

그 순간, 어째서 그런 생각이 든 것인지 모르겠다.

"네로를 다치게 했던 거, 선배인가요?"

만약 사람들의 머리 위에 있는 꽃이 그들의 마음을 의미하는 것이라면, 어째서 유리 하이트에게서는 예나 지금이나 그 싹조차 보이지 않는 것일까?

"맞아."

뒤이어 날아든 목소리가 너무나 평온하고 가벼워서, 아리스는 한순간 그가 한 말을 이해하지 못했다. 그리고 그 말의 의미를 깨달은 직후에는 무슨 반응을 내보여야 할지 알 수가 없어 아무 말도 하지 못했다.

그렇게 친하게 지내던 네로를 상처투성이로 만든 게 이 사람이라고?

문득 의구심을 느껴 묻기는 했지만 설마 그가 이렇게 간단히 긍정할 줄은 몰랐다.

"왜요?"

마침내 아리스의 입술이 작게 벌어졌다. 그 말에는 모든 질문이 압축되어 있었다.

왜 그런 짓을 저질렀는지, 왜 하필 그 대상이 네로였는지, 그리고 왜 지금 그는 그녀의 말에 쉽게 긍정했는지.

그런데 어째서인지 그의 눈을 마주하는 순간, 아리스는 유리 하이트가 내뱉을 대답을 짐작할 수 있을 것만 같았다.

"그냥. 재미있을 것 같아서."

그는 여전히 말끔한 얼굴을 한 채로 동요 없이 잔잔한 음성으로 답했다. 그가 내뱉은 대답은 지난번에 아리스가 들었던 것과 동일했다.

"처음이 아니죠?"

혹시 이런 식으로 다른 사람들 모르게 저질러 온 짓들이 더 있지는 않을까……?

이런 의문을 품는다면 그건 너무 과한 생각일까?

"물론."

하지만 유리 하이트는 이번 의혹 역시 깔끔하게 인정했다. 그의 고개가 슬쩍 기울어지면서 코 밑까지 올라와 있던 목도리가 밑으로 조금 내려갔다. 그러자 여느 때처럼 입꼬리가 약간 올라간 하얀 얼굴이 시야에 드러났다.

그의 얼굴은 여전히 개미 한 마리 밟아 죽이지 못할 것이라 생각될 정도로 더없이 선량하기만 했다. 하지만 미소 띤 입술이나 전체적인 인상 때문에 그렇게 보일 뿐, 그의 눈동자는 마치 인형의 눈처럼 여전히 무미건조하기만 했다.

그 괴리감에 아리스는 저도 모르게 한 발짝 뒷걸음질 치고 말았다.

"제정신이 아니네요."

유리 하이트는 마치 그렇게 말할 줄 알았다는 듯이 태연히 대꾸했다.

"세상에 나 같은 사람이 또 없을 것 같아?"

무색, 무취, 무형.

이전에 그를 보고 투명한 물 같다고 생각했던 적이 있었다.

아리스는 그제야 어째서 유리 하이트에게 꽃이 없었는지 알 것 같았다.

머리 위에 피어난 꽃이 만약 사람들의 마음을 의미한다면, 아마도 그는 마음이 없는 사람일 것이다. 그래서 단순히 재미있을 것 같다는, 그런 흥미 본위의 이유로 악행도 서슴없이 저지르고…….

"내가 무서워? 그럴 거 없는데. 어차피 난 이제 졸업했고."

유리 하이트는 마치 친구에게 마지막 인사를 하는 사람처럼 여전히 온화한 낯을 한 채 말했다. 말투만 들어 보면 마치 그녀를 달래는 것 같기도 했다.

그런 그를 앞에 두고 아리스가 굳어 있을 때, 문득 어떤 향기가 코끝을 간질였다. 차갑게 질려 있던 아리스의 얼굴도 그때서야 천천히 온기를 되찾기 시작했다.

"아리스 선배."

곧 그녀의 눈앞에 나타난 사람은 다이젠이었다.

"대강당에 없어서 찾았는데 여기 있었……."

그는 가까워진 그녀의 얼굴을 확인한 뒤 문득 말을 멈추었다.

야옹.

아리스의 옆에 있던 네로가 슬쩍 다이젠에게 다가가 그의 다리 뒤로 숨었다.

무엇을 느꼈는지, 다이젠의 서늘한 시선이 맞은편에 있는 유리 하이트에게 곧바로 가 닿았다. 유리 하이트는 그런 다이젠을 힐끔 보다가 아리스를 향해 마지막 인사를 남겼다.

"난 졸업 파티에는 참석 안 할 거니까 이제 다시 만날 일도 없겠네."

그런 그의 모습은, 유리 하이트의 정체를 아는 아리스가 보기에도 지극히 정상인 같았다.

"그럼 잘 지내."

유리 하이트는 끝까지 여유롭고 태연한 모습으로 뒤돌아섰다.

"왜 그래?"

다이젠은 그의 뒷모습을 응시하다가 아리스를 향해 고개를 돌렸다.

"표정이 이상해."

잠시 동안 모습을 감추었던 붉은 꽃이 다시금 만개하며 달큼한 향기를 흘려보냈다.

"그게……."

아리스는 굳은 입술을 뗐지만 말은 이어지지 않았다. 그녀는 방금 전 유리 하이트와 나누었던 대화를 떠올렸다. 하지만 무슨 말을 어떻게 해야 할지 갈피를 잡을 수가 없었다.

"기다리고 있어 봐."

그런데 갑자기 다이젠이 성큼 걸음을 옮겼다. 아리스는 저도 모르게 다이젠의 손을 붙잡았다.

"어디 가려고?"

"뭔지는 모르겠지만 저놈 때문인 거 아니야?"

멀어지는 유리 하이트의 뒷모습이 보였다. 다이젠의 사나운 눈빛을 보아 하니 당장이라도 그를 따라가서 패대기치고도 남을 것 같았다.

하지만 유리 하이트의 말대로 오늘 그는 학교를 졸업했다. 그의 말마따나 네로를 그렇게 만든 사람이 유리 하이트라는 다른 증거도 없었고, 그러니 지금 그를 붙잡는다 해서 처벌할 수 있는 방법도 없을 것이었다.

아니……. 어쩌면 단순히 그녀가 멀어지고 있는 유리 하이트를 다시 가까이에서 보고 싶지 않은 것뿐인지도 몰랐다.

유리 하이트를 떠나보낸 후에야 얼음장처럼 얼어붙어 있던 손에 다시 피가 통하기 시작한 것처럼 서서히 감각이 돌아오기 시작했으니까.

하지만 그렇다 해서 유리 하이트를 지금 이대로 보내도 되는 걸까?

"둘이 길목에서 손 붙잡고 뭐 하냐? 연애 사업은 너희들끼리 있을 때 해라."

문득 뒤에서 껄렁거리는 목소리가 들려 고개를 돌려 보니 레안 아르카노발이었다. 그는 무척이나 고깝다는 듯한 얼굴로 아리스와 다이젠을 쳐다보고 있었다. 방금 전까지 온실에 있다 왔는지 그의 손에는 작고 앙증맞은 분홍색의 물뿌리개가 들려 있었다.

다이젠이 얼굴을 구기며 레안의 말에 반박했다.

"연애 사업이라니, 지금 그런 거 아니……."

"아니긴 뭐가 아니야? 그리고 아닌 게 맞다고 해도, 지금 너한테 그게 자랑이냐? 난 네가 내 아들이 맞는지 가끔 의심스럽다."

이번에는 측은하다는 듯한 반응이 돌아왔다. 그에 다이젠은 발끈했으나 다음 순간 그의 손을 붙잡은 아리스의 손에 슬며시 힘이 들어가는 것이 느껴져 입을 다물고 말았다.

방금 전까지 유리 하이트를 마주하며 긴장한 탓인지 아리스의 손끝은 뻣뻣하게 굳어 있었다. 그래도 다이젠의 손을 잡고 있는 동안 온기가 스며서 상태가 점점 나아졌다.

"교수님."

아리스는 마음을 정하고 이내 레안 아르카노발을 향해 입을 열었다.

역시 유리 하이트를 지금 이대로 보내면 안 될 것 같았다.

"지난 학기에 네로를 다치게 만들었던 사람, 오늘 졸업한 유리 하이트 선배예요."

"뭐?"

아리스의 말에 두 사람이 두 눈을 크게 떴다.

"그게 유리 하이트라고?"

"저기, 저놈?"

혹시 믿어 주지 않아도 방금 전 있었던 일을 말할 생각이었다. 그런데 그녀의 말이 있자마자 레안 아르카노발이 물뿌리개를 손에 들고 번개 같이 달려가기 시작했다.

저 멀리 있는 뒤통수만 보고서도 어떻게 유리 하이트인지 알았을까, 하는 의문을 미처 내비칠 새조차 없었다.

"잠깐만 여기 있어."

다이젠도 먼저 아리스에게 말한 뒤에 아버지의 뒤를 따라 달렸다.

"어……."

아리스는 이대로 설명도 듣지 않고 가는 건가 싶어서 약간 어안이 벙벙해졌다. 하지만 그녀의 아연함은 다음 순간 눈에 비치는 광경에 더욱 강렬해질 수밖에 없었다.

레안 아르카노발이 학생들 틈에 섞여 들기 시작하던 파란 머리통을 향해 그대로 들고 있던 물뿌리개를 던진 것이었다. 놀랍게도 그것은 정확히 유리 하이트의 뒤통수에 명중했다. 멀리에서도 뚜렷이 뻐억! 하는 소리가 울렸다.

유리 하이트는 그 강력한 한 방에 저항 한 번 하지 못하고 제자리에 풀썩 쓰러졌다.

"헉!"

아리스는 그만 멀리에서 그 광경을 보고 놀라서 입을 벌리고 말았다.

주위에 있는 다른 학생들과 학부모들도 그 모습을 보고 두 눈을 휘둥그렇게 뜨고 있었다. 그 직후 곧바로 뒤를 쫓은 다이젠이 레안에게 무어라 이야기하는 듯했다.

아리스도 정신을 차리고 그들이 있는 곳을 향해 달려갔다. 그러는 동안 다이젠이 유리 하이트를 들쳐 업었다.

"설마 기절했어?!"

가까이 다가가자 다이젠의 등에 업힌 사람이 물에 젖은 빨래처럼 추욱 쳐져 있는 것이 보였다. 아리스가 놀라서 외치자 다이젠이 성가시다는 듯 옆에 있던 레안을 흘겨보았다.

"내가 진짜 아버지 때문에 못 살아."

"이놈이 약골인 거야. 뒤통수 한 대 맞았다고 기절하는 게 말이 되냐?"

"그냥 불러 세우면 되지, 쓸데없이 물뿌리개는 왜 던져서."

정작 다이젠 본인도 아까 전에 아리스의 표정이 밝지 않다는 이유로 유리 하이트를 쫓아가 멱살이라도 잡아서 끌고 올 생각이었던 주제에 말은 잘했다. 물론 레안은 그런 사실을 모르기 때문에 아들의 구박에 조금 민망하게 뒤통수를 긁적였다.

"뒤에서 몇 번이나 불렀는데 저놈이 그냥 갔다니까? 분명히 못 들은 척하고 토끼려고 그런 거야. 그래서 나도 마음이 급해져서……."

레안은 퍽 억울한 눈치였지만 방금 전 그가 유리 하이트의 뒤통수를 갈길 때 울렸던 우렁찬 소리를 생각하자 그의 억울함에 공감할 수가 없었다. 아리스가 슬쩍 내려다보니 분홍색의 귀여운 물뿌리개는 밑 부분이 아예 박살나 있었다. 그것을 확인한 그녀의 눈동자가 급격히 흔들렸다.

"원래 부서져 있었어. 그래서 처분하려고 온실에서 들고 나온 거고. 내가 얼마나 살살 던졌는데."

레안은 변명했으나 그것은 썩 믿음직스럽지 못했다.

"아무튼 일단 의무실로 가요."

그들은 기절한 유리 하이트를 데리고 우선 의무실을 향해 걸음을 서둘렀다.

* * *

한 자리에 모인 교수들은 당연하게도 황당해 했다.

이유를 불문하고, 설마 교수인 레안 아르카노발이 멀쩡히 길을 가던 학생의 뒤통수를 때려 기절시킬 것이라고는 상상도 못했기 때문이었다. 하기야 그건 누구나 그럴 것이었지만.

하지만 어쨌든, 그때 레안이 학기 말 사건의 범인으로 추정되는 그를 학교 밖으로 빠져나가지 못하게 한 탓에 긴급 회의가 소집되었다.

"이런 건 어른이 나서서 행동해야지."

레안 아르카노발은 자신의 행동이 마치 미리 계획하고 있던 큰 그림이라도 되는 것처럼 말했다.

"난 그냥 끽 하면 시말서 한 번 쓰면 돼."

아리스는 대수롭지 않다는 듯 반응하는 레안을 향해 황망히 입을 열었다.

"아무리 그래도 그렇지, 증거도 없는데 그렇게 다짜고짜……."

"저놈이 범인이라고 자기 입으로 이실직고했다며? 아니면 뭐, 네가 잘못 들은 거야?"

"ㄱ건 아니지만요."

"그럼 됐지, 뭐."

레안 아르카노발의 말을 듣자 굉장히 대책 없구나 싶으면서도 묘하게 설득력이 있게 느껴졌다.

"맞아. 일단 범인은 맞다며. 선배는 그냥 걱정하지 말고 있어."

다이젠의 반응도 레안과 똑같았다. 아리스는 혹시 뻔뻔함도 유전되는 것이 아닐까 하고 생각했다.

그보다도 그들은 아리스의 말을 정말 한 점의 의심도 없이 믿는 것 같았다. 아리스는 그 사실이 놀랍고 신기했다.

아까 유리 하이트의 뒷모습을 바라볼 때만 해도 일이 이렇게 되리 라고는 미처 예상하지 못했다. 유리 하이트도 그렇게 생각했기에 그 렇게 태연히 자신의 범행을 자백하고 또 끝까지 뻔뻔한 태도를 일관 했겠지.

솔직히 지금 이렇게 그를 붙잡아 놓았다 한들 유리 하이트에게 죗 값을 치르게 할 수 있을지는 미지수였다.

……그런데 이상하다. 왜 이렇게 속이 시원하지?

평소에 그녀는 법을 준수하고 폭력을 반대하며 감정보다 이성을 앞 세우는 사람이었다. 그런데 유리 하이트가 레안에게 뒤통수를 맞아 기절해 있는 지금 이 순간, 마치 가려운 곳을 긁은 것처럼 시원한 기 분이 들었다.

벌컥!

"아리스!"

"엄마?"

그런데 그때 익숙한 목소리가 들려 고개를 돌려 보니, 막 문을 열 고 안으로 들어서는 줄리아의 모습이 보였다. 아리스는 갑작스러운 어머니의 등장에 깜짝 놀라 자리에서 일어났다.

"엄마가 어쩐 일이세요?"

"교수님한테 연락을 받고 왔지."

그 말에 아리스는 그녀가 지금 학교에 온 이유를 짐작했다.

"내가 이사장님 대리잖니."

사실 줄리아는 거의 10년 전부터 학교 이사장의 대리 역을 맡고 있었다. 줄리아와 이사장의 교분은 그녀의 학창 시절부터 이어진 것 이라고 했다.

일전에 말한 적 있듯 아리스의 외할아버지는 고서점을 운영하고 있는데, 론데 아사크앙의 이사장님이 그 단골손님이었다고 들었다. 그래서 자연스럽게 고서점 일을 돕던 어머니와도 친분이 쌓였다고 했다.

그런 이유로 아리스 역시 어릴 때 학교의 이사장과 두어 번 만난 적이 있었다. 아리스의 기억 속에서의 그는 어린 그녀에게 사탕을 나눠 주던 인자한 할아버지였다.

현재 고령의 이사장은 아리스의 어머니인 줄리아에게 자신의 대리로 이사장을 맡기고 산 좋고 물 좋은 프로방스로 요양을 떠나 있었다. 그 사실을 아는 사람들은 아마 이대로 시일이 조금 더 지나면 줄리아가 자연스럽게 차기 이사장이 되지 않을까, 하고 추측하고 있었다.

"지난 학기에 있었던 사건도 이미 전해 들었단다. 다른 곳도 아닌 학교에서 그런 불미스러운 일이 일어나다니, 아주 끔찍한 일이야."

지난 학기에 공격 받은 것은 사람이 아니라 고양이였다. 그래서 어쩌면 그냥 심각하지 않은 사건으로 치부하고 유야무야 넘어가는 게 아닐까 우려했다. 하지만 이사장 대리인 줄리아까지 호출된 것을 보면 학교에서도 일의 경중을 가볍게 보는 건 아닌 듯했다.

"섣불리 학생을 의심하고 싶지는 않았지만 직접 실토했다고 하니, 본인이 깨어나면 이야기를 들어 봐야겠구나."

"다른 사람들 앞에서도 인정할까요?"

그렇게 말하는 아리스의 얼굴은 밝지 않았다. 줄리아는 딸이 무엇을 걱정하는지 알고 다독여 주었다.

"상황이 어떻게 되더라도 엄마는 우리 딸 말을 믿어. 그리고 그

아이가 다른 말을 하면 그때 가서 다시 앞으로의 일을 생각해 보면
돼."

"엄마……."

아리스는 줄리아가 잡아 준 손을 좀 더 꽉 움켜잡았다.

"저기, 모녀간의 훈훈한 모습에 초를 쳐서 미안하지만 여기 우리도
있는데."

바로 그때, 잠시 존재감이 잊혀 있던 사람이 슬그머니 그들을 향해
말해 왔다. 아리스는 그제야 그곳에 레안과 다이젠이 있었다는 사실
을 깨닫고 약간 머쓱해졌다.

하지만 줄리아는 아무렇지 않게 레안을 향해 말했다.

"알고 있어요, 교수님. 유리 하이트라고 했나, 그 아이 머리에 물뿌
리개를 던져서 기절시키셨다고요?"

"아니, 난 그냥 가볍게 살짝 던졌는데 그 학생이 유달리 심신이 약
해서 그런 거야."

"아무리 그래도 그렇지 다짜고짜 학생의 뒤통수를 치시면 되나요?
크게 다쳤으면 어쩔 뻔했어요? 그 아이의 부모님은요?"

"연락은 했는데 어째 반응이 뜨뜻미지근해."

"오늘 졸업식이었잖아요? 참석하지 않은 거예요?"

"바빠서 불참했다더라고. 이따가도 학부모가 직접 오는 게 아니라
다른 사람을 보내겠다고 하고."

줄리아와 레안은 잠시 유리 하이트에 대한 이야기를 나누었다.

지금 그들이 있는 곳은 레안 아르카노발의 개인 연구실이었다. 밀
폐된 실내이기 때문에 아리스도 어쩔 수 없이 그들의 대화를 듣게 될
수밖에 없었다.

그러다 문득 아리스는 지금 레안이 줄리아에게 아주 친근한 어투로 말하고 있다는 사실을 깨달았다.

학부모 참관일 같은 교내 행사를 비롯해, 두 사람이 학교에서 마주치는 일이 있을 때마다 레안은 줄리아에게 항상 격의 있게 말을 높였다. 지난번 줄리아가 병원에 관련된 일로 레안을 찾아왔을 때에도 그랬다.

"그런데 교수님도 참 많이 변하셨네요. 예전 같으면 눈앞에서 무슨 일이 일어나도 강 건너 불구경하듯 그냥 무관심하게 지나치셨을 분이."

"왜 이래? 내가 나이 들고 오지랖이 넓어진 건 맞지만 예전에도 그 정도는 아니었어."

"네, 뭐……. 사람은 자기 자신을 잘 모른다고 하니까요."

"아니, 그 반응은 뭐야?"

그런데 지금 그는 아리스가 깜짝 놀랄 정도로 그녀의 어머니를 친근하게 대하고 있었다. 하기야 생각해 보면 예전에 두 사람은 사제 관계였으니, 이런 모습이 오히려 자연스러운 것일지도 몰랐다.

하지만 그렇다 쳐도 레안과 줄리아는 아리스의 생각보다도 더 친한 사이인 것 같았다.

"선배네 어머니랑 우리 아버지랑 친해?"

아마 다이젠도 그녀와 같은 생각을 한 듯했다. 옆에서 레안과 줄리아의 모습을 유심히 살피던 다이젠이 의심스러운 얼굴로 소리 낮추어 아리스에게 물었다.

"예전에 우리 엄마가 교수님 학생이셨대."

"아, 진짜?"

다이젠은 아리스의 말에 약간 놀란 듯이 반문했다. 아마 그런 사실까지는 몰랐던 모양이었다.

바로 그 순간, 줄리아와 다이젠의 눈이 마주쳤다. 줄리아의 시선이 그에게 향하자마자 다이젠이 곧바로 인사했다.

"안녕하세요."

사실은 아까부터 줄곧 인사하고 싶었지만 잠시 미뤄 두었던 참이다. 처음은 아리스와, 그리고 그 다음에는 레안과 중요한 이야기를 나누고 있어 중간에 끼어들지 않는 게 좋을 것 같았다.

"어머, 그래. 다이젠이구나."

줄리아는 지난번 가을에 만났을 때 그랬듯, 그를 향해 살갑게 웃어 주었다. 그때에는 이유 모를 친근한 태도에 조금 당황했는데, 아마도 아버지인 레안 때문이었던 모양이다.

"오늘도 네가 아리스를 도와줬니?"

오늘도 줄리아는 다이젠에게 시종일관 눈에 띄는 호감을 표하고 있었다. 다이젠도 그런 그녀에게 호감이 갔다. 물론 줄리아가 다이젠에게 비호의적이었어도 아리스의 어머니라는 이유만으로 그는 그녀에게 호감을 느꼈을 것이었다.

그 증거로 아리스의 눈에 들어온 다이젠의 꽃은 줄리아를 향해 잎을 펼치고 있었다.

그것은 아리스를 눈앞에 둘 때만큼은 아니었지만, 그래도 그의 아버지인 레안을 마주할 때만큼은 피어나 있었다.

"아니요, 돕고 싶었지만 제가 할 일은 별로 없었어요."

"어쩜 여전히 겸손하기도 하지."

옆에서 레안이 '일은 내가 다 했는데.'라며 작게 구시렁거렸다. 줄리아는 그런 그를 무시하고 다이젠을 향해 웃는 낯으로 은근히 물었다.

"그런데 졸업식 참관은 3학년만 의무였을 텐데, 어쩌다 우리 딸하고 같이 있었던 거니?"

"아……."

줄리아의 물음에 다이젠이 아리스를 슬쩍 쳐다보았다. 아리스는 지난번에 이어 줄리아가 자꾸만 저런 태도를 보이는 이유를 이제 알 것 같았다.

아마 그녀의 어머니는 두 사람의 관계를 어느 정도 눈치챈 것 같았다. 하지만 도대체 어떻게? 혹시 그녀가 은연중에 어머니의 앞에서 그런 티를 냈던 걸까?

그런 의문에 아리스는 당황스러움과 곤혹감이 뒤섞인 얼굴로 슬쩍 미간을 좁혔다. 그러자 그 표정을 어떻게 해석했는지 이내 다이젠이 줄리아를 향해 담담히 대답했다.

"아버지 일을 도와드리러 왔다가 그냥 우연히 아리스 선배를 만난 것뿐이……."

"쟤네 사귀는 거 같더라."

바로 그때, 레안이 심드렁한 목소리로 아무렇지도 않게 폭탄을 투하했다.

그 순간 주위의 공기가 멈춘 것 같았다.

줄리아는 레안의 말이 있자마자 그를 홱 돌아보며 진짜냐는 듯이 눈을 번쩍였고, 아리스는 느닷없는 상황에 사레가 들려 콜록거렸다.

그리고 다이젠은 드물게도 몹시 당황해 두 눈을 흔들며 급히 입을 열었다.

"사……!"

하지만 그는 한마디를 내뱉자마자 그만 말문이 막히고 만 것 같았다. 머리 위의 붉은 꽃도 동요를 감추지 못해 요란하게 이파리를 팔락이고 있었다.

"그게 정말이에요? 다이젠이 우리 딸 남자 친구라고?"

줄리아가 묘하게 흥분한 어투로 물었다. 그녀의 입에서 나온 '남자 친구'라는 단어에 다이젠은 더욱 동요한 눈치였다. 붉은 꽃이 꽃잎을 펼쳤다가 오므렸다가 하며 정신없이 움직였다.

"열심히 아닌 척 내숭을 떨어 대는데 귀신은 속여도 내 눈은 못 속이지."

그 옆에서 오직 레안 아르카노발만이 방금 전 대형 폭탄을 던진 사람이라고는 생각되지 않을 정도로 혼자서 태연자약했다. 다이젠이 무슨 짓이냐는 듯이 레안을 돌아봤지만 그는 '뭐 왜 뭐.'라고 말하며 뻔뻔하게 반응했다.

"언제부터? 언제부터 우리 딸하고 그런 사이였는데? 응?"

"아니, 그게……."

"그래, 이참에 속 시원하게 얘기해 봐. 내내 혼자서 짝 내 나게 짝사랑만 하더니, 어쩌다 그런 사이가 된 거야?"

"아버지는 좀 가만히……."

"어머, 어머, 우리 아리스를 짝사랑했다고? 정말?"

다이젠은 가엾게도 레안과 줄리아, 두 사람 사이에 끼어 곤욕을 겪고 있었다. 평소의 여유 만만한 모습은 온데간데없는 것을 보니, 갑작스러운 상황에 적잖이 당황하긴 한 듯했다.

차라리 레안만 앞에 있으면 다이젠도 평소처럼 괜한 소리 말라고 힐난하며 구렁이 담 넘듯 상황을 정리할 수 있었을 것이다. 하지만 아리스의 어머니인 줄리아까지 합세하자 아버지에게 그러던 것처럼 강력하게 대응할 수가 없었다.

"엄마도 교수님도 그만하세요."

그때 아리스가 세 사람의 사이에 끼어들었다. 다이젠으로서는 퍽 놀랍게도 그녀는 두 사람의 말에 딱히 부정하지 않았다.

"다이젠이 당황하잖아요. 엄마, 나중에 다 말씀드릴게요."

"그래. 곤란하게 만들려는 건 아니었는데 조금 놀라서 그만."

줄리아는 미안한 얼굴로 말했지만 그러는 동안에도 그녀의 눈동자는 여전히 초롱초롱하게 반짝이고 있었다.

"나도 궁금한데."

"교수님은 다이젠한테 물어보세요."

"얘가 그런 걸 말해 줄 것 같아?"

레안은 잠시 한탄하다가 이내 김이 샜다는 듯 뒷덜미를 긁적였다. 그리고 지나가듯이 심드렁한 어투로 물었다.

"그래서 손은 잡았나? 뽀뽀는 했어?"

아마 그의 아내인 리리안이 있었더라면 애들한테 뭐 그런 걸 묻느냐고 질색하며 타박했을 것이었다. 하지만 지금 이곳에는 그녀가 없었고, 옆에 있던 줄리아는 오히려 궁금하다는 듯이 호기심을 내비치고 있었다. 어찌 보면 참으로 주책맞은 두 사람이었다.

그리고 바로 그 순간, 아리스와 다이젠이 동시에 멈칫했다.

두 사람 다 워낙 표정 관리에 능했기 때문에 겉으로 내비친 동요는 실로 찰나였다. 하지만 그것을 귀신 같이 포착한 레안은 어, 하고 무심코 던졌던 낚싯대에 월척이 걸린 표정을 지어 보였다.

똑똑.

하지만 레안에게는 불행, 아리스와 다이젠에게는 천만다행이게도 타이밍 좋게 누군가 문을 두드려왔다.

곧 열리는 문 틈 사이로 얼굴을 내민 사람이 그들을 향해 말했다.

"유리 하이트 학생이 깨어났어요."

* * *

이미 예상했듯, 유리 하이트는 증거 불충분으로 해방되었다.

증거라고 할 만한 것이 아리스의 진술뿐이었기 때문이었다. 네로가 유리 하이트를 경계하는 것은 사실이었으나 그것만으로는 그가 저지른 짓의 증거가 되기 부족했다.

사실 진술한 사람이 평소 교수들의 신임을 얻어 왔던 아리스가 아니었다면 애초에 회의가 소집될 일도 없었을 것이었다.

유리 하이트는 그런 말을 한 적이 없다고 태연히 발뺌했고, 물증 없이는 그를 오래 붙잡아 둘 수가 없었다. 그는 저녁쯤 방문한 아버지의 대리인과 함께 학교를 떠났다.

"제가 괜한 짓을 한 걸까요?"

자리가 파하고 나서 아리스는 무거운 마음으로 말했다. 그런 그녀의 표정은 속마음을 대변하듯 밝지 못했다.

어차피 이렇게 될 것이라고 예상하긴 했지만 정말 아무것도 해결되지 않고 일이 마무리되자 마음이 불편했다.

하지만 레안과 줄리아는 대번에 그녀의 말을 부정했다.

"그건 아니지."

"그래. 이런 자리조차 마련되지 않고 그냥 지나갔다면, 그거야말로 최악이었을 거야."

두 사람은 아리스의 말을 온전히 믿는 눈치였다.

오늘 모인 교수들 중에서도 미심쩍은 눈으로 아리스를 보던 사람이 있던 것을 생각하면 몹시 놀랍고도 고마운 일이었다. 물론 평소의 성실하고 도덕적인 아리스의 성품을 알기 때문에 누구도 그녀가 일부러 유리 하이트를 모함한다고 생각하지는 않았다.

다만 그들은 아리스가 착오를 일으킨 것은 아닐까 하는 의문을 조심스럽게 내비쳤다. 혹시 대화중에 상대방의 말을 오해를 했을 가능성은 없겠느냐고.

그 정도로 유리 하이트는 무고해 보였다.

그가 말간 눈으로 주위를 둘러보며 '제가 무슨 이유로 그런 짓을 하겠느냐'고 말했을 때에는, 진실을 알고 있는 아리스조차 껌뻑 속을 정도였다.

"지금은 시기가 별로 좋지 않았어요."

"방학인 데다가 오늘이 졸업식이었으니까."

"다른 방법이 없을까요? 이대로 끝내기에는 찜찜한데."

"이제부터 생각해 보지, 뭐."

만약 유리 하이트가 적반하장으로 아리스를 위협하거나, 악의적으로 자신을 모함하는 사람 취급했다면 오늘 일은 이 정도에서 마무리되지 않았을 것이었다. 증거가 있고 없고를 떠나 일단 그 자리에 이사장 대리로 있던 줄리아가 그런 상황을 그냥 넘어갔을 리도 없고.

하지만 그는 이상할 정도로 자신의 죄를 폭로한 아리스에게 별다른 감정이 없어 보였다. 게다가 뒤늦게 유리 하이트를 데리러 온 사람조차 오늘의 상황에 일언반구 말이 없었다.

그것을 보고 어째서인지 아리스는 학기 중에 유리 하이트가 했던 말이 떠올랐다. 아마 집보다 학교가 더 편해서 집에는 잘 들르지 않는다고 했던가? 오늘 일까지 종합해 봤을 때, 잘은 몰라도 그는 가족들과 썩 친밀한 사이는 아닌 것 같았다.

"너무 신경 쓰지 마."

아리스가 계속 유리 하이트의 생각을 하는 것을 알았는지, 다이젠이 옆에서 말해 왔다.

"선배는 할 수 있는 만큼 노력했잖아. 유리 하이트가 아무 처벌도 받지 않고 빠져나갔다고 해서 선배가 책임감을 느껴야 할 이유도 없고, 그런 놈 때문에 이렇게 마음 쓸 가치도 없어."

더군다나 다이젠은 유리 하이트가 한 짓 때문에 지난 학기에 에이드리안에게 잠시나마 범인 취급을 받아야 했다. 보아 하니 다이젠의 얼굴도 아리스처럼 밝지 못했다.

"그럼 시간도 늦었는데, 혹시 괜찮으시면 같이 저녁이나 드시지 않을래요?"

바로 그때, 줄리아가 방긋 웃으며 권했다. 하지만 레안은 곤란하다는 듯이 거절했다.

"안 돼. 저녁은 집에 가서 먹어야 돼. 우리 부인이 기다려."

"완전히 애처가시네요."

"이제 알았어?"

레안은 오히려 자부심 넘치는 얼굴로 말했다. 줄리아는 그 모습을 보며 이내 어쩔 수 없다는 듯한 표정을 지어 보였다.

"그럼 다음에 뵐게요. 어차피 또 모일 날이 있을 테니까."

그 말에 아리스가 미처 의문을 품을 새도 없이 줄리아는 레안과 다이젠을 향해 인사말을 건넸다.

"오늘 아리스 옆에 있어 주셔서 감사했어요. 다이젠도 여러모로 고맙다."

"아니에요, 당연한 일이니까요."

다이젠은 한 치의 주저함도 없이 대답했다. 그에 아리스는 약간 쑥스러운 기분을 느꼈지만 티 내지 않고 줄리아에 이어 인사했다.

"그럼 교수님 나중에 뵐게요."

"그래, 조심해서 들어가라."

"다이젠, 너도 나중에 봐."

"들어가서 푹 쉬어."

그는 아리스에게 다른 하고 싶은 말이 더 있는 것 같았다. 하지만 옆에 있는 레안과 줄리아를 의식한 듯 곧 그렇게만 말한 뒤 입을 다물었다.

누 사람은 눈짓으로 인사한 뒤 헤어졌다.

"가자, 아리스."

아리스는 아까 전에 레안의 말을 듣고 보였던 줄리아의 반짝이는 눈동자를 떠올리며 약간 곤혹감을 느꼈다. 아무래도 오늘 돌아가면 어머니가 다이젠에 대해 이것저것 많이 물어볼 것 같았다. 그렇지 않아도 레안 아르카노발의 아들이라는 이유로 그에게 관심이 많아 보였으니까.

"오늘 고생 많았지?"

하지만 아리스의 생각이 틀렸다.

줄리아는 오늘 있던 일로 딸의 마음이 상했을 것을 걱정하는 듯 먼저 아리스를 다독였다.

"오늘은 일찍 자는 게 좋겠다. 이번 일로 너무 마음 쓰지 말고 푹 쉬렴."

아리스는 욕실에서 씻고 나온 뒤 어머니가 건네주는 따뜻한 차를 마시고 일찌감치 침대에 누웠다. 그리고 몸을 토닥이는 부드러운 손길과 귓가에 속삭여지는 다정한 목소리와 함께 눈을 감았다.

아닌 것 같아도 오늘 하루 종일 밖에서 겪은 일이 생각보다 고되었는지 잠은 금세 찾아왔다.

그 후 며칠이 지나도록 줄리아는 아리스에게 다이젠에 대한 것을 묻지 않았다. 줄리아의 그 담백한 얼굴을 보고 있노라면 학교에서 호기심 어린 눈을 빛냈던 사람과는 도무지 동일인이라고 생각되지 않을 정도였다.

"엄마, 저 좀 나갔다 올게요."

"그래, 조심해서 다녀와."

오늘도 줄리아는 외출하는 아리스를 웃는 낯으로 배웅할 뿐, 다른 말은 더 하지 않았다. 그것 역시 지난번에 '혹시 다이젠과 만나러 가는 것이냐'고 물었던 것과는 상반된 태도였다.

아리스는 그런 줄리아의 모습에 안심해야 하는 건지, 아니면 더 불안해야 하는 건지 고민하며 문을 나섰다. 예상과 다른 반응에 의아한 것은 사실이었지만 다이젠과의 일을 먼저 묻지 않는데 아리스가 굳이 나서서 설명하기에도 애매했다.

하지만 만약 언제든 줄리아가 먼저 말을 꺼낸다면 그때에는 거짓말을 하지 않을 생각이었다.

물론 지금 그녀가 만나러 가는 사람은 다이젠이 아니기는 했지만.

아리스는 겉옷을 더 단단히 여미며 걸음을 옮겼다. 졸업식까지 지나고 나니 이제는 정말 한겨울이구나 싶었다. 뺨을 스치는 공기도 전보다 확연히 차가워졌다.

며칠 새 이렇게까지 날이 추워지다니. 다만 첫눈은 아직이었다. 며칠 전에 날이 흐리기에 눈이 올 줄 알았는데 아직은 때가 아니었던 모양이다.

잠시 후 아리스는 목적했던 곳에 거의 다다랐다. 하지만 건물 안에 들어가기 직전, 그녀는 문득 걸음을 멈추었다.

처음에 당당히 집을 나왔던 것과는 상반되게도 아리스는 망설이고 있었다. 그러다 결국 방향을 틀어 목적지와 거리가 가까운 다른 건물에 들어섰다.

딸랑.

한동안은 방문하지 않았지만 그래도 몇 년 전까지는 종종 들르던 디저트 가게였다. 가게에서는 커피나 따뜻한 차 같은 음료도 취급하고 있었다. 아리스는 일단 차를 주문하고 자리에 앉았다.

어쩐지 마음이 조금 초조했다.

몇 번이나 고민하고 또 망설이다가 결정한 일이었지만 여전히 마음 한 구석이 무거웠다. 그냥 지금 집으로 돌아가는 게 낫지 않을까?

하지만 이대로 피하기만 한다고 해서 마음이 편해질 것 같지도 않았다.

잠시 후 아리스가 주문한 따뜻한 차가 나왔다. 그녀는 꿀을 넣은 달콤한 레몬차를 한 모금 마셨다. 원래는 달지 않은 커피 종류를 선호하는 아리스였지만 지금은 조금 긴장한 탓인지 달짝지근한 것이 당겼다.

아리스는 오늘 아버지인 이안의 병원에 들르러 나온 것이었다.

그녀가 오늘 만나고자 하는 것은 이번 가을 어머니에게 소식을 전해 들었던 아나였다.

얼마 전 지나가듯 물어보니 그녀는 아직도 병원에 입원 중이라고 했다. 예전에도 병원에 올 때마다 최소 한 달에서 길면 몇 달간이나 장기적으로 입원해야 했던 아이이니, 이번에도 그 기간이 짧지 않을 것이라 짐작하고 있었다.

아리스가 그녀를 만나러 가기로 결정한 날로부터도 꽤나 시일이 지나 있었다.

원래는 방학이 시작되자마자 병원에 방문할 생각이었다. 그런데 차일피일 미루다가 결국은 오늘이 되어 버렸다.

아리스는 지금도 그녀가 왜 말도 없이 사라졌던 것인지 이유를 알지 못했다. 그래서 다시 만나면 묻고 싶었다. 왜 인사조차 없이 떠난 것이냐고. 하지만 모순되게도, 그 이유를 영영 모르고 싶기도 했다.

아리스는 외동딸이었기 때문에 병원에서 만난 그녀를 내심 자매처럼 여기며 좋아하고 있었다. 아리스가 병원에서 봉사 활동을 하며 알게 된 환자는 여럿 있었지만, 아나만큼 친밀했던 사람은 또 없었다. 그녀도 평소에 언니를 가지고 싶었다고 하며 아리스를 따랐다.

그런데 어느 날 갑자기 한마디 말도 남기지 않고 퇴원해, 그로부터 몇 년이 지난 오늘까지도 소식 한 번 알려 오지 않았다.

아리스는 그것이 못내 서운했다.

그 후에 그녀에 대한 생각을 얼마나 많이 했는지 모른다.

혹시 겉으로 내색하지 않았을 뿐, 사실은 나를 좋아하지 않았던 게 아닐까. 그래서 이제는 내가 싫어져서, 마지막 인사조차 없이 떠난 것이 아닐까.

그래서 나도 잊어야지, 하다가도 어느 날인가는 문득 그녀가 걱정되었다. 혹시 아직도 병이 낫지 않아 많이 아픈 것은 아닐까 하고.

오늘 아나를 만나러 가기로 결심한 것은 사실 스스로를 위해서였다. 어떤 식으로든 이 마음에 끝을 내고 싶었기 때문에.

드륵.

아리스는 내용물이 반쯤 줄어든 머그컵을 테이블 위에 내려놓고 자리에서 일어났다.

막상 병원을 눈앞에 두고 마음이 약해졌지만 지금은 다시 결심이 섰다. 만약 오늘 만나고자 했던 사람을 보지 않고 다시 집으로 돌아간다면, 아마 그녀는 앞으로도 이런 묵직한 마음으로 시간을 보내야 할 터였다.

곧바로 가게를 나서려고 하다가 아리스는 진열대로 향했다.

그래도 일단은 병문안이니 빈손으로 가는 것보다는 뭐라도 사서 들고 가는 게 낫겠지 싶었던 것이다. 게다가 예전에 아나가 이 가게에 있는 케이크를 좋아했던 게 생각나기도 했다.

물론 상황에 따라서는 별로 화기애애하기 못한 분위기로 이야기를 나누게 될 수도 있었지만.

아니, 그나마 이야기를 나눌 수 있다면 그것만으로도 다행이라 생각해야 할지도 몰랐다. 어쩌면 대화를 나누는 것마저 거부당할 수 있었으니까.

그래도 한 번은 만나야 했다. 이런 기분에서 벗어나기 위해서는.

아리스는 진열대의 케이크를 몇 개 골라 점원에게 값을 치른 뒤 가게를 빠져 나왔다.

밖은 여전히 추웠지만 아리스의 걸음은 빨라지지 않았다. 그래도 디저트 가게와 병원의 거리가 워낙 가까웠던 탓에 얼마 걷지 않아 목적지에 도착하게 되었다.

마음을 굳게 먹은 탓인지 아까처럼 밖에서 오래 망설이지 않고 안으로 들어설 수 있었다.

"안녕하세요."

"어머, 아리스."

아리스의 아버지가 병원장인 데다, 또 전부터 봉사 활동을 하러 자주 왔기 때문인지 병원에서 일하는 사람들은 신입이 아닌 이상 모두 그녀의 얼굴을 알고 있었다.

"선생님은 지금 진료 중이셔서 좀 기다려야 할 거야."

한동안 병원에 출입하지 않았기 때문인지 그들은 아리스가 아버지인 이안을 만나러 왔다고 생각하는 듯했다.

"아빠 만나러 온 거 아니에요."

"그럼?"

무심코 반문하던 간호사가 곧 무언가를 깨달은 듯 '아'하고 소리 냈다. 그 얼굴을 보고 아리스는 물었다.

"아나가 입원한 병실, 어디에요?"

"여느 때처럼 5병동인데 전에 쓰던 병실은 난방 시설이 고장 나서 그 옆방인 312호를 쓰고 있어."

원래 환자의 병실을 허락 없이 알려 줘서는 안 된다. 하지만 아리스는 간호사에게서 대답을 쉽게 들을 수 있었다.

"아나가 다시 입원했다는 소식을 들었구나? 지난 가을부터 계속 있었는데. 학기 중이라 바빠서 이제 만나러 왔나 보구나."

눈앞에 있는 사람은 예전부터 이곳에서 일하던 간호사이기 때문에 두 사람의 친분을 알고 있었다. 그래서 그녀는 오히려 아리스가 이제야 병원에 온 사실이 다소 이상하게 느껴지는 모양이었다.

하지만 곧 아리스가 얼마 전에 방학을 맞았다는 사실을 깨달은 듯 혼자서 고개를 주억거렸다. 아리스는 별다른 말없이 그냥 한 번 웃어 보인 뒤 자리에서 걸음을 옮겼다.

제 5병동으로 가는 길은 조용했다. 5병동에서 지내고 있는 장기 입원 환자 자체가 극히 드물기도 하거니와, 환자들이 오랫동안 생활해야 하는 공간이니만큼 최대한 소음에서 멀어질 수 있는 자리에 건물을 지었기 때문이었다.

시야에 비치는 새하얀 벽과 바닥이 다른 병동의 모습과 그다지 다르지 않았다. 그런데 아리스는 기분 탓인지 이상하게도 눈앞의 풍경이 지극히 낯설게 느껴졌다.

조용한 복도를 걷는 동안 조금은 쓸데없는 생각이 머릿속에 떠올랐다.

그녀는 자신을 보면 어떤 얼굴을 할까?

혹시 눈살을 찌푸리거나 차가운 눈빛을 보내면 어떻게 해야 할지 모르겠다.

아마 그녀의 머리 위에도 꽃이 있겠지……?

그 꽃은 자신을 향했을 때 어떤 모양을 할까?

만약 눈이 마주친 순간 흔적도 없이 시든다거나 카밀레 키든의 꽃처럼 변한다면…….

그런 생각을 하는 동안 '312'라고 적힌 문이 눈앞에 나타났다. 아리스는 드디어 도착한 병실의 앞에서 걸음을 멈추었다.

그리고 작게 심호흡한 뒤 손을 들었다.

똑똑.

문을 두드리는 소리가 유독 크게 울려 퍼졌다. 잠시 후 안에서 가느다란 목소리가 새어 나왔다.

"들어와요."

아리스는 실로 간만에 듣는 낯익은 목소리에 잠시 동안 가만히 서 있다가 마침내 문고리에 손을 올렸다.

달칵.

문을 열자마자 실내에 고여 있던 훈훈한 공기가 얼굴로 확 밀려들었다. 안으로 한 발짝 발을 들이자 침대에 앉아 있는 사람이 아리스의 눈동자에 비쳤다.

창백한 피부와 대조되는 검은 머리카락과 선명한 붉은 눈동자. 소매 사이로 드러난 손목은 여전히 말라 있었다. 아리스는 세월의 흐름 속에서도 자신의 기억과 큰 차이가 없는 소녀의 모습을 문가에 서서 바라보았다.

그녀는 아리스의 방문에도 여전히 책을 들여다보기만 했다. 아마도 그녀를 간호사로 생각한 것 같았다.

하지만 아무리 기다려도 다가오는 인기척이 없자 곧 의아한 듯이 고개를 들었다.

책에 못 박혀 있던 붉은 눈동자가 아리스를 향했다.

그리고 바로 그 순간, 소녀의 머리 위에 새하얀 꽃이 피어났다. 작은 새싹 사이로 자라난 줄기 위에 순백의 꽃잎이 한 장씩 몸을 펼쳤

다. 주인을 닮은 은은한 향내도 병실 안에 서서히 번져 나가기 시작
했다.

"아리스."

그녀는 아리스의 등장에 다소 놀란 눈치였다. 작게 벌어진 입술 사
이에서 속삭이는 듯한 음성이 새어 나왔다.

아리스는 바보 같게도 그런 그녀의 모습에 조금 안심하고 말았다.
곧 아리스의 입에서도 소녀의 이름이 자그마하게 내뱉어졌다.

"아나이스."

아리스를 본 직후 흔들리던 붉은 눈동자가 이윽고 본래의 고요함을
되찾았다. 그리고 마침내 그녀의 얼굴에 떠오른 어렴풋한 미소에 아
리스는 코끝이 매워지는 것을 느껴야만 했다.

마치 몇 년 간의 공백이 사라진 것처럼, 정겹고도 따스한 인사가
아리스를 맞았다.

"어서 와, 아리스."

* * *

"이리 와서 앉아."

침대에서 일어난 소녀가 아리스를 테이블로 안내했다. 마치 어제
만났다가 헤어진 사람을 대하듯 여상한 태도였다. 아리스도 그에 못
지않게 담담한 모습으로 걸음을 옮겼다.

"그건 뭐야?"

"병문안 선물."

아리스보다 먼저 의자에 앉은 아나이스가 그녀의 손에 들린 상자를

보고 물었다. 곧 그녀의 시선이 상자의 겉면에 적힌 디저트 가게의
이름에 닿았다.

그 직후 한숨 같은 옅은 웃음이 허공에 흩어졌다.

"그냥 빈손으로 와도 됐을 텐데."

아리스는 아무런 말없이 소녀의 맞은편 자리에 앉았다. 눈이 마주
친 순간, 아나이스가 퍼뜩 다시 입을 열었다.

"아니, 괜한 일을 했다거나 그런 의미가 아니라."

방금 전 자신이 한 말이 아리스에게 어떤 오해를 샀을까 우려하는
느낌이었다. 하지만 변명하듯 말하던 그녀는 거기에서 다시 입을 다
물었다.

그리고 테이블을 내려다보다가 작게 덧붙였다.

"내가 미울 거 아니야."

너무 작아서 들릴 듯 말 듯한 목소리였지만 아리스는 그것을 놓치
지 않았다. 그녀는 잠시 동안 마주한 얼굴을 응시하다가 이내 짤막하
게 말했다.

"밉지 않아."

그 말에 아나이스가 고개를 들었다. 하지만 그녀가 무어라 말하기
전에 아리스의 말이 먼저 이어졌다.

"몸은 좀 어때?"

그녀의 목소리는 차분하고 담담했다. 붉은 눈동자가 아리스의 속마
음을 헤아리듯 잠시 동안 마주한 얼굴을 살폈다.

"괜찮아. 크게 아픈 데도 없고. 그냥, 전이랑 비슷해."

"그래, 다행이다."

하지만 아리스의 표정과 목소리를 통해서는 그녀의 생각을 알 수가

없었다.

"미안해, 아리스."

마침내 아나이스의 입에서 사과의 말이 새어 나왔다. 지난 몇 년간 줄곧 이렇게 얼굴을 맞대고 직접 하고 싶던 말이었다.

"계속 사과하고 싶었어."

솔직히 아나이스는 아리스가 이렇게 다시 자신을 찾으리라고는 크게 기대하지 않았다. 물론 이곳은 아리스의 아버지가 운영하는 병원이었기 때문에 어쩌다 우연히 마주칠 수도 있겠다는 생각쯤은 했지만……. 그래도 설마 오늘처럼 이렇게 따로 시간을 내 그녀를 만나러 와 줄 줄은 몰랐다.

"그때 갑자기 말도 없이 퇴원해서 미안해."

꽤 긴 시간 동안 병원에 입원한 그녀의 친구가 되어 주었던 아리스였다. 아나이스도 그런 그녀를 향한 예우와 존중을 보이지 못했다는 자각쯤은 하고 있었다.

하지만 그 당시에는 정말이지 어쩔 수가 없었다. 물론 그녀 스스로조차 명확히 말로 풀어내기 어려운 자신의 마음을 아리스가 이해해 주기 바라는 건 무리라는 것도 알았다.

아리스는 마주한 얼굴을 잠시 동안 말없이 바라보다가 이내 천천히 입을 열었다.

"난 네가 나를 싫어해서 그랬다고 생각했어."

담담히 흘러나온 그 말에 아래로 내리깔려 있던 붉은 눈동자가 다시금 위로 들렸다. 허공에서 두 사람의 눈길이 마주쳤다. 둘 다 속마음을 드러내지 않은 잔잔한 얼굴을 하고 있어, 언뜻 보면 지금의 분위기가 평온하게 느껴질 정도였다.

방금 전 실내에 울린 목소리에 아나이스는 금방 대답하지 않았다.

"싫어한다니, 오히려 그 반대야."

그리고 마침내 자그마한 속삭임이 침묵을 깨뜨렸다.

"차라리 싫거나 미웠으면 그때 그러지 않았을 거야."

그 말이 무슨 의미인지에 대한 설명은 없었다. 다만 그녀는 아리스를 향해 다시 한 번 사과했다.

"미안해."

아리스는 눈앞에 있는 하얀 얼굴을 조용히 응시했다. 그 말을 끝으로 아나이스는 다시 입을 열지 않았다. 아마도 그 이상 말을 이을 생각은 없는 것 같았다.

아리스의 눈동자가 마주한 소녀를 조용히 응시했다.

제법 담담해 보이는 겉모습과 달리 아나이스의 꽃은 의기소침한 느낌으로 시들시들하게 말려들어 있었다. 하지만 그것은 아리스를 앞에 두고 여전히 꽃봉오리를 활짝 열고 있었다.

이곳에 오기 전까지만 해도 그녀는 어쩌면 대화조차 거부당할지도 모른다는 우려를 안고 있었다. 그러나 그런 일은 일어나지 않았고, 아나이스의 꽃은 지금 아리스를 향해 활짝 피어 있는 상태였다.

"그래."

그 모습을 보고 아리스는 입을 열었다.

"그럼 됐어."

지금은 그것만으로도 된 것이 아닐까, 하는 생각이 들었다.

그리고 다른 말을 더 덧붙일까 하다가 아리스는 그냥 자리에서 일어나는 것을 선택했다.

"그럼 오늘은 이만 가 볼게."

그녀가 몸을 일으키자 밀려난 의자에서 드륵, 바닥에 끌리는 소리가 났다. 그러자 불현듯 마주한 소녀가 고개를 들었다.

"또 올 거야?"

아마도 무심코 내뱉은 질문인 듯, 아나이스는 한순간 멈칫했다. 그녀는 방금 전 아리스가 내뱉은 말에서 은연중에 희망을 엿본 듯했다.

그녀가 또 이곳에 오기를 바라는 걸까? 만약 그런 거라면…….

"응, 또 올게."

아리스는 다물어져 있던 입술을 열어 대답했다.

그 후 아나이스가 배웅하려 했지만 아리스는 그것을 거절한 뒤 혼자 병실을 빠져나왔다.

* * *

그러고 난 뒤 아리스는 종종 아나이스의 병실을 찾았다.

물론 두 사람의 관계는 예전과 완전히 같지 않았다. 떨어져 있던 시간만큼 두 사람의 사이에 생겨난 거리감 때문이었다. 그것을 좁히기 위해서는 좀 더 많은 시간이 필요할 듯했다.

"어서 와, 아리스."

아리스가 병실의 문을 열고 안으로 들어설 때마다 언제나 반가운 인사가 뒤따랐다.

나이는 더 어렸지만 아나이스는 그녀를 이름으로 불렀다. 물론 가끔은 '언니'라는 호칭을 쓸 때도 있었지만 대개는 이름을 부르는 편이었다. 그 이유는 두 사람이 때로는 자매처럼, 때로는 친구처럼 지냈기 때문이었다.

아나이스는 장기 환자였지만 병동에는 그녀 또래의 친구가 없었다. 아리스도 학교에 입학해 리즈벳을 만나기 전까지만 해도 딱히 진짜 친구라 할 만한 사람이 옆에 없었다. 어쩌면 그래서 예전에 두 사람이 빠른 속도로 친해질 수 있었던 것일지도 몰랐다.

"과일 먹을래? 사과랑 귤 있어. 아, 토마토 주스도 있는데 그거 먹을래?"

"어제까지는 없던 거네?"

"응, 어제 엄마랑 아빠가 왔었거든."

두 사람은 약속이나 한 듯이 몇 년 전의 일을 다시 화두에 올리지 않았다. 그녀들이 함께 있는 동안 나누는 대화는 주로 일상적인 이야기였다.

그러다 문득 아나이스의 입에서 흘러나온 부모님의 이야기가 아리스의 관심을 끌었다.

문득 생각해 보니 아리스는 아나이스의 가족을 단 한 번도 직접 만난 적이 없었다. 예전에 듣기로, 그녀의 부모님은 둘 다 평일에 일을 나가 주말에만 병원에 들를 수 있다고 했다.

그러고 보니 두 분 다 교직에서 종사하는 중이라고 했었던가? 한동안 잊고 있던 기억이 방금 전 아나이스가 부모님의 이야기를 꺼내는 순간 머릿속에서 되살아났다.

"부모님이 교직에서 일하신다고 했었지?"

"응."

아리스는 혹시 부모님이 어느 학교에서 일을 하시는지 묻기 위해 입을 열었다. 하지만 아나이스의 말이 한 발 더 빨랐다.

"학기도 끝나서 그런지 요즘은 좀 더 여유 시간이 나시는 것 같더라. 그런데 내가 싫어해서 병원에는 자주 안 오셔."

아나이스는 태어났을 때부터 몸이 약해 자주 병원에 신세를 졌다고 들었다. 그래서인지 그녀는 병원에 오랫동안 입원해 있는 것이 꽤나 익숙한 눈치였다. 그리고 예전에 아나이스는 다른 사람들에게 아픈 사람 취급받는 것이 싫다고 아리스에게만 살짝 자신의 속내를 내비친 적이 있었다. 그녀의 부모님이 일을 그만두고 딸을 보살필 의사를 내비쳤을 때에도 아나이스가 가장 크게 반대했다고 했다.

아리스는 침대에 앉은 소녀의 얼굴을 물끄러미 바라보았다. 몇 년 전의 아나이스는 지금보다 좀 더 예민한 느낌을 풍기는 여자아이였다. 당연하다면 당연했다. 원인도 알 수 없는 병으로 오랫동안 고통받아야 했으니까.

하지만 다행히도 지금의 아나이스는 전보다 편안해진 얼굴로 아리스를 향해 미소 짓고 있었다.

"대신 오빠가 병실에 자주 들르는 편이지."

"아……. 언뜻 기억나."

그러고 보니 아나이스에게는 오빠가 있었다. 일을 하는 부모님을 대신해 어릴 때부터 그녀를 돌봐 줬다고 했던가.

아리스는 몇 년 전에 아나이스의 오빠라는 소년과 한 번 얼굴을 마주한 게 전부라 기억이 영 가물가물했다. 하지만 기억을 되감아 보니 얼핏 떠오르는 모습이 있었다.

"꼭 여자애처럼 예쁘게 생긴 애였던 것 같은데. 맞아, 키도 이만하게 작고 남자애가 너무 귀엽게 생겨서 사실은 언니나 여동생인데 네가 농담을 하는 줄 알았던……."

"콜록……!"

바로 그 순간 귤을 까먹던 아나이스가 사레가 들린 것처럼 격하게 기침을 했다.

"괜찮아?"

"괜찮…… 쿨럭!"

하지만 그 말과 달리 그녀는 사레가 크게 들린 듯 한참이나 더 기침을 해 댔다.

"크흠."

아리스는 어느 정도 진정이 된 그녀에게 물을 따라 주었다. 그러자 아나이스가 물 컵을 받으며 어쩐지 조심스러운 목소리로 말했다.

"저기, 우리 오빠 이제 별로 안 귀여워. 그동안 키도 많이 컸고…… 음, 성장기가 뒤늦게 찾아와서 갑자기 쑥쑥 자랐거든."

"그래?"

하지만 아리스의 입장에서는 아무리 그래 봤자 몇 년 전에 비해 크게 달라졌을까 싶었다.

그녀의 기억 속에 있는 아나이스의 오빠라는 소년은 성별이 의심스러울 정도로 예쁜 남자아이였기 때문이다. 게다가 키나 체구도 여동생인 아나이스만 해서 듬직한 오빠라기보다는 그녀의 자매나 여자 친구 같은 느낌이었다. 그 당시 아리스가 들었던 그의 목소리도 상당한 미성이었던 것으로 기억한다.

"그러니까, 음. 언니도 아마 다시 보면 못 알아볼지도 몰라."

그런데 이런 이야기를 왜 이렇게 조심스럽게 하는 걸까?

아리스는 까닭을 알 수가 없어 고개를 갸웃했다.

똑똑.

바로 그때 문 밖에서 노크 소리가 들려왔다. 검진하러 나온 의사나 간호사인가? 하지만 지금은 검진 시간이 아닌데?

"아나."

누군가의 목소리가 병실 안으로 새어 드는 순간, 아나이스가 어깨를 크게 움찔했다.

응? 그런데 왜 저렇게 화들짝 놀라서 날 쳐다보는 거지?

아리스는 의문을 느꼈다. 그리고 한 가지 더 의아한 것이 있었다. 기분 탓일까? 방금 전 귓가에 흘러든 목소리가 어쩐지 낯설지만은 않은 듯한…….

"들어갈게."

"아, 잠깐만……!"

아나이스가 이불을 걷으며 당황한 음성으로 외쳤으나 이미 밖에 있는 사람은 문고리를 돌린 뒤였다.

달칵, 하는 소리와 함께 하얀 문이 작은 틈을 내며 열렸다. 아리스의 시선도 그쪽으로 고정되었다.

맨 처음 문 틈 사이로 누군가의 팔이 드러났다. 그 다음은 다리였다. 그리고 곧이어 서서히 모습을 드러내는 사람에 아리스의 두 눈이 천천히 확대되었다.

지금은 분명 한겨울일진대, 열린 문틈으로 들어선 것은 봄이었다.

문을 열고 들어온 사람과 허공에서 시선이 마주친 순간, 눈앞에 붉은 물이 들었다. 마치 기다렸다는 듯, 작게 봉오리 져 있던 꽃이 순식간에 만개했다.

그것은 아리스에게 있어 아주 익숙한 형상을 하고 있었다. 꽃의 주인 역시 마찬가지였다.

"다이젠……?"

아리스는 저도 모르게 입을 열어 그의 이름을 불렀다.

지금 막 병실 안에 들어선 사람도 그녀를 보고 적잖이 놀란 기색이었다. 그는 제자리에 걸음을 멈추고 크게 뜬 눈으로 아리스를 바라보았다.

"저기, 이건 그러니까……."

침대에서 엉거주춤 몸을 일으킨 아나이스가 상황을 수습하려는 듯 입을 열었다. 하지만 그녀 역시도 당황해 무슨 말을 해야 할지 잘 모르겠는 눈치였다.

조각나 뿔뿔이 흩어져 있던 퍼즐이 머릿속에서 맞춰지는 것은 한순간이었다.

나란히 교직에 종사 중이라던 아나이스의 부모님.

론데 아사크앙의 부부 교사인 레안 아르카노발과 리리안 란테 아반크 교수.

두 살 터울이라던 다이젠의 여동생.

그리고 오래 전에 본 적이 있던 아나이스의 오빠.

그 어린 소년은 언뜻 백금발처럼 보이는 머리카락과 붉은 눈동자를 가지고 있었다.

그래, 지금 그녀의 눈앞에 있는 사람처럼.

몇 년 전 만난 적이 있는 작고 어린 소년과 지금의 다이젠을 쉽게 연결시키기란 어려웠다. 하지만 일단 사실을 알고 나서 보니 지금 마주한 얼굴은 기억 속의 소년의 것과 어느 정도 흡사한 구석이 있었다.

"아나가 말한 오빠가 너였어?"

깨닫고 나자 헛웃음이 터져 나왔다. 어떻게 지금까지 이토록 새까맣게 잊을 수 있었을까?

마침내 아리스의 입에서 흘러나온 물음에 다이젠은 부정하지 않았다.

두 사람의 기억이 서서히 과거로 흘러가기 시작했다.

아직은 둘 다 지금보다 어렸던 시절의 기억이었다.

16. 다이젠의 회상

건강한 다이젠과 달리 그의 여동생인 아나이스는 태어났을 때부터 몸이 약했다.

듣기로는 격세유전으로 인한 유전적인 질병인 것 같다고 했다. 의사란 의사는 전부 다 찾아가 만나 보았지만 진찰을 한 뒤에는 한결같이 고개를 내저을 뿐이었다.

그들은 아나이스가 아픈 원인을 알 수가 없어 그 치료법도 구할 수 없다고 말했다.

"괜찮아. 어차피 크게 아픈 데는 없으니까. 사실 잠이 많은 것 말고는 멀쩡하잖아."

아나이스는 가족 모두의 걱정거리였다. 그리고 그녀는 그 사실을 아주 싫어했다.

아나이스의 가장 큰 병세 중 한 가지는 갑자기 깊은 잠에 빠져 짧게는 만 하루에서 길게는 약 이삼 일 동안 깨어나지 않는 것이었다. 그럴 때면 온가족이 마음을 졸이며 병실에서 잠든 그녀를 지켜보았다.

아나이스는 혹시 이러다가 두 번 다시는 눈을 뜨지 않는 것이 아닐까 싶을 정도로 숨소리 하나 없이 고요히 잠들어 있곤 했다.

그밖에도 갑자기 속이 안 좋아져서 식사를 하지 못한다거나, 혈액순환이 잘 되지 않아 팔다리가 저리다거나, 아무리 운동을 해도 몸에 근육이 붙지 않는다거나 하는 증상들이 있었다. 워낙 몸이 약했기 때문에 빈혈과 감기도 달고 살았다.

하지만 그 무엇 하나 의학적으로 설명할 수 없다고 하니, 아픈 당사자나 지켜보는 가족들의 입장에서는 속이 탈 수밖에 없었다.

그나마 나이가 들면서 서서히 증세가 완화되어 가는 것만이 위안이 되었다.

그럼에도 아나이스는 이따금씩 기절하듯 잠들어 오랫동안 깨어나시 못하곤 했다.

아주 어릴 때 밖에서 다이젠과 놀던 아나이스가 갑자기 의식을 잃어 계단에서 구른 적이 있었다. 그때 다이젠은 정신을 차리지 못하는 어린 동생을 업고 부모님이 있는 곳까지 미친 듯이 뛰었다.

그리고 그들은 아나이스를 데리고 곧바로 병원에 갔다. 하지만 진찰을 마친 의사는 고개를 갸웃거리며 말했다. 계단을 구른 탓에 몸 여기저기에 타박상이 있기는 하나 다행히 머리를 부딪친 것 같지는 않다고.

그리고 여러 가지 검사를 해 본 결과 아나이스는 기절한 것이 아니라 잠든 것 같다는 말도 덧붙였다.

그때 한 번으로 그쳤으면 좋았겠지만, 그와 같은 일은 이후에도 계속 일어났다. 그래서 아나이스는 꽤 자주 병원에 입원해 있게 되었다.

그것은 지금까지도 이어져서 다이젠은 오늘도 병실에 있는 동생을 보러 온 참이었다.

"몸은 좀 어때?"

"평소랑 다를 게 있나. 어제랑 비슷해."

다이젠의 여상한 물음에 아나이스가 시큰둥하게 대답했다.

2주일 전, 또 다시 증상이 발생한 이후로 아나이스는 혹시 모를 상황에 대비해 병원에 입원한 상태였다.

그나마 상태가 좋을 때에는 한 일주일 정도 경과를 보고 퇴원을 했지만, 이번에는 예후가 좋지 않았다. 집에 있는 꽃밭에 물을 주다가 또 다시 의식을 잃은 아나이스가 이번에는 거의 닷새 동안이나 깨어나지 못했기 때문이었다.

"그건 뭐야? 일어난 지 얼마 되지도 않았는데 그냥 쉬지 책은 왜 읽어?"

"빌린 건데, 이거 재미있어."

이런저런 검사를 하고 상황을 살피려면 이번에도 장기 입원을 해야 할 것이라고 들었다.

다이젠은 아나이스의 손에 들린 책이 못마땅했지만 그것을 강제로 빼앗지는 않았다.

"오빠, 토마토 주스 먹을래?"

"엄마가 너 먹으라고 두고 가신 거잖아."

"응, 그런데 맛있는 거니까 오빠 주고 싶어서."

"네가 먹기 싫어서 주려는 거 다 알아."

다이젠이 속지 않자 아나이스가 입술을 삐죽거렸다.

"알면 그냥 먹어 주면 안 돼? 속이 별로 안 좋은데."

하지만 그녀는 곧바로 시무룩한 얼굴을 보이며 다이젠의 마음을 약하게 만들었다.

"안 돼. 내가 갈 때까지 먹어. 다 먹는 거 보고 갈 거야."

그러나 그는 단호했다. 아나이스가 진짜로 속이 안 좋은 것이 아니라 단순히 토마토 주스가 먹기 싫어서 꾀병을 부리고 있다는 사실을 알기 때문이었다.

결국 그녀는 다이젠을 속이는 데 실패하고 울적한 얼굴로 토마토 주스를 마셨다.

이제 다이젠은 아나이스가 입원할 때마다 전처럼 크게 마음 졸이지 않았다. 물론 동생을 걱정하는 마음은 여전했다.

하지만 아나이스가 입원을 하고 있는 동안에도 그의 일상은 변함없이 돌아갔다. 오랫동안 아픈 가족이 있어 서기에 익숙해진다는 건 그런 것이었다.

그리고 병세에 익숙해져 가는 건 아나이스 역시 마찬가지인 것으로 보였다.

"있잖아, 오빠."

토마토 주스를 마시던 아나이스가 다이젠을 힐끔 쳐다보며 입을 열었다.

그리고 이어진 그녀의 말에 다이젠은 한순간 귀를 의심했다.

"이제 병실에 좀 덜 자주 와도 돼. 친구랑 놀 거니까."

뭐, 친구?

다이젠의 두 눈이 크게 떠졌다.

친구라니?

아나이스에게 친구가 생겼단 말인가?

이런 말은 좀 그렇지만 아나이스는 성격이 다소 예민하고 까탈스러워서 그동안 친구라 할 만한 사람을 사귄 적이 없었다.

물론 그것은 다이젠 역시 마찬가지이긴 했지만……. 어쨌든, 그런데 이렇게 갑자기 친구라니?

게다가 지금 그들이 머물고 있는 병동은 장기 입원을 하는 환자를 위한 것으로, 오가는 사람조차 드물었다.

혹시 다이젠이 오는 게 싫어서 지어낸 말은 아닐까?

예전부터 아나이스는 가족들이 병실에 자주 오는 것을 내키지 않아 했으므로 그럴 가능성도 높았다.

"친구, 누구? 병동에 입원한 애야?"

"아니, 그건 아니고. 지난번에 입원했을 때 우연히 만나서 알게 된 언니인데 그저께 산책 하다가 또 만나서. 나도 아직 잘은 몰라."

다이젠은 의심 어린 눈으로 동생의 얼굴을 살폈다. 하지만 아무래도 거짓말은 아닌 것 같았다.

"아무튼, 그러니까 이제는 자주 올 필요 없어. 오빠도 오빠의 생활이 있잖아."

그 말에 다이젠은 멈칫했지만 정작 아나이스는 의연한 얼굴을 하고 있었다.

그런 그녀의 태도가 꽤나 단호해서 결국 그는 다른 말을 더 하지 않고 병실을 빠져 나왔다.

그러나 오빠로서 걱정이 되는 것도 사실이었다. 그래서 다이젠은 그날부터 아나이스의 친구라고 하는 사람에게 관심을 두기 시작했다.

"어머, 아리스. 오늘도 왔구나."

그녀를 만나는 것은 그리 어렵지 않았다.

장기 입원한 환자들이 머무는 제5병동에 오가는 사람들이 워낙 적었던 데다, 거기에서 아나이스 또래의 소녀를 발견하는 것은 더군다나 쉬웠던 탓이다.

게다가 그 소녀 자체가 굉장히 눈에 띄기도 했다.

"네, 아나는 병실에 있어요?"

"오늘은 산책도 아직 안 갔어. 같이 가고 싶은 사람이 따로 있나 봐. 호호."

다이젠은 맹세코 그렇게 인상적인 사람은 처음 보았다.

제일 먼저 시야에 들어온 것은 어깨 부근에서 잘린 눈부신 은발이었다. 없던 결벽증도 생길 정도로 티 한 점 없이 새하얀 벽을 배경으로 하고도 소녀의 은색 머리카락은 조금도 탁해 보이지 않았다. 그 다음으로, 막 자라난 새싹의 빛을 닮은 연녹색 눈동자가 두드러졌다.

섬세하게 만들어진 인형 같은 얼굴 자체도 몹시 예뻤지만 정작 다이젠의 눈길을 사로잡은 것은 다른 부분이었다.

소녀의 주위에는 빛이 반짝거리고 있었다. 정확히 어떤 말로 표현해야 할지는 모르겠지만, 아리스라고 하는 소녀에게서는 눈부신 광채가 나고 있었다.

"아나, 네 머리는 꼭 공주님 머리 같아. 예전에 봤던 동화책에서 보면 공주님들은 다들 이렇게 길고 예쁜 머리카락을 가지고 있잖아."

알고 보니 그녀는 병원장의 딸이라고 했다. 나이는 다이젠보다 한 살이 더 많은 14살.

원래도 꽤 자주 병원에 와, 입원 중인 아이들과 놀아 주거나 환자들의 말상대가 되어 주었다고 들었다.

"그럼 언니도 긴 머리 하지. 분명 예쁠 거야."

"글쎄, 아주 어릴 때 말고는 안 길러 봐서."

"보고 싶은데."

아리스는 기본적으로 무척 친절하고 상냥했다.

아리스를 아는 모든 사람들이 그녀를 흠 하나 없는 사람으로 생각하는 것 같았다.

예쁘고 착하고, 단점이라고는 찾아볼 수가 없는.

그녀가 병원에서 함께 시간을 보내는 사람은 아나이스뿐만이 아니었다. 아리스가 다른 환자들과 보내는 시간 동안 아나이스는 밖에 나가 그들과 함께 어울리는 대신 혼자서 병실에 머물렀다.

아나이스는 자기도 아직 어린 애면서 병원에 있는 다른 아이들을 질색하고 싫어했다. 특히 아리스가 시간을 내서 돌봐 주는 소아 병동의 아이들을 아주 싫어하는 편이었다. 다이젠은 아마도 그것이 처음으로 사귄 친구를 독점하고 싶은 마음에서 비롯된 것이 아닐까 하고 생각했다.

어쨌든, 아나이스가 병원에서 만난 친구는 좋은 사람인 듯했다. 그가 걱정할 일도 아무것도 없을 것 같았다. 다이젠은 몇 번인가 멀찍이서 두 사람이 산책을 하는 모습을 지켜본 뒤 그런 결론을 내렸다.

아마도 이제부터는 이런 식으로 두 사람을 살필 필요도 없을 것 같다고.

하지만 다이젠은 어째서인지 그 후로도 계속해서 두 사람을 지켜보게 되었다.

아리스라는 소녀를 만난 뒤로 아나이스가 점점 밝아지는 것이 확연히 느껴졌다. 그녀는 그동안 지루하게만 생각하던 병원 생활을 나름대로 즐거워하기 시작했다.

웃음이 많아진 아나이스를 보고 부모님이 '무슨 좋은 일이라도 있었냐'고 물을 정도였다.

하지만 그녀는 그저 웃으며 비밀이라고 말할 뿐이었다. 아나이스가 병원에서 사귄 친구에 대해 비밀로 하고 싶어 하는 것을 눈치챈 다이젠도 별다른 말을 하지 않았다.

"아리스가 진짜 우리 언니였으면 좋겠어. 오빠도 좋지만 평소에 언니도 있었으면 싶었거든."

"우린 이름도 비슷하니까 밖에 나가면 자매인 줄 알지 않을까? 나중에 다 나아서 퇴원하게 되면 우리 집에도 놀러 외."

아리스도 아나이스를 진심으로 좋아하는 것 같았다.

하지만 아리스는 아나이스가 가진 병이 무엇인지 모르고 있었다. 그녀가 결코 완치될 수 없다는 사실도.

그래도 아나이스는 아리스의 말을 듣고 웃었다. 정말 그랬으면 좋겠다는 듯이.

이따금씩 아리스가 말하는 미래에 대한 희망들이 아나이스에게는 좋은 영향을 미친 것 같았다.

그 후로 그녀는 평소에 그렇게 싫어하던 건강식도 꾸역꾸역 먹고,

전보다 더 열심히 운동을 하기 시작했다. 나중에 학교에 다니고 싶다며 한동안 멈추었던 공부에도 다시 손을 댔다. 그런 아나이스의 모습을 보며 부모님도 덩달아 기뻐했다.

고마운 사람.

아리스에 대한 다이젠의 생각이었다.

하지만 그런 일상은 오래 가지 않았다.

"아나!"

산책을 나왔다가 벤치에 앉아 쉬는 중이었던 아나이스가 갑자기 의식을 잃고 쓰러진 탓이었다.

아무런 징조도 없이 갑자기 벌어진 일에 아리스는 당황했다. 게다가 평소에 체력이 약한 것 말고는 아픈 곳이 없어 보였던 아나이스였기에 놀라움은 더욱 컸다.

다이젠은 여느 때처럼 벤치 근처에 있는 덤불에 숨어 있다가 자리에서 벌떡 일어났다. 아리스는 갑자기 튀어나온 남자 아이를 보고 깜짝 놀란 것 같았다.

"업어야 하니까 도와줘."

하지만 침착하게 행동하는 다이젠의 모습에 곧 그녀도 이성을 되찾았다. 두 사람은 아나이스를 데리고 급히 건물 안으로 돌아갔다.

그 후 아나이스가 있는 병실에 의사가 몇 명 다녀갔다. 그 중에는 아리스의 아버지인 이안도 있었다.

아리스와 다이젠은 병실 밖에서 그들이 나오기를 기다리며 서 있었다.

"저기, 도와줘서 고마워."

그러다 문득 다이젠의 귓가에 자그마한 목소리가 새어 들었다. 그 음성을 따라 다이젠은 고개를 들었다. 그리고 그 직후 시야에 들어온 아리스의 얼굴을 보고 멈칫했다.

미처 몰랐는데 어느새 발갛게 부어 있는 눈가를 보니 그녀는 조금 운 것 같았다. 그것을 보고 다이젠은 약간 놀랐다.

"아까는 경황이 없어서 어떻게 해야 할지 몰랐는데 덕분에 정신 차렸어."

사실 그는 지금 무덤덤한 기분이었다. 눈앞에서 쓰러진 동생을 보고서도 다이젠은 조금도 놀라지 않았고, 그의 마음 역시 동요 한 점 없이 차분했다.

십 수 년간 끊임없이 겪어온 일에 이제는 어느 정도 무뎌져 있었기 때문이다.

누구도 그런 생각을 말로 하지는 않았지만, 아마 그것은 그의 부모님이나 아나이스 역시 마찬가지일 것이다.

그녀를 사랑하지 않아서가 아니라, 어쩔 수 없이 이런 일상에 익숙해졌기 때문에.

다이젠은 지금도 아나이스 때문에 눈물을 흘리지 않았다. 그런데 가족도 아닌 사람이 대신 그녀를 위해 울어 주다니.

"너도 놀랐을 텐데 굉장히 침착하더라. 아, 그런데 여기 이렇게 있어도 돼? 부모님이 걱정하시지 않니? 혼자 병문안을 오지는 않았을 테고……. 어느 병실인지 말하면 데려다줄게."

그녀는 다이젠이 아나이스의 가족이라는 사실을 모르는 것 같았다.

그런데 아리스의 말을 듣는 동안 다이젠은 묘하게 기분이 나빠지기 시작했다.

이건 마치 그를 어린애 취급하는 것 같은 말투가 아닌가?

고작 한 살 차이인데 병실에 데려다주겠다는 것도 그렇고, 그가 혼자서 병문안을 오지는 않았을 거라고 철썩 같이 믿고 있는 것도 그랬다.

그러는 자기도 보호자 없이 혼자서 병원을 드나들고 있는 주제에.

"이거 먹을래?"

잠깐 겉옷 주머니에 손을 넣고 부스럭거리던 아리스가 이윽고 그의 눈앞에 무언가를 내밀었다. 다이젠의 시선이 그녀의 손 안에 있는 것에 날아가 박혔다.

그것은 알록달록하게 포장된 알사탕이었다. 다이젠은 그녀가 이 사탕을 소아 병동에 있는 어린 아이들에게 주는 것을 엊그제 목격한 적이 있었다.

그 사실을 깨닫는 순간 다이젠의 이마에 빠직 핏대가 섰다.

"난 어린애 아니야!"

그는 발끈해서 소리쳤다. 그리고 앞으로 내밀어진 아리스의 손을 매몰차게 쳐냈다. 애초에 다이젠은 어릴 때부터 성격이 좋은 편은 아니었다.

게다가 자신을 여자애 같다고 놀리거나 무시하는 놈들은 특히나 잊지 않고 처절히 응징해 주곤 했다.

타악!

앙칼진 손길에 의해 튕겨져 나간 사탕이 벽에 맞고 바닥으로 떨어졌다. 단단한 것이 몇 번 바닥을 튕기다가 이윽고 데구르르 굴러가는 소리가 조용한 복도에 유독 선명하게 울려 퍼졌다.

"어……."

아리스는 크게 당황한 눈치였다. 그녀의 눈동자가 하얀 바닥에 떨어진 사탕에 못 박혔다.

한편, 당황한 것은 다이젠도 마찬가지였다. 이제껏 다른 사람에게 그래 왔던 것처럼 아리스에게도 무심코 사납게 반응해 놓고 내심 놀란 것이다.

생각보다 아리스의 손이 쉽게 밀려나서 첫 번째로 놀랐고, 그 다음으로 그의 손에 얻어맞은 아리스의 손이 금세 빨갛게 달아올라서 또한 번 놀랐다.

다이젠의 입장에서는 그냥 한 번 툭 친 것뿐인데, 사탕은 또 왜 저렇게 멀리까지 날아가서 바닥을 구르는 건지…….

놀라움과 당혹감을 품고 작게 벌어졌던 아리스의 입술이 마침내 굳게 다물어졌다. 그것을 보고 다이젠은 흠칫하고 말았다.

혹시 또 우는 거 아니야……?

다이젠의 등 뒤로 식은땀이 흘러내렸다.

비록 그를 어린애 취급한 것이 마음에 안 들기는 했지만 아리스는 그의 동생인 아나이스의 친구였다.

그리고 아나이스의 오빠로서, 그는 그녀에게 꽤 고마운 감정을 가지고 있었다.

게다가 아마도 지금 그녀는 갑자기 쓰러진 아나이스 때문에 적잖이 놀랐을 터다. 그런데도 그런 마음을 내색하지 않고 오히려 그에게 고마움을 표하며 사탕을 내밀었다.

그런 생각이 머릿속을 어지럽게 떠다니는 동안 다이젠은 점차적으로 양심의 가책을 느끼기 시작했다.

다음 순간, 그는 스스로조차 인식하지 못한 새 자리에서 발길을 떼고 있었다. 그리고 잠시 후 엉거주춤하게 움직여 바닥에 떨어진 사탕을 다시 주워 들었다.

누가 봐도 지금 자신의 모습은 영 모양이 빠져 보일 게 분명해서 기분이 나빠졌다. 하지만 지금 이 사탕을 그냥 내버려 두면 며칠 간 마음이 쓰여서 다리를 뻗고 잠을 자지 못할 것 같았다.

다이젠이 그러는 동안 아리스는 자리에 조용히 서 있었다. 그는 여전히 등 뒤로 식은땀이 흐르는 것을 느끼며 애써 아무렇지 않은 척 입을 열었다.

"이런 건 애들이나 좋아하지, 난 아니거든."

다이젠은 예전부터 또래보다 키도 작고 체구도 작았다. 그의 부모님은 그저 성장기가 느리게 찾아오는 것뿐이니 걱정하지 말라고 했다. 그래서 지금까지는 다이젠도 때가 되면 어련히 크겠거니 생각하며 자신의 성장에 크게 신경 쓰지 않았다.

그런데 지금 이 순간 왜 이렇게 억울하고 분한 마음이 드는 것인지 알 수가 없었다.

"그래도 뭐……. 이왕 준 거니까 받아 둘게."

지금 그의 눈앞에 있는 아리스는 다이젠보다 키가 커서 시선을 마주하려면 고개를 들고 올려다봐야만 했다. 다이젠은 그것이 싫어서 괜히 발끝을 보고 어물거렸다.

그러던 어느 순간, 앞에서 문득 작은 웃음소리가 들렸다. 그 소리에 이끌려 다이젠은 고개를 들었다.

"그래, 고마워. 너 어린애 아니야."

바로 그 순간이었다.

녹색 눈동자에 부드러운 빛을 품으며 아리스가 미소 지은 바로 그 순간. 그리고 자신을 향해 웃는 아리스의 얼굴을 시야에 담은 바로 그 순간.

누군가 들으면 웃을 수도 있었지만, 다이젠은 이제껏 그를 둘러싸고 있던 세상이 순식간에 변하는 것 같은 느낌을 받았다. 처음 그녀를 보았을 때 그랬듯 주위에 반짝이는 빛이 하나둘씩 생겨나더니, 이윽고 그의 시야를 온통 새하얗게 뒤덮었다.

나중에 생각해 보면, 다이젠은 바로 그 순간 각인된 것이나 마찬가지였다.

하지만 그 당시의 그는 그것이 무슨 느낌인지 잘 몰랐다. 무언가 날카로운 것이 심장을 푹 찌르고 들어온 것 같은데, 그게 뭔지 알 수가 없었다.

"아, 잠깐……!"

한동안 숨조차 멈추고 아리스를 바라보던 다이젠은 결국 그 압도적인 느낌을 버티지 못해 뒤돌아 달려갔다. 뒤에서 그를 부르는 소리가 들렸지만 차마 뒤돌아볼 수가 없었다.

"다이젠? 아나이스는?"

무슨 정신으로 1층까지 내려갔는지 모르겠다.

다이젠은 정신없이 뛰다가 무언가에 부딪힌 뒤에야 걸음을 멈추었다.

고개를 들어 보니 그의 아버지가 바로 앞에 서 있었다. 병원에서 소식을 듣고 학교에서 급하게 빠져나온 모양이었다.

"병실에……."

방금 전까지 뛰었던 탓에 숨이 차서 다이젠은 헐떡이며 말했다. 레안 아르카노발은 그런 아들의 얼굴을 보며 입을 벌렸다.

"그런데 너 왜……."

"얘, 잠깐만!"

'왜 그렇게 얼굴이 빨간 건데?'라고 물으려고 했다. 단순히 뛰어서 그렇다기에는 다이젠의 얼굴이 비정상적일 정도로 새빨갰기 때문이었다.

하지만 모퉁이 너머에서 웬 여자아이의 목소리가 들리자마자 다이젠은 다시금 자리를 박차고 뛰기 시작했다. 그래서 그는 아들에게 아무것도 물을 수 없었다.

다이젠이 꽁지에 불이 붙은 것처럼 달려가고 난 뒤, 모퉁이에서 아리스가 모습을 드러냈다.

레안은 누군가를 찾듯 주위를 두리번거리는 소녀를 유심히 살폈다. 그녀는 곧 그의 앞을 지나쳐 갔고, 레안도 딸이 있는 병실에 가기 위해 서둘러 계단을 올랐다.

* * *

아나이스는 그 후로 꼬박 이틀을 더 자고 나서야 깨어났다.

"오빠가 날 업고 왔다며?"

"응."

의사나 간호사, 혹은 아리스에게 그날의 일을 전해 들었는지 아나이스가 말했다. 이미 그녀를 보고 간 부모님은 의사와 함께 대화를 나누는 중이었다.

"오빠, 난 아리스가 좋아."

슬슬 늦가을이 되어 가고 있었기 때문에 실내라고 해도 공기가 약간 서늘했다.

다이젠은 병실에 있는 난방을 조절하다 말고 귓가를 스치는 자그마한 목소리에 손을 멈추었다.

"그런데 아리스를 좋아할수록……."

고개를 돌렸을 때, 아나이스는 침대에 기대 앉아 창밖을 보고 있었다.

"점점 내가 싫어지는 것 같아."

그때, 그런 그녀에게 무어라 말해 줘야 했을까?

아나이스의 병은 여전히 원인을 알 수가 없었고, 그녀는 언젠가 자신이 나을 수 있을 것이라는 기약조차 갖지 못했다.

아나이스는 앞으로도 언제 또 지금처럼 갑자기 의식을 잃을지 모른다는 두려움을 안은 채 살아가야 할 것이다. 그리고 그러다가 어느 날인가에는 영영 눈을 뜨지 못할 수도 있다는 공포심도 함께 안고 살아야 할 것이 분명했다.

그 후 그녀는 아리스를 만나기 전과 같은 생활로 돌아갔다. 마치 미래가 없는 것처럼, 더 이상 책도 보지 않고 밥도 잘 먹지 않는 일상으로.

하지만 그렇다 해서 그녀가 아리스를 만나지 않는 것은 아니었다. 다만 그녀를 보고 난 후의 아나이스는 더 이상 예전처럼 마냥 즐거워 보이지 않았다.

다이젠은 한때 아나이스에게 오색 빛의 꿈을 꾸게 했던 것들이 이제는 그녀를 좀먹어 가고 있다는 사실을 깨달았다.

"그만 가자."

"병실에 두고 온 건 없지?"

그리고 해가 바뀌어 퇴원 수속을 밟은 아나이스는 이제 자신이 병실을 떠난다는 사실을 아리스에게 말하지 않았다.

"응, 없어."

아나이스는 아리스에게 빌렸던 책을 간호사에게 대신 돌려줘 달라고 부탁한 뒤 부모님의 뒤를 따라 병실을 빠져 나왔다.

다이젠의 눈에는 동생이 나중에 후회할 것이 훤히 보였다. 하지만 아나이스가 너무 지쳐 보였기 때문에 그냥 하려던 말을 삼켜 냈다. 그는 어쩔 수 없이 아나이스의 오빠였기 때문에.

사실 아리스는 잘못한 게 없었다. 그녀는 병원에서 우연히 만난 가엾은 여자아이를 동생처럼 아끼고 좋아해 주었다. 그 마음에는 거짓이 없었고, 아나이스도 그런 그녀를 진심으로 좋아했다. 다만 그들을 둘러싼 상황이 나빴을 뿐이었다.

그는 나중에 아나이스의 일을 전해 들은 아리스가 울지 않았으면 좋겠다고 생각했다. 아나이스가 왜 이런 선택을 할 수밖에 없었는지 그녀에게 설명해 주고 싶은 마음이 들었지만 그것은 그의 역할이 아니었다.

"아나이스랑 친하게 지냈던 여자애, 우리 학교 들어왔더라."

이후, 뜻하지 않게 아버지에게서 아리스의 이야기를 전해 듣게 되었다.

한 번도 그녀와 직접적으로 마주친 적이 없어 모를 것이라 생각했는데, 부모님은 아나이스가 병원에서 사귄 친구에 대해 알고 있던 모양이었다.

"공부 되게 잘하던데. 걔가 학년 수석이야. 예뻐서 그런지 인기도 엄청 많아."

그때쯤, 다이젠은 때늦은 성장기를 맞았다. 키도 몇 달 새 한 뼘이나 자랐고, 체격도 이전에 비해 월등히 좋아졌다. 얼굴선도 제법 남자답게 굵어져서 이제는 예전의 예쁘장하던 외모는 찾아보기 힘들 정도였다. 목소리도 전보다 확연히 낮아져 있었다.

"내 생각에는 조만간 남자 친구가 생기지 않을까 싶어. 학년 차석인 남자애가 엄청나게 들이대더라고."

다이젠은 방까지 찾아와서 그를 약 올리듯이 말하는 아버지를 향해 싸늘히 읊조렸다.

"그런 얘기를 왜 나한테 해."

"관심 없어?"

"관심 없어."

"그럴 리가 없는데?"

다음 순간 레안이 의미를 알 수 없는 표정을 지으며 웃었다.

그리고 뒤이어 그가 내뱉은 말에 다이젠은 그만 말문이 막히고 말았다.

"네 첫사랑이잖아."

레안은 이미 다 안다는 눈빛으로 그를 보고 있었다. 얼마나 당황스러웠으면, 다이젠은 저도 모르게 말까지 더듬으며 부정했다.

"처, 첫사랑은 누가? 누가 내 첫사랑이야?"

"야, 너 얼굴 빨개졌어. 표정 관리 좀 잘 해야겠다."

다이젠은 실실 웃으며 그를 약 올리는 아버지를 억지로 방에서 쫓아냈다. 그러고 난 뒤에도 그는 자신의 마음을 들켰다는 사실에 얼굴이 화끈거려서 손을 들어 마른세수를 해야만 했다.

어찌 보면 우습기까지 한 일이 아닌가.

그는 책 속의 주인공이 아니었다. 손을 대면 그윽한 향기가 스며들

것만 같은, 그런 특별한 이야기가 두 사람 사이에 있던 것도 아니었다.

그럼에도 지나간 기억은 다이젠의 안에 싹을 틔우고 깊숙이 뿌리를 내려 나날이 무럭무럭 자라났다. 속절없이 자꾸만 커져가는 마음을 어떻게 잘라 내야 할지 다이젠은 알지 못했다.

다시 한 번 만나고 싶다. 또 다시 얼굴을 마주하고 이야기하고 싶다. 그럴 수 없다면, 적어도 가까운 곳에 있고 싶다.

그리고 마침내 다시 만난 아리스는 그를 기억하지 못했다.

그저 그것뿐이다. 그런 시시한 이야기였다.

17. 다이젠의 기쁨

"그러니까, 네가 아나의 오빠라는 거네?"

아리스는 앞에 있는 사람을 향해 다시 한 번 확인하듯 물었다. 이 번에는 나이센도 제 입으로 그녀의 말을 긍정했다.

"맞아, 내가 오빠야."

예전에 만난 적이 있던 아나이스의 오빠가 다이젠이었다니. 아리스 의 입에서 헛웃음이 새어 나왔다.

"왜 말 안 했어?"

추궁을 하려는 것은 아니었고, 단지 왜 지금까지 말하지 않았는지 궁금했다.

눈치를 보아 하니 다이젠은 처음부터 아리스를 기억하고 있었던 것 같았다.

"일부러 숨기려고 한 건 아니야."

당황해서 눈치를 보고 있는 아나이스와는 달리 다이젠의 얼굴은 제법 담담해 보였다.

하지만 그건 겉모습뿐이었다. 아리스의 눈에는 다이젠의 머리에 피어 있는 꽃이 훤히 보였다. 그래서 그것이 병실에 있는 아리스를 처음 보았던 순간부터 지금까지 어떻게 변화해 왔는지도 여실히 목격할 수 있었다.

"처음에 만났을 때 날 알아볼까 싶었는데 아니어서, 굳이 말하기가 좀 그랬어."

다이젠이 말을 잇는 동안 붉은 꽃이 움츠러들었다. 움츠러들었는데…….

"선배가 좋아하고 친하게 지냈던 건 내가 아니라 아나니까."

어쩌면 기분 탓일 수도 있지만, 마치 풀이 죽어 웅크리고 앉는 것 같은 느낌으로 꽃잎의 끝부분이 기운 없이 안으로 말려들어 갔다.

"그래도 미안해. 화 내지 마."

그러면서 그는 동요 없는 표정을 깨트리고 약간 초조하게 사과했다. 그런 다이젠에게서는 은연중에 불안감이 풍겨져 나왔다.

사실 다이젠의 입장에서는 아리스에게 사실을 밝히기 애매했을 수도 있었다.

그도 그럴 것이, 방금 전 그가 말한 대로 아리스와 친분이 있던 건 다이젠이 아니라 그의 동생인 아나이스 쪽이었다. 그런데 느닷없이 나타나서 '사실은 내가 아나이스의 오빠야.'라고 말하기도 난처했을 것이다.

게다가 몇 년 전, 아나이스와의 끝이 그런 식이었기 때문에 더더욱.

"아마 나 때문에 더 말 못했을 거야. 나도 미안해."

아나이스도 같은 생각을 했는지 덩달아 사과해 왔다.

아리스는 그런 남매의 모습을 잠시 동안 말없이 바라보았다. 물론 다이젠이든 아나이스든, 진작 사실을 말해 줬으면 좋았을 것이라는 생각은 들었다.

하지만 소금에 절인 것처럼 기운 없이 축 쳐져서 파들거리는 꽃을 나란히 머리에 인 두 사람을 보자 도저히 화낼 마음이 들지 않았다.

"나 화 안 났어."

결국 아리스는 한숨을 내뱉으며 말했다.

"애초에 그렇게 화낼 만한 일도 아니고."

우연히 여동생에 대해 이야기하게 되었을 때 다이젠이 말을 아꼈던 이유와, 방금 전 갑작스럽게 화두에 오른 오빠의 이야기에 아나이스가 당황했던 이유를 이제야 알 것 같았다.

"아마 처음부터 네가 말했으면 괜히 대하기 껄끄러워지기만 했을 거야."

그 말은 진심이었다. 아리스의 성격상 다이젠이 아나이스의 오빠라는 사실을 알았다면 그와 마주치지 않기 위해 피해 다녔을 확률이 컸다.

게다가 덩달아 아나이스와 다이젠의 부모님인 두 교수님들을 대하기도 불편해졌겠지. 중간에 한 번쯤 아나이스의 안부를 물었을 수는 있지만 어떻게든 대답을 들은 뒤에는 관심을 완전히 끊기 위해 노력했을 것이다.

만약 그랬다면 오늘날 이렇게 아나이스의 병실에 찾아오는 일도 없었을 터였다. 그리고 다이젠과는 데면데면한 관계를 유지하고 있었을 테고.

아리스가 정말 화난 것 같지 않자 아나이스는 적잖이 안심한 눈치였다.

아닌 척해도 혹시나 그녀가 싸늘히 반응할까 전전긍긍하고 있던 티가 났다.

"왜 따라 나와? 동생 보러 와 놓고서."

하지만 오래 이야기할 상황도 아니었기 때문에 아리스는 일찌감치 병실을 빠져 나왔다. 그런 그녀의 뒤를 다이젠이 따랐다.

"진짜 화 안 났어?"

옆에서 그녀의 얼굴을 내려다보는 시선이 느껴졌다. 그래도 아리스는 꿋꿋이 앞만 보고 걸었다.

"그렇다니까."

"그런데 왜 내 얼굴 안 봐?"

병동을 완전히 빠져나오기 전, 다이젠이 아리스의 팔을 붙잡았다. 뿌리치려면 뿌리칠 수도 있었고 그럴 여지도 충분히 있었지만 아리스는 그냥 자리에 멈추어 섰다. 그리고 마침내 다이젠의 얼굴을 마주했다.

"무슨 말이라도 해 봐."

다른 사람을 향해서는 언제나 찬 기운만 솔솔 풍기는 그 얼굴이 불안감과 조급함을 담고 있는 것이 어쩐지 기묘했다. 다이젠은 그녀에게 무슨 말이라도 해 보라고 했지만, 솔직한 심정으로 지금 떠오르는 생각은 단 하나뿐이었다.

아리스는 눈앞에 있는 얼굴을 향해 저도 모르게 지금 생각한 것을 소리 내 말했다.

"어렸을 때는 그렇게 예뻤는데."

다이젠을 못 알아본 게 당연했다.

그 작고 예뻤던 남자애가 이렇게 훌쩍 커 버렸을 거라고 누가 상상이나 하겠는가?

어릴 때의 다이젠은 정말이지 아나이스의 언니라고 해도 믿을 정도로 예뻐서, 나이가 들어도 놀라운 미모를 가진 남자애로 자랄 거라고 생각했다.

오죽하면 그때 만났던 남자애가 아나이스의 오빠였다는 말을 들은 후에도 사실은 오빠가 아니라 언니인 것이 아닐까 하는 의심을 다 했을까.

다이젠은 설마 지금 아리스가 그런 말을 할 거라고는 상상하지 못했던 것 같았다. 아리스를 내려다보고 있는 붉은 눈동자에 얼핏 여트막한 당혹감이 어렸다.

하지만 우려했듯이 아리스가 화가 나 있는 게 아니라, 그것만큼은 깊이 안심한 눈치였다.

아, 이런 걸 보니 귀여운 건 예니 지금이나 똑같은 것 같기도……

"어릴 때 하도 많이 들어서 예쁘다는 말 싫어해."

"아, 기분 나빴어?"

"아니."

냉큼 돌아온 대답에 이번에는 아리스가 멈칫했다.

"아리스 선배가 하는 말은 기분 안 나빠."

그 말이 진심인 것 같아서 속이 약간 간질거렸다.

그런데 그때, 어떤 생각이 갑자기 머릿속을 스쳐 지나갔다.

"그런데 설마 너, 그때부터 날 좋아했다거나 한 건 아니지?"

솔직히 그런 말을 하면서도 이건 좀 아니라는 생각을 하고 있었다. 아무리 그래도 그렇지 그게 몇 년 전인데. 게다가 딱 한 번 이야기를 나눠 본 게 전부였고.

그런데 놀랍게도 다이젠은 아리스의 기습적인 질문에 말문이 막힌 표정을 지어 보였다. 아무래도 그 얼굴을 보니 아리스의 말이 얼토당토않아서 할 말을 잃은 것은 아닌 것 같았다.

"어, 진짜?"

"아니야."

"아닌 게 아닌 것 같은데?"

"아니라니까."

애써 부정하는 다이젠을 보자 놀리고 싶은 마음이 샘솟았다. 다이젠도 그런 낌새를 눈치챈 모양이었다.

"……사실 아닌 건 아니야."

다시 본래의 뻔뻔함을 되찾은 다이젠이 아리스를 물끄러미 내려다보았다. 그가 진지하게 나오자 이번에는 아리스가 할 말이 마땅치 않아졌다.

그래서 말문이 막혀 있는 그녀를 향해 이윽고 다이젠이 천천히 팔을 움직였다.

다음 순간 정신을 차려 보니 어느덧 아리스는 다이젠에게 안겨 있었다.

"학교에서 다시 만났을 때, 내 얼굴을 못 알아봐서 사실은 조금 서운했어."

귓가에 곧바로 스며드는 나직한 음성에 아리스의 등허리가 뻣뻣해졌다.

다이젠이 두 팔로 아리스를 감싸자, 그녀는 아주 손쉽게 그의 품에 쏙 안기게 되었다.

"솔직히 아리스 선배는 나한테 관심이 별로 없었지."

아리스의 눈동자가 당혹감을 품은 채 깜빡거렸다.

계속해서 고막을 파고드는 속삭임에, 그리고 온몸을 감싼 체온에 스멀스멀 미묘한 기분이 밀려들었다. 예전에는 그렇게 작고 가냘프던 남자애가 어느덧 이렇게 커져서 그녀를 빈 틈 하나 없이 끌어안고 있는 게 이상했다.

"난 처음 만났을 때부터 좋아했어."

전에도 들은 적이 있던 직접적인 고백이었다.

그렇다면 이번에는 그때보다 감흥이 덜해야 하는 것이 정상 아닌가?

그런데 어째서 처음보다 두 번째인 지금, 이렇게 더욱 동요하게 되는 것일까?

야트막한 숨결과 함께 귀에 내려앉은 낮은 목소리에 돌연 얼굴이 화끈해졌다. 다이젠은 그렇게 속삭인 뒤 방금 전보다 더욱 세게 그녀를 끌어안기까지 했다.

"저기...... 여기 병원이야."

"그런데?"

"그, 네가 잠깐 잊고 있는 것 같아서 그러는데 우리 아빠도 여기서 근무하시거든. 그래서 여기에서 일하는 분들은 다들 내 얼굴을 아시는데......."

"그래서?"

"아니, 그래서가 아니라......."

지금 그들이 서 있는 곳은 1층의 로비였으니 아마도 오다가다 그들을 목격하는 사람들의 수가 적지 않을 터였다. 하지만 다이젠은 아리스를 놔주지 않았다. 이상한 점은, 아리스도 그런 다이젠을 강력히 뿌리칠 생각은 하지 못했다는 것이었다.

그녀는 스스로 생각하기에도 무척 빨리 다이젠에게서 벗어나는 것을 포기했다.

하지만 이건 온전히 다이젠 때문이었다. 아무리 아리스가 버둥거린다 한들 타고난 완력의 차이를 어쩌겠는가?

그러니 그녀는 어쩔 수 없이 다이젠에게 얌전히 안겨 있을 수밖에 없는 것이다.

아리스는 누구에게인지 모를 변명을 속으로 주절거리며 빨개진 얼굴을 맞닿은 가슴팍에 파묻었다.

어라, 그런데 어째서 손이 다이젠의 등 위로 슬금슬금 올라가는 거지?

"다이젠이라고 했나?"

바로 그 순간, 문득 귓가에 싸늘한 음성이 파고들었다.

"설마 지금 거기에서 끌어안고 있는 게 내 딸은 아니겠지?"

아리스는 그 목소리에 화들짝 놀라 다이젠을 밀쳐냈다.

옆에서 들려온 목소리를 들었는지 이번에는 다이젠도 순순히 물러났다. 그래서 그녀는 곧바로 옆에서 서늘한 기운을 뿜어내고 있는 사람을 시야에 담을 수 있었다.

"아, 아빠."

흰 가운을 입은 이안이 그들을 보며 서 있었다.

"아리스. 병원에 왔으면 원장실에 한 번 들렀다 가지 않고."

그는 언제나처럼 아리스를 향해 다정히 웃으며 말했다. 하지만 현재 그는 심기가 꽤나 불편한 상태였다.

"안녕하세요, 아버님."

잠시 당황하는 듯하던 다이젠 아르카노발이 곧 담담한 얼굴로 그에게 '아버님' 소리까지 하자 더욱 그랬다.

인정하고 싶지는 않았지만 지금 눈앞에 있는 소년은 그의 딸과 제법 긴밀한 관계인 것 같았다. 그런데 둘이 포옹하고 있는 광경을 뜻하지 않게 목격한 데다 그놈의 '아버님' 소리까지 듣고 나니 여간 기분이 저조한 것이 아니었다.

예전에는 미처 몰랐는데, 딸의 남자 친구로 추정되는 사람에게 '아버님' 소리를 듣는 심경은 매우 복잡하고 이상했다.

더군다나 그 대상이 전부터 마음에 들지 않던 소년이니만큼, 더더욱.

"그래. 동생을 보러 온 모양이지?"

하지만 그는 자신의 기분을 우선시해서 딸을 곤란하게 만들고 싶지 않았다.

이미 아리스가 예상치 못한 상황에 놀란 듯 당황한 낯을 하고 있었기 때문에 더욱 그랬다.

"네, 진작 찾아뵙고 인사 드렸어야 하는데 상황이 여의치 않아 그러지 못해서 죄송합니다."

다이젠이 지금 이렇게 말하는 이유는 아나이스의 담당 주치의가 바로 이안이었기 때문이다. 그것은 레안 아르카노발이 지난 가을에 그를 찾았던 이유와도 무관하지 않았다.

"동생에게 신경 써 주셔서 항상 감사합니다."

"천만에. 당연히 해야 할 일을 했을 뿐이야."

옆에서 그들의 대화를 듣고 있던 아리스가 두 눈을 크게 뜨며 물었다.

"아빠가 아나를 담당하고 계세요?"

"그렇게 되었단다."

사실 레안 아르카노발과는 오래 전부터 알고 지낸 사이였기 때문에 그는 평소에도 아나이스에게 신경을 쏟고 있었다. 하지만 안타깝게도 그녀는 불치병을 안고 있어서 병원에서도 해 줄 수 있는 일이 별로 없었다.

그리고 이안은 자신이 치료하지 못하는 병이 있다는 사실을 용납할 수가 없었다. 그래서 그 후로 신약 개발을 위해 얼마나 많은 시간을 쏟았는지 모른다.

그 결과, 이제는 길고 길었던 이 여정에도 끝이 보이기 시작했다.

"내가 직접 집까지 데려다주고 싶지만 지금은 시간을 내기 어렵겠구나. 옆에 있는 친구에게 맡겨도 되겠지?"

조만간 좋은 소식을 들려주면 아리스도 기뻐할 것이었다. 그녀는 평소에 아나이스라는 여자아이를 꽤나 아끼고 있었으니까.

그리고 인정하고 싶지는 않아도 그 아르카노발이라면 어쨌든 믿을 만했으므로 딸의 귀갓길을 지킬 용도로는 그럭저럭 나쁘지 않을 것이었다.

"네, 맡겨 주세요. 감사합니다."

다이젠은 약간 놀란 얼굴을 하다가 곧 그를 향해 말했다. 이안은 그를 무시하고 딸을 향해 다시금 자상한 표정을 지어 보였다.

"그럼 조심해서 가고. 저녁에 보자."

"네, 아빠."

물론 나란히 걷기 시작한 두 사람의 뒷모습을 보고 또 한 번 이안의 기분이 저조해지고 만 것은 누구도 모를 이야기였다.

* * *

그 후로도 아리스는 전처럼 아나이스의 병실을 찾았다.

그것은 다이젠 역시 마찬가지였다. 하지만 다이젠 쪽에서 신경을 쓰는 건지, 아리스가 찾아오는 시간과 겹치는 일은 극히 드물었다. 추측하건대, 아마도 두 사람이 남매라는 사실을 그녀가 아직 불편해할지도 모른다고 생각해, 배려해 주는 것 같았다.

"아리스, 토마토 주스 먹을래?"

"그거 원래 네가 먹어야 할 거라며. 나도 이제는 알아."

여느 때처럼 그녀를 반겨 주면서 건네는 말에, 아리스가 눈을 흘겼다. 그 순간 아나이스의 미소 띤 얼굴이 경직되었다.

"오빠가 말해 줬어?"

"응."

"뭐야, 치사하게."

아나이스는 다이젠의 배신이 퍽 충격적인지 입술을 삐죽이며 투덜거렸다.

"그런데 왜 이렇게 어둡게 있어?"

"일어나기 귀찮아서 커튼을 안 걷었거든."

"그러면 안 돼."

아나이스는 아리스가 들고 온 케이크 상자를 보고 눈을 빛내며 대꿈했다. 아리스는 그런 그녀를 향해 한 차례 혀를 찬 뒤 창가로 걸음을 옮겼다.

촤아악.

아리스의 팔이 움직이는 방향을 따라 서서히 어둠이 걷혔다.

곧 병실 안에 밝은 빛이 들어찼다. 두 사람 다 눈이 부셔서 잠깐 눈매를 찌푸리며 두어 번 눈을 깜빡였다.

"밖에 나가서 직접 햇볕도 쬐고 그러면 좋겠지만 아직은 추우니까."

그렇게 말하며 아리스는 의자를 끌어다가 아나이스가 있는 침대맡에 가서 앉았다.

"귤 까 줄까?"

"응…….."

아나이스는 앞에 있는 아리스의 얼굴을 물끄러미 바라보았다.

창가에서 한가득 흘러들어 온 햇빛이 그녀의 주위에 은은한 빛무리를 형성하고 있었다. 마치 아리스에게서 빛이 나는 것 같았다.

하지만 아나이스가 볼 때, 아리스는 이런 것이 없어도 혼자서 빛날 수 있는 사람이었다.

"있지, 난 언니가 정말 좋아. 그건 그때도 지금도 한 번도 변한 적이 없어."

아리스의 손끝에서 피어오른 싱그러운 향기가 코끝을 스쳤다. 아나이스는 앞에 있는 사람을 가만히 바라보다가 천천히 입을 열었다. 그녀의 말에 아리스도 고개를 들었다.

"하지만 사람은 태양이 너무 눈부실 때 손을 들어서 햇빛을 가리잖아."

이어지는 목소리가 오후의 공기 속에 녹아들었다.

"너무 눈부신 사람을 봐도 마찬가지인가 봐."

아리스는 지금 아나이스가 지난 일에 대해 이야기하려 한다는 사실을 깨달았다. 다시 만난 이후, 두 사람 다 의식적으로 다시는 언급하지 않았던 몇 년 전의 이야기를.

"미안해, 그때는 언니를 보는 게 힘들었어."

아나이스의 얼굴에 흐린 미소가 어렸다.

어째서 지금이었는지는 모르겠다. 다만 아리스와 다시 재회한 날에도 미처 용기가 나지 않아 꺼내지 못했던 말이 지금은 생각보다 쉽게 흘러나왔다.

아리스는 예전부터 뭐든지 다 잘 하고 예쁜데다, 무척 상냥하고 자신감이 있는 성격을 가지고 있었다.

처음 본 순간부터 아나이스는 마치 정해진 수순처럼 그런 아리스를 좋아하게 되었다.

선천적으로 가지고 태어난 병 때문에 지쳐가던 그녀에게 아리스는 완벽한 사람으로 보였다.

아, 빨리 건강해져서 나도 이 사람처럼 되고 싶다. 몇 번이나 그렇게 생각했다.

"빛나는 사람의 옆에 있으면 내가 가진 그림자가 전보다 더 크게 느껴지게 돼."

하지만 어째서인지 시간이 갈수록 자꾸만 못난 생각을 하게 되었다.

"저런 사람이 보는 세상은 어떨까 점점 더 궁금해지다가, 그렇게 상상하던 어느 순간 내가 초라하게 느껴지는 거야."

그게 아리스의 잘못이 아니라는 것은 그때도, 지금도 사무치도록 잘 알고 있었다. 모든 것은 전부 다 그녀가 나약하기 때문이었다.

"하지만 아무리 부러워도 내가 그 사람이 될 수는 없는 거잖아. 그럼 그 후부터는 나 자신이 싫어지게 되고 말아."

하지만 그때는 그 사실을 받아들이기가 어려웠다.

"언니가 싫어서 그런 게 아니라 내가 싫어서 그랬어. 그리고 그걸 인정하기가 너무 싫었어."

그러나 그래서는 안 되었던 것이다. 아나이스는 여전히 어렸지만 그래도 그때보다는 조금 성장해 있었다. 그러니 제대로 아리스를 향해 설명하고 사과해야만 했다.

"아무리 그래도 그때 언니에게 그러지 말았어야 했다는 걸 알아. 그래서 정말 미안해."

아리스는 그런 아나이스를 응시했다. 아나이스는 마치 그녀가 자신을 용서해 주지 않아도 이해한다는 듯이 말했다.

하지만 아리스가 생각했을 때, 이 일은 누구를 용서하고 말고 할 문제가 아니었다.

애초에 아리스는 아나이스를 이해하고 싶어서 이곳에 온 것이었다.

그리고 그녀는 오늘 아리스에게 자신의 속마음을 솔직히 이야기해 주었다. 아리스의 생각으로 그것은 고마워해야 할 일이지 화를 내거나 원망할 일이 아니었다.

"지금도 그런 생각을 하고 있어?"

다만 아직도 아나이스가 그녀 때문에 자신을 싫어하고 있다면, 그건 많이 슬플 것 같았다.

"아니야, 그때보다는 나도 나이를 먹었잖아."

하지만 아나이스는 그렇게 묻는 아리스를 향해 구김 없는 얼굴로 웃어 주었다.

"그때랑은 달라. 지금은 나한테 없는 것보다 내가 가진 걸 더 아끼고 좋아해 줘야 한다는 걸 알고 있어."

그렇게 말하는 그녀의 머리 위에는 탐스러운 하얀 꽃이 눈부신 햇빛을 받으며 피어 있었다.

"아나이스, 넌 그때의 네가 싫었다고 말했지만 난 예전의 너도, 지금의 너도 아주 많이 좋아해."

사람들이 제각기 가진 꽃을 마음이라 한다면, 그것을 메마르게 하지 않기 위해서는 끊임없이 양분을 주고 정성으로 돌봐 줘야 할 것이다.

그렇게 애정을 가지고 가꿔야만 마음속에 있는 씨앗이 비로소 싹을 틔우고 저마다의 건강한 꽃을 피워 내게 되는 것이다.

"넌 다른 사람이 너를 좋아할 수밖에 없는 장점을 아주 많이 가지고 있어."

지금 아리스의 눈에 비친 아나이스의 꽃은 다른 누구의 것보다도 크고 화려했다. 그 고아한 모습이 마치 허물을 벗고 하얀 빛 속에서 갓 태어난 백조 같았다.

"네가 가지고 있는 꽃이 얼마나 예쁜지, 너한테도 보여 줄 수 있으면 좋을 텐데."

물론 아나이스는 아리스의 말을 알아듣지 못했다.

하지만 아리스가 하는 말의 의미를 나름대로 이해했는지, 곧 그녀는 아리스를 향해 티 한 점 없는 얼굴로 웃어 주었다.

아나이스는 아리스에게 빛 같은 사람이라고 했지만…….

그 환한 미소를 보고 아리스는 정말 눈부신 사람은 아나이스가 아닐까, 하는 생각을 했다.

"아, 밖에 눈 온다."

창밖을 보니 하얀 눈송이가 점점이 흩날리고 있는 것이 보였다.

모든 것을 깨끗이 지워 버릴 듯, 새하얀 첫눈이었다.

* * *

방학은 순식간에 지나갔다.

때는 아직 봄의 문턱을 넘지 못한 늦겨울. 시간은 착실히 흘러 어느덧 새 학기가 시작되었다.

"이 뜻깊은 날을 맞아 베오니아 제일의 명문 학교, 우리 론데 아사크앙에서는……."

아리스는 다른 학생들 틈에 섞여 대강당에 서 있었다. 오늘은 입학식이었기 때문에 전교생이 한 자리에 모여 있는 참이었다.

"애들 좀 봐. 완전히 애기네, 애기."

리즈벳의 말에 고개를 돌려 본 아리스는 키득 웃고 말았다. 긴장과 설렘을 품고 두 눈을 반짝이고 있는 신입생들이 리즈벳의 말마따나 정말로 풋풋했다.

길고 길었던 교장 선생님의 훈화 말씀까지 전부 듣고 나서야 마침내 입학식이 끝이 났다.

이제 아리스는 졸업 학년인 4학년이 되었다. 옆에 있는 3학년의 줄을 힐끔 보았지만 다이젠은 보이지 않았다. 어차피 나중에 만날 것이었기 때문에 아리스는 리즈벳과 함께 열에 맞추어 대강당을 빠져나 갔다.

"올해도 같은 반이라서 좋다."

"나도."

하지만 한 가지 마음에 걸리는 것은 카밀레 키든 역시 같은 반이 되었다는 점이었다. 아리스는 새 학기에도 변함없는 까만 꽃을 보며 남몰래 끄응 신음했다.

"안녕, 카밀레. 한 학기 동안 잘 부탁해."

"나야말로."

아리스가 먼저 인사를 건네자 카밀레 키든은 조금 놀란 눈치였다. 하지만 곧 그녀는 아리스를 향해 약간 경계하는 듯이 대답했다. 그녀 의 머리 위에 있는 꽃도 아리스 쪽으로 줄기를 휘두르고 있었다.

공교롭게도 아리스는 리즈벳과 함께 듣지 않는 이동 수업 때 카밀 레 키든과 나란히 앉게 되었다. 조별 과제 때문에 무작위 추첨으로 짝을 정했는데, 당첨 운이 좋지 못했다.

오늘은 학기의 첫날이었다. 간단한 수업 소개만 하고 끝날 예정이 라 그나마 다행이었다. 하지만 앞으로 한 학기 동안 꼼짝 없이 카밀 레와 함께 있어야 할 것을 생각하면 조금 암담한 기분이 들기도 했 다.

아리스는 옆에 앉은 카밀레를 힐끔 쳐다보았다. 그녀의 꽃은 여전 히 검은 얼룩이 피어 있는 암갈색이었다. 꽃이 가지고 있어야 할 향 기 대신 미약한 악취를 풍기고 있는 그 꽃은 다 죽어 가는 것 같은 시든 모습을 하고 있었다.

게다가 가시가 돋친 줄기는 여전히 철옹성처럼 꽃의 주위를 맴돌며 아리스를 후려칠 기회를 호시탐탐 노리고 있었다.

예전이라면 그 모습을 보고 마냥 흉측하다고 느꼈을 것이었다. 하지만 지금 아리스는 이전과는 다른 의미로 마음이 불편했다.

비약일지도 모르나, 카밀레 키든의 꽃을 보니 마치 그녀의 마음이 죽어 가는 것 같은 생각이 들었기 때문이었다.

게다가 지난번 아나이스에게 들었던 말이나, 지난 학기의 축제 날 카밀레 키든과 마주쳐 짧게 나누었던 대화를 생각하자 마음이 다소 묵직해졌다.

"그럼 난 먼저 가 볼게. 이따 교실에서 봐."

수업이 끝나고, 카밀레가 먼저 자리에서 일어났다.

지난 학기 같았으면 함께 교실로 이동하자는 말로 아리스를 껄끄럽게 만들었을 것이었다. 하지만 카밀레는 이제 그러지 않았다.

"카밀레."

아리스는 잠깐 고민하다가 그녀를 불러 세웠다.

"하나만 물어볼게. 혹시 비품 창고 때 너야?"

그리고 단도직입적으로 물었다.

만약 아무것도 모르는 사람이 듣는다면 무슨 말이냐고 의아해할 것이 분명했다. 비품 창고라는 것 외에는 다른 정보가 아무것도 주어지지 않은 물음이었으니까.

하지만 바로 그 순간, 아리스는 카밀레 키든의 어깨가 흠칫 떨리는 것을 목격했다.

"축제 날, 학생회실에 따라온 것도 너고?"

내친 김에 한 가지를 더 물어보았다.

축제 날 밤, 아무도 없는 학생회실에 그녀를 따라왔다가 그냥 사라졌던 사람이 혹시 그녀였냐고.

비품 창고 때의 범인과 학생회실의 정체 모를 사람이 동일인은 아닐까 계속 의심하고 있었기 때문이었다.

이번에는 동요하는 기색 없이 카밀레가 뒤돌아섰다. 그리고 아리스에게 보이는 표정이나 뒤이어 흘러나온 목소리가 제법 자연스러웠다.

"무슨 소리를 하는 건지 모르겠어."

"모르면 됐어."

아리스는 군말 없이 그냥 넘어갔다. 애초에 그녀에게서 제대로 된 대답을 들을 수 있으리라 여기지도 않았고, 방금 전의 질문으로 이미 대답을 유추할 수 있었기 때문에 상관없었다.

카밀레의 머리 위에 있는 꽃이 계속 마음에 걸렸지만……

그렇다 해서 아리스가 그녀에게 해 줄 수 있는 일은 없었다. 그럴 만한 의리도 없었고, 솔직한 심정으로는 굳이 카밀레를 위해 무언가를 하고 싶지도 않았다.

"그럼 난 가 볼게. 이따 봐."

이미 학생들이 다 빠져나간 교실에는 두 사람밖에 없었다.

아리스는 덩그러니 서 있는 카밀레를 뒤로 한 채 문을 향해 걸었다. 그리고 복도로 나서기 전, 뒤에 있는 사람을 돌아보며 지나가듯 말했다.

"아, 이번에 새로 바꾼 머리 너한테 잘 어울려."

"뭐?"

"그냥 그렇다고."

카밀레는 느닷없는 아리스의 칭찬에 당황한 눈치였다. 크게 떠진 그녀의 눈을 보며 아리스는 교실을 나섰다.

카밀레 키든을 위해 특별히 무언가를 해 주고 싶은 마음은 여전히 없었고, 또 자신이 그녀를 위해 무언가를 해 줄 수 있다는 오만한 마음도 가지고 있지 않았지만……. 어쩌면 이런 사소한 것들이 모이고 모여 꽃의 씨앗을 틔우게 하는 것일지도 몰랐다.

물론 싫어하는 사람의 칭찬 같은 것이 꽃을 살리는 데 도움이 되리라고 믿는 것은 지나치게 낙천적인 생각일 것이다. 하지만 아무것도 안 하고 그냥 손 놓은 채로 저 꽃을 가만히 지켜보기만 하는 것보다는 낫겠지. 적어도 그녀의 이 찜찜한 마음은 조금이나마 덜어질 테니까.

"또 눈이네."

복도를 걷다가 문득 고개를 돌려 보니 창밖으로 떨어지고 있는 하얀 점이 시야에 들어왔다. 그것을 보며 아리스는 작게 웃었다.

어쩐지 아나이스가 보고 싶어졌다.

* * *

"교수님, 부르셨어요?"

쉬는 시간, 아리스는 교수의 호출을 받아 교무실로 불려 갔다. 그런데 그 자리에 불려 온 것은 아리스뿐만이 아니었다. 그녀는 자신보다 앞서 와 있던 다른 사람을 보고 티 나지 않게 살짝 눈살을 찌푸렸다.

"오, 왔구나. 마침 에이드리안도 방금 전에 막 온 참인데. 어서 이리 오렴."

교수가 그들을 부른 이유는 졸업 학년을 대상으로 한 논문 발표회 때문이었다. 두 사람이 각각 학년 수석과 차석이었기 때문에 둘 모두에게 발표회에 참석할 수 있는 기회를 주겠다는 것이었다.

물론 지난 학년의 마지막 학기 때 에이드리안의 성적은 실망스러웠다. 하지만 그래도 그 한 번을 빼고는 언제나 차석 자리를 도맡았던 그였으니까.

딱히 거절할 이유가 없었기에 아리스와 에이드리안 모두 교수의 제안을 수락하고 교무실을 빠져나왔다.

"아리스."

그런데 복도로 나오자마자 에이드리안이 아리스를 불러 세웠다. 하지만 부른다고 해서 그녀가 곧이곧대로 멈춰 서 줘야 할 이유가 어디에 있단 말인가?

아리스는 자신을 부르는 목소리를 무시하고 계속 걸었다.

"아리스, 잠깐만!"

그러자 에이드리안이 이번에는 직접 그녀의 손목을 붙잡아 멈춰 세웠다. 아리스는 눈매를 찡그리며 그를 돌아보았다. 에이드리안은 아리스가 자신의 부름을 아예 못 들은 것처럼 무시한 사실이 퍽 충격적인 모양이었다.

"손 놔줄래? 마음대로 붙잡아도 된다고 허락하지 않았어."

아리스의 단호한 목소리에 그가 주춤거리며 손에서 힘을 풀었다. 아리스는 에이드리안이 자신의 손목을 완전히 놓기 전에 먼저 그것을 뿌리쳐 털어 냈다.

"잠깐 이야기 좀 해."

"무슨 이야기? 너랑 내가 나눠야 할 대화가 더 남아 있었던가?"

이상한 일이었다. 예전에는 어떻게든 에이드리안의 관심을 끌고 싶었는데. 물론 그것은 순수한 애정이나 호감 같은 좋은 의미가 결코 아니긴 했다. 자신을 두고 크리스틴과 양다리를 걸쳤던 에이드리안을 후회하게 만들어 주고 싶었기 때문이니까.

그런데 지금은 왜 이렇게 그가 귀찮기만 한 걸까?

"다시 시작하자."

아리스가 그에게 시종일관 무심한 태도로 일관하자 에이드리안은 몸이 달은 눈치였다. 그리고 그가 대뜸 내뱉은 말에 아리스의 입에서 헛웃음이 새어 나왔다.

"내가 잘못했어. 잠깐 눈에 뭐가 씌었나 봐. 무슨 말을 해도 용서하기 어려울 걸 알아. 그래도…… 한 번만 기회를 줘."

지난 학기가 끝나기 직전, 어쩐지 크리스틴과의 사이가 소원해 보이더니만. 결국 파국을 맞기라도 한 걸까?

다른 사람들의 비난에도 그토록 당당하게 굴었던 커플이라 하기에는 사뭇 초라한 결말이었다.

"누구나 한 번쯤은 실수할 수 있는 거잖아. 내가 더 잘할게. 우리, 그렇게 끝날 관계가 아니었잖아, 아리스."

에이드리안은 계속해서 자신의 지난 과오를 반성하며 아리스에게 사과했다. 그러면서 어찌나 애절한 얼굴로 그녀를 쳐다보던지, 아마 다른 사람 같았으면 그 표정에 절로 안쓰러운 마음이 들었을 것이었다.

"난 널 이렇게 잃고 싶지 않아."

다만 지금 그의 앞에 있는 사람이 다른 누구도 아닌 아리스였던 것이 그의 실패 요인이었다. 아리스는 에이드리안에게 일말의 동정심도 느껴지지 않았다.

사과하고 반성할 시점은 이미 오래 전에 지나갔다. 물론 그때라 해서 아리스의 마음이 돌아서지는 않았겠지만, 에이드리안은 이미 마지막 기회를 잃은 지 오래였다.

"에이드리안."

마침내 아리스의 입에서 흘러나온 자신의 이름에, 에이드리안의 눈동자에 방금 전보다 더한 간절함이 떠올랐다.

그동안 얼마나 간절히 이런 식으로 아리스와 마주 보고 싶었는지 모른다. 그녀를 볼 수 없는 방학이 너무나도 길었다.

아리스를 두고 크리스틴을 선택했던 과거의 일을 얼마나 많이 후회했는지 모른다.

원래는 이런 식으로 말할 생각이 아니었지만, 방금 전 교무실에서 그녀를 만나는 순간 그는 침착함을 잃어버렸다.

어쩌면 아리스도 그와 같은 마음이 아닐까? 지금 그가 미안하다고 사과하면 '그렇게 말해 주기를 기다렸다'고 웃으며 속삭이지는 않을까?

"넌 아무것도 잃지 않아도 돼."

그리고 마침내 귓가를 스치는 가느다란 목소리에 에이드리안은 환희를 느꼈다.

그것 봐. 역시 아리스도 나와 같은 마음이었어.

하지만 하늘 끝까지 올라갔던 그의 기분은 다음 순간 저 밑바닥까지 빠른 속도로 곤두박질치고 말았다.

"왜냐하면 넌 날 가졌던 적이 한 번도 없거든."

아리스는 지금 이 자리에서 또 한 번 그를 사랑에 빠트리고도 남을 달콤한 미소를 입가에 드리운 채로 더없이 잔인한 말을 속삭였다.

"지금은 알겠어."

예전의 아리스는 이런 날을 상상했던 적이 있었다.

"난 단 한 번도 널 진심으로 좋아했던 적이 없는 것 같아."

그녀에게 모욕을 주었던 에이드리안의 마음을 산산조각 내고 그를 상처 입히는 지금 이 순간을. 어쩌면 그녀는 이날이 오기를 꽤나 오랫동안 고대했던 것 같기도 하다.

"네가 크리스틴 때문에 이별을 고했을 때에도, 난 너에게 화가 났지 슬프지는 않았어."

하지만 어느 순간부터 그녀는 에이드리안에 대한 복수를 잊고 있었다. 지금의 기분도 통쾌하기는 하지만 생각했던 것만큼 짜릿한 희열이 느껴지지는 않았다.

에이드리안은 아리스의 말에 큰 충격을 받은 듯이 그대로 굳어졌다. 방금 전까지만 해도 아리스를 향해 온갖 말을 쏟아 내던 입은 어느덧 굳게 닫힌 뒤였다.

"그 녀석이야……?"

그는 아리스가 자신에게 이렇게 잔인하게 구는 현실을 믿을 수 없다는 얼굴이었다.

"네가 이렇게 냉정해진 이유……. 다이젠 아르카노발이야?"

그나마 그녀가 자신과의 일로 상처를 받아서 이렇게 냉정해진 것이라는 말까지는 하지 않아 다행이었다.

"그 녀석을 좋아해? 그런 거야?"

에이드리안은 마치 자신이 그녀에게 배신당하기라도 한 듯한 표정을 짓고 있었다. 아리스는 대답하지 않았지만 그는 이미 다른 남자를 향한 그녀의 고백을 듣기라도 한 것 같은 얼굴이었다.

"어째서야?"

언제나 단정하던 에이드리안의 얼굴이 일그러지는 모습은 상당히 새로웠다.

"내게는 쉽게 마음을 주지 않았잖아."

하지만 그것을 보는 아리스는 별다른 감흥을 느끼지 못했다.

"그런데 왜 다이젠 아르카노발에게는 다른 거지?"

아마도 이제 에이드리안은 그녀에게 있어 완전히 타인이 된 모양이었다. 그래서 그의 호소는 아리스의 관심을 이끌어 내지 못했다.

"글쎄, 왜일까."

아리스는 마주한 사람을 보며 혼잣말처럼 말했다.

"그 애의 마음이 그동안 내가 받은 그 어떤 마음보다 순수하고 예뻐서일까?"

에이드리안은 당연하게도 아리스의 말에 황당한 눈빛을 보였다. 자신의 마음이 다이젠에게 뒤쳐진다는 소리를 들어서 억울한 것 같기도 했다.

"어쨌든 확실한 건, 너는 아니었다는 거야."

하지만 아리스의 눈에는 지금 이 순간에도 여실히 보였다. 에이드리안의 꽃은 단 한 번도 아리스를 향해 활짝 피어난 적이 없었다. 물론 꽃이 보이기 전에도, 그는 아리스의 마음에 단 한 번도 발을 들이지 못했다. 그저 그 차이였다.

"이제는 진짜로 너와 더 나눌 이야기가 없을 것 같아."

문득 복도의 끝에서 익숙한 사람이 보였다. 그가 두 사람을 보고 다가오려 했기 때문에 아리스는 에이드리안과의 대화를 마치고 먼저 걸음을 옮겼다.

거리가 좁혀질수록 달큼한 향기가 짙어졌다. 아리스는 미간을 좁히고 있는 다이젠을 보며 웃었다.

"레안 아르카노발 교수님 연구실에 갔었어?"

"괜찮아? 분위기 이상하던데."

아리스가 먼저 물었으나 그는 대답하는 대신 방금 전 에이드리안과의 일에 대해 질문했다.

그래도 민감한 사항이라 생각했는지 무슨 이야기를 나누었냐고 묻지 않고 괜찮냐는 질문만 했다.

"뭐, 마지막 정리 같은 거라고나 할까. 별일은 아니었어."

아리스는 그렇게 말하며 먼저 다이젠의 손을 잡았다. 다이젠도 굳이 그녀에게 더 캐묻지는 않았다.

"아나는?"

"잘 있어."

"같이 학교 다니고 싶었는데 아쉽다."

"뭐, 내년에는 입학할 수 있을 테니까."

"나는 졸업하잖아."

아나이스는 지난겨울부터 새로 개발된 약을 복용하고 있었다. 아예 가망이 없던 예전과 달리 이제는 서서히 병을 호전시킬 수 있을 것이라고 했다.

하지만 아직은 무리하면 안 되었기 때문에 아쉬운 마음을 안고 입학을 일 년 미룬 참이었다. 그래도 아나이스가 건강해진다면 아리스도 그편이 더 좋았다.

"오랜만에 봤는데 왜 나한테는 관심 안 가져 줘?"

그러다 문득 손가락 사이를 파고드는 체온에 아리스는 움찔했다. 단단히 깍지 낀 손이 아리스의 손바닥을 꽉 조여 오기 시작했다. 고개를 들자 그녀를 향해 불만스러운 눈빛을 보내고 있는 다이젠의 얼굴이 보였다.

"그저께 봤잖아."

"오래 됐네."

불과 이틀 전에 만나 놓고도 다이젠은 한 치의 주저함도 없이 말했다. 손바닥과 손가락 사이사이를 타고 스미는 온기에 가슴 한 구석이 간질거렸다.

아리스는 문득 방금 전 에이드리안과 나누었던 대화를 떠올렸다.

"무슨 생각해?"

"에이드리안 생각."

멈칫.

아리스의 대답에 다이젠이 걸음을 멈추었다. 아리스는 그의 눈썹이 비대칭을 그리며 슬그머니 치켜 올라가는 모습을 보고 내심 웃었다.

하지만 이렇게 노골적인 반응을 보이는 것과 상반되게도 다이젠은 아리스에게 자신의 감정을 강요하지는 않을 것이다. 그리고 또 속으로 혼자서 불안감을 느끼거나 시무룩해하겠지. 지금 그의 머리 위에 있는 꽃이 그렇듯이.

"있잖아, 방금 전에 에이드리안이랑 얘기하다가 문득 느낀 건데."

아리스의 입에서 흘러나온 목소리에 붉은 꽃이 듣기 싫다는 듯이 반항적으로 몸을 뒤틀었다. 하지만 그녀는 멈추지 않고 계속해서 말을 이었다.

"내가 아무래도 널 좋아하는 것 같아."

그 순간, 다이젠의 주위에 흐르는 시간만 멈춘 것 같았다. 그는 지금 막 들은 말을 인식하지 못한 얼굴을 한 채로 가만히 있다가, 잠시 후 천천히 입을 열어 반문했다.

"뭐?"

그리고 방금 전 아리스가 한 말이 무엇인지 그제야 깨달은 것처럼 그대로 굳어졌다.

아리스는 서서히 두 눈을 크게 뜨기 시작하는 다이젠의 얼굴을 즐겁게 감상했다.

"다시 말해 줘."

"뭘?"

"방금 전에 한 말, 다시 해 줘."

"내가 무슨 말을 했는데?"

다이젠이 채근했지만 아리스는 모르는 척하며 붙잡은 손을 잡아끌었다.

"좋아한다고."

"알아, 네가 나 좋아하는 거."

"아니, 나 말고 선배가……. 아, 아닌 건 아니지만……. 어쨌든 지금 선배가 나한테 좋아한다고 그랬잖아."

시들시들해져 있던 꽃이 언제 그랬냐는 듯이 다시금 생기를 머금고 피어나 향기를 뿜어내기 시작했다.

그 모습이 꽤나 보기 좋았기 때문에 아리스는 다시 한 번 말해 줄까 말까 고민하다가 결국 못 이긴 척 아까 했던 말을 또 한 번 속삭여 주었다.

멀리서 불어오는 바람은 봄을 꽃 피우는 온기를 품고 있었다. 하지만 이미 아리스의 세상은 찬연한 봄빛이었다.

그리고 아마도 지금 옆에 있는 사람과 함께 하는 한, 언제까지나 그럴 것이다.

18. 다이젠의 봄

"4학년 과제 너무 비현실적이야."

학기가 시작되고 얼마 지나지 않은 평일 오후, 리즈벳이 책상 위에 엎드리며 앓는 소리를 냈다.

"그러게. 이번 주만 해도 과제가 몇 개나 늘어난 건지."

아리스도 한숨을 내쉬며 거기에 동조했다.

론데 아사크앙은 원래도 입학에서 졸업까지의 여정이 험난하기로 유명했다.

하지만 그것을 이렇게 몸소 체험하게 되니 여간 골치가 아픈 게 아니었다. 새 학기가 시작되고 이제 겨우 몇 주가 지났을 뿐인데 줄줄이 과제와 시험의 산이 눈앞에 쌓여 가고 있었다.

그래서 아리스는 몸이 열 개라도 되었으면 좋겠다고 생각했다.

"넌 더 힘들겠다. 학생회장이잖아."

리즈벳은 여전히 책상에 팔을 베고 누운 채로 아리스를 향해 측은한 눈빛을 보냈다.

해가 바뀌어 아리스는 학생회장의 일을 위임받았다. 그래서 더군다나 해야 할 일이 정신없이 많았다.

"적응기가 지나면 좀 괜찮아지겠지."

하지만 그렇게 말하면서도 '과연 그럴까?'하는 생각이 들었다.

작년의 학생회장 선배를 떠올리자 절로 신음이 터져 나왔다. 개학 첫날에는 생생하던 학생회장의 얼굴이 학기가 지날수록 파리하게 죽어가던 게 아직도 두 눈에 훤했다.

아리스는 완벽주의자였으니 아마 그보다 더하면 더했지 결코 못하지는 않으리라.

그래도 이왕 맡게 된 일이니 어찌할 수 없었다. 애초에 하기 싫은 일을 억지도 떠맡은 것도 아니었으니까 이왕 할 것 열심히 해 봐야지.

"리, 리즈벳, 생강 말랭이 먹을래?"

"이번에는 생강이야?"

아리스가 그런 생각을 하며 한숨을 내쉬고 있을 때, 옆에서 가비 루크라임이 다가왔다.

선택 교과목 때문에 올해도 그는 아리스, 리즈벳과 같은 학급에 배정받게 되었다. 그래서 쉬는 시간에도 지금처럼 곧잘 두 사람에게 다가와 말을 걸고는 했다.

하지만 사실 그가 먼저 다가와 말을 건네는 것은 대개 리즈벳 쪽이었다.

"너도 참 지치지도 않는다."

리즈벳은 가비를 향해 지겹다는 눈빛을 보였다.

아무리 무시하고 면박을 줘도 다음 쉬는 시간이면 무슨 일이 있었냐는 듯이 또 다시 다가오는 그를 특이하게 생각하는 눈치였다.

아리스가 보기에도 가비 루크라임은 꽤 대단했다. 심지가 곧다고 해야 할지, 리즈벳이 지금보다 쌀쌀맞을 때에도 그는 리즈벳을 향한 마음을 꿋꿋이 지켜 왔던 것이다.

물론 리즈벳은 그런 그를 향해 '배알도 없는 놈'이라며 학을 떼곤 했다.

그래도 지난 학기가 끝나갈 때쯤에는 리즈벳도 가비를 대하는 태도가 약간 나아졌지만……. 그렇다 해서 그녀가 가비를 좋아하는 것은 아니었으니까.

게다가 리즈벳은 지난 실연의 여파에서 아직 완전히 벗어나지 못한 것 같았다.

어쩌면 그녀는 짝사랑하는 마음이 어떤지 알기 때문에 가비에게 더욱 냉정하게 굴었는지도 몰랐다. 희망 고문처럼 잔인한 것도 또 없을 테니까.

"유, 유기농이라 맛있는 거야."

리즈벳은 어느덧 책상에서 상체를 일으키고 가비를 쳐다보고 있었다. 그런 그녀의 눈빛은 어쩐지 조금 착잡해 보였다.

"하나 줘 봐."

결국 리즈벳은 짧은 한숨을 내쉬며 가비에게 손을 내밀었다. 가비는 금세 밝은 얼굴이 되어 리즈벳의 손에 생강 말랭이를 우수수 쏟아 부었다.

"아니, 아니! 이렇게 많이 말고 하나만 달라고!"

"마, 맛있는 거니까 많이 먹어."

가비는 해맑았다. 리즈벳이 생강 말랭이를 받아 준 것이 기쁜지 덥수룩한 머리카락 아래로 드러난 그의 뺨이 발그레하게 달아올라 있었다.

손 안에 탑처럼 쌓인 생강들을 보며 떨떠름한 표정을 짓고 있는 리즈벳과는 상반되는 얼굴이었다.

그녀는 척 봐도 '내가 왜 이런 걸 먹어야 하지?'라고 생각하는 것이 느껴지는 얼굴을 하고 있었다. 하지만 그래도 예전처럼 가비의 성의를 마냥 무시할 수만은 없는지 못 이긴 척 설탕 조각이 붙은 생강을 하나 입에 넣었다.

바로 그 순간 리즈벳이 멈칫했다.

"이거 어디에서 파는 거야?"

"어, 엄청 맛있지? 좋아할 줄 알았어."

"누, 누가 이런 거 좋아한대?"

하지만 옆에서 리즈벳의 표정 변화를 지켜본 아리스는 지금 그녀가 생강 말랭이를 아주 마음에 들어 하고 있다는 사실을 알 수 있었다. 아리스는 가까스로 입 밖으로 새어 나오려 하는 웃음을 참았다.

게다가 아리스의 눈에는 리즈벳의 머리 위에 자라난 하얀 꽃 한 송이가 여실히 보였다.

원래 리즈벳의 꽃은 가비 루크라임을 볼 때 단 한 송이도 피어나지 않았다.

하지만 지금은 비록 자그마한 봉오리일지언정 하얀 꽃 한 송이가 분명히 자라나 있었다.

"그런데 너는 그 머리 답답하지도 않아?"

바로 그때, 말을 돌리려는 듯 리즈벳이 돌연 가비의 머리를 지적했다.

하지만 단순히 말을 돌리려고 아무 말이나 내뱉은 것은 아니었다. 그녀는 평소부터 두 눈을 가리고 있는 가비의 더벅머리를 거슬려 하고 있었다.

"앞머리를 왜 그렇게 기른 거야? 앞은 보여?"

"저, 적응 돼서 괜찮아."

"쓸데없이 뭐 그런 거에 적응을 하고 있어? 그냥 시원하게 걷으면 되잖아."

그러다 리즈벳은 한순간 멈칫했다. 그리고 곧 목소리를 낮추어 조심스럽게 물었다.

"혹시 흉터 같은 게 있어서 가리고 있다거나 그런 거야?"

그러면서 속삭이는 말의 내용을 들어 보니, 아마도 어제 저녁 빌려 본 소설의 내용을 떠올린 것 같았다. 거기에서 등장한 남자 조연이 눈가에 있는 흉터를 가리기 위해 앞머리를 기른다고 들은 기억이 났다.

하지만 가비는 고개를 저었다.

"아, 아, 아니. 그냥, 형이 난 이렇게 하고 다니는 게 더 어울린다고 해서."

그 순간 리즈벳의 미간이 꿈틀거렸다. 그녀는 가비의 대답이 상당히 마음에 들지 않았다.

가비 루크라임에게 형이 있던가? 그런데 무슨 형이 동생에게 음침하게 얼굴을 가리고 다니라고 조언하지? 애초에 그걸 조언이라고 할 수 있을까?

"그럼 한번 까 봐. 내가 봐 줄게."

"그, 누, 누구한테 보여 준 지 너무 오, 오래 돼서……."

"뭐 얼마나 비싼 얼굴이라고 그렇게 꽁꽁 숨기는 거야?"

애초에 그리 길지 않던 리즈벳의 인내심이 순식간에 바닥났다.

그녀는 생강 말랭이를 들고 있지 않은 손을 앞으로 뻗었다. 그리고 철옹성처럼 눈앞에 드리워진 가비의 앞머리를 부지불식간에 걷어 버렸다.

"봐, 이렇게 걷으니까 시원하고 좋잖……."

하지만 그것 보라는 듯이 이어지던 리즈벳의 말은 결국 끝을 맺지 못했다.

덥수룩한 갈색 머리카락이 걷힌 뒤 마침내 환하게 드러난 가비의 얼굴이 그녀의 시야에 박혔다.

그는 리즈벳의 행동에 당황한 듯한 표정을 짓고 있었다. 창가에서 스며든 밝은 햇빛이 창백할 정도로 하얀 가비의 얼굴에 생기를 불어넣고 있었다. 동그랗게 떠진 눈은 순간 숨이 턱 막힐 정도로 깨끗하고 맑은 연청색이었다. 그것은 지금 마주하고 있는 리즈벳의 얼굴을 투명한 유리처럼 비쳐 내는 중이었다.

리즈벳은 뒤통수를 얻어맞은 듯한 충격을 느꼈다.

뭐, 뭐야, 이 예쁜 생물체는?

얘가 가비 루크라임이라고? 그 어벙하고 호구 같은 가비 루크라임?

리즈벳은 말문이 막힌 채로 두 눈을 부릅뜨고 앞에 있는 얼굴을 바라보았다.

후두둑.

마음속의 동요를 대변하듯, 그녀의 손에 들려 있던 생강 말랭이가 책상 위로 우수수 떨어져 내렸다. 그 소리에 정신을 차렸는지, 가비가 화들짝 경기하며 뒤로 물러났다. 그러다가 뒤에 있는 의자에 몸을 부딪친 그가 휘청거렸다.

"혀, 형이 아무한테도 보, 보여 주지 말라고 했는데……!"

가비는 엄청나게 동요하며 두 손으로 얼굴을 감쌌다. 리즈벳이 들어 올렸던 앞머리는 이미 원래 자리로 돌아간 뒤였다.

그럼에도 그는 끙끙거리며 정수리에 있는 머리까지 어떻게든 앞으로 끌고 오려고 용을 썼다.

가비의 형이 왜 다른 사람에게 얼굴을 보여 주지 말라고 했는지 알 것 같았다.

저 지저분한 머리카락 뒤에 이렇게 치명적인 얼굴을 숨기고 있었다니!

아마 저 얼굴을 본 순간 열이면 열, 넋을 빼놓고 말리라.

"새, 생각보다 괜찮은데 왜."

하지만 리즈벳은 자신이 방금 전 가비 루크라임의 미모에 놀라 어버버거렸던 사실을 인정할 수 없었다. 그래서 애써 태연함을 가장하여 그에게 말했다.

"저, 정말? 괘, 괜찮아?"

"벼, 별것도 아닌데 왜 이렇게 유난이야? 그냥 평범한 얼굴인데!"

그러나 옆에서 함께 가비의 얼굴을 보았던 아리스는 지금 리즈벳이 상당히 많이 무리하고 있다는 사실을 알 수 있었다.

방금 전 보았던 그 얼굴은 정말이지, 아리스조차 한 순간 놀라고 말았을 정도니까.

다행히도 곧이어 쉬는 시간의 끝을 알리는 종이 울렸기 때문에 상황은 어영부영 정리되었다.

하지만 아리스는 아직까지도 넋을 빼놓고 있는 리즈벳이 수업 시간 내내 옆에서 '말도 안 돼…….' 같은 소리를 중얼거리는 것을 들을 수 있었다.

* * *

"왜, 아리스 선배 취향이었어?"

아리스에게서 아까 전에 있던 일을 전해 듣자마자 다이젠은 삐뚜름하게 물었다.

딱 보기에도, 아리스가 다른 남학생의 외모를 두고 칭찬하는 것이 마음에 안 드는 눈치였다.

"정 말하자면 취향도 뛰어넘을 얼굴이라고 해야 할까?"

아리스는 그런 그를 알면서도 일부러 더 들으란 듯이 말했다. 다이젠은 여전히 자신의 속마음을 잘 드러내지 않았지만 그의 꽃이 보이는 반응은 너무나 확연했다.

이제 다이젠의 꽃은 삐진 시늉도 할 줄 알았다. 꽃을 두고 이런 생각을 하는 것이 이상할 수도 있었지만 정말 그랬다.

"날 좋아한다며?"

다이젠이 아리스 쪽으로 상체를 기울이며 말했다.

그는 팔을 뻗어 아리스의 손을 붙잡아 자신의 앞으로 끌어갔다. 그러면서 그녀를 물끄러미 응시하는 눈길이 퍽 진지했다.

개학식 날 이후로 그는 이런 식으로 아리스에게 대답을 요구할 때가 종종 있었다.

그녀를 떠보려 한다기보다는, 그냥 그때의 말을 확답처럼 다시 한 번 듣고 싶어 그런 것 같았다.

이미 그날 같은 말을 두 번 들은 것으로는 성에 차지 않는 모양이었다.

"좋아하는 것 같다고 했지, 좋아한다고 하지는 않았는데?"

그리고 아리스는 그 이후로 다이젠에게 그가 바라는 말을 다시 해준 적이 없었다.

다이젠의 얼굴을 보고 그런 말을 하기 낯부끄러운 이유도 있었고, 다이젠이 이런 식으로 그녀에게 안달을 내는 모습을 보는 것이 좋기 때문이기도 했다.

그런 것을 보면 아무래도 자신의 성격이 썩 좋은 건 아닌 모양이라고 아리스는 생각했다.

"그래?"

아리스가 이런 식으로 나온 것이 이미 한두 번이 아닌지라, 다이젠도 더 이상은 대놓고 불만을 내비치지 않았다.

지금 두 사람은 교내의 정원에 있는 벤치에 나란히 기대 앉아 있었다. 그 상태로 다이젠은 아리스에게 좀 더 가까이 몸을 기울였다.

그는 어느덧 깍지 껴서 잡은 아리스의 손을 제 얼굴 가까이로 가져다 대고 있었다. 손등에 얕은 숨결이 날아들더니, 이윽고 다이젠의 입술이 닿았다.

"그럼 어떻게 하면 확실해질 것 같아?"

피부 위로 입술의 움직임이 선명히 전해졌다. 그 느낌이 간지러워서 아리스는 손을 꼼지락거렸다.

하지만 다이젠은 오히려 한술 더 떠서 자유로운 다른 손으로 아리스의 머리카락을 만지작거리기까지 했다.

거리가 너무 가까워서 나지막한 속삭임이 귓가에 곧바로 날아와 박혔다.

아리스는 그에게서 몸을 좀 떨어뜨리고 싶었지만 뒤로 물러날 곳이 없었다.

"그건, 네가 알아내야지."

"힌트 정도는 줄 수 있잖아."

아리스는 다이젠이 진심으로 그 방법을 알고 싶어 이러는 건지, 아니면 단순히 그녀의 반응을 즐기려고 이러는 건지 의심이 되기 시작했다.

하지만 어느 쪽이든 다이젠에게 주도권을 빼앗기고 싶은 마음은 없었다.

"흐음. 말 잘 듣고 예쁘게 굴면?"

아리스가 투두하게 내뱉은 말에 다이젠의 표정이 조금 변했다

"말 잘 듣고 예쁘게 구는 거라고?"

다이젠의 입에서 직접 들은 그 말은 어쩐지 그와 어울리지 않아 조금은 우습게 들렸다.

아리스는 다이젠의 표정을 읽지 못했다. 그는 웃음이 걸린 듯, 아닌 듯, 또 약간은 찌푸린 듯, 아닌 듯한 묘한 얼굴을 하고 있었다. 머리 위의 꽃도 이렇다 할 반응이랄 것을 하지 않아서 아리스는 지금 이 표정이 어떤 의미일까 다소 궁금해졌다.

"그래, 제대로 들은 거 맞아."

그리고 다이젠이 그녀의 말에 어떻게 나올지 궁금하기도 했다.

"아, 마침 구두끈이 풀렸네. 네가 내려가서 매 줄래?"

아리스는 그를 향해 웃는 얼굴로 말했다.

그녀의 말처럼 구두에 매 있던 끈이 풀려 있는 것이 보였다. 다른 때라면 다이젠에게 이런 것을 시킬 생각을 하지 않았겠지만 지금은 짓궂은 마음이 들었다.

과연 다이젠의 그녀의 말을 듣고 구두끈을 매 주러 내려갈까?

다이젠의 눈길이 아리스의 웃는 얼굴을 떠나 발치로 미끄러졌다. 아리스는 그런 다이젠을 흥미로운 눈빛으로 바라보았다.

불현듯 다이젠의 입술 틈새로 바람 같은 웃음소리가 번져 나왔다.

"그래, 아리스 선배가 원하는 거라면."

그렇게 말한 뒤, 다이젠은 정말로 자리에서 몸을 일으켰다. 아리스는 자신의 앞에 몸을 숙이는 다이젠을 물끄러미 지켜보았다.

곧 그녀의 시야에 상아색 머리카락이 들어왔다. 그는 무릎을 굽혀 아리스의 앞에 주저앉았다. 그리고 스스럼없이 아리스의 발을 향해 손을 뻗었다.

하지만 그의 손은 아리스에게 닿을 수 없었다.

막 손가락 끝이 구두에 닿으려는 찰나, 아리스가 발을 슬며시 뒤로 물렸기 때문이었다. 그러자 다이젠이 왜 그러냐는 듯이 그녀를 올려다보았다.

아리스는 붉은 눈동자를 마주한 채 약간 불만스럽게 눈살을 찌푸렸다.

다이젠이 어떻게든 동요하는 것이 보고 싶었는데, 예상 외로 무덤덤한 모습을 보여 재미가 없었다.

"왜? 마음이 바뀌었어? 하지 말까?"

잇따라 그녀에게 묻는 목소리 역시 담담한 건 마찬가지였다. 그 순간, 아리스는 상황에 맞지 않는 승부욕을 느꼈다.

뒤로 물러나 있던 아리스의 발이 다이젠의 무릎 위로 올라간 것은 바로 다음 순간이었다.

구두를 신은 발을 그대로 올렸기 때문에 그의 무릎에는 흙이 묻었을지도 몰랐다.

"네가 불편해 보여서 가까이 대 주려고."

아리스는 시선을 내린 다이젠을 향해 얄밉게 말했다.

어쩌면 그녀는 다이젠이 그녀를 위해 어디까지 참을 수 있는지가 궁금한 것인지도 몰랐다.

못된 심보라는 것을 알고는 있었지만, 그녀는 다이젠이 그녀 때문에 초조해하고 조급해하는 것을 지켜보는 게 좋았다. 그녀의 사소한 행동과 말 한마디에 일일이 동요하며 일희일비하는 것도 마음에 들었다.

다이젠은 또 다시 아무렇지도 않게 손을 움직였다. 게다가 그는 아리스의 행동이 가렵지도 않다는 듯이 픽 웃기까지 했다.

지금 그들이 있는 곳은 정원의 벤치였다. 지금은 주위에 아무도 없다지만, 개방된 공간이니만큼 언제든 다른 학생들이나 교사들이 올 수도 있었다.

그런데도 다이젠은 그런 것은 하나도 신경 쓰이지 않는다는 듯이 서두르지도 않고 느리게 손을 움직였다.

봄이 다가오고 있어 제법 따뜻해진 햇빛이 다이젠의 위로 쏟아져 내렸다.

귓가에는 풀잎이 몸을 맞대며 흔들리는 소리가 은은하게 울렸다.

아리스는 미묘한 기분에 젖었다. 다이젠이 화를 내는 모습을 보고 싶었던 것도 아닌 주제에 왜 그에게 진 것 같은 마음이 드는 건지 알 수가 없었다.

결국 그는 아리스의 구둣발을 무릎 위에 얹은 채로 끈을 묶는 일을 끝마쳤다.

"고마워. 너 생각보다 리본을 잘 묶는구나?"

"마음에 들어?"

아리스는 앉은 채로 허리를 굽혀 다이젠이 묶은 구두끈을 보았다. 여전히 한쪽 발은 다이젠의 무릎 위에 올린 상태였다.

"뭐 그럭저럭……."

일부러 무미건조하게 말하며 고개를 들던 아리스는 다음 순간 말을 끝맺지도 못한 채 멈칫하고 말았다.

쏴아아.

귓가에 나뭇잎이 부서지는 소리가 스몄다.

아직은 다소 먼 곳에 있는, 봄의 따스함이 불어오는 바람에 실려 부드럽게 뺨을 어루만졌다. 하지만 입술에 닿은 온기는 그보다 약간 더 따뜻한 온도였다.

어느덧 방금 전보다 가까워진 붉은 눈동자가 바로 지척에 있었다. 다이젠은 아리스에게 겹쳤던 입술을 떨어뜨리며 여전히 가까운 거리에서 속삭였다.

"이 각도로 보니까 더 예뻐서."

허락도 없이 남의 입술을 훔쳐 놓고는 참으로 뻔뻔하기도 한 소리였다.

방금 전 무슨 일이 있었냐는 듯 태연하기 짝이 없는 얼굴을 보자 황당해서 화조차 나지 않았다.

아리스의 입술에서 허어, 헛웃음이 터져 나왔다.

"또 시키고 싶은 게 있으면 뭐든지 말해."

다이젠은 그런 그녀를 향해 얄팍하게 웃으며 말을 이을 뿐이었다. 그리고 귓가에 흘러든 다이젠의 목소리에 아리스는 잠깐 할 말을 잃었다.

"아리스 선배를 업고 교내를 열 바퀴쯤 돌아 줄까? 아니면 다른 사람들이 다 보는 앞에서 아리스 선배 앞에 무릎 꿇고 좋아한다고 백 번 외칠까?"

다이젠은 아리스보다도 한 술 더 떠 자신에게 이런저런 것을 요구하라고 말했다.

"뭐든지 다 시켜. 아리스 선배의 말 잘 듣는 개가 되어 줄게."

상상만 해도 창피한 일을 입 밖에 내면서도 다이젠은 부끄러움 하나 모르는 사람처럼 웃었다. 그래서 오히려 아리스가 더욱 심각해질 수밖에 없었다.

"너 혹시 그건 아니지? 그, 괴롭힘을 받는 걸 즐긴다거나 하는……."

아리스는 마주한 사람에게 의심스러운 눈빛을 보냈다. 그런 그녀를 향해 다이젠은 또 다시 미묘한 표정을 지으며 입을 열었다.

"아리스 선배야말로 내 말을 허투루 들은 것 같은데."

아까 전 아리스가 '말 잘 듣고 예쁘게 굴라'는 말을 했을 때 그가 지어 보였던 것과 같은 표정이었다.

"선배가 원하면 구둣발에 입이라도 맞출 수 있다고 했잖아."

물론 진짜 그럴 수 있다는 것이 아니라, 아리스가 원한다면 무엇이든 할 수 있다는 의지의 표명일 터였다.

"그럼 해 보던가."

그런데 그렇게 말하는 다이젠의 얼굴이 정말로 진심 같아서 아리스는 툭 내뱉듯이 말했다. 그럴 만한 이유가 없는 것 같은데, 왠지 모르게 심술이 났다.

아무리 그래도 진짜로 다이젠이 그런 행동을 할 리는 없으니, 그가 머뭇거리면 이제부터는 장난으로라도 그런 말은 하지 말라고 할 셈이었다.

그런데 뜻밖에도 다이젠은 그녀의 말에 망설임 없이 손을 움직였다.

아리스는 발목을 감싸는 손길에 저도 모르게 움찔하고 말았다. 다이젠의 무릎 위에 내려앉아 있던 발이 살짝 위로 들렸다. 다시금 그의 정수리가 아리스의 시야에 들어왔다. 햇빛 아래에서 하얗게 빛나는 머리카락 아래로 내리깔린 붉은 눈동자가 보였다.

맨 처음, 다이젠의 손이 감싸고 있던 복사뼈에 입술이 닿았다. 아리스가 당황해서 발을 움직였지만 다이젠이 놔주지 않았다. 그는 마치 경건한 의식이라도 치르듯이 그 다음 그녀의 발등 위로 입술을 떨어뜨렸다.

그러고는 천천히 구두코로 고개를 숙이는데……

바로 그 순간 아리스는 기겁을 해서 있는 힘을 다해 발을 확 뒤로 뺐다.

"하지 마!"

만약 이번에도 다이젠의 손에서 벗어나는 데 실패했다면, 아리스는 최후의 수단으로 그의 가슴팍을 걷어찼을지도 몰랐다.

천만다행히도 다이젠의 입술이 구두코에 닿기 전에 발을 물릴 수 있었다.

만약 그렇지 않았다면 아마도 그는 진짜로…….

"내가 설마 진짜로 너한테 그런 걸 시킬 리가 없잖아."

아니, 아무리 그래도 그렇지, 진짜로 그런 짓을 하려고?!

"왜? 아리스 선배가 원한다고 하면 몇 번이라도 기꺼이 할 수 있는데."

다이젠은 아까처럼 뻔뻔하게 느껴지리만치 태연한 얼굴을 하고 있었다. 그 얼굴을 보니 왜인지 또 다시 진 것 같은 기분이 들어서 괜히 분했다.

"그런 거 안 해도 네가 나 좋아하는 거 알아."

아리스의 시험이 끝났다는 사실을 알았는지 다이젠이 자리에서 몸을 일으켰다. 아리스는 역시나 흙이 묻은 그의 무릎을 보면서 눈매를 찌푸렸다.

그럼 왜 그 사실을 알면서도 굳이 이런 짓을 했냐고 묻는다면, 할 말은 없었다.

그냥 다이젠이 너무, 그녀가 시키는 일이라면 뭐든지 다 할 것처럼 구니까 오히려 더 못되게 굴고 싶었던 것일 수도 있었다.

"뭔가 착각하는 거 아니야?"

바로 그 순간, 머리 위에서 나직한 목소리가 울렸다. 그 직후 시야에 그림자가 졌다. 자리에서 몸을 일으킨 다이젠이 아리스가 앉은 벤치의 등받이에 팔을 뻗었기 때문이었다.

"우리가 지금 알아 가려고 하는 건 내가 아리스 선배를 좋아한다는 그런 뻔한 사실이 아니라."

그의 상체가 앞으로 기울어진 탓에 마주한 시선이 한결 더 가까워졌다. 숨소리까지 들릴 것 같은 거리에서 다이젠이 연거푸 말을 이었다.

"아리스 선배가 날 좋아하는지 아닌지잖아."

그러고 보니 방금 전 벌어진 일의 발단이 그랬던가.

아리스는 슬쩍 마주한 얼굴로부터 시선을 비끼며 말했다.

"글쎄, 아직 잘 모르겠는데?"

다이젠의 입술에서 야트막한 웃음이 흘러나왔다.

"몰라?"

"몰라."

동요하는 마음을 감추려고 일부러 더 고집스럽게 대꾸했다. 하지만 뒤이어 귓가에 파고든 목소리에 아리스는 다시금 눈앞에 있는 사람을 향해 시선을 옮길 수밖에 없었다.

"눈은 다른 말을 하고 있는데?"

그리고 시선이 마주치자마자 아리스는 지금 그를 쳐다보지 말 걸 그랬다고 후회했다.

시야에 보이는 것은 그녀를 향해 항상 만개하는 꽃과 같은 붉은 눈동자였다.

그 안에 담긴 온기와 웃음, 그리고 잔잔히 일렁이는 애정에서 눈을 뗄 수가 없었다.

"거짓말쟁이."

제일 먼저 눈빛이 겹치고, 그 다음으로 숨결이 뒤섞였다. 그리고 이내 평소보다 약간 높게 올라간 체온이 포개진 살갗을 타고 스몄다. 다이젠에게서 풍겨져 나오는 달짝지근한 향기가 짙어졌다. 맞닿은 입술에서도 단맛이 나는 것 같았다.

이번에도 피하려면 피할 수 있었지만…….

아리스는 거부하지 않고 여느 때처럼 못 이긴 척 눈을 감았다.

귓가에 부스러지는 웃음소리가 참으로 얄밉기도 했다.

* * *

"너 양다리 걸치는 거야?"

어느 맑은 날의 오후, 아리스는 황당한 소리를 들었다.

다짜고짜 그녀를 찾아와 이런 황당무계한 소리를 꺼낸 사람은 다름 아닌 크리스틴이었다. 그녀는 화가 난 듯이 씩씩거리며 아리스를 노려보고 있었다.

"어떻게 그럴 수가 있어? 버젓이 남자 친구도 있으면서!"

당연하게도 아리스는 어처구니가 없는 기분을 느끼며 말했다.

"그건 내가 아니라 네 전 남자 친구의 특기 같은데? 왜 무고한 사람을 양다리나 걸치는 사람으로 매도하고 난리야?"

하지만 크리스틴은 그녀의 말을 귓등으로 들었는지 여전히 분기탱천하여 소리쳤다.

"그럼 뭐야? 왜 다이젠 아르카노발하고 시시덕거리는데?"

"그럼 내가 누구랑 시시덕거려야 하는데?"

"지금 나랑 말장난 해?! 시시덕거릴 거면 당연히 네 남자 친구랑 시시덕거려야지!"

그 말을 듣고 아리스는 헛웃음을 내뱉었다. 그녀로서는 도대체 크리스틴이 무슨 생각으로 자신에게 찾아와 이리 흥분하고 있는 것인지 이해가 되지 않았다.

말하는 것을 들어 보니 아마 무언가를 단단히 착각하고 있는 것 같기는 한데.

"그래서 네 말처럼 하고 있잖아. 넌 내 남자 친구가 누구라고 생각하는데?"

아리스의 물음에 크리스틴은 멈칫했다.

그녀는 잠시 동안 얼굴을 구기고 아리스가 한 말의 의미를 생각하는 듯했다.

하지만 생각할수록 헷갈리는지 혼란스러운 눈빛을 보이며 끙끙거리다가, 이윽고 얼마간의 시간이 지난 뒤 두 눈을 부릅떴다.

곧 크리스틴이 믿을 수 없다는 듯, 아리스를 삿대질하며 외쳤다.

"너 에이드리안하고 다시 사귀는 거 아니야?"

"내가 걔하고 왜 사귀니?"

아리스는 자신의 눈앞에 뻗어진 크리스틴의 손가락을 치우며 코웃음 쳤다.

방금 전 크리스틴이 한 말이 너무 황당해서, 이상한 오해를 받은 것에 화가 난다기보다는 그냥 기가 막혔다.

도대체 뭘 보고 아리스가 다시 에이드리안과 만날 것이라고 생각했단 말인가?

"진짜, 진짜 에이드리안하고 안 사귀어?"

"왜 내가 다시 에이드리안을 만날 거라고 생각했는지 모르겠네."

크리스틴은 그래도 못내 의심스럽다는 듯이, 재차 아리스에게 확인했다. 아리스는 그런 크리스틴을 보며 슬며시 미간을 찌푸렸다.

"눈과 귀가 있으면, 내가 요즘 에이드리안하고 말도 안 섞는다는 걸 알 텐데?"

"난 너희가 내 눈치 보느라 그러는 줄 알았지!"

아리스는 방금 전보다 더욱 황당해졌다.

아니, 설령 그녀가 에이드리안과 만나는 것이 맞다고 하더라도 뭐 하러 굳이 크리스틴의 눈치를 봐야 한단 말인가?

크리스틴은 여전히 뻔뻔했다. 그리고 머리 빈 소리를 부끄러워하지도 않고 여전히 잘만 늘어놓았다.

"그래서 난 너희가 남들 앞에서만 내숭 떠는 줄 알고 짜증 난다고 생각했는데! 그런데 뭐야, 그동안 왜 숨겼어? 안 사귀면 안 사귄다고 말을 해야 할 것 아니야!"

예나 지금이나 크리스틴의 사고방식은 너무 유치해서 그녀를 상대하고 있으면 자신까지 어려지는 느낌이었다.

아리스는 고개를 비스듬히 기울이며 차분하게 입을 열었다.

"첫 번째로 난 너에게 그런 사실을 알려 줘야 할 의무가 없고, 두 번째로 너에게는 나한테 그런 걸 따질 자격이 없어. 내가 너라면 혼자 이상한 상상을 한 걸로두 모자라서 이렇게 흥분해 날뛰는 걸 창피하게 여길 텐데. 하긴, 네가 그런 성격이면 애초에 날 찾아오는 일도 없었겠지. 미안, 내가 너한테 너무 큰 걸 기대했구나."

그러자 크리스틴은 어지간히 약이 오른 듯이 씩씩거렸다. 이해할 수 없게도, 그녀는 꼭 지금까지 아리스에게 속기라도 했던 것처럼 분개했다.

게다가 그녀는 동요 없이 침착하기만 한 아리스의 모습에 더욱 열을 받은 눈치였다.

아리스는 그런 그녀를 잠시 동안 물끄러미 바라보다가 지나가듯 툭 말을 던졌다.

"그런데 너, 아직도 에이드리안이 그렇게 좋아?"

바로 그 순간 크리스틴이 멈칫했다. 하지만 곧 그녀는 애써 표정 관리를 하며 말도 안 되는 소리하지 말라는 듯이 버럭 소리 질렀다.

"그, 그럴 리가 없잖아! 애초에 에이드리안은 내가 찬 건데!"

하지만 더듬거리는 것에서부터 이미 신빙성이 떨어졌다. 그녀의 말을 듣고 아리스는 두 눈을 약간 가늘게 떴다.

"왜, 왜 그렇게 쳐다봐? 설마 안 믿는 거야? 에이드리안은 진짜 내가 찼다니까! 남자애가 겉모양만 번지르르하고 그 알맹이는 얼마나 부실하던지, 하도 속 좁고 찌질해서 내가 뻥 차 버렸다고!"

크리스틴은 아리스가 자신의 말을 믿는 것 같지 않자 더욱 열성적으로 주장했다. 하지만 아리스는 그녀에게 설득당하지 않았다.

"그런데 방금 전에 내가 다이젠하고 시시덕거린다고 화냈잖아. 에이드리안을 두고 양다리를 걸친다고 생각해서 화가 났던 거 아니야?"

"그건, 그건……! 그냥 네가 재수 없어서야!"

하지만 크리스틴의 얼굴은 정곡을 찔린 듯이 새빨갛게 달아올라 있었다. 그것을 보고 아리스는 약간의 측은함을 느끼고 말았다.

에이드리안과 크리스틴이 파국을 맞았다는 사실은 그녀도 진작 알고 있었다. 개학식 날 에이드리안에게서 '다시 시작하자'는 얼토당토않은 소리를 듣기도 했고.

그런데 설마 크리스틴 쪽에서 에이드리안에게 이렇게까지 미련을 남기고 있을 줄은 몰랐다.

그러고 보니 크리스틴은 왜 에이드리안과 자신이 다시 교제를 시작했다고 생각했을까? 설마 에이드리안이 자신에게 재결합의 의사를 내비칠 것을 알고 있었던 걸까?

만약 그런 거라면 지금 그녀의 속마음도 오죽하겠는가 싶었다. 물론 그런 것을 아리스가 이해해 줘야 할 이유는 어디에도 없었지만.

"그나저나 지금 사귀는 사람이 다이젠 아르카노발이라고? 그런 까칠한 얼음 덩어리 같은 애가 뭐가 좋다고 만나는 거야? 네가 매달려서 사귀는 거 아니야? 다이젠 걔는 여자애한테 관심이 하나도 없다고 그러던데."

교내에 떠도는 소문만 들어도 그런 것이 아니라는 걸 알 텐데, 크리스틴은 일부러 아리스의 속을 긁으려는 듯이 말했다. 물론 아리스는 속이 뻔히 보이는 그런 말에 눈 하나 깜짝 하지 않았다.

"흥, 에이드리안 같은 애를 만났던 것도 그렇고, 남자 보는 눈 하고는!"

하지만 그렇게 치자면 에이드리안과 사귀었던 크리스틴 역시 남자 보는 눈이 없기는 매한가지였다. 그녀는 옛날부터 자기 얼굴에 침 뱉는 소리를 참 잘도 했다.

"어쨌든 에이드리안하고 안 사귄단 말이지. 뭐야, 괜히 시간 낭비했잖아!"

그렇게 말한 뒤 크리스틴은 대차게 콧바람을 내뿜으며 뒤돌아섰다.

아리스는 왜 자신이 크리스틴의 화풀이를 받아 줘야 하는지 알 수가 없었다. 하지만 그냥 더 이상은 그녀를 상대하지 않기로 했다.

대화도 말이 통할 사람하고나 나누는 거지.

괜히 크리스틴하고 이 이상 말을 더 섞어 봤자 피로감만 상승할 것이 분명했다.

게다가 에이드리안과 아리스가 현재 사귀는 사이가 아니라는 것을 확인하고 돌아선 크리스틴의 얼굴을 보니…….

"알고는 있었지만 사람 마음이란 게 참 공정하지가 않네."

아리스는 저도 모르게 쯧 혀를 차며 중얼거렸다.

에이드리안을 볼 때마다 언제나 활짝 피어나던 크리스틴의 노란색 꽃이 문득 머릿속에 떠올랐다.

하지만 머리 위의 꽃이 없더라도, 크리스틴의 얼굴을 보면 누구나 그녀의 마음을 훤히 알 수 있을 터였다.

하지만 아리스가 알기로 에이드리안의 꽃은 크리스틴의 앞에서 단한 번도 활짝 피어난 적이 없었다. 아리스를 향할 때에도 그랬지만, 그의 꽃은 크리스틴을 눈앞에 두었을 때에도 언제나 절반 정도만 피어 있고는 했다.

그리고 얼마 전에 우연히 봤을 때, 크리스틴을 향한 에이드리안의 꽃은 봉오리 상태로 돌아가 있었다. 그것을 생각하자 아리스는 크리스틴이 조금 안쓰러워졌다.

물론 과거의 굴욕적인 기억을 안겨 주었던 크리스틴에게 이런 마음이 드는 날이 올 것이라고 예전에는 단 한 번도 상상해 본 적이 없었지만 말이다.

크리스틴은 처음 아리스에게 찾아올 때와 달리 가뿐해진 걸음으로 걸어가고 있었다. 아리스는 멀어지는 크리스틴의 뒷모습을 보다가 이내 자리에 멈추었던 발길을 뗐다.

그나저나 이제 슬슬 저 꽃들이 좀 사라져 줬으면 하는 바람이 있는데.

두 번째에는 처음보다 적응하는 속도가 빨라져서 전처럼 고생하지는 않았지만……

그리고 지난 학기에만 해도 꽃을 보지 못하는 것이 조금 아쉽게 느껴지기도 했지만, 이제는 충분하다는 생각이 들었다.

그때에도 아리스가 '꽃을 보고 싶지 않다'고 생각한 다음 날 변화가 있었으니, 혹시 이번에도 그렇지는 않을까?

그런 생각을 하며 아리스는 온실로 향했다. 그리고 마침내 목적지에 다다라 유리문을 밀어젖혔다.

"다이젠."

아리스는 혹시 보이지 않는 곳에 있을 사람을 찾아 그의 이름을 불렀다.

하지만 그녀의 목소리는 조용한 온실 안을 메아리치며 울릴 뿐이었다.

다이젠이 먼저 이곳에 와 있을 것이라고 생각했는데 온실은 텅 비어 있었다. 아마도 오늘은 조금 늦게 오거나, 아니면 먼저 온실에 왔다가 잠시 자리를 비운 것 같았다.

그래도 그가 이곳에 올 것은 확실했으므로 다른 곳을 찾아보는 대신 그냥 여기에서 기다리기로 했다.

아리스는 눈앞에 있는 꽃밭 사이를 천천히 거닐었다. 어차피 한가하기도 하니 꽃구경이나 하면서 시간을 보낼 생각이었다.

화단에는 다이젠의 머리에 있는 꽃과 매우 흡사한 붉은 꽃이 한가득 피어 있었다. 어젯밤에 아리스는 식물도감을 보다가 다이젠의 꽃에 붙여진 이름을 확실히 알아내는 데 성공했다.

그렇게 붉은 꽃 사이를 걷던 도중에, 문득 오래 전 이곳에서 다이젠과 이야기를 나누었던 기억이 떠올랐다.

"언제 왔어?"

바로 그때, 온실의 문을 열고 다이젠이 들어섰다.

호랑이도 제 말하면 온다더니.

"방금 전에."

"무슨 일 있어? 뭔가를 고민하고 있는 것 같은 얼굴이었는데."

그냥 예전 일을 지나가듯 떠올렸을 뿐인데, 멀리서 보기에는 무언가를 고민하는 것처럼 보인 모양이다. 아리스는 문 앞에 선 다이젠을 향해 걸어가며 말했다.

"그냥 예전에 여기에서 너랑 이야기 했던 게 언뜻 생각나서."

"무슨 이야기?"

"저 빨간 꽃 예쁘다고. 그때는 네가 아직 1학년이었지, 아마?"

그 순간 다이젠이 멈칫했다.

하지만 그것은 아주 찰나였다. 그는 곧 아리스를 향해 자연스럽게 입을 열었다.

"늦기 전에 그만 가자."

오늘은 자유로운 외출이 가능한 금요일이었기 때문에 그들은 함께 아나이스를 보러 갈 예정이었다.

"가는 길에 바닐라 밀푀유랑 레몬 타르트 사가자. 아나가 좋아하잖아."

"벌써 몇 년이나 지난 일인데 그런 걸 잘도 기억하네."

"나 기억력 좋다니까."

아리스는 웃으며 말했고, 다이젠도 거기에 마주 웃어 보였다.

"그러고 보니까 그때 여기에서 너랑 꽃 이야기 말고 다른 이야기를 또 했던 것도 같은데······."

아리스는 가물가물하다는 듯이 뒤에 있는 화단을 돌아보았다. 하지만 그녀는 끝내 아무것도 기억해 내지 못했다.

다이젠은 그런 그녀를 이해했다.

똑같이 몇 년 전의 일이라 해도 아리스가 아나이스에 관련된 사소한 부분까지 모조리 기억하는 것과는 차이가 있었다.

그녀가 다이젠과 나누었던 대화를 조금도 기억하지 못하는 것이 이상하지 않았다. 그 당시 다이젠은 아리스에게 그다지 의미 있는 사람도 아니었으니까.

하지만 지금 아리스는 그의 옆에 있었다. 그러니 이제는 지난 일을 두고 더 이상 상처받지 않았다.

그러다 문득 손에서 온기가 느껴져, 다이젠은 고개를 돌렸다.

"어느새 봄이네."

자연스럽게 그의 손을 먼저 붙잡은 아리스가 주위에 피어난 꽃나무를 보며 말했다. 다이젠은 그런 그녀의 옆얼굴을 물끄러미 내려다보았다.

"주말에 꽃구경 가고 싶어. 너 비오스 거리에 숨은 꽃놀이 명소가 있는 거 알아?"

"그런 데가 있어?"

"모르는구나? 이래서 도시 촌놈이라는 소리가 괜히 있는 게 아니에요. 내가 특별히 널 데리고 꽃놀이를 가 줄게. 좋지? 영광으로 생각해도 좋아."

장난스럽게 으스대며 말하는 아리스를 향해 다이젠은 나지막하게 소리 내 웃었다.

"응, 좋아."

어디든, 아리스 선배가 있는 곳이라면.

다이젠과 아리스는 꽃나무 아래로 난 길을 나란히 걸었다.

두 사람의 손이 한결 더 단단하게 맞물렸다. 따스한 바람이 뺨을 어루만지며 스쳐 지나갔다. 시야에는 점점이 흩날리고 있는 연분홍색 꽃잎과 눈부신 햇살이 뒤섞여 아름다운 풍경을 그려내고 있었다.

아리스의 말처럼, 어느덧 봄이었다.

<완결>

외전 - 아리스와 다이젠의 지나간 봄

새 학기가 막 시작된 봄, 당시의 아리스는 2학년이었다.

"그래서, 아리스는 어떻게 생각해?"

은근히 물어 오는 여학생들 틈에서 그녀는 애매하게 웃었다.

"좋은 애지."

"그럼 사귈 거야?"

"글쎄……."

"아이, 왜 맨날 '글쎄'라고만 해?"

그녀가 명확히 대답하지 않자 그녀들은 속이 답답한 눈치였다. 하지만 아리스로서는 달리 할 말이 없었다.

"내가 봤을 때는 고백도 시간문제야."

"고백이고 뭐고, 이미 누가 봐도 티가 나는걸."

"맞아. 에이드리안이 아리스를 엄청 좋아하는 거 같지?"

늘 그렇듯 친구들은 아리스의 얼굴만 보면 같은 학년인 에이드리안 라인츠버그의 이야기를 하기 바빴다. 그러나 아리스는 항상 두루뭉술하게 상황을 넘길 뿐이었다.

"난 교수님한테 가 봐야 해서 먼저 가 볼게."

이번에도 그녀는 친구들의 성화에 웃는 얼굴로 대응하며 자연스럽게 자리를 떠났다.

별관에서 빠져 나오자 따스한 봄바람이 얼굴을 간질였다.

이제 2학년. 에이드리안 라인츠버그는 작년부터 아리스에게 마음이 있다는 사실을 감추지 않는 남학생이었다.

그는 수려한 외모와 친절한 성격으로 입학 때부터 수많은 여학생들의 관심을 받았다. 게다가 학년 수석인 아리스의 뒤를 이어 언제나 차석 자리를 놓치지 않았다.

그런 에이드리안이 아리스를 좋아한다는 사실을 이미 전교생이 다 알고 있었다. 그 당사자인 에이드리안부터도 자신의 마음을 굳이 감출 생각이 없는 것 같았다.

단지 아리스 혼자만이 그 사실을 아는 듯 모르는 듯, 뜨뜻미지근한 태도를 취하고 있을 뿐이었다.

똑똑.

아리스는 연분홍 꽃잎이 흩날리는 길을 걸어 교수들의 개인 연구실이 있는 본관으로 향했다. 그리고 목적했던 곳에 다다라 노크를 했다.

"안녕하세요, 교수님."

그녀가 방문한 것은 레안 아르카노발의 개인 연구실이었다. 그는 문을 열고 들어온 아리스를 보고 한순간 눈매를 움찔거렸다.

"올해도 네가 담당이야?"

"네."

"그럼 이 학습 계획서 가져가서 오늘 중에 애들한테 나눠 주고 과제는 다음 주 수업 시간까지 제출하라고 해."

아리스는 이번 학기에 듣는 역사 과목 수업에서 교과 담당으로 선출되었다. 작년처럼 학생들의 만장일치로 정해진 일이었다.

"그럼 수업 시간에 뵐게요."

그녀는 레안이 준 종이 다발을 들고 개인 연구실을 나섰다.

창문을 열어놓은 탓인지 복도에도 분홍의 꽃잎이 점점이 떨어져 있었다.

조금 더 시간이 지나 방과 후가 되면 학생회의 회의에 참석해야 했다. 그런데 요즘 들어 이제 그만 에이드리안을 받아 주지 그러냐며 독촉하는 학생들 때문에 은근히 불편해서······.

그러다 문득 눈앞에 보이는 사람에 아리스는 작게 입을 벌렸다.

"아!"

얼굴을 보자마자 그가 누구인지 알 수 있었다.

방금 전 만나고 온 사람과 아주 많이 닮아 있는 이목구비, 달콤한 크림 같은 상아색 머리카락, 그리고 선연한 붉은 눈동자.

아마 저도 모르게 소리 내 감탄하고 말았던 모양이다.

맞은편에서 다가오던 남학생이 한 발짝 늦게 아리스를 발견했다. 그 직후 그는 자리에 우뚝 걸음을 멈추었다.

아리스는 괜히 머쓱해져서 그에게 말을 걸었다.

"다이젠 아르카노발, 맞지?"

아리스는 가까이에서 본 그의 얼굴이 생각보다 더 레안 아르카노발 교수와 닮아 있어 놀라고 말았다. 이렇게 그를 본 것은 입학식 날 대강당에서 이후로 처음이었다.

분명 이름이 다이젠 아르카노발이었던 것으로 기억한다. 그날 바글바글 모여 있던 학생들 틈에서도 상당히 눈에 띄었는데. 물론 풍기는 분위기가 왜인지 다가가기 어려운 느낌이라 다들 말을 못 붙이는 눈치였지만.

"음? 아니야?"

그런데 어째서인지 지금 그는 아리스를 보며 놀란 토끼눈을 하고 있었다.

표정 때문인지 마주한 얼굴이 첫인상과는 달리 오늘따라 조금 순해 보였다. 물론 그러한 생각은 그의 얼굴이 서서히 원래의 무표정을 되찾아가며 씻은 듯이 사라지기는 했지만.

"맞아."

어라, 후배 주제에 왜 이렇게 말이 짧지?

물론 선후배 간에 꼭 말을 높여야 한다는 법은 없었지만 그래도 저런 단답식의 대답이라니. 뭔가 건방졌다.

아리스는 일순간 눈매를 꿈틀거리다가 선배로서의 품위를 생각하며 그래도 상냥하게 웃었다.

"아버지 만나러 온 거야?"

"……."

"아, 처음 보는데 말 걸어서 놀랐나 보구나. 난 2학년이야. 방금 전에 레안 아르카노발 교수님을 뵙고 오는 길인데 괜히 나 혼자 반가워서 아는 척해 버렸네."

그런데 그는 그녀를 물끄러미 내려다볼 뿐, 좀처럼 말이 없었다.

뭐지? 말 거는 게 싫어서 무시하는 건 아닌 것 같은데? 내 얼굴은 또 왜 저렇게 쳐다봐? 혹시 반했나? 으음, 하지만 그런 표정도 아니야.

결국 아리스는 다이젠 아르카노발과의 대화를 포기한 채 자리를 떠나기로 결정했다.

"그럼 난 가 볼게. 안녕."

아리스가 먼저 걸음을 옮겨 옆을 스쳐지나갈 때까지도 그는 말없이 그녀의 얼굴만 응시하고 있었다.

키가 되게 크네. 교수님 닮아서 그런가? 그런데 성격이 저래서야……. 외모가 아깝다, 아까워.

아리스는 괜히 다이젠 아르카노발이 부모님에게 물려받은 훌륭한 유전자를 아까워하며 복도를 걸었다.

* * *

"정신을 어디다 팔고 있는 거야?"

고막을 파고드는 짜증스러운 음성에 다이젠은 퍼뜩 정신을 차렸다.

방금 전 복도에서 누군가를 만난 후부터 그의 관심은 온통 다른 곳으로 쏠려 있었다. 그것을 귀신같이 알아챈 레안 아르카노발은 못마땅한 표정을 감추지 않았다.

"지금 내가 한 말 들었어?"

"아니요."

다이젠은 약간의 미안한 기색도 없이 뻔뻔스럽게 대답했다. 그 모습을 보고 레안은 기가 차고 말았다.

"또 설명해야 하잖아, 귀찮게. 나이든 아버지를 두 번씩이나 고생시켜야겠냐?"

"치매 예방도 하고 잘 됐죠, 뭘."

그 순간 레안의 이마에 빠직 핏대가 섰다.

나 참, 이 녀석은 도대체 누구를 닮아서 이렇게 건방진 거야? 허구한 날 아버지 말에 토를 달지 않나, 툭 하면 지금처럼 그의 화를 돋우지를 않나…….

그러나 곧 그는 머리를 부여잡으며 끄응 신음하고 말았다.

누구를 닮긴 누구를 닮았겠는가. 심성 곱고 예쁜 그의 아내일 리는 없으니 바로 레안 자신이겠지. 아, 이번 생의 아들 농사는 망했어.

"한 번만 다시 말할 테니까 잘 들어라."

결국 그는 지끈거리는 이마를 짚으며 방금 전 했던 말을 다시 한 번 반복했다.

그리고 레안의 말을 듣는 동안 다이젠의 표정은 점차적으로 썩어 들어갔다. 굳이 개인 연구실까지 불러 무슨 말을 하려고 하나 했더니, 강제 노동을 하라는 것이었다.

레안 아르카노발은 어울리지도 않는 원예부의 고문을 맡은 자신의 고충을 토로했다. 그리고 아들인 다이젠에게 온실의 관리를 일임했다.

"싫어요. 안 해."

당연하게도 다이젠은 대번에 거절하고 나섰다.

"그냥 해."

"아버지가 할 일을 왜 나한테 시키는데?"

"아들아."

다이젠의 계속된 반항에 레안은 마지막 무기를 꺼내 들었다.

"난 네가 이 학교에 왜 왔는지 안다."

바로 그 순간 다이젠이 눈에 띄게 흠칫했다.

"이유는 무슨 이유……."

"내가 너를 하루 이틀 보냐?"

저도 모르게 반응한 직후 그는 아차 싶었는지 레안의 말에 반박하려 했다. 하지만 레안에게는 통하지 않았다.

"방금 오다가 봤지? 너 계속 만나고 싶어 했잖아."

"만나고 싶어 하긴 누가……."

"그 여자애 내 제자거든."

"그래서?"

다이젠이 이를 갈며 레안을 향해 물었다. 그는 다이젠의 이런 반응을 기대했다는 듯 드물게도 밝게 웃으며 말했다.

"내가 쓸데없이 입을 놀리는 게 싫으면 네가 말을 잘 들어야 하지 않겠냐?"

그렇게 다이젠은 아버지로부터 강제 노동직을 부여 받게 되었다.

* * *

"아리스, 오늘도 늦게 왔네?"

"응, 다른 일 때문에."

아리스가 학생회실로 들어서자마자 에이드리안이 가장 먼저 그녀에게 인사했다. 아리스는 그에게 웃는 낮으로 화답하며 조금 떨어진 자리에 가서 앉았다.

"에이드리안이 요즘 우리 중에 제일 일찍 와. 조금이라도 빨리 보고 싶은 사람이라도 있나 봐."

그가 보고 싶어 하는 사람이 누구인지 아마 지금 이 자리에서 모르는 사람은 없을 것이었다. 3학년의 선배가 놀리는 말에 에이드리안이 약간 멋쩍게 웃었다. 아리스는 그 말을 못 들은 척 회의록을 뒤적였다.

사실은 에이드리안이 조금 부담스러워서 일부러 늦게 오는 것이라는 말은 하지 않았다. 입학 직후부터 그가 그녀에게 이성적인 호감을 가지고 있다는 사실을 아리스도 알고 있었다. 그래서 그녀도 그에게 남몰래 관심을 갖고 유심히 지켜보고 있었다.

솔직히 에이드리안은 남자 친구로서 합격점이었다. 그래서 다른 사람들이 말하는 대로 한번 사귀어 봐도 좋지 않을까 싶기도 했다.

하지만 막상 그렇게 생각하고 나니 이상하게도 마음이 내키지 않았다.

확실히 좋은 애긴 한데. 전체적으로 꽤나 내 취향이고.

원래 아리스의 이상형은 아빠처럼 자상하고 다정하고 따뜻한 남자였다. 게다가 아리스의 기준치에 달할 정도로 똑똑한 남자는 극히 드물었으니 성적까지 좋은 에이드리안은 금상첨화라고 할 수 있었다.

그런데도 여전히 무언가가 미묘했다. 정확히 설명하기 어려운 어떤 부분이 부족한 느낌이었다.

에이드리안에게 이성으로 설레거나 좋아하냐고 묻는다면, 글쎄…….

그래서 그녀는 에이드리안의 마음을 알면서도 아무 말도 하지 않고 있었다. 하지만 그도 그녀에게 직접적으로 고백을 한 적은 없으니까.

그렇게 생각하며 아리스는 맞은편에서 느껴지는 시선을 모른 척했다.

* * *

"그냥 네 마음 내키는 대로 하면 되지, 뭐."

리즈벳이 깔끔하게 정리해 말했다.

"어쨌든 아리스, 넌 지금 에이드리안이랑 사귈 마음까지는 없는 거잖아."

"그런 거지."

"그럼 그냥 지금처럼 지내면 되는 거 아니야?"

손으로 열심히 과제를 베끼면서 말하는 리즈벳의 옆에서 아리스는 잠깐 생각했다. 그리고 곧 고개를 끄덕이며 동조했다.

"맞아, 이런 식으로 고민해서 뭐해."

리즈벳의 말마따나, 그것보다는 오늘 먹을 저녁 메뉴를 고민하는 편이 더 생산적일 것 같았다.

"아, 그러고 보니까 지난주에 시험 본 거 오늘 결과 알려 준댔지? 나 완전 망한 것 같은데."

"난 엠버 교수님 과목이 조금 걱정이야."

"그래봤자 넌 분명 1등일 거야."

"아니야. 이번에는 서술식 문제가 많았잖아."

특히 엠버 교수는 편애하는 학생에게 점수를 편향되게 주기로 소문이 나 있어서 그 점이 조금 찜찜했다.

"리, 리즈벳. 자두 말랭이 줄까?"

"아, 나한테 말 걸지 말라고. 저리 안 가?"

리즈벳을 짝사랑 중인 같은 반의 가비가 옆에서 얼쩡거리자 리즈벳이 그를 쫓아 보냈다. 그 직후 수업 시작을 알리는 종이 울렸다. 아리스는 책상 서랍에서 교과서를 꺼내 수업 준비를 했다.

* * *

다이젠은 팔자에도 없는 온실 관리를 맡게 되어 저기압이었다.

"노리고 있던 게 분명해."

아무리 생각해도 미리 준비되어 있던 함정에 빠졌다는 생각밖에 들지 않았다. 그렇지 않고서야 입학하자마자 이렇게 대뜸 일거리를 던져 줄 리가 없지 않은가.

"어머, 그렇지 않아도 온실의 화단이 너무 텅 비어 있어서 내내 마음에 걸렸는데. 다이젠이 얼마나 멋진 온실을 만들지 기대된다."

심지어는 믿었던 어머니마저 다이젠이 온실 관리를 한다고 하자 기뻐했다. 그의 어머니인 리리안은 아버지와 마찬가지로 학교의 역사 과목 교수였다.

그리고 어머니는 집에서도 정원 가꾸기가 취미였다. 나중에 들어 보니 그녀는 학교의 버려진 온실을 안타까워하고 있었다고 한다.

어쩐지 아버지가 뜬금없이 어울리지도 않는 원예부의 고문을 맡았다 싶었다. 그가 온실 보수를 마음먹은 이유도 알 만해서 다이젠은 혀를 찼다. 게다가 정작 일은 아들에게 시켜 놓고 생색을 내는 모습이라니. 어머니에게 칭찬해 달라는 듯이 온실 얘기를 꺼내는 아버지를 보고 다이젠은 절로 얼굴을 구기고 말았다.

아무튼, 그래서 그는 이제 빼도 박도 못하고 그동안 방치되어 있던 온실을 세 개나 보수해야 했다.

보통은 방과 후에 친구들과 어울려 친분도 쌓고 하며 시간을 보내라고 해야 정상 아닌가? 더군다나 지금은 학기 초인데.

만약 이번 일을 맡지 않았어도 다른 사람들과 어울릴 생각이라고는 눈곱만큼도 없었던 주제에 다이젠은 그렇게 생각했다. 아마 레안도 그런 아들의 성격을 진작 간파하고 있었던 것이리라.

다이젠이 온실에서 뜻밖의 사람을 보게 된 것은 그러던 어느 날이었다.

그는 아버지에 대한 반항심으로 며칠간 온실에는 발걸음하지 않았다. 그러다가 슬슬 상태라도 살펴봐야겠다 싶어 저녁 시간에 온실 쪽으로 향한 참이었다.

"망할 콧수염!"

그런데 막 온실 문을 열려고 했을 때, 안에서 누군가의 목소리가 들려왔다.

다이젠은 반사적으로 움직임을 멈추고 말았다.

분명 이 온실에 올 사람은 아무도 없다고 했는데? 그런데 기분 탓인지 안에서부터 새어 나오는 목소리가 어쩐지 낯설지 않았다.

그는 슬그머니 문을 열고 안쪽을 살펴보았다. 그 직후 시야에 들어온 것은 다름 아닌 아리스였다.

"아, 대머리나 돼 버려라."

무엇에 그리 화가 났는지, 아리스는 누군가를 향한 저주를 내뱉으며 혼자서 원맨쇼를 하고 있었다. 내용을 알 수 없는 종이가 그녀의 손 안에서 박박 찢겨 나갔다. 그 후로도 기분이 안 풀리는지 심지어 그녀는 바닥에 깔린 종이를 자근자근 짓밟기까지 했다.

그 모습이 평소 다른 사람들 앞에서 보이던 것과는 사뭇 달랐다. 다이젠은 아리스가 주위 사람들이 시선을 신경 쓰지 않고 몸부림치는 모습을 오묘한 기분으로 지켜보았다.

아리스의 대외적인 모습만 알고 있다면 누구나 입을 쩍 벌리고 경악할 만한 진귀한 장면이었다.

"후우."

잠시 후 기분이 풀렸는지 아리스가 손으로 허리를 짚으며 깊이 심호흡했다. 그 직후 그녀는 바닥에 깔린 종잇조각들을 약간 착잡하게 내려다보았다.

"괜히 찢었나……."

결국 그녀는 자리에 쪼그려 앉아서 이번에는 자신이 찢은 종이를 주섬주섬 주워 모으기 시작했다.

다이젠이 서 있는 곳에서는 아리스의 옆모습이 보였다. 그녀는 한껏 분풀이를 하고 나니 어쩐지 회의감이 밀려든 눈치였다. 무릎을 굽히고 자리에 오도카니 쭈그려 앉아 있는 모습이 조금은 울적해 보이기도 했다.

어느 정도의 시간이 더 지나고, 마침내 아리스가 입을 열어 중얼거렸다.

"아, 배고프다. 열 받아도 밥은 먹고 올걸."

다이젠은 지금 그가 본 일련의 과정이 어쩐지 웃겨서 무의식중에 헛웃음을 내뱉고 말았다.

"응?"

바로 그 순간 아리스가 주위를 두리번거렸다. 다이젠은 이유조차 모른 채 몸을 숨겼다.

아리스는 방금 전 들은 소리가 기분 탓이었다고 생각하며 온실을 떠났다. 그 후에야 다이젠도 그 자리를 벗어날 수 있었다.

* * *

"아리스, 이번 학술회 때 발표 준비 중인 논문 봤다. 아주 좋더구나."

다음 날 다이젠은 '콧수염'의 정체를 알게 되었다.

"허허, 지난 시험에서도 2등이나 하고, 여자 치고 아주 제법이야!"

점심시간, 아리스는 중년의 남자와 함께 교정에 서 있었다. 콧수염을 기르고 있는 그는 평소 남학생과 여학생을 차별하기로 유명한 엠버 교수였다.

호탕하게 웃으며 어깨를 두드리는 손길에 아리스의 웃는 얼굴이 티나지 않게 딱딱하게 굳었다. 칭찬이랍시고 하는 말이었지만 아리스가 불쾌함을 느끼고 있는 건 분명했다.

"좋게 봐 주셔서 감사해요."

하지만 그녀는 제 속내를 드러내지 않았다. 얼굴을 맞대고 하하 호호 웃는 두 사람의 모습이 누가 보면 다정한 사제지간이라 생각할 만했다.

그러나 아리스의 손은 할 수만 있다면 마주한 사람을 한 대만 치고 싶다는 듯 주먹을 쥐었다 폈다 하고 있었다.

"큽."

다이젠은 자기도 모르게 웃음소리를 내뱉고 말았다.

온실 안에서 혼자 방방 뛰며 분을 삭이던 아리스의 모습도 덩달아 떠올랐다. 옆에서 들리는 웃음소리를 귀신같이 알아차린 아리스가 홱 고개를 돌렸다. 그녀의 시선이 닿은 곳에는 자신을 보고 웃는 것이 분명한 다이젠이 서 있었다.

그는 아리스가 자신을 보고 있다는 사실을 눈치채자마자 언제 웃었냐는 양 얼굴을 굳히고 자리를 떠났다.

그 순간 아리스의 눈매가 슬쩍 치켜 올라갔다.

뭐지? 지금 날 보고 웃은 거야? 왜? 혹시 비웃는 건가? 내가 이번에 저 콧수염 교수 과목에서 2등밖에 못 했다고 비웃은 거야?

물론 다이젠은 전혀 그런 생각을 하지 않고 있었다. 아마도 그가 아리스의 생각을 알았다면 퍽 억울했을 일이었다.

평소라면 아리스도 중간시험 점수에서 2등으로 밀린 일 정도로는 이토록 열불을 내지 않았을 것이다.

하지만 지금 만난 엠버 교수는 지난번부터 은근슬쩍 그녀에게 여학생이라고 무시하는 발언을 일삼기 일쑤였다. 과제물이나 서술형 시험 같은 경우에 남학생에게 점수를 더 얹어 주는 것은 덤이었다.

참고로 지난번 그가 채점 후 돌려준 과제물에는 '남성적 관점에서 상황을 해석하는 능력이 부족해 점수를 깎았다'는 얼토당토하지도 않은 의견이 적혀 있었다.

게다가 그는 한 술 더 떠 다음부터는 과제 제출 전에 에이드리안의 의견을 참고하라는 기막힌 말까지 덧붙였다.

그런 이유로, 오늘도 엠버 교수와 만난 이후로 기분이 저조한 상태이던 아리스는 그의 웃음을 오해해 버렸다.

그녀에게 있어 다이젠이 '재수 없는 후배'로 낙인찍힌 것은 아마도 그때부터였다.

* * *

다이젠은 그 후로도 종종 온실에 있는 아리스의 모습을 볼 수 있었다.

그녀는 화단에 앉아 책을 보기도 하고, 소소한 간식거리를 가져와 먹기도 하고, 때로는 이상한 종이를 들고 무언가를 중얼거리기도 했다.

후에 그는 한 달에 한 번 있는, 대강당에서의 조례 시간에 단상에 올라간 아리스를 보았다. 그리고 그때에서야 그녀가 온실에서 연습하던 것이 연설문이란 사실을 깨달았다.

온실에 있는 아리스는 밖에서 볼 때와 꽤나 다른 모습이었다.

일단 보는 눈이 없어서 그런지 행동이 무척 자유로웠다. 가끔은 지난번 콧수염 교수의 일처럼 마음 놓고 혼자 감정을 표출하거나 화단에 담요를 깔고 체면 없이 그 위에 누워 한가롭게 노닥거리기도 했다.

그 모습이 하루 이틀 일이 아닌 듯 자연스러웠다. 아마도 그녀가 온실을 들락거린 것은 한두 번이 아닌 모양이었다.

그러다 보니 다이젠은 쉽사리 온실에 손을 댈 생각을 하지 못했다.

일단 그가 온실의 보수 작업을 시작하면 아리스도 주위의 변화를 눈치챌 수밖에 없었다. 그렇게 된다면 아마 다시는 이곳에 오지 않겠지. 설령 그렇지 않다 해도, 적어도 지금처럼 편하게 있을 수는 없을 것이었다.

다이젠은 온실 밖에 쪼그리고 앉아 어쩌다 자신이 이렇게 되었는지 심심한 고민에 빠졌다. 하지만 역시 이 안에 있는 사람에게 굳이 자신의 존재를 알리고 싶지는 않았다.

그는 잠깐 마른세수를 하다가 곧 소리 없이 온실 앞을 떠났다.

* * *

"아리스, 오늘 얼굴빛이 별로 안 좋네? 어디 아파?"

평소에 비해 얼굴이 파리해 보이는 아리스를 향해 리즈벳이 걱정스러운 눈빛을 보냈다.

"응, 살짝 감기 기운이 있는 것 같아."

"그럼 바로 기숙사로 가자. 오늘은 아무것도 하지 말고 쉬어."

"엠버 교수님한테 가 봐야 해."

"아, 학술회 때문이지?"

아리스의 말에 리즈벳이 이제야 생각났다는 표정을 지었다.

다음 달에 있을 베오니아의 정기 학술회 때 아리스가 학생 대표로 참석할 자격을 얻었기 때문이었다.

"그럼 나 다녀올게."

"빨리 와야 돼! 너 오늘 진짜 상태 안 좋아 보여."

아리스는 리즈벳에게 걱정 말라고 웃어 보이며 엠버 교수의 개인 연구실로 향했다.

"그게 무슨 말씀이세요? 원래 제가 나가기로 되어 있었잖아요."

그런데 그는 아리스를 향해 어처구니없는 말을 했다.

"음, 그게 그렇게 되었다. 어차피 이번 중간시험 성적은 에이드리안이 나왔잖니."

"지금까지 학년 수석이었던 건 저예요. 그리고 이번 학기 성적 때문이라면 아직 기말시험이 남았는데……."

"그래, 나도 에이드리안이 이번에 수석 자리를 꿰찰 거라고는 생각하지 않는다. 그러니 이번 한 번은 양보할 수도 있잖아. 아리스 너한테는 앞으로 다른 좋은 기회가 많을 것 아니냐."

"그래도 이렇게 갑자기."

"이미 명단에도 에이드리안의 이름을 적어서 제출했으니 그런 줄 알아라."

엠버 교수는 더 이상 할 말이 없다는 듯 아리스에게서 등을 돌렸다.

학술회의 학생 대표로 아리스가 내정되어 이미 논문 준비 중이었다는 사실을 알면서도 조금의 양심의 가책도 느끼지 않는 모습이었다. 그리고 그가 덧붙이는 말에 아리스의 얼굴이 더욱 차게 식었다.

"참, 그리고 준비 중이던 자료는 에이드리안에게 넘겨주는 게 좋겠다. 어차피 넌 쓸 일도 없을 테고, 기왕이면 같은 학교 학생이 좋은 성적을 내는 게 너한테도……."

"죄송하지만 그럴 수는 없을 것 같아요."

"뭐?"

"더 이상 하실 말씀이 없다면 전 이만 나가 보겠습니다."

아리스는 엠버 교수를 뒤로한 채로 개인 연구실을 빠져나왔다.

그 직후 그녀는 앞만 보고 걸었다. 화가 나서 두 눈에 뜨끈하게 열이 올랐다. 그렇지 않아도 아침부터 몸이 안 좋던 탓인지 머리까지 지끈거렸다.

"아리스!"

그런 와중에 에이드리안을 만나고 만 것은 그녀의 기분을 완전히 최악으로 만들었다.

"교무실에 다녀오는 길이야? 난 엠버 교수님이 부르셔서……."

그는 가로수 길에서 만난 아리스가 반가운 눈치였다. 하지만 곧 평소와 다른 아리스의 얼굴을 보고 말끝을 흐렸다.

"왜 그래? 무슨 일 있었어?"

에이드리안의 얼굴에 의문과 걱정이 떠올랐다. 하지만 아리스의 기분은 방금 전 들은 말에 더욱 바닥을 치고 말았다.

엠버 교수가 지금 무슨 일로 에이드리안을 부른 것인지 어렵지 않게 짐작할 수 있었기 때문이었다.

"나한테 무슨 일이 있었던 너랑 상관없잖아."

어찌 보면 유치한 화풀이였다. 그래도 그의 얼굴을 보니 화가 났다. 에이드리안의 탓이 아니란 사실을 알면서도 어쩔 수 없이 분했다.

에이드리안은 처음 보는 아리스의 쌀쌀맞은 태도에 당황한 것 같았다. 그 모습을 보고 아리스도 멈칫했다.

내가 지금 어린애처럼 뭘 하는 거지? 에이드리안이 잘못한 것도 아닌데 애꿎은 사람한테 화를 내고 있어.

아리스는 입술을 지르물며 눈을 길게 감았다 떴다. 그리고 냉정함을 한 풀 꺾은 음성으로 에이드리안에게 사과했다.

"미안, 아무것도 아니야."

"하지만······."

에이드리안은 평소처럼 돌아온 아리스의 목소리에 안심했다. 그러나 그는 곧 두 눈을 크게 뜨고 말았다.

마주한 아리스의 눈에 고인 눈물이 시야에 들어왔기 때문이었다.

"그럼 난 먼저 갈게."

"아리스!"

아리스는 자신을 부르는 목소리를 뒤로한 채로 먼저 발길을 옮겼다. 에이드리안이 뒤에서 쫓아오려 하는 것이 느껴졌기 때문에 걸음을 더욱 재촉할 수밖에 없었다.

얼마나 더 걸었을까. 온실에 다다를 무렵 아리스는 걸음을 서두르다가 재수 없게 돌부리에 걸려 넘어지고 말았다.

흙바닥에 찧은 무릎과 손바닥이 따가웠다. 그런데 문득 뒤에서 급히 다가오는 인기척이 느껴졌다.

뭐야, 설마 아직까지도 쫓아오고 있었던 거야?

"따라오지 마!"

아리스가 외치자 그제야 뒤에서 느껴지던 움직임이 멈췄다. 그녀는 언제 넘어졌냐는 듯 자리에서 벌떡 일어났다. 그리고 뒤 한 번 돌아보지 않고 걸어 온실의 문을 쾅 닫고 안으로 들어갔다.

"아, 이게 뭐야."

다른 사람의 시선에서 완전히 차단되자마자 그녀는 얼굴을 감싸며 그대로 자리에 주저앉았다.

꼴사나워도 이렇게 꼴사나울 수가 없었다.

자신에게 그런 어처구니없는 말을 한 엠버 교수에게도 화가 났고, 부당하게 기회를 가로채인 것이 억울하고 분했다. 게다가 하필이면 이 시점에 에이드리안을 만나 잠시 이성을 잃을 뻔했던 것도 화가 났다.

영문도 모른 채 그녀에게 냉담한 대우를 받아야 했으니 에이드리안은 얼마나 황당하고 어이없었을까? 게다가 창피하게도 어린애처럼 분을 못 참아 우는 모습까지 들킬 뻔했다. 표정을 보니 이미 어느 정도 눈치챈 것 같기는 했는데……. 아, 창피해. 더군다나 뛰다가 볼썽사납게 넘어지는 것까지 봤잖아.

"진짜 이게 뭐야……."

원래대로라면 고작 이 정도의 일로 눈물 바람을 하고 있을 리 없었다.

이렇게 별것도 아닌 일을 가지고 질질 짜는 것은 아리스의 성미에 맞지 않았다. 차라리 분해서 성질을 냈으면 냈지.

그런데 아침부터 있던 감기 기운 때문일까? 눈에서도 열이 올라 그런지 눈물이 제멋대로 찔끔 새어 나왔다. 게다가 지금 이곳에는 그녀의 망가진 모습을 볼 만한 사람이 아무도 없다는 사실도 긴장을 푸는 데 한 몫 했다. 기숙사에 가도 이렇게 마음 놓고 감정을 표출할 수는 없었으니까.

"원예부 신입들, 다들 이쪽으로 와라."

앗, 그런데 어느 순간 갑자기 밖에서 사람들의 목소리가 들리기 시작했다.

"헐, 여기에 온실이 있었구나."

"나도 처음 봐."

"교수님, 들어가 봐도 돼요?"

아리스는 당황해서 눈을 비비던 손을 멈추었다. 온실 안으로 새어 들어오는 소란스러운 소리가 점차적으로 가까워지고 있었다.

설마 지금 여기에 들어오려는 거야?

덜컹!

바로 근처까지 가까워진 소리에 아리스는 숨을 멈추었다.

* * *

덜컹!

레안 아르카노발은 자신의 눈앞에 일직선으로 쭉 뻗은 팔을 물끄러미 내려다보았다.

"지금 못 들어가."

느닷없이 나타나 그의 앞을 가로막은 것은 아들 다이젠이었다.

"뭐냐, 너?"

오늘은 원예부의 신입 부원들이 견학 겸 온실을 방문하는 날이었다. 그래서 그도 귀찮은 몸을 이끌고 한동안 걸음조차 하지 않던 온실에 온 참이었다.

"비켜. 애들 데리고 내부 구경시켜 줘야 돼."

"아, 어차피 들어가 봤자 볼 것도 없는데."

이 자식이 갑자기 왜 이래?

레안은 뜬금없이 나타나 온실 앞을 막아선 사람을 황당하게 쳐다보았다. 저만치서 다가오던 학생들도 두 사람이 대치하고 선 모습을 보고 호기심 어린 눈빛을 보내고 있었다.

레안은 수상함을 느끼며 다이젠의 얼굴을 들여다보았다. 그리고 곧 그의 눈동자에 어린 초조함을 읽었다.

호오, 이것 봐라?

평소 표정 변화가 극히 작은 다이젠이었으나 귀신은 속여도 그의 눈은 속일 수가 없었다.

"여자라도 숨겨 놨냐?"

레안의 날카로운 직감이 이 안에 무언가가 있다고 말해 주고 있었다. 게다가 이 정도까지 다이젠을 움직이게 할 만한 건 사실 뻔했다. 특히 그 공간이 학교 안이라면 더군다나 알만하지 않은가.

다이젠은 뜨끔해서 말했다.

"그런 거 아니야."

"이놈 보게? 제법이네?"

"아, 진짜. 아니라고."

하지만 레안은 이미 감을 잡은 듯 밉살맞은 얼굴로 웃고 있었다. 모처럼 건수를 잡아 기분이 좋은 눈치였다.

그는 아들을 조금 더 놀려 줄까 어쩔까 잠깐 고민했다. 그리고 오늘은 그냥 이대로 물러나 주기로 결심했다. 좀처럼 다른 데 관심을 두지 않는 다이젠이 이 정도로 급박한 모습을 보이는 건 극히 드문 일이었으니까.

뭐, 어울리지 않게 귀여운 짓을 하는 걸 구경한 값이라고 칠까?

"얘들아, 온실은 내부 수리 중이라 들어가면 안 되는데 깜빡했다. 다음에 다시 오자."

게다가 사실은 신입 부원들을 견학시키는 일이 귀찮기도 했다.

"저쪽 구석에 출입 금지 팻말 있는데 나 같은 사람 또 있으면 써라."

레안은 특별히 아들을 위한 조언까지 해 준 뒤 학생들을 데리고 왔던 길을 다시 되돌아갔다. 이 일로 두고두고 우려먹으며 다이젠을 괴롭혀 줘야겠다고 생각하면서.

그 후 다이젠은 온실의 문 앞에 쭈그려 앉아 머리를 박박 긁었다.

"아, 진짜."

또 다른 건수를 잡았다고 좋아할 아버지를 생각하니 절로 골치가 아팠다.

잠시 자리를 비운 참에 다른 사람들이 올 줄 어떻게 알았겠는가? 더군다나 그 대상이 아버지인 레안 아르카노발과 원예부 학생들이라니.

그래도 그들이 고집을 부리지 않고 그냥 물러나서 다행이었다. 만약 억지로 이 문을 열고 안으로 들어갔으면…….

다이젠의 손에서 그의 머리카락이 엉망으로 헝클어졌다.

무슨 일인지는 모르겠지만 거의 울 것 같은 얼굴을 한 채 온실로 뛰어 들어가던 아리스를 떠올리니 마음이 편치 못했다. 게다가 아까 넘어지기까지 해서 무릎도 아플 텐데.

그녀의 자존심이 얼마나 강한지 다이젠도 잘 알고 있었기 때문에 물론 그런 것을 아는 척할 생각은 없었다. 아마 그녀는 부모님에게조차 약한 모습을 보이는 걸 싫어할 게 분명했다.

그런 모습이 멋지기도 했지만…….

다이젠은 다시 한 번 자신의 머리를 손으로 마구 헤집은 뒤 자리에서 일어났다.

안에서는 이제 훌쩍거리는 소리가 들리지 않았다. 아리스가 언제 밖으로 나올지 모르는 일이니 더 늦기 전에 이곳을 떠나야 했다.

그는 구석에 있는 출입 금지 팻말을 온실 앞에 세워 두고 발길을 돌렸다.

* * *

이제 간 건가?

아리스는 숨을 죽이고 조심스럽게 귀를 기울였다. 한동안 밖에서 들리던 소음이 거짓인 것처럼 주위는 잠잠했다.

아마 레안 아르카노발 교수님인 것 같았는데? 그러고 보니 그가 원예부 고문인 것을 잊고 있었다. 하도 하는 일이 없어서 그런가. 처음에 들려온 소리를 상기해 보니 아마 신입 부원들에게 온실을 보여 주려는 것 같았는데.

하지만 덜컹거리는 소리를 듣자마자 자리에서 일어나 문에서 멀찍이 떨어졌기 때문에 그 후로 그들의 대화는 알 수가 없었다. 잠시 동안 밖에서 무어라 떠드는 소리가 들리긴 했지만 말이다. 그러고는 발걸음 소리가 멀어져서 다행이었다.

아리스는 화단 뒤에 웅크려 앉아 몸을 숨기고 있었다. 물론 이런 꼴로 있다가 들킨다면 더 창피할 게 분명했다. 하지만 아까는 경황이 없어서 그런지 당장 숨어야 한다는 생각밖에 들지 않았다.

그녀는 혹시 몰라 조금 더 화단 뒤에 앉아 있다가 자리에서 몸을 일으켰다.

"앗, 쥐났어."

긴장하며 쭈그려 앉아 있던 탓인지 다리가 저릿저릿했다. 그러고 보니 아까 넘어질 때 쓸렸는지 무릎에서 피가 나고 있었다. 땅바닥을 짚었던 손바닥도 마찬가지였다.

진짜 이게 무슨 꼴이래.

아리스는 오늘따라 정말이지 자신답지 않은 일만 했다고 생각하며 잠시 자괴감을 느꼈다. 그래도 한바탕 감정을 쏟아 낸 탓인지 속은 좀 후련했다.

망할 콧수염 교수 같으니라고. 뭐, 내가 준비한 자료를 다른 사람에게 넘겨주라고? 웃기고 있네. 내가 누구 좋으라고 그런 호구 같은 짓을 해? 그리고 중간시험에서 딱 한 번 2등을 한 것 가지고 내가 이런 굴욕을 당해야 하다니. 기말시험 때 두고 보자.

아리스는 그래도 무슨 일이 있을 때 회복이 빠른 편이었다. 그래서 이번에도 언제 울적해 했냐는 듯이 생생해져서 온실 문을 열었다.

드륵.

그런데 밀려나는 문에 무언가가 걸렸다.

"응?"

밖으로 나가 보니 누군가가 일부러 문을 막아 놓은 것처럼 세워 둔 팻말이 있었다.

'출입 금지-수리 중'

어라, 이건 원래 저쪽 구석에 있던 건데.

하지만 다음 순간 시야에 들어온 것을 보고 아리스는 깜짝 놀라 입을 벌리고 말았다.

팻말 옆에 놓여 있는 것은 고이 접힌 수건과 물병, 그리고 반창고였다.

앗. 아리스는 당황했다.

설마 누군가 그녀를 위해 일부러 여기에 놔 둔 건가? 진짜?

주위를 둘러봤으나 아무도 보이지 않았다.

방금 전까지만 해도 다른 사람들이 이 앞에 있었는데 언제 와서 두고 갔는지 모를 노릇이었다. 아, 아니다. 그럼 혹시 그 사람들이 오기 전부터 이 앞에 팻말이 놓여 있었던 걸까? 그렇다면 바로 문 앞까지 왔던 사람들이 그냥 돌아간 것도 이해가 되었다.

도대체 누구지?

그러다 문득 아리스는 아까 전 경황이 없을 때 보았던 얼굴을 떠올렸다.

그녀를 보고 당황한 표정을 짓던 에이드리안 라인츠버그.

그럼 혹시……?

곰곰이 생각해 보니 그가 맞을 것 같았다. 하긴, 이런 추태를 다른 사람에게 또 보였을지도 모른다는 상상 같은 건 하고 싶지도 않았다.

"뭐야, 미안하게……."

성격도 좋네. 처음에 봤을 때도 괜히 화풀이하듯 말한 데다가, 나중에는 따라오지 말라고 소리까지 질렀는데. 분명 그때도 걱정해서 쫓아온 거겠지…….

에이드리안이 문 앞에 이런 걸 두고 간 걸 보니 마음이 괜히 미묘해졌다. 물론 그녀를 위로한답시고 온실 안까지 들어왔으면 오히려 화가 났겠지만.

하긴, 평소에도 보면 에이드리안이 배려심도 있고 참 다정한 성격이기는 해.

앞서 말했듯 아리스의 이상형은 아빠처럼 자상하고 다정하고 따뜻한 남자였다. 그런데 에이드리안에게서 비슷한 모습을 발견하게 되자 기분이 약간 이상해졌다.

괜히 저 혼자만 속 좁게 군 것 같다는 생각이 들어 더욱 겸연쩍은 기분이 들었다. 아무래도 나중에 보면 좀 더 상냥하게 대해 줘야겠다.

그렇게 생각하며 아리스는 눈앞에 놓인 반창고를 집어 들었다.

창피해서 그냥 모른 척하고 싶기는 한데 그래도 고맙다는 말은 해야겠지……?

그래서 다음 날 그녀는 학생회실에 일찍 찾아갔다.

"아리스!"

역시나 에이드리안은 가장 첫 번째로 도착해 있었다. 그는 문을 열고 들어서는 아리스를 보고 자리에서 거의 몸을 일으켰다.

"안녕, 에이드리안."

아리스는 그런 그를 향해 웃으며 인사했다.

어제 있었던 일이 거짓말인 것처럼 아리스는 평소같이 맑게 갠 얼굴을 하고 있었다. 그 모습을 보고 에이드리안은 적잖이 안심한 표정을 지었다.

"어제 걱정했어."

역시 온실 앞에 왔던 건 짐작했던 대로 에이드리안이 맞는 것 같았다.

"어제는 내가 좀 이상했지. 아침부터 몸이 안 좋아서 좀 예민해져 있었거든. 나 때문에 기분 나빴으면 미안해."

"아니야, 전혀 그렇지 않아."

그런데 잠시 머뭇거리던 그가 조심스럽게 입을 열었다.

"난 혹시 네가 엠버 교수님의 일 때문에……."

"그런 거 아니야."

아리스는 대번에 부정했다.

"그 일과는 상관없으니까 너도 신경 쓰지 마."

에이드리안은 그 말의 진위를 파악하려는 듯 마주한 얼굴을 들여다 보았다. 하지만 아리스는 언제나처럼 상냥한 미소를 그린 채 그를 바라보고 있을 뿐이었다.

그 모습을 보니 정말 어제의 일은 단순히 그녀가 아파서 그랬던 것 같았다. 어제 아리스를 마주친 직후 꼭 그녀가 울 것만 같다고 생각했는데. 그것도 잘못 보았던 걸까?

하긴, 아리스는 언제나 이성적이고 침착한 사람이었으니까. 그가 아는 그녀라면, 아마 학술회의 일도 웃는 얼굴로 흔쾌히 수용했을 것이었다. 지금도 그의 앞에서 이렇게 다정히 웃고 있지 않은가?

에이드리안은 어제 아리스의 뒤를 쫓아갈 걸 그랬다고 후회하던 마음이 말끔히 가시는 것을 느꼈다. 비록 그녀의 상태가 걱정되기는 했으나 엠버 교수와의 약속 때문에 에이드리안도 어쩔 수가 없었다.

그래서 개인 연구실을 향해 발길을 돌리면서도 영 마음이 편치 못했는데. 그 후에는 엠버 교수에게 학술회의 대표를 자신으로 교체하겠다는 말을 듣고 또 마음이 무거웠고 말이다.

그런데 오늘 이렇게 밝은 얼굴을 한 그녀를 보자 전부 다 괜한 기우였다 싶었다.

그러다 문득 아리스의 손에 붙여진 반창고가 보여 그는 의문을 느꼈다.

어제 만났을 때에는 없었던 것 같은데, 어쩌다 다친 걸까?

에이드리안은 걱정스러운 마음에 입을 열었다.

"아리스. 그런데 손……."

"아, 어제 네가 준 반창고 붙였어."

"응?"

그런데 아리스가 이해할 수 없는 말을 하는 것이었다.

그가 저도 모르게 반문하자 그녀는 한순간 멈칫했다.

"이거 네가 온실 앞에 가져다 놓은 거 아니야?"

자신을 물끄러미 바라보는 시선에 에이드리안은 입술을 달싹였다.

오늘따라 아리스는 그에게 다른 날보다 더 상냥하고 다정했다. 그리고 그 원인이 지금 아리스가 말한 것에 있다는 사실을 에이드리안은 눈치채고 말았다.

온실 앞에 누군가 가져다 놓은 반창고라고? 그게 누구인지 아리스가 모르고 있는 것을 보면 몰래 한 일인 것이 분명했다. 아마도 아리스에게 자신의 존재를 알리고 싶지 않아서.

"맞아, 내가 그랬어."

에이드리안은 저도 모르게 거짓말했다.

그 직후 제 풀에 놀라 흠칫하는 그에게 아리스는 그럴 줄 알았다는 듯이 웃었다.

"너한테 너무 부끄러운 모습을 보인 것 같아. 어제는 정말 고마워."

그 미소가 이제까지 그가 본 것 중에 가장 예뻤기 때문에 에이드리안은 입을 다물고 말았다.

그래……. 아마 괜찮을 것이다. 누구인지는 몰라도 지금 아리스의 앞에 나서지 않았다는 건 앞으로도 그럴 수 있다는 뜻이겠지. 그렇다면 이대로 어제의 일을 의미 없는 일로 만드는 것보다 그가 사소한 계기로나마 삼는 것이 나을 것이었다.

만약 나중에 사실이 밝혀진다 해도……. 어차피 아리스가 믿는 쪽이 진실이 되는 법 아니겠는가?

"아니야. 나야말로 너한테 도움이 될 수 있어서 기쁜걸."

그렇게 생각하며 에이드리안은 아리스를 향해 미소 지었다.

세 사람이 처음으로 얽혔던 과거의 어느 날이었다.

외전 - 다이젠과 아리스의 지나간 시간

초여름, 어느덧 제법 더워진 날씨에 길목 가득 피어 있던 벚꽃은 흔적도 없이 진 뒤였다.

학생들 사이에서는 슬슬 하복을 입을 때가 되지 않았느냐는 소리가 나오고 있었다. 특히 해가 하늘 꼭대기에 걸린 낮 시간 동안에는 대다수의 학생들이 소매를 걷어붙이고 손 부채질을 하곤 했다.

하지만 아리스는 더위를 별로 타지 않았기 때문에 다른 학생들과 달리 쾌적한 하루를 보내고 있었다.

기말시험 전의 막바지 과제 철이어서 그런지 방과 후 도서관의 열람실은 만석이었다. 2학년이 되면서 작년에 비해 교과목의 내용이 확연히 심화되었다. 그래서 아리스의 동급생들도 이번 과제에 부쩍 신경 쓰는 눈치였다.

그러나 역시 아리스에게는 해당하지 않는 이야기였다. 그녀는 한적하게 책이나 읽을 생각으로 혼자만의 비밀 공간인 온실을 향해 걸음을 옮겼다.

그리고 그 앞에서 뜻밖의 사람과 마주쳤다.

"너는…… 다이젠 아르카노발?"

그것은 바로 레안 아르카노발의 아들로 교내에서 유명한 다이젠 아르카노발이었다. 아리스도 교정을 오다가다 우연히 몇 번인가 얼굴을 본 적이 있었다.

막 온실 문을 열고 밖으로 나오던 다이젠이 그녀를 보고 멈추어 섰다. 당연한 말이지만, 그 역시도 아리스와의 만남을 예상치 못했던 듯했다.

"네가 여긴 웬일이야?"

아리스는 슬그머니 찌푸려지려는 표정을 애써 관리하며 물었다.

사실 그녀는 지금 눈앞에 있는 사람과의 느닷없는 만남이 썩 달갑지 않았다.

왜냐하면 지난번 엠버 교수와의 일 때문에 바싹 약이 올라 있을 때 우연히 마주친 다이젠이 그런 그녀를 향해 피식 웃고 지나갔기 때문이었다.

그래서 아리스는 그에게 비웃음당했다고 생각했다. 하지만 어쩌면 혼자만의 착각일 수도 있으니 그런 속마음을 내색하지는 않았다.

"나는……."

지금도 다이젠의 얼굴에서는 그때와 같은 웃음은 흔적조차 보이지 않았다. 그래서 어쩌면 정말 그 당시 예민했던 그녀가 괜히 오해한 것일지도 모른다는 생각이 들었다.

다이젠은 어쩐지 약간 곤혹스러워 보이는 눈빛으로 그녀를 응시하며 말을 이었다.

"그냥 아버지 심부름 때문에 잠깐 들른 건데."

그러나 그것은 아주 순식간에 지나간 잔상이었고, 또 그의 입에서 새어 나온 음성은 무심하게 느껴질 정도로 담담했다.

"레안 아르카노발 교수님이? 아, 원예부 고문이시니까."

아리스는 다이젠의 말에 잠시 고민하다가 이윽고 고개를 끄덕였다.

워낙 하는 일이 없어 간혹 잊곤 하지만 레안 아르카노발은 원예부의 고문을 담당하고 있었다. 게다가 지난번에 아리스가 온실에서 울고 있을 때 갑자기 부원들을 데리고 와 심장을 덜컹거리게 만들었던 기억도 있었다.

아리스는 그 당시의 일을 떠올리며 콧잔등을 찌푸렸다.

아니, 그런데 그건 그렇다 치고…….

"그런데 너 처음 봤을 때부터 나한테 말을 왜 이렇게 편하게 하니?"

아리스는 전부터 마음에 걸렸을 것을 다이젠에게 따져 물었다. 레안 아르카노발의 개인 연구실에서 나오는 길에서 만났을 때는 초면이라 미처 말하지 못했던 일이었다.

어쩌면 지금의 그가 그녀를 기억하지 못할지도 모른다는 생각은 하지 않았다. 솔직히 예전의 우연한 만남들은 모두 스쳐 가듯이 얼굴을 본 것이 전부였다. 그러니 보통의 사람이라면 그런 식으로 두세 번 길을 가다 본 사람을 기억하지 못할 수도 있었다.

하지만 아리스는 누구나 자신을 한 번 보면 잊지 못할 것이라고 확신했다. 어찌 보면 자의식 충만한 생각이었지만 스스로는 그것을 몸시 객관적이고 타당한 판단이라고 생각했다.

다이젠은 그런 아리스의 말에 의아한 표정을 지어 보였다. 그리고 내뱉는 말을 들어 보니 역시 그는 그녀를 기억하고 있었다.

"한 살 차이 아니야?"

"그래, 한 살이나 어리면서."

나이를 가지고 유세를 떨려는 것은 아니었지만 눈앞에 있는 사람은 어딘가 미묘하게 건방진 구석이 있었다. 차라리 후배면 후배답게 좀 귀엽게 구는 면이라도 있으면 좋을 텐데…….

"고작 그 정도 가지고 뭘."

다이젠은 아리스의 말에 가렵지도 않다는 듯이 대수롭지 않게 반응했다.

아니, 그런 말은 연장자인 내가 하면 또 몰라도, 네가 할 만한 소리는 아니거든?

아리스는 마주한 사람의 뻔뻔한 작태에 잠깐 말문이 막혀 버렸다. 이제껏 그녀의 앞에서 이런 식으로 행동하고 말하는 사람이 없었기 때문인지 은근히 부아가 치밀기까지 했다. 그런 아리스를 아는지 모르는지, 다이젠은 자리에서 먼저 발을 뗄 때 그녀를 스쳐 지나갔다.

"아무튼 난 잠깐 들른 거니까 신경 쓰지 마."

다이젠의 입장에서는 그의 존재를 신경 쓸 필요 없이 온실을 사용해도 된다는 의미로 말한 것이었다. 하지만 아리스에게는 또 하나의 건방진 말로 들릴 뿐이었다.

그녀는 멀어지는 다이젠의 뒷모습을 불만스러운 눈빛으로 바라보았다.

다이젠은 아리스의 시야에서 벗어나자마자 가슴을 쓸어내렸다.

하마터면 그가 아버지인 레안 아르카노발 때문에 그동안 몇 번인가 온실에 들렀던 사실을 들킬 뻔했다. 사실 온실은 누구에게나 개방된 곳이었으니 그런 것을 굳이 숨길 이유까지는 없었지만……. 그래도 아마 그 사실을 알게 되면 아리스가 두 번 다시 온실에 오지 않을 것 같았다.

방금 전에 혹시 자신의 태도가 부자연스럽지는 않았을까? 갑작스러운 상황에 당황해 생각보다 딱딱하게 말했던 것 같기도 한데. 이렇게 아리스와 직접 이야기를 나누는 것은 입학 이후 두 번째였다.

그래서인지 놀라움이나 당황과는 조금 다른 의미로 심장이 두근두근 뛰었다.

"미친 거 아니야……?"

다이젠은 뻐근한 가슴을 누르며 자조적으로 중얼거렸다.

어릴 때의 짧은 인연을 가지고 혼자서 이러는 것이 굉장히 꼴사납게 느껴졌다. 말 그대로 지나가는 듯한 만남일 뿐이었고, 그렇기 때문에 아리스는 그를 기억하지도 못했다. 바보같이 그 사실이 조금 서운하기도 했지만, 어찌 보면 당연한 일이라 차마 실망할 엄두조차 내지 못했다.

그런데 이렇게 우연히 마주친 것만으로도 심장이 혼자서 널을 뛰며 쿵쾅거리다니. 이래서야 아버지인 레안이 그를 놀려 대는 것도 당연했다.

다이젠은 자괴감을 느끼며 걸음을 옮겼다.

온실에서 멀어지면 좀 괜찮아질까 싶었지만 그의 심장은 그 후로도 한참 동안이나 변함없이 쿵쾅거렸다. 그 사실이 그렇게 마음에 들지 않을 수가 없었다.

* * *

"2학년에 엄청 예쁜 선배 있던데, 봤어?"

"아, 나 누구 말하는지 알아. 이름이 아리스 키프로스 맞지?"

어느덧 첫 학기의 기말시험을 앞둘 무렵이 되자 신입생들은 학교에 대한 적응을 완전히 끝마친 눈치였다.

그들은 쉬는 시간이 되면 삼삼오오 모여 이야기꽃을 피우곤 했다. 그리고 그들의 대화에 남녀를 막론하고 가장 많이 거론되는 화제 중 하나는 바로 2학년의 아리스 키프로스였다.

"엄청 똑똑해서 학년 수석인 데다 성격도 좋다더라."

"그런데 그 선배 남자 친구 있는 것 같던데."

"아, 진짜?"

어느 학생이 지나가듯 꺼낸 말에 깜짝 놀란 듯한 고성이 잇따랐다.

교실 맨 뒷자리에 앉아 턱을 괴고 있던 다이젠의 눈썹도 그 소리를 따라 덩달아 꿈틀거렸다. 그렇지 않아도 익숙한 이름이 들린 순간, 대화 중인 학생들을 향해 그의 귀도 은근히 쫑긋거리던 참이었다.

"나도 그냥 형한테 들은 건데, 2학년 차석 이름이 에이드리안이라던가. 아리스 선배랑 같이 학생회인데 둘이 거의 사귀는 거나 마찬가지라고……."

귓가에 맴도는 목소리에 관심 없는 척 창밖을 향하고 있던 다이젠의 붉은 눈동자가 슬며시 아래로 내리깔렸다.

"내 생각에는 조만간 남자 친구가 생기지 않을까 싶어. 학년 차석인 남자애가 엄청나게 들이대더라고."

아버지인 레안이 언젠가 그에게 했던 말이 문득 머릿속을 스쳐 지나갔다.

별로 궁금하지도 않은 내용이었는데 굳이 방으로 그를 찾아와 저런 이야기를 해 주고 나갔지. 지금 학생들의 대화 속에 등장하는 에이드리안이라는 남학생이 바로 그 사람인가보다.

다이젠은 턱을 괴고 있다가 책상 위에 팔을 뻗고 아예 그 위에 엎드렸다. 학생들은 아직도 아리스와 에이드리안의 이야기를 하고 있었다.

사실 다이젠은 아리스에게 무언가를 바라고 이 학교에 들어온 것이 아니었다.

그저 한 번만 더 얼굴을 보고 싶었다. 그리고 만약 그녀가 그를 알아본다면 그들이 만났을 때의 일이나 아나이스의 이야기를 하고 싶었다.

사실은 그때 그런 식으로 그에게 사탕을 건네준 손을 매몰차게 뿌리치고 싶었던 것이 아니라는 말을 하고 싶었고, 또 사실 그들은 고작 한 살 차이일 뿐이니 그때처럼 애 취급은 하지 말라는 말도 하고 싶었다. 그리고 오빠인 그 대신 병원에 있는 아나이스와 놀아 줘서 고맙다는 인사와, 아나이스는 지금 잘 지내고 있으니 혹시 걱정하고 있다면 그럴 필요 없다는 것도 알려 주고 싶었다.

아니……. 하지만 사실은 그런 이야기가 아니어도 상관없었다. 오늘
의 날씨처럼 시시하기 짝이 없는 것에 대한 이야기여도 괜찮았다. 그
것이 아리스와 나누는 대화라면 그 내용이 어찌 되었든 지루하지도
따분하지도 않을 것 같았다.

하지만 실제로 그녀가 그의 얼굴을 알아보는 일은 없었고, 또 지금
의 두 사람은 우연한 만남을 제외하면 아무런 접점도 없는 개개인일
뿐이었다.

다이젠은 그 사실을 일찍이 예상하고 받아들일 준비를 하고 있었
다. 그러니 그녀가 다른 누군가를 좋아해도 타격을 받을 일은 없었다.

분명 그래야 했는데…….

어째서인지 지금 이상하게 속이 조금 썼다.

하지만 다이젠은 그러한 속내를 애써 휘저어 떨쳐 버렸다.

처음부터 단순히 만나는 것으로 만족한다고 했으면 그렇게 해야지,
이런 식으로 미련을 줄줄 흘리고 다니는 것은 그답지 않았다. 게다가
아마 아리스도 이런 일방적인 마음을 반기지는 않을 것이었다.

다이젠은 시야에 이지러지는 빛을 차단하듯 눈을 감았다. 그러나
귀는 여전히 열려 있어 앞에서 떠드는 소리가 고스란히 고막을 파고
들었다.

역시 그건 조금 고역이었다.

* * *

"와아, 다이젠 아르카노발 인기 대단하네."

점심시간, 덥다고 투덜거리며 창가에 늘어져 있던 리즈벳이 돌연 탄성을 내뱉었다. 그녀는 무언가를 보고 감탄한 것 같았다.

"다이젠 아르카노발?"

"응, 너도 이리 와서 봐 봐."

아리스는 잠깐 고민하다가 결국 호기심을 못 이겨 리즈벳에게 다가갔다. 창가에 서서 시선을 떨어뜨리자마자 저 아래에서 반짝이는 상아색 머리카락이 눈에 띄었다.

"레안 아르카노발 교수님하고 같이 있네."

"방금 둘이 만났더라고. 그걸 보고 여자애들이 벌떼처럼 몰려들었고. 저 옆에 좀 봐."

과연 리즈벳의 말대로 레안 아르카노발과 다이젠 아르카노발의 주위에는 여학생들이 우르르 몰려 있었다. 그 모습을 보고 아리스는 쯧혀를 찼다.

"저건 교수님이 인기 있는 거 아니야?"

"아니야, 잘 봐 봐. 여자애들의 절반 이상이 다이젠한테 들러붙어 있어."

평소 레안 아르카노발은 수강 신청 때마다 가장 먼저 인원이 꽉 찰 정도로 학생들 사이에서 인기가 많은 교수님이었다. 그리고 그 학생들의 대부분이 여학생이었다.

그런데 그런 레안과 빼닮은 아들이 학교에 입학했으니 그녀들이 흥분하는 것도 이해가 되었다. 실제로 지난 두어 달간의 시간 동안 다이젠 아르카노발이 모습을 보일 때면 여지없이 관심이 집중되고는 했으니.

그래서 그런지 다이젠 아르카노발은 평소에 두문불출하는 편이었다. 그런데 오늘은 어쩌다 저런 폭풍의 한가운데에 서게 되었는지 모를 노릇이었다.

"기분 나빠 하는 것 같은데."

"그래? 원래 표정이 저래서 난 잘 모르겠는데."

리즈벳의 말에 아리스는 고개를 갸웃했다.

물론 그녀 역시도 입학식 때 본 다이젠의 얼굴이 꽤 냉랭해 보여서 다가가기 어려운 성격이라는 생각을 하긴 했다.

하지만 그 후 레안 아르카노발의 개인 연구실 앞에서 만났을 때나, 또 지난번에 온실에서 마주쳐 이야기를 나누었을 때는 저런 서릿발 같은 분위기를 풍기고 있지 않았다. 음, 물론 조금 건방지기는 했지만.

아리스는 손에 턱을 괴고 시야에 비치는 광경을 내려다보았다.

다이젠이 아까부터 몇 번씩 뿌리쳐도 지치지도 않고 또다시 팔에 매달리던 여학생에게 입을 벌려 무어라 말했다. 그 얼굴이 오죽 싸늘한지 멀리 서 있는 아리스에게도 한기가 느껴질 정도였다. 그 직후 여학생이 엉거주춤 다이젠의 팔을 놓았다. 아리스가 보기에도 저렇게 마음대로 팔을 주물러 대면 불쾌하긴 할 것 같았다.

"아, 간다."

먼저 다이젠이 자리를 떠나고, 귀찮은 것을 싫어하는 레안 아르카노발도 그 후 질린 얼굴로 걸음을 옮겼다. 목표물을 잃은 여학생들도 잠시 후 여기저기로 흩어졌다.

"쟤 3, 4학년 선배들한테도 고백받는다더라."

리즈벳이 지나가듯 던진 말에 아리스는 조금 놀라서 헛웃음을 흘렸다.

"그 정도야?"

"뭐, 외모가 훌륭하긴 하잖아. 연하인데 별로 어린 느낌도 안 들고, 키도 크고. 게다가 뭔가 그동안 못 보던 타입이라 신선하다고 그러던 데."

아버지를 닮았으니 확실히 외모가 번듯하긴 했다. 그래도 성격이 자신의 취향이 아니기 때문일까? 아리스는 다이젠 아르카노발이 그 정도로 인기 있다는 사실이 내심 놀라웠다.

어쨌든, 그들의 주의를 끌었던 두 사람이 시야에서 사라졌기 때문에 리즈벳과 아리스도 곧 창가 앞을 떠났다.

* * *

"교수님, 혹시 역대 학생회 장부가 어디에 있는지 알 수 있을까요? 모아튼 교수님이 교무실에 있을 거라고 하셨는데요."

"아, 학생회 장부라면 저쪽에 있을 거야."

방과 후 아리스는 교무실에 들렀다. 학생회 담당인 모아튼 교수가 심부름을 시켰기 때문이었다.

그녀는 눈앞의 손가락이 가리키는 방향을 따라 발길을 돌렸다. 교무실의 한쪽 구석에 있는 책장을 살피니 학생회 장부로 보이는 것이 위쪽 칸에 정렬돼 있는 것이 보였다.

아리스는 그중에서 작년 년도가 적힌 장부를 향해 손을 뻗었다. 그런데 책장의 가장 위쪽이라 그런지 좀처럼 손이 닿지 않았다. 발뒤꿈치를 들어도 손가락 끝이 간신히 스칠 정도였다.

결국 아리스는 도움을 요청했다.

"저, 교수님. 키가 안 닿아서 이 상태로는 못 꺼낼 것 같은데 딛고 올라갈 만한 거라도 없을까요?"

"어머, 그래?"

"네, 의자라도 빌려주시면 제가 꺼내 갈게요."

"잠시만. 거기, 애. 잠깐 이리 좀 와 볼래?"

그런데 교수는 아리스를 잠시 기다리게 하더니 갑자기 누군가를 불렀다. 곧 눈앞에 모습을 드러낸 사람은 다이젠 아르카노발이었다. 그는 다른 교수에게 볼일이 있어 왔다가 불려온 듯했다.

"그래, 다이젠. 잠시면 되니까 이리 와서 좀 도와주렴. 아리스, 여기 이 남학생한테 꺼내 달라고 해."

가르치는 학년이 다른데 교수가 다이젠의 이름을 알고 있는 것은 아무래도 동료 교수인 레안 아르카노발의 영향인 것 같았다. 이런 일이 한두 번이 아닌지 다이젠은 미비하게 미간을 좁히고 있었다. 그러다가 그는 아리스를 보고 멈칫했다.

"……뭘 도와주면 되는데?"

다가와 묻는 다이젠을 보며 아리스는 약간 어색한 기분으로 말했다.

"책장 맨 위에 있는 장부를 꺼내야 하는데 손이 안 닿아서. 작년 날짜가 붙어 있는 거 하나만 꺼내 주면 돼."

한편 다이젠은 다이젠 나름대로 기분이 조금 이상했다.

불과 몇 달 전까지만 해도 엄청나게 멀리 있는 것 같던 아리스가 지금은 손만 뻗으면 닿을 곳에 있다는 게 왠지 묘했다. 게다가 지금 그들은 같은 학교 학생으로, 언젠가 그가 바랐던 것처럼 몹시 일상적인 대화를 나누고 있기까지 했다.

다이젠은 아리스의 시선을 따라 고개를 들었다. 그리고 그러다가 문득 의문을 느꼈다.

"저기에 손이 안 닿는다고?"

의아한 목소리가 그의 입에서 흘러 나왔다. 아리스는 그 소리를 듣고 눈썹을 살짝 추켜올렸다.

아니, 그럼 손이 안 닿으니까 도움을 요청했지, 괜히 그랬을까 봐?

다이젠은 여전히 의아한 얼굴로 팔을 올렸다.

옆에서 그런 그의 모습을 지켜보는데, 문득 리즈벳의 말이 머릿속을 스쳐 지나갔다.

"뭐, 외모가 훌륭하긴 하잖아. 연하인데 별로 어린 느낌도 안 들고, 키도 크고. 게다가 뭔가 그동안 못 보던 타입이라 신선하다고 그러던데."

전에 마주쳤을 때도 느꼈지만 진짜 키가 크긴 크구나. 게다가 다이젠은 옆모습까지 레안 아르카노발 교수님과 닮아 있었다. 음, 하지만 세세한 부분은 어머니인 리리안 교수님을 좀 닮은 것 같기도 하고.

그렇게 흥미로운 마음으로 다이젠의 얼굴을 관찰하던 중에 그가 고개를 돌렸다. 허공에서 두 사람이 눈이 마주쳤다. 아리스는 괜히 한 번 움찔한 뒤 다이젠의 손에 들린 장부를 빼내 갔다.

"도와줘서 고마워."

그리고 그 순간, 다이젠은 아까부터 그의 오감을 건드리던 위화감이 무엇인지를 깨달았다.

"키가 작아."

"뭐?"

저도 모르게 내뱉은 혼잣말에 아리스가 그를 올려다보았다.

다이젠은 새삼스러운 깨달음에 조금 놀랐다.

분명 몇 년 전에는 아리스의 키가 다이젠보다 약간 더 컸던 것으로 기억하고 있었다. 그런데 지금은 그때와는 눈높이가 확연히 달랐다. 다이젠은 자신보다 한참 밑에 있는 아리스의 얼굴을 할 말을 잃은 채 내려다보았다.

그러나 아리스의 입장에서는 '얘가 지금 뭐라는 거지?'라는 생각이 들 뿐이었다.

지금 자기 키 크다고 잘난 척하는 건가? 나 여자 중에서는 그래도 큰 편인데? 아니면 내 팔이 짧다고 지금 놀리는 거야? 지금 나 약 올려?

"작은 건 아닌데?"

아리스가 발끈해서 말하자 다이젠은 그때서야 방금 전 자신의 혼잣말을 인식한 듯 두 눈을 깜빡였다.

"아, 그런 의미는 아니었어."

그 모습이 생각 외로 순진해 보였지만 이미 아리스에게는 통하지 않았다.

"혹시 기분 나빴으면……."

"아니야, 애도 아니고 유치하게 뭐 그런 일에 기분이 상하겠어?"

다이젠이 사과하려는 듯 입을 열었지만 아리스는 웃는 얼굴로 그렇게 말했다. 그 모습이 마치 철벽을 치는 듯했다.

어느 순간 변한 아리스의 분위기에 다이젠이 고개를 갸웃 기울였다.

"기분 상한 거 맞는 것 같은데……."

"아니라고."

어라.

잇따른 아리스의 반응을 보고 다이젠은 입을 다물었다.

말로는 아니라고 하지만 역시 아리스는 방금 전 그가 무심코 던진 말에 기분이 나쁜 눈치였다.

그리 대수로운 말도 아니었던 것 같은데 원래 지는 걸 싫어하는 성격이라 그런가?

그런데 자신의 말 한마디에 강렬히 반응하는 아리스를 보는 동안 묘하게 가슴 언저리가 간질간질해졌다. 그것은 일찍이 느껴 본 적 없는 만족감인 것 같기도 했고, 전혀 예상치 못했던 무언가를 맨 처음 발견한 흥미로움인 것 같기도 했다. 어쩌면 그냥 단순히 아리스의 관심을 받아 기쁜 것일지도 몰랐다.

"교수님, 그럼 전 이만 가 볼게요. 도와주셔서 감사해요."

"아, 그래."

아리스는 그를 내버려 두고 먼저 교무실을 벗어났다. 다이젠의 오묘한 눈빛이 그런 그녀의 뒷모습을 쫓았다.

* * *

"앗."

온실에 들어서다 말고 아리스는 멈칫했다.

그 안에 있는 다른 사람을 발견했기 때문이었다. 게다가 그 사람은 다름 아닌 다이젠 아르카노발이었다.

그는 허리를 굽혀 화단 뒤에서 무언가를 들어 올리다가 아리스를 보고 움직임을 멈추었다. 아리스도 그런 그를 보고 걸음을 멈췄다.

이상하게 지금 눈앞에 있는 사람을 꽤 자주 마주친다는 생각이 들었다.

하지만 다르게 생각해 보면 그냥 그녀가 다이젠을 의식하고 있어서 그렇게 생각할 뿐인가 싶기도 했다.

물론 그것은 그녀가 다른 여학생들처럼 그에게 호감을 품어서가 아니라, 그저 단순히 다이젠이 눈에 띄는 남자애이기 때문이었다. 게다가 그는 평소 아리스가 호의를 가지고 있던 교수인 레안 아르카노발의 아들이기도 했다. 입학식 날에도 그런 이유로 다이젠에게 관심을 갖기도 했고 말이다.

하기야 이 좁아터진 학교 내에서 오다가다 몇 번씩 마주치는 것 정도야 충분히 있을 수 있는 일이었다. 게다가 다이젠 아르카노발은 가만히 있어도 존재감이 큰 편이라서 괜히 더 자주 만나는 것 같은 느낌이 드는 것일 수도 있었다.

그런데 눈이 마주친 순간 다이젠이 입꼬리를 올리며 그녀를 약 올리는 말을 했다.

"오늘도 작네."

지난번 교무실에서 만났을 때의 일을 상기하고 저런 말을 하는 것이 분명해 보였다.

"별로 안 작거든?"

아리스는 저도 모르게 유치하게 받아쳐 놓고 흠칫했다.

장난이란 걸 알아서 그런지 진심으로 기분이 나쁘거나 하지는 않았다. 솔직히 지난번에도 괜히 발끈했다는 자각이 있었고.

그래도 지금껏 당해 본 적 없던 놀림이라 그런지 괜스레 기분 이상했다. 게다가 다른 사람하고는 한 번도 이런 식으로 대화해 본 적이 없기도 했다.

"그리고 나도 성장기라 지금보단 더 커질 거거든."

다이젠은 어째서인지 손에 자신의 키만큼 기다란 삽자루를 들고 있었다. 소매를 걷어붙이고 있는 것이나 한 손에 목장갑을 들고 있는 것으로 보아서 아마도 무슨 일을 할 예정이었던 듯했다.

그런데 그 모습이 어딘가 다이젠과 어울리지 않는 듯 익숙해 보여서 의외였다.

"그래 봤자 어차피 나보다는 계속 작을 거잖아?"

그렇게 말하는 다이젠의 모습이 왜 배부른 고양이처럼 보이는지 모를 노릇이었다.

"그것보다 왜 네가 또 여기에 있는 거야? 레안 아르카노발 교수님이 이번에도 심부름시켰어?"

그래도 몇 번 말을 해 본 적이 있기 때문인지 다이젠을 대하는 것이 전보다는 편했다. 아리스의 물음에 다이젠이 여상히 대답했다.

"온실 청소해야 돼서."

"아, 그래? 그럼 난 나가야겠네."

아무래도 이번에는 레안 아르카노발이 아들에게 온실 청소를 시킨 모양이었다. 아리스는 자리를 비킬 요량으로 말했다. 그런데 다이젠은 그저 심드렁하게 반응했다.

"딱히 상관없지 않나. 어차피 오는 사람도 없는데. 나도 다른 데 있을 거고."

그 말투가 오죽 여상한지, 꼭 아리스가 이 온실을 단골로 찾는다는 사실을 이미 알고 있는 것처럼 보일 정도였다. 아니, 혹시 이미 알고 있던 건 아닐까? 지난번에도 우연히 한 번 이 앞에서 마주쳤고.

아리스는 잠시 의문을 가졌으나 다이젠은 다른 말을 더 하지 않고 자리에서 발길을 뗐다.

"너무 어두워질 때까지 있진 마. 온실 문 잠가야 되니까."

뭐지, 생각보다 괜찮은 애 같기도 하고…….

아리스는 조금 아리송해진 기분으로 다이젠의 뒷모습을 바라보다 가 시선을 뗐다.

* * *

다이젠은 그동안 미루고 미루었던 온실 정리를 위해 걸음을 옮겼 다. 사실 아버지인 레안에게 지침을 받은 것은 학기 초였으나 기말 시험 직전에서야 손을 대게 되었다.

슬쩍 뒤돌아보자 방금 전 자신이 닫고 나온 온실의 문이 보였다. 그 안에 있는 사람을 생각하니 어쩐지 뒤통수가 간지러워져 공연히 손을 들어 머리를 한 번 긁적였다.

뜻밖에도 생각보다 아리스를 대하는 게 쉬웠다. 물론 그렇다 해서 다른 사람들을 대할 때처럼 마냥 편하기만 한 것은 아니었지만, 그래 도 얼마 전까지 생각했던 것보다는 평범하게 행동할 수 있었다.

분명히 긴장해서 바보같이 버벅거리거나 굳은 모습을 보일 것이라 고 생각했는데.

……어쩌면 지금처럼 이런 식으로 처음부터 다시 시작하면 되는 게 아닐까?

그렇게 해서 지금처럼 같은 학교의 학생으로서 평범하게 이야기를 나누는 사이라도 될 수 있다면.

다이젠은 그런 생각을 하며 다시 한 번 뒤를 돌아보았다.

* * *

당연한 일이었지만, 아리스는 기말시험까지의 점수를 합해 이번 학기의 수석을 차지했다. 그것도 기말시험 때에는 전 과목에서 단 1문제를 틀리는 기염을 토하기까지 했다. 이번 학기에 점수를 까다롭게 주기로 정평이 난 교수들의 수업이 몇 개 있었던 것을 생각하면 실로 놀라운 일이라 할 수 있었다.

방학을 며칠 앞두고 붙은 벽보에 아리스는 남몰래 흥 코웃음을 쳤다.

사실 그녀는 지난 중간시험 때 만년 차석이던 에이드리안에게 1등의 자리를 위협받았다.

하지만 이번 시험 성적을 보니 1등인 아리스와 2등인 에이드리안 사이의 점수 차는 꽤 컸다. 그것을 보니 그제야 십 년 묵은 체증이 내려가는 기분이 들며 속이 시원해졌다.

사실 아리스가 이번 시험에 다른 때보다 열의를 보인 이유는 에이드리안이 아니라 엠버 교수에게 있었다. 그는 사사건건 남녀 차별을 하며 아리스를 부당하게 대우한 교수였다. 그래서 지난번 시험 때도 불공정하게 아리스의 점수를 깎은 것으로도 모자라 원래 아리스의 몫이었던 학술회의 학년 대표 역할을 에이드리안에게 넘기는 만행까지 저질렀다.

그래서 이번 시험에서 당당하게 그의 콧대를 눌러 줄 수 있었던 것 같아서 만족스러웠다.

여자 치고 성적이 뭐 어쨌다고? 게다가 지난 시험 성적이 에이드리안보다 안 좋으니까 학술회의 대표 자리를 넘기라고?

다시 생각해 봐도 어이가 없어서 웃음도 나오지 않았다.

"역시 이번에도 네가 수석이네."

리즈벳은 이번 학기의 성적 벽보를 보고 그럴 줄 알았다는 듯이 반응했다.

"당연하지."

아리스도 담담하게 승리를 자축했다. 지난 중간시험 때도 엠버 교수만 아니었다면 2등의 굴욕을 얻었을 리 없었으니, 아리스에게 있어서는 지극히 당연한 일이었다.

"아리스, 축하해. 네가 수석일 줄 알았어."

그때, 아리스의 옆으로 다가온 누군가가 그녀에게 말을 건네 왔다. 그는 바로 에이드리안이었다.

"고마워, 에이드리안."

평소 성적에 욕심이 있는 에이드리안이니만큼 이번 시험에 수석 자리를 탈환하지 못해 내심 아쉬운 눈치였다. 하지만 그런 마음을 숨기고 아리스에게 축하 인사를 건네는 태도가 제법 성숙해 보였다.

읔. 지난번에도 느꼈지만 생각보다 어른스럽네.

아리스는 얼마 전에 보았던 에이드리안의 모습을 떠올렸다. 엠버 교수와의 문제가 얽히면서 아리스가 평소와 같지 않은 모습을 보였었는데도 그는 의연한 태도로 그녀를 대했다. 그리고 오히려 그녀를 걱정해 주고 챙겨 주는 의외의 일면을 보였다.

아리스는 새삼스러운 눈빛으로 마주한 사람을 바라보았다.

"이제 곧 방학인데 계획은 세웠어?"

에이드리안이 성적 확인 후 곧바로 자리를 떠나지 않고 아리스를 향해 물었다.

어차피 방학이라고 해 봤자 고작 3주 정도였지만, 에이드리안은 예의상인지 그녀에게 일정을 물었다.

"아니, 아직. 너는?"

그래서 아리스도 마찬가지로 예의상 그에게 물음을 되돌렸다.

그런데 어째서인지 에이드리안이 잠시 머뭇거렸다. 그리고 잠시 후 그가 꺼낸 말에 아리스는 두 눈을 동그랗게 뜨고 말았다.

"방학 중에 뉴에타에서 도서 박람회가 열릴 예정이라던데. 혹시 괜찮으면 같이 가지 않을래?"

옆에서 에이드리안의 말을 같이 들은 리즈벳이 '오올'하고 정체불명의 소리를 냈다. 그녀 역시 에이드리안이 아리스에게 한 권유를 퍽 놀라워하는 것 같았다.

그럴 만도 했다. 지금 그가 한 말은 누가 들어도 데이트 신청이었으니까.

물론 방학 때 따로 시간을 내서 만나는 것은 보통의 친구 사이에서도 얼마든지 할 수 있는 일이었다. 하지만 에이드리안이 아리스를 마음에 두고 있다는 것은 조금의 과장을 보태 전교생이 다 알고 있는 사실이었다.

그리고 아리스는 그런 에이드리안에 대해 약간 모호한 입장이었다.

"나는……."

그래서 평소처럼 그냥 두루뭉술하게 '생각해 보겠다'는 식으로 대답하려고 했다. 하지만 마주한 얼굴에 떠오른 희미한 초조함을 보는 순간, 아리스는 마음을 고쳐먹었다.

"그래, 좋아. 정확히 언제 열리는 박람회인지 방학 전에 알려 줘."

아무래도 얼마 전에 온실에서의 일이 있었던 이후로 에이드리안을 대하는 아리스의 태도도 평소보다 유해졌다.

아리스가 엠버 교수와의 일로 화풀이하듯 쌀쌀맞게 구는데도 그 일을 염두에 두지 않고 세심하게 신경 써 주었던 일이 뇌리에 강하게 남은 탓이었다.

아리스의 대답을 들은 에이드리안의 얼굴이 환해졌다. 방금 전까지 은근한 긴장감을 두르고 있던 얼굴이 봄철에 눈 녹듯 풀어졌다.

그 모습이 꽤나 보기 좋았기 때문에 아리스도 그의 얼굴을 마주하며 여트막하게 미소 지었다.

* * *

"지난번까지만 해도 뜨뜻미지근하더니, 어쩐 일로 수락한 거야?"

에이드리안과 헤어진 뒤에 리즈벳이 호들갑을 떨며 물었다. 그녀는 아리스가 에이드리안의 데이트 신청을 수락한 것이 무척이나 놀라운 듯했다.

하기야 어떤 의미로는 아리스도 충동적으로 승낙한 것이었기 때문에 리즈벳이 놀라는 것도 이해가 되었다.

게다가 얼마 전까지만 해도 아리스는 에이드리안에 대해 어중간한 태도를 보이고 있었으니까.

그녀를 향한 그의 마음이 진심이라는 사실도 알았고, 또 교제를 시작한다면 에이드리안이 몹시 좋은 남자 친구가 되어 주리란 것도 알았다. 게다가 아리스 역시 그에 대해 전부터 호감을 품고 있었다.

하지만 결정적인 무언가가 부족해서 에이드리안이 한 발짝씩 다가올수록 아리스는 오히려 한 발짝씩 뒷걸음질 쳤었다. 게다가 은근히 두 사람을 한 데 묶어서 몰아가는 주위의 반응이 부담스럽기도 했다.

그러나 어느 순간을 기점으로 아리스는 에이드리안에 대한 인식을 조금 달리 하게 되었다. 역시 그렇게 된 데에는 지난번의 일이 끼친 영향이 컸다.

"그냥 그래도 괜찮지 않을까 싶어서."

아리스의 말을 들은 리즈벳이 옆에서 '흐음' 소리를 내며 말했다.

"드디어 에이드리안의 노력이 빛을 발하나 보네."

리즈벳은 그냥 지나가듯이 꺼낸 소리였지만 어찌 보면 그 말대로일 수도 있었다.

아리스는 평소에도 성실한 사람을 좋아하는 편이었고, 에이드리안은 그런 면에서 그녀를 실망시킨 적이 한 번도 없었으니까. 심지어 그는 1년이 넘는 시간 동안 아리스에게 늘 한결같은 구석이 있었다. 그래서 아리스도 '이 정도면 슬슬 받아 줘도 되지 않을까' 하는 생각이 들고 있었다.

물론 에이드리안이 그녀의 이런 생각을 알게 된다면 서운할 수도 있었지만…… 어쩔 수 없이 아직까지는 그것이 아리스의 솔직한 마음이었다.

"오늘도 있었네?"

그날 저녁 아리스는 온실에서 다이젠을 만났다.

당연히 미리 약속을 하고 만난 것은 아니었다. 다만 다이젠은 아버지인 레안 아르카노발 때문에 얼마 전부터 방과 후마다 온실에 정기적으로 방문하고 있었다. 그리고 아리스는 원래 그랬듯이 이따금씩 온실에 휴식을 취하러 오곤 했다.

"우리 꽤 자주 만나는 것 같은데."

그래서 두 사람은 온실이나 그 주변에서 심심치 않게 마주치고는 했다.

화단 밖으로 기다란 다리가 삐죽이 튀어나와 있는 것이 보였다. 오늘의 그는 온실의 보수 작업을 하는 대신 화단의 뒤쪽에 팔을 베개 삼아 누워 한가로이 휴식을 취하고 있었다.

아리스가 다가가자 다이젠이 옆으로 누운 상태 그대로 시선만 움직여 그녀를 올려다보았다.

"선배가 자주 와서 그런 거겠지."

그러고는 이런 건방진 대답을 또 툭 내뱉었다. 아리스는 참 이것도 재주라고 생각하며 속으로 쯧쯧 혀를 찼다.

지난 한 달간 이런 식의 만남을 꽤 자주 갖다 보니, 이제는 서로를 대하는 게 전보다 확연히 편해져 있었다. 아리스도 전처럼 다이젠과 대화를 나누는 것이 불편하지 않았다. 물론 다이젠이 얄미운 말을 할 때면 종종 열이 받을 때도 있었지만 말이다.

하지만 기본적으로 다이젠은 눈살이 찌푸려질 정도로 예의가 없는 사람도, 또 보이는 것만큼 대하기 어려운 사람도 아니었다.

"너 무슨 일 있었어?"

어쨌거나, 그런 시간 때문인지 지금의 다이젠이 기분이 조금 저조한 상태라는 것을 알 것 같았다.

아리스의 물음에 다이젠의 시선이 다시 한 번 미끄러졌다. 무슨 생각을 하는지 모를 붉은 눈동자가 그녀를 물끄러미 올려다보았다.

"일은 무슨 일."

얼마 지나지 않아 다이젠이 짤막하게 말하며 자리에서 몸을 일으켰다. 흐트러진 뒷머리를 몇 번 긁적이던 그가 이내 아리스를 향해 지나가듯 물었다.

"남자 친구랑 데이트는 안 하고 왜 허구한 날 이런 꿉꿉한 온실이나 찾아와?"

"남자 친구?"

"있잖아, 그 범생이 같이 생긴 깜장머리."

그 무성의한 설명을 듣자마자 에이드리안의 이야기라는 것을 알 수 있었다.

아리스의 미간이 슬며시 찌푸려졌다. 워낙 주변의 분위기가 그런 식으로 흘러가서 그런지, 신입생들 중에는 아리스와 에이드리안이 교제하는 사이인 것으로 오해하는 학생들도 많다고 들었다. 그런데 주위에 무신경한 편인 다이젠까지 이런 말을 하는 것을 보니, 그 소문이 사실이긴 한가보다 싶었다.

그런데, 얘 왠지 지금 좀 에이드리안을 탐탁지 않게 여기는 것 같은데?

아리스는 그런 생각에 의아해졌다. 에이드리안이 누군가의 반감을 사고 다니는 성격도 아니고, 또 이제 입학해서 첫 학기를 보내는 중인 신입생과 위의 학년이 마주칠 만한 일은 거의 없었다.

혹시 다이젠이 동아리 활동을 하고 있을…… 리도 없어 보였고. 더군다나 애초에 성향이 다른 두 사람이 같은 취미를 가지고 동일한 동

아리에 들었을 리는 없어 보였다.

아니면 혹시 교무실 같은 곳에서 마주쳤다거나?

하지만 역시 그것만으로는 다이젠이 지금 보인 반응이 조금 미묘하게 느껴졌다.

바로 그때, 아리스의 여자로서의 감이 번뜩였다. 그래서 그녀는 정말로 혹시 하는 마음으로 물었다.

"너 혹시 나한테 관심 있어?"

"말이 되는 소리를 해."

물론 대번에 부정하는 목소리가 돌아왔다.

"하긴 말이 안 되긴 하지."

아리스도 그럴 줄 알았다는 듯이 반응했다.

그러나 사실 다이젠은 아리스의 말에 벌렁이는 심장을 숨기느라 고역을 치르고 있었다.

방금 전에는 저도 모르게 반사적으로 아리스의 말을 부정했지만, 어디 그가 속에 감추고 있는 것이 관심뿐이겠는가?

게다가 사실은 아까 전에 아리스와 에이드리안이 방학 중에 데이트 약속을 잡았느니 어쨌느니 하는 소문이 그의 귀에까지 들려와 괜히 기분이 싱숭생숭하던 참이었다.

그때, 갑자기 아리스가 다이젠을 향해 대뜸 말했다.

"너 친구 없지?"

"뭐?"

"아니, 너 말하는 거 보면 친구 없을 것 같아서."

"사돈 남 말 하네."

"뭐? 내가 어디가 어때서?"

아리스는 자기가 먼저 다이젠에게 그런 소리를 해 놓고 또 같은 말이 돌아오자 발끈했다.

두 사람은 잠시 동안 유치하게 투닥거리다가 스스로의 그런 모습에 회의감을 느끼고 말을 멈추었다.

"너랑 얘기하면 나까지 유치해지는 것 같아."

"고작 한 살 가지고 어른인 척하지 말라니까."

"어른인 척이 아니라 난 너보다 어른이거든."

어느새 둘 다 이런 식으로 티격태격하는 것이 제법 익숙해져 있었다.

아리스는 언제부터인가 온실에 와서 혼자 조용히 휴식을 취하기보다는 다이젠과 이런 식으로 이야기를 나누는 데 시간을 할애하고 있었다. 하지만 정작 스스로는 그런 것을 자각하지 못했다.

"난 갈 테니까 넌 계속 농땡이나 피우던가."

그리고 어느 정도 시간이 지난 뒤 아리스는 화단에 걸터앉아 있던 몸을 일으켰다. 다이젠도 그런 그녀를 붙잡지 않았다.

아리스가 떠나고 난 뒤, 다이젠은 손을 들어 두어 번 마른세수를 했다. 아리스를 만나고 난 뒤에는 언제나 감정을 제어하기가 어려웠다.

그런데 문득 천장에서 후두둑, 하는 소리가 들렸다. 그런 직후 밖에서도 요란하게 비 내리는 소리가 울리기 시작했다. 퍼뜩 방금 전 온실 문을 나선 아리스가 생각났다.

다이젠이 반사적으로 자리에서 일어섰을 때, 누군가가 온실 문을 열고 안으로 들어섰다.

"아, 뭐야. 갑자기 비가 막 쏟아져."

그것은 방금 막 온실 밖으로 나섰던 아리스였다. 그녀는 잠깐 사이에 폭삭 젖어 있었다. 그리고 비를 맞은 것이 몹시 불만스러운 듯한 표정을 짓고 있는 중이었다. 작게 투덜거리는 목소리가 빗소리 사이로 스며들었다.

우기와 건기가 번갈아 오는 베오니아의 여름이었지만 아직 우기가 찾아올 때는 아니었으니 지금 것은 그냥 소나기 같았다.

"많이 젖었어?"

다이젠이 아리스에게 다가가며 물었다.

"완전히 다 젖었어."

아리스는 치마의 물기를 손으로 짜내며 말했다. 기숙사로 돌아가기 위해 온실을 나서자마자 비가 쏟아지는 통에 머리끝부터 발끝까지 전부 젖어 버렸다. 물이 뚝뚝 떨어지는 머리카락도, 찝찝하게 몸에 달라붙는 교복도 전부 다 아리스의 기분을 좋지 않게 만들었다.

"갑자기 쏟아지는 걸 보니까 아무래도 소나기 같은……."

그런데 수건을 들고 그녀를 향해 걸어오던 다이젠이 문득 말을 멈추는 것이었다.

아리스가 의아함에 고개를 들었지만 어째서인지 그는 그녀를 보고 있지 않았다.

"왜 그래?"

"빨리 이거 받아."

여전히 아리스에게서 고개를 돌린 채로 다이젠이 손에 들고 있는 것을 그녀에게 건넸다. 늘 그렇듯 표정 변화가 크지 않은 얼굴이었지만 아리스는 다이젠의 옆얼굴에 서린 미비한 당혹감을 포착했다.

그 직후 무언가 짚이는 것이 있어서 슬쩍 고개를 내려보니, 역시나.

아리스는 눈앞에 있는 수건을 확 낚아채 상체를 가리며 마주한 사람을 슬그머니 노려보았다.

"봤지?"

"안 봤어."

경계심 어린 아리스의 질문에 다이젠이 곧바로 대답했다. 하지만 아리스는 그의 말을 믿지 않았다.

그래도 갑자기 비가 내려서 속이 다 비치도록 옷이 젖은 것도, 또 그녀에게 수건을 건네주러 온 다이젠이 그런 모습을 목격한 것도 그의 탓은 아니었다. 그래서 아리스는 방금 전의 일을 그냥 넘어가 주기로 했다.

어쨌거나 그 후로 다이젠이 아리스에게서 멀찍이 떨어졌기 때문에 그녀는 좀 더 편안히 몸을 말릴 수 있었다.

"이 수건 좀 수상한데? 네가 쓰던 거 아니야?"

"무슨 소리야, 한 번도 안 쓴 새 건데."

왜인지 온실 안의 공기가 조용해서 괜히 짓궂게 말하자 다이젠이 콧방귀를 뀌었다.

그러고 나서 두 사람은 각각 화단의 한 쪽 면을 차지하고 앉았다. 이 각도라면 서로의 모습이 보이지 않았다. 혹시 다이젠이 배려해 주기라도 한 걸까?

아리스는 약간 의심스러운 눈빛으로 옆을 힐끔거렸다.

"비 그칠 때까지는 못 가겠네."

다이젠은 유리창 너머의 비 내리는 풍경을 바라보고 있었다. 살짝 내리깔린 붉은 눈동자가 나른한 빛을 발하고 있었다. 아리스는 혼잣말처럼 작게 중얼거리는 다이젠의 얼굴을 잠시 동안 쳐다보다가 고개를 돌렸다. 그리고 방금 전 들은 말에 대답하듯이 작게 읊조렸다.

"소나기면 금방 그칠 테니까 기다리지 뭐."

뜻밖에도 다이젠과 같이 있는 시간은 편안했다. 아리스는 이제 그 사실을 인정하기로 했다.

그 후 비가 생각보다 오랫동안 그치지 않았기 때문에, 두 사람은 해 질 녘의 비 오는 광경을 보며 이후로도 한참 동안이나 온실에 함께 있었다.

* * *

짧은 여름 방학이 지나고 다시 학기가 시작되었다.

"여름 방학이 너무 순식간에 지나갔어!"

리즈벳은 개학 첫날부터 책상 위에 엎어져 우는 소리를 냈다. 그런 그녀를 향해 가비 루크라임이 슬그머니 다가왔다.

"리, 리즈벳, 아, 안녕. 방학 잘 보내, 보냈어?"

"쾌적했지, 아주."

널 안 봐도 되니까.

직접 그렇게 말하지는 않았지만 리즈벳이 그 뒤에 하고 싶어 하는 말이 무엇인지 알 것 같았다. 왜냐하면 그녀의 표정이나 말투가 너무 노골적이었으니까.

하지만 가비는 그런 사실을 모르는 듯, 방학 동안 쾌적한 생활을 했다는 리즈벳의 말에 그저 잘 되었다는 것처럼 방긋 웃었다. 덥수룩한 연갈색 머리카락도, 창백할 정도로 하얀 피부도, 어딘가 움츠러진 느낌을 풍기는 굽은 등도 여전했다.

아리스는 먼저 웃으며 그런 그에게 인사를 건넸다.

"안녕, 가비. 넌 방학 동안 잘 지냈어?"

"나, 나도 잘 지냈어."

가비 루크라임은 지난 학기부터 리즈벳의 옆을 맴돌기 시작한 남학생이었다.

평소 소심하고 존재감이 흐릿한 그가 이렇게 먼저 다가와 누군가에게 말을 건네는 것 자체가 몹시 신기한 일이었다. 게다가 가비는 리즈벳에게만 굳이 먼저 와서 인사를 하고 또 그녀의 옆에서만 뺨을 붉히며 쭈뼛거리는 행동을 보였다.

그런 것으로 추측해 보았을 때, 아마도 가비가 리즈벳에게 품고 있는 마음은 수줍은 연정인 듯한데…….

도대체 지난 학기에 둘 사이에 무슨 일이 있었기에 이러는 것인지 도통 알 수가 없었다. 하지만 정작 그 당사자인 리즈벳조차 모르겠다고 하니, 그 이유는 아마도 가비만이 알 것이었다.

"리, 리즈벳, 자, 자두 말랭이 줄까?"

"아니. 너 혼자 많이 먹어."

한 가지 안타까운 점이라 한다면 리즈벳은 가비를 다소 꺼린다는 사실이었다. 그녀는 그가 이유도 없이 자신에게 이러는 것이 영 적응되지 않아 불편한 모양이었다.

더군다나 가비가 지난 학기부터 엄마 닭을 쫓는 병아리처럼 리즈벳의 뒤를 졸졸 따라다닌 탓에 더욱 학을 떼게 된 것 같았다. 주위에서 그런 두 사람을 많이 놀리기도 했고 말이다. 물론 그런 소리는 화가 난 리즈벳이 그들에게 무시무시한 괴력을 선보이면서 쏙 들어가기는 했다.

리즈벳은 자신을 가비와 엮어 놀리는 학생들과 까닭 모르게 자신의 뒤를 졸졸 따라 다니는 가비를 괴력으로 몰아내려는 일거양득의 계획을 세웠던 것 같았다. 하지만 그 일로 그녀를 놀리는 학생들은 자취를 감추었을지언정, 가비를 떼어 놓겠다는 목적까지는 이루지 못했다. 오히려 그 후로 리즈벳을 바라보는 가비의 눈빛은 더욱 초롱초롱해졌다.

음....... 물론 가비의 눈이 머리카락에 가려져 있어 직접적으로 그의 눈빛을 보지는 못했지만....... 그 아래로 드러나는 표정이나 분위기를 보면 알 수 있었다.

"그, 그래도 하나만 먹어 보지......."

지금도 저렇게 리즈벳을 향해 분홍분홍하고 아른아른한 분위기를 몽실몽실 뿜어내고 있지 않은가?

"다이어트 중이야. 그런 설탕 덩어리 안 먹어."

하지만 리즈벳은 바로 그런 점이 생리적으로 불편한 기색이었다. 용기를 내 재차 권유한 가비의 말도 그녀는 철벽을 자랑하며 단호하게 거절했다.

그러나 시무룩해져서 뒤돌아서는 가비의 뒷모습을 보자 리즈벳도 영 마음이 찜찜한 눈치였다. 아리스는 그런 친구의 모습을 흥미진진하게 지켜보았다.

"내가 잘못한 거 아니지?"

"응, 그런 건 아니지."

결국 찜찜함을 이기지 못한 리즈벳의 물음에 아리스는 대답해 주었다. 그 말에 리즈벳은 안심한 기색이었다.

하지만 자신의 자리에 돌아가서 앉은 가비의 뒷모습은 그 후로도 한참 동안이나 시무룩했다. 그래서 결국 리즈벳은 자리를 박차고 일어나 가비에게 향하고 말았다.

그리고 누가 보면 그를 협박해 억지로 무언가를 갈취하는 줄 알 정도로 패기 있게 자두 말랭이를 얻어먹고 나서야 얼굴을 펴고 다시 자리에 돌아와 앉았다.

아리스는 그런 두 사람의 모습을 웃어야 할지 말아야 할지 모르겠는 기분으로 바라보아만 했다.

* * *

"아리스, 오랜만이야."

이동 수업 때 교실에서 만나자마자 에이드리안이 아리스를 향해 반갑게 인사했다. 그 말을 듣고 아리스는 어렴풋이 웃었다.

"지난주에 봤잖아."

아리스의 말처럼 지난주에 두 사람은 학교 밖에서 따로 만나 함께 도서 박람회를 구경했다. 에이드리안이 약간 겸연쩍게 웃었다.

"그래도 오랜만에 보는 것 같아서."

앗. '너와 만나지 못하는 일주일이 너무 길었어.'처럼, 뭐 그런 로맨스 소설 속의 대사 같은 말인 걸까? 에이드리안이 그런 사탕발림도 할 줄 아는 애였나?

의외이기는 했지만 그리 나쁜 기분은 아니었다.

"이제는 매일 보겠네."

그래서 아리스도 그냥 웃으며 그렇게 말해 주었다.

두 사람은 함께 수업을 듣고 나란히 교실을 나섰다. 개학 첫날이라 그런지 수업이 일찍 끝난 편이라 시간이 비었다. 리즈벳의 선택 교과목은 수업을 마쳤을까?

복도를 걷는 동안 에이드리안과 나누는 대화는 지루하지 않았다. 두 사람은 이번 학기의 교과목에 대한 이야기나 방학 중 읽었던 책의 내용 같은 이야기를 나누며 교실까지 이동하는 길을 같이 걸었다.

그러다 문득 아리스는 창밖에서 낯익은 사람을 발견했다.

체육 활동 중인 1학년 학생들의 무리 사이에서도 다이젠이 단번에 눈에 띄었다. 반짝거리는 머리카락이 햇볕 아래에서 도드라졌다. 그는 소매를 걷어붙인 채 얼굴을 조금 구기고 있었다.

아, 저건 귀찮아하는 표정이다. 바로 앞에 교수님도 있는데 숨기는 시늉조차 안 하고. 쟤도 참 대단하다니까.

"왜 그래? 뭐 재미있는 거라도 있어?"

"아……. 아니. 그냥 아는 사람이 있어서."

"친한 사람인가 봐."

"아니야, 별로 안 친해."

아리스는 에이드리안의 말에 대답하며 창문에서 고개를 돌렸다. 정면을 바라보고 있는 아리스의 얼굴에는 여느 때처럼 은은한 미소가 걸려 있었다. 그것을 보고 에이드리안은 의문을 느꼈다.

분명히 방금 전의 아리스는 창밖을 보면서도 웃고 있었다. 하지만 그 미소는 지금의 그녀가 짓고 있는 것과는 종류가 약간 달랐다. 마치 아주 유쾌하고 즐거운 무언가를 발견하기라도 한 것처럼……. 그렇게 밝게 웃는 아리스는 처음 봐서, 에이드리안은 저 밖에 있는 사람이 그녀와 아주 친한 사람일 것이라고 생각한 것이었다.

“아, 리즈벳이다. 난 먼저 가 볼게. 남은 수업 잘 들어.”

하지만 아리스가 그렇게 말하며 먼저 자리를 떠났기 때문에 에이드리안은 생각을 오래 이어갈 수 없었다. 해소되지 않은 의문이 그의 가슴 언저리에 남았다가 시간이 지나면서 서서히 허공으로 흩어졌다.

* * *

점심시간, 아리스는 도서관으로 향했다.

방학 중에 쌓였을 도서관 신간을 한 번 쭉 살펴볼 예정이었다. 물론 그녀의 외할아버지는 취미 삼아 직접 서점을 운영하고 있었기 때문에 한 번도 책에 부족함을 느껴 본 적은 없었다.

그러다 그녀는 아르카노발 부자를 시야에 담게 되었다.

물론 먼발치에서 보이는 것뿐이라 무슨 이야기를 나누고 있는지는 알 수가 없었다. 두 사람은 교수들의 개인 연구실이 있는 건물의 앞에서 서로를 마주 보고 대화하고 있었다.

어쩐 일인지 늘 그들의 주위를 맴돌던, 시끄러운 소음을 동반한 여학생들이 보이지 않았다. 이제 겨우 한 학기가 지났을 뿐인데 그새 질리기라도 했나?

하지만 가만히 보니 레안과 다이젠에게 전처럼 가까이 접근하는 여학생들이 없을 뿐, 주위에는 여전히 몇몇 여학생들이 두 사람을 힐끔거리며 미적거리고 있었다.

아르카노발 부자는 과연 나란히 붙여 놓았을 때 더욱 빛이 났다. 물론 따로 떼어 놓고 보아도 외모 발군인 두 사람이었지만 이렇게 한

데 놓고 보니 확실히 더욱 그림이 되었다.

아리스는 새삼스럽게 그런 심심한 감탄을 하며 두 사람에게 시선을 두었다.

쏴아아.

그러던 어느 순간, 다이젠의 붉은 눈동자가 아리스를 향해 미끄러 졌다.

주위에는 다른 학생들도 많았는데, 마치 그녀를 기다리기라도 했던 것처럼 망설임이 없는 눈빛이었다. 너울거리며 흔들리는 나뭇잎 아래 에서 다이젠은 그저 그렇게 움직이지도 않고 아리스를 바라보고 서 있었다.

어라, 그 순간 아리스의 깊은 속 어딘가가 소리 없이 꿈틀거렸다. 눈앞에 보이는, 정적인 풍경 속에 자리 잡은 다이젠의 존재감이 유독 강하게 부각되어 다가왔다.

하지만 영문을 알 수가 없어서 의아함에 눈을 깜빡거리고 말았다.

"안녕하세요, 교수님."

다이젠의 시선을 따라 그 앞에 있던 레안 아르카노발도 덩달아 아 리스를 향해 눈길을 돌렸다. 거리가 좁혀졌을 때, 아리스는 그런 그 를 향해 먼저 인사를 건넸다.

"어, 그래."

그러자 항상 그래왔듯이 무뚝뚝한 대답이 돌아왔다.

레안 아르카노발은 기본적으로 살가운 성격은 아니었다. 게다가 그 는 자신을 좋아하는 여학생들에게도 사시사철 까칠했다.

물론 아리스는 그를 향해 꺅꺅거리는 여학생 군단과는 달랐지만, 어쨌든 레안에게 있어서는 딱히 친근하게 대할 이유도 없는 학생이었다. 아리스는 그렇게 생각했다.

"넌 왜 인사 안 해?"

그런데 갑자기 레안이 옆에 서 있던 다이젠의 등을 손으로 픽 치며 말했다. 그 순간 다이젠과 아리스 둘 모두 어깨를 움찔 떨었다.

"한 학기나 같이 학교를 다녔는데 서로 얼굴도 몰라?"

두 사람이 온실에서 만나고 있는 사실을 아는 것 같지는 않았고, 그냥 갑작스러운 변덕으로 이런 짓을 벌인 듯했다. 물론 다이젠 아르카노발이라면 입학식 날부터 교내에 소문이 자자했으니 모르려야 모를 수가 없었다.

아리스는 웃으며 다이젠에게도 인사를 건넸다. 물론 교수인 레안도 옆에 있었기 때문에 대외적인 상냥한 얼굴을 만들어 보인 뒤였다.

"다이젠도 안녕. 방학 잘 보냈어?"

"그냥…… 그럭저럭."

다이젠은 입매를 잠깐 꿈틀거리더니 무난한 대답을 꺼냈다. 그러자 또 레안이 별 웃긴 짓을 다 한다는 듯이 그런 아들을 향해 말했다.

"오늘 개학 만나고 좋아 죽더니 왜 아닌 척을 하고 앉았어?"

"아, 내가 언제 그랬다고."

다이젠은 그런 아버지가 퍽 짜증스러운 눈치였다.

뭔지는 몰라도 레안이 다이젠을 놀리는 중인 것 같았다. 아리스는 티격태격하는 부자의 모습을 흥미롭게 지켜보았다.

"도서관 가는 길 아니었어? 빨리 가 봐."

결국 다이젠은 아리스를 빨리 보내 버리는 방법을 선택했다. 아리스가 옆에 있는 한 레안의 놀림도 계속될 것이 분명했으니, 어찌 보면 가장 옳은 선택이었다.

아리스는 그런 그를 보며 묘한 표정을 지었다. 다이젠의 속사정까지는 모르지만 아버지와 투닥거리며 성가신 표정을 짓고 있는 모습이 조금 신기했다. 다이젠은 물론이거니와 레안의 이런 모습 역시 처음 보는 것이었기 때문에 신선하기는 마찬가지였다.

"그래, 그럼. 교수님 전 그만 가 볼게요."

아리스는 인사말을 남긴 뒤 먼저 자리에서 걸음을 옮겼다. 그녀의 뒤에서 두 사람은 또 다시 말씨름을 시작한 눈치였다. 하지만 아까보다 작은 목소리로 속삭이고 있었기 때문에 그들이 무슨 대화를 나누는지는 들리지 않았다.

* * *

그 후 지난 학기와 비슷한 일상이 시작되었다.

학기 초만 해도 이미 지나간 방학의 잔상을 되짚으며 고통에 몸부림치던 학생들 역시 슬슬 지금의 생활에 적응한 눈치였다.

아리스는 도서관의 4번 열람실 안에서 한껏 숨을 크게 들이마셨다.

"아, 책 냄새."

코끝에 풍기는 오래된 책 냄새가 무척이나 좋았다. 4번 열람실에는 역시 학생들이 출입하지 않아서 아리스는 편안하게 시간을 보낼 수 있었다. 그녀는 책상 사이의 사각지대에 위치한 낡은 책상에 앉아 창문으로 들어오는 따사로운 햇빛을 만끽했다. 유리창을 열어 놓자 가느다란 실바람이 그 틈으로 흘러들어 왔다.

"너한테도 나쁜 제안은 아닐 것 같은데, 사귀지 않을래?"

응? 그런데 이건 무슨 소리?

문득 창밖에서 들려오는 목소리에 아리스는 고개를 갸웃했다. 분명 여자 아이의 것 같은 가냘픈 음성이었는데. 아무래도 고백의 현장 같았다.

아리스는 호기심을 느끼며 슬며시 몸을 돌렸다. 책상 위에 앉은 채로 상체를 틀자 바깥에 있는 두 사람의 모습이 어렴풋이 시야에 들어왔다. 그 직후 아리스는 약간 놀라서 입을 벌렸다.

놀랍게도 그곳에 있는 남학생은 다이젠이었다. 그리고 아마도 그에게 고백을 한 것으로 보이는 여학생이 맞은편에 서 있었다.

아무래도 3학년 선배인 것 같은데…….

와, 3, 4학년 여학생들한테까지 고백을 받는다는 소문이 사실이었단 말이야?

아리스는 놀라움을 느끼며 다이젠의 얼굴을 응시했다. 그는 표정 없는 얼굴로 눈앞에 있는 상대를 내려다보고 있었다.

"미안하지만 관심 없어."

곧 지독히도 무미건조하고 싸늘한 목소리가 귓전을 울렸다.

아리스는 그 음성을 듣고 또 조금 놀라고 말았다. 평소 그녀가 보아 왔던 다이젠의 모습과 달랐기 때문이었다.

하지만 어찌 생각해 보면 지금의 모습이 다른 학생들에게 알려진 다이젠 아르카노발의 진짜 모습일 수도 있었다. 어째서 다른 학생들이 다이젠 아르카노발을 두고 냉정하다고 혀를 내두르는지 지금이라면 알 것 같았다.

아니, 그나저나……. 이 상황에 조금 안 어울리는 감상일 수도 있지만 쟤는 3학년한테도 반말을 쓰네? 뭔가 묘한 부분에서 한결같다는 생각이 들었다.

　게다가 본의 아니게 다이젠의 사적인 영역을 몰래 엿본 꼴이 되었다는 생각에 조금 껄끄러운 기분이 들었다.

　아리스는 괜스레 복잡한 마음을 안은 채로 열람실을 벗어났다.

* * *

"그건 뭐야?"

　그리고 방과 후의 온실에서 아리스는 의아하게 물을 수밖에 없었다.

　다이젠은 오늘도 온실에서 보수 작업을 진행하고 있었다. 그런데 화단 앞에 자리 잡은 다이젠의 손에는 웬 말라비틀어진 줄기가 들려 있었다.

"꽃."

　아리스의 물음에 다이젠이 간략히 대답했다.

"꽃? 그게?"

　물론 식물이라는 것 정도는 알고 있었지만 꽃이라니. 이 말라빠진 줄기에서 꽃이 피어나는 상상이 전혀 되지 않았다.

"죽은 거 아니야?"

"살릴 수 있어."

　하지만 연이은 질문에 뒤따른 다이젠의 대답은 퍽 믿음직스러웠다. 도대체 어떤 방도로 이렇게까지 다 죽어 가는 꽃을 살릴 수 있다는 것인지는 몰라도, 다이젠이 그렇게 말하니 정말 그렇게 될 것 같다는 생각이 들었다.

아리스는 다이젠의 옆모습을 새삼스러운 기분으로 바라보았다.

"왜 그렇게 쳐다봐?"

잠시 후 그녀의 시선을 느낀 다이젠이 미간을 좁히며 물었다. 아마도 옆에서 느껴지는 눈빛이 부담스러웠던 모양이다.

"아니, 너 좀 대단한 것 같아서."

아리스는 저도 모르게 진심을 말해 놓고 흠칫했다. 그리고 곧이어 다이젠 역시 움찔하며 얼굴을 굳혔다.

"갑자기 무슨 이상한 소리야."

응? 혹시 화난 건가? 내 말에 딱히 기분이 상할 만한 요소는 없었던 것 같은데?

하지만 잠시 후 다이젠이 다시금 그녀를 돌아보며 하는 말에 아리스는 마음을 놓을 수 있었다.

"그리고 내가 대단한 거 이제 알았어?"

그러다 문득 아까 점심시간에 열람실에서 보았던 다이젠의 모습이 떠올랐다. 저도 모르게 움찔하고 말 정도로 냉랭한 얼굴과 말투로 다른 여학생을 대하던 다이젠 아르카노발. 하지만 그가 아리스를 대하는 태도는 다른 사람들을 대할 때와 달랐다.

이상하다. 나한테도 이런 허영심이 있었던가?

아리스는 영문을 알 수가 없어 고개를 갸웃거렸다. 지금까지 다른 사람을 상대로는 이런 미묘한 기분을 느껴 본 적이 없던 것 같은데. 첫 만남 때부터 까칠하던 녀석이 점점 경계심을 풀어 가는 것 같아서 신기해서 이러나?

아리스는 다이젠과 함께 보내는 시간이 생각보다 편안하고 좋았다. 그래서 다이젠 역시 그녀와의 시간을 편안하게 느끼고 있다고 하면,

의외로 기분이 나쁘지 않을 것 같았다.

"그래서, 이건 무슨 꽃인데?"

그렇게 생각하며 아리스는 다이젠을 향해 물었다. 하지만 다이젠은 곧바로 대답해 주지 않았다.

"나중에 보면 알아."

그렇게 말하며 느른히 웃는 얼굴이 꽤나 자신만만해서 아리스도 그의 손에 들린 것이 어떤 꽃일지 더욱 궁금해졌다.

* * *

"콜록, 콜록!"

"아리스, 괜찮아? 의무실에 가 봐야 하는 거 아니야?"

아리스는 개도 안 걸린다는 여름 감기에 걸렸다.

하지만 그것은 베오니아에 찾아온 우기 때문이었다. 요 며칠 새 매일같이 비가 쏟아지면서 여름이라고는 믿기지 않을 정도로 공기가 싸늘해진 것이다. 얼마 전까지만 해도 '덥다'는 소리를 달고 다니던 학생들이 너도나도 하복 위에 긴팔 카디건을 걸쳐 입을 정도였다.

"괜찮아. 아까 점심시간에 다녀왔어."

이동 수업을 마치고 교실을 나서는 길에 에이드리안이 아리스를 향해 걱정스럽게 물었다. 하지만 아리스는 옅게 웃으며 고개를 저었다. 그러는 와중에도 그녀는 잔기침을 하고 있었다.

아, 자기 관리 하나는 최고라고 생각했는데 이게 뭐람. 할 일도 많은데 감기에나 걸리고 말이야.

"기숙사에 가서 쉬어. 지금이 마지막 수업이잖아."

"아, 다른 과목 조별 과제 준비 때문에 애들이랑 만나기로 했어."

에이드리안이 아리스를 향한 염려를 거두지 않은 채 말했지만 이미 다른 약속이 있어서 어쩔 수 없었다.

"내가 대신 가 줄까?"

"아니."

아리스는 에이드리안의 권유를 곧바로 거절했다.

그녀 대신 조별 과제 모임에 대신 참석해 준다니 말도 안 되는 소리였다. 아픈 그녀를 걱정해서 말해 준 것이라는 사실은 알지만 어쨌거나 이건 아리스의 일이었다.

게다가 설령 그런 이유가 아니더라도 에이드리안과는 그런 것을 대신 부탁할 정도의 사이도 아니었다. 물론 이런 생각을 하는 그녀가 냉정한 것일 수도 있지만, 아리스는 에이드리안이 두 사람 사이에 존재하는 선을 넘어오기를 바라지 않았다.

"내 일이니까 내가 알아서 할게. 걱정해 줘서 고마워."

그리고 다른 사람에게 약한 모습을 보이는 것이 영 적성에 맞지 않기도 했다.

그런 사정으로, 아리스는 웃는 얼굴로 에이드리안에게 말한 뒤 먼저 자리를 떠났다. 에이드리안은 아리스에게 도움을 주지 못해 아쉽다는 듯이 그런 그녀의 뒷모습을 바라보았다. 아리스도 그 사실을 알았지만 뒤돌아보지 않고 그대로 걸음을 옮겼다.

"콜록."

방과 후이기 때문인지 지나가는 길마다 학생들이 포진해 있었다. 아리스는 잠시 교실에 들렀다가 곧바로 학생 휴게실을 향해 이동했다.

그리고 계단을 오르다가 때마침 위층에서 내려오던 다이젠과 마주 치게 되었다.

그런데 눈이 마주친 한순간, 인사를 할까 말까 저도 모르게 망설이 게 되었던 것은 어째서인지 몰랐다. 그런 아리스를 향해 다이젠이 먼 저 무심한 얼굴로 입을 열었다.

"골골거리면서 어디 가?"

몸이 안 좋은 티가 그렇게 많이 나는 것인지, 아니면 단순히 다이 젠의 눈썰미가 좋은 것뿐인지, 그는 대번에 아리스의 상태를 간파한 듯했다.

끙. 하지만 내가 병든 닭도 아닌데 골골거리다니, 단어 선택이 좀……

"학생 휴게실. 조별 과제 준비해야 돼."

아리스의 대답에 다이젠이 슬그머니 미간을 찌푸렸다.

그까짓 과제 준비쯤 좀 미뤄도 되는 게 아닌가 싶었으나 그런 말을 한다고 해서 들을 아리스가 아니란 사실을 알았다.

"바보."

그래서 그는 그저 그렇게 툭 내뱉듯 말한 뒤 아리스를 스쳐 지나갔 다.

아리스도 작게 혀를 차며 다시 걸음을 옮겼다. 후배 주제에 저런 망발을 하는데도 화가 나지를 않는 걸 보니, 그새 다이젠의 건방짐에 많이 익숙해지긴 한 모양이었다.

잠시 후 아리스는 목적했던 곳에 도착했다. 하지만 도착한 조원들 이 아직 아무도 없어서 그녀는 비어 있는 학생 휴게실에서 혼자 조금 더 기다려야만 했다.

"앗, 미안. 과제 내용을 잘못 이해했나 봐. 처음부터 다시 해야겠네."

"어제 급한 일이 생겨서 자료 조사를 많이 못 했어. 오늘 중에 보충할게."

"주제를 바꾸는 게 낫지 않을까? 난 아무리 생각해도 마음에 안 드는데……."

그리고 언제나 그렇듯, 조별 과제는 과연 암적인 존재였다. 아리스는 조원들과 이야기를 이어갈수록 속에서 뜨끈뜨끈하게 열이 오르는 것을 느꼈다.

맨 처음 과제에 대한 공지를 받은 것이 2주 전인데 아직까지 내용 숙지가 제대로 안 되어 있는 것은 고사하고, 이제 와서 발표 주제를 바꾸자고 우기는 학생까지 있었다. 각자 담당한 부분에 대한 자료 조사가 부족한 것은 놀랄 만한 일도 아니었다.

하지만 오늘만큼은 길게 말씨름을 할 만한 의욕도 없었고, 그럴 만한 상태도 아니었다. 시간이 지날수록 감기의 증상이 호전되기는커녕 어째 점점 더 심해지는 것 같았다. 서서히 머릿속이 가열되고 두통이 이는 것이 감기 때문인지, 아니면 지금 당면한 문제인 조별 과제 때문인지 당최 알 수가 없었다.

"그럼 오늘은 여기까지만 하자. 아까 말한 부분에 대해서는 내가 좀 더 정리해 볼게."

아무래도 더 이상 이야기를 이어 가 봤자 생산성이 없을 것 같았다. 그래서 아리스는 이쯤 해서 자리를 접기로 하고 이야기를 마무리 지었다. 불필요한 논의로 한동안 시간을 끈 탓인지, 시계를 보니 어느덧 긴 바늘이 한 바퀴를 돌아간 뒤였다.

조원들이 먼저 자리를 떠나고 난 후, 아리스는 한숨을 내쉬며 의자에 깊숙이 몸을 기댔다. 이제 학생 휴게실에 남아 있는 사람은 아리스가 유일했다.

주위가 조용해지자 그제야 두통이 좀 사라지는 것 같았다. 어느새 밖에는 또다시 비가 내리고 있었다. 창문을 통해 가늘게 쏟아지는 빗줄기가 보였다.

그 정적인 광경을 지켜보는 동안 점차적으로 피로가 밀려들기 시작했다. 밖에서 내리고 있는 비 때문인지 아리스의 기분도 덩달아 고요히 가라앉으면서 몸이 노곤해졌다. 그만 일어나서 기숙사든 의무실이든 가 봐야겠다고 생각했지만 어쩐지 자리에서 꼼짝도 하기 싫었다.

"하아."

결국 아리스는 자리에서 일어나는 대신에 탁자 위에 엎드려 버렸다.

아직 정리하지 않은 책과 자료들로 주위가 어수선했으나 지금은 그저 다 귀찮았다. 펼쳐진 책 위로 아리스의 긴 머리카락이 은색 파도처럼 늘어뜨려졌다.

아, 아무 생각도 하기 싫고 아무것도 하기 싫다.

아까 휴게실 안의 창문 중 하나를 누군가 열어 놓은 탓에 서늘한 공기가 안으로 흘러들었다. 그 때문인지 어깨가 약간 으슬으슬했다.

아리스는 창밖의 빗소리를 들으며 눈을 감았다.

어쩐지 지금 이 순간, 몹시 평화롭고 조용해서 이대로 잠이 들어도 좋을 것 같았다.

다이젠은 학생 휴게실에 들어서다 말고 멈칫했다.

처음에는 안에 인기척이 느껴지지 않아 아무도 없는 줄 알았다. 그런데 조금 더 가까이 다가가 보니 테이블 위에 엎드려 있는 사람이 눈에 들어왔다.

"뭐야, 자는 거야……?"

혹시 하는 마음에 소리 내 읊조렸으나 그의 눈앞에 있는 사람은 여전히 미동이 없었다. 방과 후 여느 때처럼 온실에서의 작업을 끝내고 기숙사로 돌아가기 전, 다이젠은 아리스의 말이 생각나 학생 휴게실에 잠시 들른 참이었다.

그런데 그녀는 아무도 없는 빈 학생 휴게실에 혼자 있었다.

분명 조별 과제라고 했던 것 같은데 왜 혼자 있는 것일까? 이미 일을 마무리 짓고 다른 학생들은 전부 돌아간 건가?

다이젠은 아리스를 깨워야 할지 말아야 할지 잠시 동안 고민했다. 하지만 아리스가 새근거리는 숨소리를 내며 너무 곤히 잠들어 있어서 결국 잠깐 들어 올렸던 손을 다시 내려놓고 말았다.

그러다 문득 창밖에서 찬바람이 들고 있는 것이 느껴졌다. 감기까지 걸려서 몸 상태도 좋지 않은 사람이 왜 이런 데서 자고 있는지 알 수가 없었다.

다이젠은 조용히 걸음을 옮겨 창문을 닫았다. 하지만 여전히 습한 공기가 서늘했다. 그래서 잠시 동안 눈을 내리깔며 고민하다가 교복 위에 걸쳐 입고 있던 겉옷을 벗어서 아리스의 어깨에 덮어 주었다. 그제야 야트막한 만족감이 들었다.

그러고 보니 아리스가 엎드려 있는 테이블 위가 영 산만했다. 평소 정리정돈에 철저한 그녀의 성격을 생각하면 퍽 의외인 일이었다. 다이젠은 주변에 정신없이 펼쳐진 종이와 책을 정리할까 하다가 혹여나 아리스가 깰까 싶어 그냥 두기로 했다.

그 후 이번에는 '그냥 돌아갈까 말까'하는 부분이 고민되었다. 그러다 그는 아리스가 누워 있는 맞은편 자리에 소리 없이 의자를 빼고 앉았다.

아무도 없는 학생 휴게실에 잠들어 있는 아리스만 혼자 두고 가기도 좀 그랬고, 그렇다고 해서 지금 편안한 얼굴로 자고 있는 아리스를 깨우고 싶지도 않았다.

다이젠은 탁자에 팔을 올려 거기에 턱을 괴고 창밖을 바라보았다. 밖에는 여전히 굵은 빗줄기가 쏟아지고 있었다.

잠시 후, 그의 눈동자가 앞에 있는 사람을 향해 미끄러졌다.

처음 입학했을 때만 해도 이렇게 될 줄은 몰랐는데, 다이젠과 아리스는 이제 얼굴을 보면 스스럼없이 이야기를 나눌 정도로 친해지게 되었다.

그리고 그렇기 때문일까.

처음에는 욕심을 부리지 말자고 생각했는데, 어째서인지 점점 더 바라는 것이 많아지고 있었다. 처음에는 그냥 멀리서 지켜보는 것만으로도 좋았다. 하지만 이제는 좀 더 가까이에 있고 싶었고, 또 눈앞에 있는 사람에게 닿고 싶었다.

차라리 그가 아리스와 같은 나이였다면 좀 더 가능성이 있었을지도 몰랐다. 다른 학생들과 섞여 그녀와 함께 수업을 듣고 같이 과제를 하고, 그런 식으로……

다음 순간 다이젠의 팔이 천천히 움직여졌다. 곧 그의 손이 닿은 곳은 책상 위에 헝클어져 있던 은색의 머리카락이었다.

그는 부드러운 감촉의 머리칼을 느린 움직임으로 손에 쥐었다. 마치 그것만이 그에게 허락된 최대한의 접촉이라도 되는 것처럼 아주 조심스러운 손길로.

끼익.

닫혀 있던 학생 휴게실의 문이 열린 것은 바로 그때였다.

열린 문 사이로 들어선 것은 다이젠으로서는 처음 보는 낯선 얼굴의 여학생이었다. 그녀는 안으로 들어서다 말고 함께 있는 두 사람을 보고 놀란 듯이 입을 벌렸다.

쉬잇.

하지만 다이젠이 움직인 것이 조금 더 빨랐다.

그가 조용히 하라는 듯이 검지를 들어 입가로 가져가 대자 여학생이 움찔거리며 입을 다물었다. 곧 그녀의 시선이 잠들어 있는 아리스에게 향했다.

투둑, 투둑.

창문을 두드리는 빗소리가 요란했다. 이대로 언제까지나 멈추지 않을 것처럼 빗줄기는 쉬지 않고 떨어져 내렸다.

* * *

투둑, 툭.

아리스는 퍼뜩 잠에서 깨어나 눈을 떴다.

여전히 주위는 조용했고, 어렴풋한 빗소리가 귓가에 작게 울리고 있었다.

앗, 아무래도 깜빡 졸았던 모양이다. 잠깐 자리에 엎드려서 쉬려고 했던 것뿐인데 잠이 들다니. 게다가 기숙사 방도 아니고 학생 휴게실에서. 물론 마지막으로 확인했을 때 주변에 아무도 없긴 했지만 그래도 이런 곳에서 무방비하게 잠들었다는 사실을 믿을 수가 없었다.

스륵.

그런데 테이블에 기대고 있던 상체를 일으키자마자 어깨 위에서 무언가가 흘러내렸다. 아리스는 아직까지 잠기운이 묻어 있는 눈을 움직였다. 그러자 누구의 것인지 모를 겉옷이 그녀의 시야에 들어왔다.

아리스가 의문에 젖어 있을 때, 앞에서 누군가의 목소리가 들려왔다.

"아, 일어났어?"

아리스는 그 목소리에 이끌려 고개를 돌렸다. 그리고 옆 테이블에 자리를 잡고 앉은 여학생을 발견한 뒤 두 눈을 약간 크게 떴다.

"어, 아직 안 갔었네?"

그녀는 오늘 과제 때문에 함께 모였던 조원 중 한 명이었다. 이름이 카밀레 키든이던가. 그동안 같은 반이 된 적이 한 번도 없었던 데다 선택 과목이 겹친 것도 이번이 처음이었기 때문에 아직 아리스에게도 낯선 여학생이었다.

"기숙사에 갔다가 두고 간 게 있어서 다시 들렀어. 그런데 네가 자고 있어서."

아리스는 다시 한 번 스스로를 향해 혀를 찼다. 누가 오는 줄도 모르고 태평하게 잠이나 자고 있었다니. 아무리 몸 상태가 좋지 않다고 해도 있을 수 없는 일이었다.

그래도 한 가지 다행이라 할 것은, 아까보다 감기 기운이 옅어진 것 같다는 점이었다. 그래도 잠깐이나마 눈을 붙이고 쉰 덕일까?

"그럼 이것도 네 거야?"

"아니, 그건……."

아리스는 누군가 그녀에게 덮어 준 겉옷에 손을 대며 물었다. 그러자 카밀레 키든이 어째서인지 약간 멈칫하다가 대답했다.

"다이젠 아르카노발이 두고 간 옷일걸."

그 뜻밖의 소리에 겉옷을 집어 들던 아리스의 손이 일순간 멈추어졌다. 그녀는 방금 전에 들은 말을 카밀레에게 다시 한 번 확인했다.

"다이젠 아르카노발?"

"응. 여기 있다가 간 지 얼마 안 됐어."

지금 아리스의 어깨에 걸쳐져 있는 옷이 다이젠의 것이라는 것도, 더군다나 다이젠이 조금 전까지 이곳에 있다가 자리를 떠났다는 것도 선뜻 납득할 수 없었다. 하지만 카밀레 키든이 그런 것으로 거짓말을 할 이유도 없으니 아마 방금 전 한 말은 사실일 것이었다.

아리스는 묘한 기분으로 몸에 덮여 있던 옷을 끌어내렸다. 그러자 주위에 고여 있던 싸늘한 공기가 허전해진 어깨와 등으로 금세 밀려들었다.

"그동안 몰랐는데 둘이 친한가 봐."

재차 귓가로 흘러드는 목소리에 아리스는 더욱 기이한 기분에 휩싸이고 말았다.

친해? 딱히 그런 생각을 해 본 적은 없었는데 친한 건가. 그러고 보니 지난번 복도에서 에이드리안 역시 비슷한 것을 그녀에게 물은 적이 있었다. 물론 그때의 그는 아리스가 창문을 통해 보고 있던 사람이 다이젠 아르카노발이라는 사실을 몰랐지만 말이다.

하기야, 따져 보면 다이젠 아르카노발과의 거리가 생각보다 가까운 것 같기도 했다. 아리스가 만나서 조금의 가식도 없이 편안히 대하는 사람은 리즈벳을 제외하면 다이젠이 거의 유일했다. 다이젠 역시 다른 사람들과 아리스를 대하는 태도가 확연히 달랐다.

그러니 아마 지금 이곳에 잠들어 있는 사람이 아리스가 아닌 다른 사람이었다면 다이젠이 자신의 겉옷을 벗어 주는 일도 없었을 것이라고 생각되었다. 같은 의미로 아리스도 만약 자신이 잠들어 있는 사이 다녀간 것이 다른 남학생이라면 어깨 위에 걸쳐진 타인의 옷이 달갑지 않게 느껴졌을 것이었다.

거기까지 생각한 뒤, 아리스는 문득 이상함을 느꼈다.

그런데 정말 이상하네. 왜 기분이 전혀 안 나쁜 거지?

아니, 이건 기분이 나쁘지 않기만 한 것이 아니라……. 지난번에 온실에서 느꼈던 것과 비슷한 감정이 한순간 그녀의 가슴 어귀를 스쳐 지나갔다.

아리스는 미비한 두통이 이는 이마를 손으로 짚었다.

가뜩이나 감기 때문에 상태가 나쁜데 잠에서 깨어나자마자 또 머리를 굴려서일까. 찬물을 급하게 들이마셨을 때처럼 갑자기 머리가 띵해지며 주의력이 흐트러졌다.

"벌써 시간이 꽤 지났네. 그만 나가자."

아리스는 그냥 더 생각하는 것을 그만두고 카밀레 키든과 함께 학생 휴게실을 나섰다. 그런 그녀의 팔에는 다이젠이 두고 간 그의 겉옷이 들려 있었다.

* * *

"너 여기서 뭐 해?"

다음날 아리스는 레안 아르카노발의 개인 연구실에서 다이젠을 만났다.

어쩐지 노크했을 때 안에서 들려오는 목소리가 다른 사람의 것 같더니만, 문을 열었을 때 그녀를 반겨 준 것은 레안이 아닌 다이젠이었다.

"잡일."

과연 그 말처럼 그는 몹시 성가시다는 듯한 얼굴로 무슨 일인가를 하고 있었다. 척 보아 하니 아마도 수업 시간에 사용할 유인물 정리를 시킨 것 같았다.

그러다 그는 안으로 들어온 아리스를 보고 물었다.

"선배는 무슨 볼일인데?"

"교수님한테 여쭈어볼 게 있어서 왔는데 안 계시네?"

"급한 일이면 건너편 개인 연구실에 가 봐."

건너편이라면 레안 교수의 부인이자 다이젠의 어머니인 리리안 교수의 개인 연구실이었다.

아, 다이젠이 이렇게 구린 얼굴을 하고 있는 이유를 어쩐지 알 것 같았다. 아리스는 어차피 만나러 왔던 사람도 자리에 없겠다, 그냥 돌아가려고 하다가 다이젠의 얼굴을 보고 마음을 바꾸었다.

"그렇게 급하진 않은데 앉아서 기다려도 되나?"

그 말에 다이젠의 뜻 모를 시선이 잠시 동안 아리스의 얼굴에 머물렀다. 하지만 그는 곧 고개를 비스듬히 기울이며 입을 열었다.

"그냥 기다리면 언제 올지 모르는데?"

"도중에 기다리다 지치면 그때 가 보지 뭐."

"그럼 마음대로 해."

아리스는 다이젠의 대각선 방향에 있는 의자를 빼서 앉았다. 레안 아르카노발의 개인 연구실에 온 것은 이번이 처음이 아니었지만 그 안에 이렇게 자리를 잡고 앉는 것은 오늘이 처음이었다. 아리스의 성격에 평소라면 이처럼 주인 없는 공간에 허락 없이 머물 리가 없었다. 하지만 지금은 어쨌거나 레안 아르카노발의 아들인 다이젠이 있으니 괜찮지 않을까 싶었다.

"너 은근히 교수님 일 많이 도와드린다."

"하고 싶어서 하는 건 아니야."

아리스가 지나가듯 던진 말에 다이젠이 미간을 찌푸렸다.

하긴 그럴 것이라고 생각하긴 했다. 다이젠의 성격상 순수한 의미로 아버지를 돕고 싶어 자신의 시간을 할애한다는 건 있을 수 없는 일이라고 생각했으니까.

아리스는 다이젠의 모습을 가만히 지켜보다가 다시금 입을 열어 말했다.

"너 나한테 받을 거 있지?"

어제 그가 학생 휴게실에 두고 간 겉옷에 대한 이야기였다.

그 일을 꺼내면 다이젠이 어떻게 반응할지 조금 궁금했는데 그는 대수롭지 않다는 듯 '아아' 하고 소리 냈다.

"이따가 돌려줄게. 지금 기숙사 방에 있어."

"됐어, 그냥 천천히 줘."

"어제 학생 휴게실에는 왜 왔어?"

"그냥 지나가는 길에 보여서."

본관 4층에 있는 학생 휴게실의 앞을 그냥 지나갈 만한 일이 무엇이었던 건지 물어보고 싶었지만 아리스는 그러지 않았다. 다이젠도 별다른 이야기 없이 말을 돌렸다.

"오늘은 기침 안 하네."

"오늘 아침에 일어나니까 멀쩡하더라고."

"바보같이 여름 감기에나 걸리고."

아마 다른 때 같으면 또다시 그녀를 약 올린다고 생각했을 것이었다. 기본적으로 다이젠의 말투는 밉살맞은 구석이 있어서 저런 식으로 툭 내뱉듯이 말하면 아리스는 저도 모르게 발끈하곤 했다.

하지만 어제의 일이 있었기 때문인지 지금 그가 내뱉은 말은 평소와 조금 다르게 느껴졌다.

"뭐야, 걱정했어?"

그래서 아리스는 조금 장난스럽게 입을 열었다.

사실 깊은 생각을 가지고 그런 말을 꺼낸 것은 아니었다. 다이젠을 떠보려는 의도도 아니었고, 그저 단순히 장난스러운 마음이 생겼을 뿐이다. 말도 안 된다고 생각하면서도 혹시 하는 생각이 머릿속을 스쳐 지나간 순간 그런 스스로가 웃겨서 픽 웃음이 나왔다.

아마 다이젠은 이런 그녀의 말에 마찬가지로 황당하다는 듯이 웃으며 '내가 왜?'라거나 '웃기지 마' 같은 소리를 할 것이라고 생각했다.

하지만 다이젠이 다음 순간 아무런 말도 없이 물끄러미 그녀의 얼굴을 바라보았기 때문에 아리스도 덩달아 멈칫할 수밖에 없었다.

눈이 마주친 순간부터 시간이 아주 느리게 흐르기 시작하는 것 같았다. 잠시 후, 무슨 말인가를 할 듯 다이젠의 입술이 천천히 벌어졌다.

어째서일까……

이유는 모르겠지만 지금 그가 하는 말을 들으면 안 된다는 생각이 들었다. 그래서 다이젠의 입에서 무슨 말이 나오기 전에 아리스가 먼저 선수를 쳤다.

"교수님이 생각보다 늦으시네."

애초에 레안 아르카노발 교수가 언제 올지 모르는 상태에서 기다리기로 결정했던 주제에 이제 와서 그의 핑계를 대는 것이 웃기기도 했지만 어쩔 수 없었다.

"난 그만 가 볼게. 넌 하던 일 마저 하고……"

아리스는 마주한 시선을 피해 자리에서 몸을 일으켰다.

그런데 바로 그 순간, 그녀의 손목에 온기가 스몄다. 피부 위에 닿아오는 감촉에 아리스는 한순간 움찔했다.

"왜 벌써 가?"

나직한 물음이 귓가에 울렸다.

아리스는 자신의 손목을 붙든 사람을 향해 눈길을 움직였다. 그러자 아까와 같은 고요한 눈동자로 그녀를 응시하고 있는 다이젠의 모습이 시야에 들어왔다.

그 순간, 어째서인지 또 속이 약간 이상하게 술렁거렸다. 아리스는 그런 스스로의 상태에 의문을 느끼며 헛웃음을 흘렸다.

"왜, 좀 더 같이 있어 줄까?"

아리스는 평소와 같이 다이젠을 대하기 위해서 다소의 주의를 기울여야만 했다. 하지만 다이젠은 너무도 간단하게 그녀의 노력을 수포로 만들어 버렸다.

"응, 좀 더 여기에 있어."

그 순간 스쳐 지나간 느낌이 무엇인지 아리스는 알지 못했다.

하지만 본능적인 위기감이 들었다. 그런 감각이 어디에서 오는 것인지 여전히 의문투성이였지만 머릿속에서 위험 경보가 울리는 느낌만큼은 선연했다.

다이젠의 손에 붙잡힌 손목이 어쩐지 조금 뜨거웠다. 당장이라도 그의 손을 떨쳐 내면 되었으나 어째서인지 꼼짝도 할 수가 없었다.

아마도 레안 아르카노발이 그때 문을 열고 들어오지만 않았다면 아리스는 그대로 다이젠에게 붙잡혀 버렸을지도 몰랐다.

"어, 뭐야. 손님이 있네?"

문이 열리는 순간 아리스는 화들짝 놀라 다이젠의 손을 뿌리쳤다. 다이젠도 불청객의 등장에 슬쩍 눈매를 찌푸리며 문 쪽을 돌아보았다.

"다시 나가 줄까?"

레안 아르카노발이 호기심과 귀찮음이란 상반된 감정이 뒤섞인 얼굴로 아리스와 다이젠을 번갈아 보다가 지나가듯 말했다.

"아니요, 교수님을 기다리고 있었어요."

아리스는 방금 전까지 무슨 일이 있었냐는 듯 자연스럽게 웃는 낯으로 대꾸했다.

"그래? 무슨 일로?"

"과제 때문에 여쭈어볼 게 좀 있어서요."

그 후 아리스와 레안 아르카노발의 대화가 잠시 동안 이어졌다. 다이젠이 들어도 딱히 상관없는 사안이었기 때문에 이야기는 세 사람이 함께 있는 자리에서 이루어졌다.

"네, 그럼 그렇게 알고 있을게요. 시간 내주셔서 감사합니다."

"그래, 그 부분은 다음 시간에 따로 공지할 테니까."

"그럼 수업 시간에 봬요."

이야기가 마무리된 후 아리스는 레안에게 인사하고 뒤돌아섰다. 그리고 그때까지 자리에 남아 있던 다이젠에게도 웃으며 인사했다.

"다이젠도 안녕. 다음에 봐."

그리고 마주하고 있던 시선을 끊어 내며 아리스는 문을 나섰다.

* * *

"어딜 그렇게 보고 있어?"

리즈벳의 은근한 물음에 아리스는 움찔했다. 줄곧 다른 곳에 신경을 쏟고 있던 탓에 리즈벳이 옆으로 슬그머니 다가오는 것도 모르고 있었다.

자신의 눈길이 머물고 있던 방향으로 리즈벳도 덩달아 기웃거리기 시작하자 아리스는 애써 아무렇지 않게 말했다.

"그냥 의미 없이 여기저기."

하지만 거짓말이었다. 지금 아리스가 눈으로 좇고 있던 대상은 너무나 명확했다. 그러나 그런 것을 다른 사람에게 들키고 싶지는 않았다.

"아, 저기 나뭇잎 좀 봐. 노란색으로 변했어."

다행히도 리즈벳은 아리스의 속마음을 알아차리지 못한 듯했다. 리즈벳이 손가락질한 곳에는 그녀의 말처럼 끄트머리가 노랗게 물들어

가는 나무가 있었다.

"여름도 이제 끝나려나 봐."

그리고 아리스는 아까부터 그 나무 그림자 밑에 있는 사람을 바라 보고 있던 중이었다.

나붓거리며 불어오는 바람을 따라 상아색 머리카락이 그 위에 드리 운 나뭇잎과 함께 모양을 헝클어뜨리며 흔들렸다.

흐음, 평소에 거의 혼자 다녀서 친구가 없는 줄 알았는데 그건 아 닌가 보네.

아리스는 옆에 있는 남학생과 무어라 이야기 중인 다이젠을 보며 생각했다. 리즈벳은 그를 발견하지 못한 듯 아직까지 날씨에 대해 이 야기 중이었다. 아리스도 거기에 적당히 맞장구쳤다.

그러던 어느 순간, 아리스는 먼발치에 있는 붉은 눈동자와 시선이 마주쳤다. 처음에는 우연인 줄 알았지만 얼마간의 시간이 지나도 다 이젠이 눈을 돌리지 않아서 지금 그가 보고 있는 사람이 자신이라는 확신이 들었다.

잔잔히 흘러들던 리즈벳의 목소리가 귓가에서 아른거리다가 사라 졌다.

생각해 보면 이상했다. 아무리 먼 거리에 있어도, 또 아무리 많은 사람들 사이에 있어도, 다이젠과는 언제나 너무 쉽게 눈이 마주쳤다.

문득 얼마 전 레안 아르카노발의 개인 연구실에서 다이젠에게 붙들 렸던 손목이 간지러웠다. 아리스는 손을 움직여 지난번 다이젠이 붙 잡았던 곳을 감싸 쥐었다.

"그만 가자."

그리고 잠시 후, 아리스는 옆에 있는 리즈벳을 향해 말했다. 자리에서 먼저 발길을 떼는 그녀의 뒤를 리즈벳이 쫓았다.

"그러고 보니까 저 밑에 있던 거 다이젠 아니야?"

자리를 떠나기 전에 그녀 역시 다이젠을 발견했던 모양이었다.

"그래?"

"왠지 이쪽을 쳐다보는 것 같았는데. 내가 잘못 봤나?"

리즈벳이 호기심 어린 목소리로 중얼거리는 소리가 들렸으나 아리스는 아는 척하지 않았다. 방금 전에 다이젠과 눈이 마주쳤던 일도 없던 것처럼.

* * *

지난번 레안 아르카노발의 개인 연구실에서 '다음에 봐'라고 말했던 것이 무색하게도 아리스와 다이젠이 그 후 따로 만나게 되는 일은 없었다.

아리스는 한동안 온실에 찾아가지 않았다. 애초에 학년 자체가 달랐기 때문에 개인적으로 만나던 시간이 사라지자 두 사람이 얼굴을 마주하게 되는 시간은 놀라울 정도로 줄어들었다.

물론 같은 학교에 재학 중인 만큼 교내를 오가다 우연히 마주치는 일은 있었지만 그뿐이었다. 두어 번인가 다이젠이 그녀에게 먼저 무슨 말인가를 건네려는 듯 다가왔으나 아리스는 자연스럽게 자리를 피해 버렸다.

그날, 다이젠을 눈앞에 두고 느꼈던 위험 경보가 무슨 의미인지 아리스는 아직도 알 수가 없었다. 정체를 알 수 없는 미지의 감정은 아리스를 혼란스럽게 만들었다.

"그래서, 둘이 사귀는 거야?"

"아직 사귀는 게 아니어도 그러기 직전은 맞는 것 같은데. 조만간 에이드리안이 고백하지 않을까?"

그러던 와중에 학생들은 또다시 에이드리안과 그녀를 엮어 야단을 떨어 댔다. 방학 때 에이드리안과 아리스가 함께 박람회에 다녀온 사실을 알게 된 모양이었다. 자세한 경위는 모르나 아마도 에이드리안이 다른 이야기를 하다가 실수로 말을 흘린 것 같았다.

굳이 그 일을 비밀로 하기로 약속한 것도 아니었으므로 다른 학생들에게 그때의 만남이 알려진다 해도 딱히 상관은 없었다. 하지만 이유를 알 수 없게도 약간의 달갑지 않은 마음이 들었다.

에이드리안이 그때의 일을 부주의하게 이야기한 것이나, 그로 인해 다른 학생들에게 시달려 피곤해진 것 때문은 아니었다. 그럼 무엇 때문에 이런 기분이 드는 것일까?

"에이드리안이랑 너랑 정말 잘 어울려. 조만간 축하할 일이 생기면 좋겠다."

그리고 이 애들은 어째서 자기들이 뿌듯한 얼굴로 말하는 거지?

하지만 아리스는 그런 의문을 겉으로 표 내지 않고 그저 난처한 듯이 웃어 보였다.

과연 그들의 말대로 에이드리안과는 조금씩이나마 착실히 거리를 좁혀 가고 있었다. 한 발자국씩 차근차근 단계를 밟아 가까워지는 것은 아리스가 예상했던 그대로였다.

어떤 의미로 보면 아리스는 완벽주의자라 할 수 있었다.

그녀는 무슨 일을 하든 꼼꼼히 계획을 세우고 거기에 맞추어 하나씩 목표를 달성해 가는 것을 좋아했다. 한 치의 오차도 없이 자신의 뜻대로 흘러가는 일상을 보면 남들은 이해하지 못할 만족감까지 느껴졌다.

그런 의미에서 다이젠 아르카노발은 아리스에게 있어 예상치 못한 변수나 마찬가지였다. 그렇기 때문에 아리스는 지난번 개인 연구실에서의 만남 이후로 은연중에 그를 피하게 되었다.

"아리스. 이미 알고 있을 거라고 생각하지만 난 네가 좋아. 우리 진지하게 한 번 만나 보지 않을래?"

그리고 마침내 예상했던 대로 에이드리안에게 고백받는 순간, 아리스는 생각했다.

그래, 이게 맞는 거야.

정말이지 스스로도 이해할 수 없는 생각이었지만 이제야 제자리를 찾았다는 생각이 들었다. 마치 한 발 걸치고 있던 비탈길에서 벗어나 다시금 곱게 포장된 도로에 발을 들인 듯한 안정감이 느껴졌다.

"그래, 나도 좋아."

그래서 아리스는 에이드리안의 고백을 받아들였다.

그녀의 대답에 그는 무척이나 기쁜 듯이 환하게 미소 지었다. 하지만 아리스는 그다지 좋지도 기쁘지도 않은 담담한 기분이었다. 그래도 모든 일이 예정대로 흘러가는 듯한 편안한 느낌만큼은 마음에 들었다.

게다가 그녀는 에이드리안을 꽤 좋아하는 편이었으니까.

어째서인지 웃고 있는 에이드리안의 얼굴 위로 한순간 다른 사람의 얼굴이 덧씌워졌다. 그러나 아리스는 그러한 잔상을 금세 떨쳐 버린 뒤 에이드리안을 보고 마주 미소 지었다.

까닭 모르게 초조하던 마음도 빠른 속도로 본래의 안정을 되찾았다. 한동안 그녀를 혼란에 빠트렸던 의문도, 계속해서 속을 시끄럽게 만들던 낯선 감정도 서서히 사라졌다.

이제 아리스는 다시금 평소의 자신으로 되돌아갔다. 그 사실이 그렇게 만족스러울 수가 없었다.

* * *

아리스와 에이드리안의 교제 소식은 순식간에 교내 곳곳에 퍼져 나갔다. 많은 사람들이 두 사람을 축하해 주고 또 함께 기뻐해 주었다. 그들은 그동안 깊은 관계로 진전될 듯 말 듯 자신들을 애태우던 두 사람이 마침내 사귀기 시작한 사실에 몹시 흥분한 모양이었다.

오히려 개중에 가장 담담한 사람은 소문의 한가운데에 서게 된 아리스인 것 같았다. 그녀는 다른 사람들이 자신과 에이드리안의 일에 이렇게까지 호들갑을 떠는 것이 조금 이해되지 않았다. 물론 두 사람 다 교내의 유명인이라면 유명인이었으니 관심을 갖는 것까지는 어쩔 수 없다고 생각했지만.

그러나 이런 미적지근한 마음을 드러내는 것은 에이드리안에 대한 예의가 아니라고 생각되었기 때문에 아리스는 언제나 다정하게 웃는 낯으로 그를 대했다.

그리고 앞서 말한 적 있듯이, 그녀는 에이드리안이라는 사람을 좋아하고 있었으니까. 어쩌면 그것은 다른 사람들이 말하는 두근거리는 설렘이나 애정과는 조금 다를 수도 있었지만 평소에 아리스가 이상적으로 생각해오던 모습과 닮아 있었다. 에이드리안과 함께 있으면 휴식을 취하는 것처럼, 혹은 잘 맞는 옷을 입은 것처럼 편안한 기분이 들었기 때문이다.

게다가 에이드리안과 사귀는 사이가 된 후로 마음 한구석에 모래알처럼 깔려 있던 혼란도 깨끗이 사라졌다. 그래서 아리스는 말끔해진 기분으로 다시 예전 같은 일상을 보내기 시작했다.

"안녕, 오늘은 좀 늦었네?"

실로 오랜만에 온실에도 방문했다.

혹시 다이젠과 마주칠까 싶어 한동안 걸음하지 않았던 곳이었으나 이제는 그런 망설임이 들지 않았다. 그리고 역시 그의 얼굴을 보아도 아무렇지 않아서, 아리스는 남몰래 조금 안심했다.

다이젠은 온실 안으로 들어서던 길에 화단 앞에 있는 아리스를 보고 멈칫했다. 여상한 인사말을 건네며 웃어 보이는 그녀와 달리 다이젠은 태연하지 못했다. 한순간 동요를 감추지 못한 눈동자가 미약한 물살을 그리다가 이윽고 잠잠해졌다.

"이거 지난번에 다 죽어 가던 꽃 맞지?"

아리스는 한동안 의도적으로 다이젠을 피하던 것이 없던 일인 것처럼 아무렇지 않게 그를 대했다.

"원래는 빨간 꽃이었구나. 이렇게 보니까 예쁘네."

아리스의 손이 앞에 있는 붉은 꽃에 닿았다. 그녀의 말이나 행동만 보면 지난 공백의 시간이 꿈이었던 것만 같았다.

하지만 아니었다.

화단의 꽃이 선연한 붉은 빛을 띠며 만개할 동안 다이젠과 아리스의 거리 역시 멀어져 있었다. 그리고 학교에 재학 중인 학생들이 모두 그렇듯이, 다이젠 역시 아리스와 에이드리안에 대한 이야기를 들어 알고 있었다.

"이 꽃 이름이 뭐야?"

아리스가 다이젠을 향해 물었다.

하지만 다이젠은 그녀의 물음에 대답하는 대신 다른 것을 질문했다.

"에이드리안의 어디가 좋아?"

여느 때처럼 무심한 느낌을 풍기는 나지막한 음성이 훈훈한 온실의 공기를 가로질렀다. 그러나 사실 그것은 얼마 전부터 그의 속에서 요동치기 시작한 감정을 애써 억누른 결과였다.

아리스는 다이젠의 물음에 순간적으로 멈칫했다. 하지만 곧 시시하다는 듯이 얕은 숨을 내쉬며 꽃을 향해 뻗고 있던 손을 내렸다.

"너도 그런 걸 묻는 거야?"

아리스는 에이드리안과의 교제 사실을 알게 된 직후부터 한결 더 귀찮게 굴어 대던 학생들을 떠올리며 거의 습관적으로 판에 박힌 대답을 꺼냈다.

"글쎄. 자상하고 다정하고 성실하고 착한 점?"

그러자 다이젠은 또다시 그녀에게 질문했다.

"에이드리안이 좋아?"

그런데 어째서인지 이번 질문에는 금방 대답할 수가 없었다. 두 사람의 시선이 허공에서 마주쳤다. 잠시 동안의 시간이 지난 끝에 아리스는 방금 전까지의 망설임이 자신의 것이 아닌 양 웃으며 말했다.

"좋은 점이 많은 애니까."

어디까지나 진심이었기 때문에 대답은 자연스럽게 흘러나왔다. 하지만 그것은 다이젠의 물음과 방향을 달리하고 있었다.

"시시해."

그리고 이어진 다이젠의 말에 아리스의 얼굴에서 미소가 서서히 사그라졌다.

"사실은 별로 좋아하지도 않으면서 왜 그런 거짓말을 해?"

마치 정곡을 꼬집히기라도 한 것처럼 한순간 속이 따끔거린 것은 어째서인지 몰랐다. 꼭 다물려 있던 아리스의 입술이 잠시 후 천천히 벌어졌다.

"그게 무슨 소리야?"

"눈빛을 보면 알 수 있어. 선배는 에이드리안을 좋아하는 게 아니야."

아리스는 다이젠의 말을 이해할 수가 없었다.

도대체 지금 무슨 말을 하는 걸까? 그녀가 에이드리안을 좋아하지 않는다니. 물론 아리스는 다른 여자애들이 호들갑을 떨며 말하듯이 그를 향해 두근거리는 떨림을 느끼고 있지는 않았다. 하지만 꼭 그런 감정만이 세간에서 말하는 애정이라고는 생각하지 않았다. 게다가 에이드리안은 아리스가 좋아할 만한 점이 넘치도록 많은 사람이었다. 그러니 그를 좋아하게 되는 것이 당연했다.

"그럼 내가 누구를 좋아한다는 건데?"

스스로 깨닫지 못했지만 아리스는 꼭 누군가에게 변명을 하듯이 속으로 그렇게 읊조리고 있었다.

"에이드리안 말고 내가 좋아할 만한 사람이 누가 또 있는데?"

어느덧 그녀는 싸늘한 목소리로 그렇게 반문하고 있었다. 어떻게 보면 방어 기제가 작동한 것이라고 보아도 좋았다. 다이젠은 그녀가 구축해 놓은 세계를 너무도 손쉽게 파헤쳐 놓으려 하고 있었다.

"오랜만에 봤는데 왜 이런 이상한 소리나 하는 거야?"

아리스의 이런 무의식적인 거부의 의사는 다이젠에게 효과적으로 전달되었다.

그는 귓가를 파고드는 아리스의 말에 입을 굳게 다물었다.

'에이드리안이 아니면 내가 좋아할 만한 사람이 누가 또 있느냐'는 아리스의 질문이 마치 '내가 좋아할 만한 가치가 너한테 있어?'라고 묻는 듯했다.

얼마 전까지 아리스와 그의 사이에 존재한다고 느꼈던 유대감도 지금 이 순간 흔적조차 남지 않고 부서져 버린 것 같았다.

다이젠의 얼굴이 서늘하게 식었다.

아리스 키프로스. 그리고 에이드리안 라인츠버그.

꼭 짜 맞춘 것처럼 잘 어울리는 사람들이었다. 예쁜 유리 모형 속의 인형들처럼.

그런 생각은 일전에 다이젠 역시 했던 것이었다. 하지만 막상 아리스의 입으로 그와 비슷한 말을 듣게 되자 속이 뒤틀리는 기분이었다.

아리스는 선택한 것이다. 그녀의 옆에 설 사람으로, 누가 봐도 그녀와 잘 어울리는 남자라 할 수 있는 에이드리안 라인츠버그를.

그리고 일말의 여지조차 없이 다이젠은 안 된다고 못을 박아 버렸다.

속에서부터 울컥 뜨거운 불이 치솟았다가, 이윽고 한계까지 부풀어 터진 풍선처럼 땅바닥까지 가라앉았다. 그렇게 그의 안에서 소용돌이치던 감정은 허무하게 증발해 빈껍데기가 되어 버렸다.

아리스가 말한 대로였다.

에이드리안 라인츠버그 외에 그녀가 좋아할 만한 사람이 달리 또 있을 리가 없었다. 다이젠이 입학하기 전부터도 두 사람은 거의 사귀는 것이 기정사실화된 관계라고 했다. 그러니 아마도 얼마 전까지 아리스를 마주할 때마다 그녀에게서 전해졌던 느낌은 단순히 그의 기대가 빚어낸 착각이었던 것이 분명했다.

그 사실을 깨닫자마자 싸늘한 조소가 터져 나왔다.

이렇게 시시할 수가.

이렇게 우스울 수가.

그리고 이렇게…….

비참할 수가.

"그래, 내가 이상한 소리를 했네."

정확히 누구에게인지 모를 화가 치솟았다.

아리스는 그를 안중에도 두고 있지 않았는데 바보같이 혼자서만 헛된 기대를 품고 있었던 것이 조금은 분했다. 하지만 분하다니. 애초에 멀리서 혼자 아리스를 바라만 보고 있었을 때에는 감히 느끼지도 못했던 감정이었다.

"혹시 화났어?"

다이젠의 서늘한 반응에 아리스가 이해할 수 없다는 듯이 물었다. 지금 화를 낼 사람은 나인데 왜 네가 그런 반응을 보이냐는 듯한 얼굴이었다.

"왜 네가 화를 내?"

"왜 화를 내냐고?"

다이젠도 이것이 배부른 투정이라는 사실을 알았다.

어쩌면 지금 이 말을 꺼내고 나면 이전까지의 관계로나마 돌아가지 못하게 될 수도 있었다. 하지만 이 순간만큼은 속에 있는 말을 꺼내지 않고는 견딜 수가 없었다.

그래서 그는 입을 열었다.

"그야 내가 아리스 선배를……."

"다이젠."

하지만 아리스가 그의 말을 막았다. 그리고 그녀는 얕은 한숨을 내쉬며 말했다.

"무슨 말을 하려는 건지는 모르겠지만 그냥 여기까지만 하자. 이 이상 하면 괜히 서로 기분만 상할 것 같아."

그 순간 다이젠은 찬 물을 맞은 것 같은 기분이 되어 입을 다물었다.

"그리고 왜 이런 일로 너랑 얼굴 붉혀야 하는지도 모르겠고."

아리스가 그의 입에서 나오려던 말이 무엇인지 알고 막은 것인지 아닌지 알 수가 없었다. 하지만 이제 와서는 그런 것이 다 무슨 상관인가 싶었다.

다이젠은 가시를 수십 개는 집어삼킨 것 같은 기분으로 목 끝까지 치밀어 오른 말을 애써 억눌렀다. 그러는 동안 아리스는 무슨 생각을 하는지 모를 얼굴로 그를 물끄러미 바라보다가 먼저 걸음을 옮겼다.

다이젠은 그를 혼자 남겨 두고 온실을 나서는 아리스를 붙잡지 않았다.

* * *

그 후 아리스와 다이젠의 관계는 미묘해졌다.

예전처럼 온실에 오면 서로를 만날 수 있지만 전처럼 마냥 친밀하게 이야기를 나누기에는 약간의 거리감이 생긴 상태라 할 수 있었다.

"레안 교수님은 온실에 안 오셔?"

"아주 가끔만 와."

사실 얼굴을 보기가 껄끄러우면 두 사람 다 온실에 오지 않으면 되는 일이었다. 아니면 서로가 있을 만한 시간을 피하거나. 그럼에도 그러지 않는 이유는 무슨 고집 때문인지 몰랐다.

아리스는 다이젠의 모습을 가만히 지켜보았다. 그는 아리스가 말을 건네도 그녀를 돌아보는 일 없이 묵묵히 식물을 돌보고 있었다.

여느 때와 같은 평화로운 광경이었지만 그 풍경에 속한 두 사람의 속마음까지 마냥 평화롭지는 못했다.

"아리스."

그런데 갑자기 누군가가 닫혀 있던 온실의 문을 열었다.

"에이드리안."

아리스는 약간 놀라서 눈앞에 나타난 사람의 이름을 불렀다. 열린 문틈으로 모습을 드러낸 것은 다름 아닌 에이드리안이었다.

"여기에 있었구나."

"네가 여긴 어쩐 일이야?"

"엠버 교수님이 부르셔서 찾았는데 어디에도 안 보여서. 그런데 갑자기 온실 생각이 나서 와 봤어."

"엠버 교수님이? 지금?"

"교직원 회의에 가시기 전에 말씀하셨으니까 삼십 분쯤 후에 가 보면 될 거야."

아리스는 슬쩍 눈살을 찌푸렸다. 그녀는 엠버 교수를 싫어하고 있었기 때문에 그가 자신을 찾는다는 말에 탐탁지 않은 기분이 들었다.

"온실 보수 작업을 한다는 소리는 들었는데, 벌써 이만큼이나 정리되었구나."

그리고 그런 그녀를 모르는 에이드리안은 그저 처음 들어와 본 온실이 신기하다는 낯을 하고 있었다.

아리스는 자신이 이곳에 있는 걸 그가 어떻게 알았는지 한순간 의아했으나 곧 그 이유를 깨달았다. 그야, 에이드리안은 지난 학기에 아리스를 쫓아 온실 앞까지 와 본 적이 있었으니까.

"그런데 같이 있는 사람은 누구……."

그러던 어느 순간, 그의 눈길이 다이젠에게 가서 닿았다. 하지만 다이젠의 성격상 다른 사람도 아닌 에이드리안에게 직접 자신의 소개씩이나 할 리가 없었다. 무슨 생각을 하는지 모를 붉은 눈동자가 온실 안의 이방인이나 마찬가지인 에이드리안의 얼굴로 미끄러졌다.

그렇다 해서 대신 다이젠이 누구인지를 설명하기에도 애매하게 느껴졌기 때문에 아리스는 두 사람의 모습을 난감하게 지켜보았다.

하지만 다행이라고 해야 할지, 에이드리안은 다이젠의 외양을 보고 그의 정체를 금방 스스로 유추해 냈다.

"아, 레안 아르카노발 교수님의……."

하기야 두 사람은 얼굴이 꽤 닮아 있었으니 조금의 눈썰미만 있어도 쉽게 알아차릴 수 있는 일이었다.

"둘이 왜 같이 있어?"

"우연히 만났어."

사실 두 사람이 이곳에서 만난 일은 몇 번이나 있었고, 오늘 역시 우연한 만남 같은 것이 아니었다. 하지만 아리스는 그런 것을 굳이 에이드리안에게 말하지 않았다.

"아, 레안 아르카노발 교수님이 원예부 고문이시지."

에이드리안은 아리스의 말을 곧이곧대로 들은 듯 고개를 끄덕여 보였다. 다이젠이 온실에 있는 이유를 자기 나름대로 해석한 모양이었다.

"그럼 삼십 분쯤 후에 엠버 교수님 개인 연구실로 찾아가면 되는 거야?"

"응, 난 선도부 회의 때문에 지금 가 봐야 되는데 같이 나갈래?"

"그냥 난 조금 이따가 바로 엠버 교수님 개인 연구실로 갈게."

에이드리안의 권유에 아리스가 웃으며 대답했다. 에이드리안은 미묘한 얼굴로 다이젠과 아리스를 번갈아 쳐다보다가 이윽고 옅게 미소지었다.

"그래, 그럼."

결국 그는 아리스를 남겨 두고 먼저 온실을 떠났다.

그러고 난 후 온실에는 다시 두 사람만 남게 되었다.

아리스는 화단에 걸터앉은 채로 다이젠을 올려다보았다. 그리고 그와 눈이 마주친 순간, 저도 모르게 입을 열어 말했다.

"음, 에이드리안이 지난 학기에 내가 온실에 오는 걸 우연히 봤거든."

하지만 그러고 나서 아리스는 움찔하며 살며시 미간을 찌푸렸다. 왜인지 방금 전 자신이 내뱉은 말이 꼭 변명처럼 느껴졌다. 하지만 그녀가 그럴 이유는 없었다.

애초에 온실은 학생 모두에게 개방된 공간이었으니 설령 아리스가 에이드리안을 이곳에 끌고 들어왔다고 해도 그녀를 비난할 사람은 아무도 없을 것이었다.

그런데 왜 자기도 모르게 변명하듯 말하고 만 걸까?

애초에 이곳이 다이젠과 아리스, 두 사람만의 비밀 공간이었던 것도 아닌데.

다이젠은 그런 아리스를 잠시 동안 말없이 바라보았다. 그리고 이내 아리스에게서 고개를 돌리며 입을 열었다.

"누가 뭐래?"

진실이 어찌 되었든 별로 관심이 없다는 듯한 무심한 어투였다.

하기야 그렇겠지. 아리스는 괜스레 조금 겸연쩍어져서 손가락 끝을 만지작거리며 얼마 전의 일을 입 밖에 꺼냈다.

"내가 전에 엠버 교수님 얘기했지? 그때 그 일로 괜히 에이드리안한테 화풀이하고 오는 길에 넘어지기까지 하고 여러모로 상태가 안 좋았거든."

그래도 굳이 이런 이야기를 다이젠에게 하고 마는 것은 어째서인지 몰랐다.

"그런데 내가 걱정됐는지 온실까지 뒤따라왔던 거 있지. 게다가 하필이면 그날 레안 교수님이 원예부 애들한테 온실 견학을 시켜 준다고 학생들을 다 데리고 온 거야."

에이드리안이 오늘 아리스를 찾아 온실에 오게 된 경위를 그에게 설명하고 싶기라도 한 걸까?

"에이드리안이 다른 사람들이 온실에 못 들어오게 막아 줘서 다행이었어. 내가 넘어져서 다친 걸 알고 반창고까지 챙겨 주고. 애가 참 세심하고 배려심 있더라. 내가 괜히 자기한테 화풀이했는데 기분 상해하지도 않고."

아니면 설마 다이젠에게 에이드리안의 자랑을 하고 싶기라도 한 걸까? 에이드리안은 이렇게 성격도 좋고 배려심도 깊고 무엇보다 나를 위해 주는 사람이라고.

하지만 아니……, 아니었다. 지금 아리스의 머릿속에 들어있는 생각은 그런 것이 아니었다.

에이드리안과 사귀기 시작한 뒤부터 혼란스러운 마음이 완전히 사라졌다고 느꼈는데, 아직까지 그 조각 중 하나가 속에 박혀 있던 모양이다.

어쩌면 아리스는 다이젠이 아닌 그녀 스스로에게 되뇌어 증명하고 싶은 것일지도 몰랐다. 자신의 선택이 잘못된 것이 아니라는 사실을. 하지만 그것은 그녀의 무의식에 가까운 생각이었기 때문에 정작 스스로는 그런 것을 깨닫지 못했다.

그리고 아리스의 말을 듣는 동안 다이젠은 서서히 기시감을 느끼기 시작했다. 그녀의 입에서 나오는 그 당시의 상황은 다이젠도 잘 알고 있는 것이었다.

그런데 아리스가 기억하고 있는 그날의 일에서 단 한 가지만이 사실과 달랐다.

"사실 그날 일 때문에 에이드리안하고 사귀어도 좋겠다고 생각한 거기도 해. 다른 애들은 대단히 극적인 이유를 기대하고 있는데 계기라 할 게 너무 소박해서 어디 가서 이런 말 해 본 적은 없지만."

아리스가 말하는 동안 서서히 굳어 가던 다이젠의 얼굴이 마침내 완전히 딱딱하게 경직되었다.

"……고작 그런 이유 때문이라고?"

꽉 다물려 있던 다이젠의 입술에서 억눌린 낮은 음성이 새어 나왔다. 방금 전 아리스에게서 들은 말이 지칠 줄도 모르고 계속해서 귓가에서 시끄럽게 맴돌았다.

"그게 에이드리안인지, 아니면 다른 사람인지 어떻게 알아? 남자친구가 그래? 자기가 그랬다고?"

"그럼 내가 확인도 안 해 봤을까 봐?"

지금 자신이 느끼고 있는 이 감정을 무슨 말로 표현해야 좋을지 다이젠은 알지 못했다.

"뭐, 그래도 꼭 그날 일 때문만은 아니니까. 어쨌든 내 말은, 에이드리안은 좋은 애라는 거야. 넌 뭐가 그렇게 마음에 안 드는지 모르겠지만."

하지만 아리스의 말이 맞았다. 고작 그 일 하나로 그녀가 에이드리안을 선택한 것은 아닐 것이다. 게다가 그날 아리스를 도왔던 것이 에이드리안이 아닌 자신이었다는 사실 따위, 너무나도 시시하기 짝이 없어서 지금 이 자리에서 차마 말할 엄두조차 나지 않았다.

지난번 온실에서 아리스와 이야기를 나눌 때는 속이 뜨겁게 끓었는데, 오늘은 반대로 차가운 심해 밑바닥까지 가라앉는 느낌이었다.

지난번과는 조금 다른 충동 속에서 다이젠은 느리게 입을 열었다.

"만약 내가 아리스 선배를 좋아한다고 하면 뭐라고 말할 거야?"

다소 무미건조한 목소리가 온실 속에 낮게 울려 퍼졌다. 며칠 전속수무책으로 전부 다 내보일 뻔하다가 가까스로 삼켜 냈던 연약한 진심이 이번에는 일부만 드러났다.

어쩌면 이대로 그의 속마음을 모조리 들켜 두 번 다시는 아리스가 그를 돌아보지 않게 되는 상황이 싫었던 것인지도 몰랐다. 다이젠은 이대로 아리스에게 있어 아무것도 아닌 사람으로 돌아가는 것이 가장 두려웠기 때문에.

그리고 아리스는 잠시 동안 다이젠의 얼굴을 가만히 마주 보다가…….

"별로, 재미없는 농담이라고 생각하는데."

약간 난처한 듯이 웃으며 이렇게 말했다.

"너도 이런 장난을 칠 줄 알아? 학기 시작하면 꼭 그런 식으로 떠보는 남자애들이 있던데. 난 이제 남자 친구도 있으니까 그런 건 더 달갑지 않은데?"

다이젠의 얼굴에 드러난 진심을 알면서도 모르는 척하는 건지, 아니면 미처 그런 것을 알아차리지 못하고 이렇게 말하는 건지 알 수가 없었다.

"뭐, 그런데 나한테 남자 친구가 없었어도 너랑 나는……. 솔직히 공통분모라 할 게 거의 없잖아. 지금도 매일 만나면 티격태격하기만 하는데."

단순히 타이밍이 맞지 않았던 것뿐인지도 몰랐다. 다른 때, 좀 더 다른 방식으로 이야기를 나누었다면 돌아오는 대답 역시 달랐을지도 몰랐다.

"응, 너랑 나는 그런 식으로는 아니라고 생각해."

하지만 아리스는 일말의 여지조차 없이 그는 안 된다고 단언했다. 그 말에 그 어느 때보다 크게 속이 뒤틀렸다.

어떻게 보면 다이젠과 아리스의 사이가 크게 삐거덕거리기 시작한 것은 그때부터였다. 그래도 이제까지는 제법 원만하게 유지되던 관계가 순식간에 무너져 불균형을 그리기 시작했다.

다이젠은 다이젠 나름대로 아리스에게 화가 나 있었고, 아리스는 그런 다이젠을 이해하지 못했다.

그런 상태에서 끔찍한 하루하루가 지나갔다.

"재미있는 거 하나 알려 줄까? 아리스 선배가 좋아하는 에이드리안 라인츠버그는 거짓말쟁이야."

나날이 진창 속에 빠져드는 다이젠의 기분과는 상관없이 아리스와 에이드리안은 매일같이 다른 학생들의 입방아에 오르내리며 즐거운 일상을 보내는 것 같았다. 다이젠은 매일매일 학생들의 입을 통해 강제로 두 사람의 이야기를 전해 들어야만 했다.

"선배는 스스로 사람 보는 눈이 있다고 생각하겠지만 사실은 전혀 아니야."

어느 날인가 다이젠은 싸늘하게 웃으며 아리스가 그토록 믿어 의심치 않는 에이드리안 라인츠버그에 대한 이야기를 꺼냈다.

"네가 에이드리안을 마음에 안 들어 하는 건 알겠는데 그만해. 그런 식으로 훼방 놓으면 재미있어?"

하지만 당연하게도 아리스는 다이젠의 말을 까닭 모를 심술 취급하며 흘려들었다.

차라리 거짓말하지 말라고 화라도 냈으면 그게 더 나았을 것이다. 그러나 아리스는 철없는 아이를 보는 듯한 얼굴로 한숨을 내쉬며 더이상은 이야기할 가치조차 없다는 듯 다이젠을 스쳐 지나갔다.

날이 갈수록 다이젠은 스스로의 모습이 볼썽사납게 느껴졌다. 하루하루가 그런 스스로에게 더욱 화가 나는 나날들이었다.

"그래서 머셀 그리섬의 다른 책을 좀 더 찾아볼까 생각 중이야. 지금 보고 있는 책은 너무 피상적인 내용만 늘어놓는 것 같아서."

"그 개론서 내용이 썩 친절하지는 않지."

그러는 동안에도 시간은 계속 흘러 초겨울이 되었다.

바깥에는 쌀쌀한 바람이 휘몰아치고 있었지만 온실의 내부는 훈훈한 온기로 제법 따뜻했다. 어느덧 마지막 학기, 아리스와 에이드리안이 교제를 시작한 지는 석 달 정도가 되어가고 있었다.

"잠깐 책 좀. 지금 네가 보고 있는 데가 어디야?"

"11장의 정치국제법 부분."

다이젠은 귓가에 조근조근 울리는 목소리를 들으며 눈을 감았다. 그리 멀지 않은 곳에서 들려오는 저 음성은 아리스와 에이드리안의 것이었다. 두 사람은 지금 온실 안에 다이젠이 있는 것을 모르는 것 같았다.

온갖 꽃들이 만개한 온실 안에는 그윽한 향기가 감돌고 있었다. 다이젠은 화단 뒤쪽에 할 일 없이 누워 있다가 불청객을 맞은 상태였다.

"아, 이 부분. 도식으로 만들어서 보면 좀 편하던데."

"도식?"

"그러니까, 이렇게."

아리스와 에이드리안은 가끔씩 이렇게 온실에 와서 함께 시간을 보내고는 했다.

어쩌다가 이곳이 두 사람이 만나는 장소가 되었는지는 모를 일이었으나 그냥 다른 학생들의 눈을 피해 편하게 있을 장소를 찾다 보니 자연스럽게 그렇게 된 것 같았다.

어차피 온실의 보수 작업이 끝나면서 다이젠이 이곳을 찾는 날도 전보다 확연히 줄어들었으니 크게 상관은 없었다. 하지만 간혹가다

운이 나쁜 날에는 이렇게 저 두 사람과 우연히 마주칠 때가 있었다.

"아. 정말 그렇게 정리해서 보니까 간단하네. 계속 헷갈렸는데, 한 번에 이해가 됐어."

"아마 이 정도는 너도 금방 생각했을걸. 이 과목은 네가 나보다 잘하잖아."

두 사람은 사이가 퍽 좋아 보였다.

그들이 주거니 받거니 이야기를 나누는 것을 듣는 동안 다이젠은 점차 속이 불편해지기 시작했다.

한때는 아리스가 다른 사람에게 결코 드러내지 않는 편안하고 자유로운 모습을 자신에게만 보인다는 생각에 기쁨을 느낀 적도 있었다. 아마도 그녀에게 있어 자신은 다른 사람보다 좀 더 특별한 의미일 것이라고 헛된 기대를 품기도 했다.

하지만 이제 그는 그런 착각을 하지 않았다.

지금도 에이드리안을 대하는 아리스의 모습을 보니, 그녀가 자신의 앞에서 편안했던 이유는 굳이 그에게 잘 보일 이유가 하나도 없었기 때문이라는 확신이 들었다.

그런 생각에 다이젠은 얼핏 실소를 흘리며 팔을 들어 눈가를 가렸다. 어차피 아무도 보는 사람이 없는데도, 형편없는 표정을 짓고 있을 것이 분명한 자신의 얼굴을 가리고 싶었다.

"아, 미안. 머리카락이 흘러내려서 불편할까 봐."

그리고 잠시 후 귓가에 흘러든 에이드리안의 목소리에 눈가에 덮인 다이젠의 팔이 작게 움찔했다.

"아니, 사실은 머리카락이 예뻐서 만져 보고 싶었어."

목소리가 들리는 방향에서 풍기는 분위기가 어딘가 방금 전과는 조금 달라진 것이 느껴졌다.

천천히 이를 악물자 팔 아래로 드러난 다이젠의 턱이 약간 딱딱하게 조여졌다.

모든 걸 다 집어던지고 지금 당장 이 자리를 박차고 싶었다. 만약 그럴 수 없다면 차라리 지금 이대로 증발해 이 자리에서 사라져 버리고 싶을 정도였다.

"밖이 벌써 어두워지기 시작하네. 항상 너랑 같이 있으면 시간 가는 줄도 모르는 것 같아."

다행히 그 후로 시간이 얼마 지나지 않아 두 사람은 자리를 떠날 준비를 시작했다. 슬슬 인내심이 끝에 달해 가던 다이젠의 입장에서는 잘된 일이었다.

"슬슬 일어나야겠다. 너도 교수님한테 가 봐야 한다고 하지 않았어? 여긴 내가 정리할 테니까 늦기 전에 가 봐."

"그래. 그래야겠네."

아리스를 혼자 놔두고 에이드리안이 먼저 온실을 나섰다. 다이젠은 아리스가 떠날 때까지 원래 있던 자리에 그대로 숨을 죽이고 기다리려 했다.

"너 또 왜 여기에 있어?"

하지만 언젠가부터 아리스는 다이젠의 존재를 눈치챘던 모양이었다. 어느덧 가까이 다가온 그녀가 조금 심통이 난 목소리로 말했다.

"눈 안 떠? 너 안 자는 거 다 알아."

그제야 다이젠도 눈을 떠 아리스를 마주했다.

"아니, 갈 데가 여기밖에 없어? 어떻게 올 때마다 너랑 마주치는 것 같아."

하기야, 남자 친구와 오붓한 시간을 보내고 있는데 다이젠이 본의 아니게 방해를 한 셈이니 불만스러울 만도 했다.

그러나 그런 아리스를 보자 또다시 속이 드글거리며 끓기 시작했다.

"그러는 선배야말로 에이드리안이랑 노닥거릴 데가 여기밖에 없어?"

그래서 싸늘히 읊조린 말에 아리스가 눈살을 찌푸리는 것이 보였다.

"내가 방해해서 불만인 것 같은데 방해받은 건 나도 마찬가지거든."

하지만 다이젠이라고 해서 저 두 사람이 오붓이 노닥거리는 광경을 보고 싶었을 리는 없었다. 그러는 와중에도 아리스는 그의 속을 뒤집는 말을 했다.

"에이드리안이 네 친구니? 선배한테 호칭이 그게 뭐야?"

"그딴 자식 어떻게 부르든 내 마음이지, 선배가 무슨 상관이야? 아, 벌써 남자 친구라고 대변인 역할이라도 하려는 건가? 그 자식은 제 입으로 말도 못 한대?"

다이젠의 날 선 반응에 아리스는 잠시 동안 입을 다물었다. 그리고 이내 방금 전과는 조금 다른 진지한 얼굴로 다이젠을 향해 물었다.

"너 왜 그래?"

"내가 뭘."

"얼마 전부터 계속 나한테 유독 띠껍게 굴잖아."

이번에는 다이젠이 입을 다물 차례였다.

아리스에게 정말 그 이유를 몰라서 묻는 것이냐고 묻고 싶어 속이 아우성쳤다.

하지만 다이젠은 결국 한마디도 입 밖으로 꺼내지 않고 한참 동안이나 말없이 아리스를 올려다보았다.

그 시선을 견디다 못한 아리스가 잠시 후 다시 입을 열었다.

"왜 그렇게 쳐다봐?"

"내가 병신 같아서."

바싹 말라 버석거리는 목소리가 다이젠의 목에서 토해졌다. 입 밖으로 그런 말을 내뱉고 나자 정말 스스로가 바보천치처럼 느껴지기 시작했다.

차라리 전처럼 멀리서 아리스를 바라보고만 있었다면 이런 비참한 감정은 느끼지 않아도 되었을까?

"그게 무슨 말이야?"

"듣고도 몰라? 내가 등신 같아서 웃기다고."

그러나 더욱 한심한 것은, 그렇다 해서 서로와 완벽한 타인이던 예전의 관계로 다시 돌아가고 싶지는 않다는 것이었다. 이렇게 속이 뜯겨지는 것처럼 쓰리고 화가 나도, 아리스를 만난 것이 후회되지는 않는다는 점이 우스웠다.

다이젠은 아까 전에 그랬듯, 팔을 들어 얼굴을 가렸다. 아리스에게 이런 꼴사나운 얼굴을 보여 주고 싶지 않았다. 그래도 가까스로 요동치는 마음을 꾹꾹 억눌러 드러내지 않는 데 성공할 수 있었다.

"됐어. 원래 이런 말 하려던 것도 아니고."

곧 다이젠의 팔이 밑으로 내려갔다. 다시금 드러난 그의 얼굴은 표정 없이 무심하고 서늘했다. 그런 상태로 다이젠은 자리에서 몸을 일으켰다.

"내 태도가 예전과 다르다고 했지? 이제부터는 전이랑 똑같을 테니 안심해."

그는 아리스에게 하는 말인지, 스스로에게 하는 다짐인지 모를 말을 읊조리며 아리스를 스쳐 지나갔다.

"왜냐면 나도 잊을 거니까. 전부 다."

혼자 간직한 마음을 혼자 억누르는 것은 익숙했다. 애초에 아무것도 없던 것처럼, 또 아무 일도 없었던 것처럼 다시 원래대로 돌아가면 된다.

애초에 시작한 것이 없기에, 따로 끝을 낼 것도 없었다.

그 사실이 그렇게 허망할 수가 없었다.

외전 - 다이젠과 아리스의 밀고 당기는 연애사

"그럼 부비 예산안 건은 그렇게 하는 걸로 결정하고 여기서 마무리하자."

장장 두 시간 동안 진행되었던 학생회 회의가 끝났다.

본래 한 시간이면 마무리 되곤 하던 회의였지만 오늘은 동아리 활동비와 관련해 논의가 있던 참이라 이야기가 길어졌다. 작년에 활동이 미진했던 부는 활동비가 삭감되어 내일 중에 공고문이 전달될 예정이었다.

"그럼 오늘 결정된 사안은 내가 교무실에 가서 전달하고 올게."

"그래."

에이드리안의 말에 아리스가 고개를 작게 끄덕였다.

이번 학생회 안건은 각 동아리의 고문 교수와도 연관이 있는 내용이었기 때문에 오늘 결정된 사항을 교무실에도 전달해야 했다. 아리스의 대답을 들은 직후 에이드리안이 자리에서 일어났다.

올해에도 두 사람은 또 같이 학생회에서 일하게 되었다. 아리스는 여전히 에이드리안이 조금 껄끄러웠지만 어쨌든 간에 같은 학생회 간부였기 때문에 계속 얼굴을 마주해야만 했다.

올해 입학한 1학년 학생들을 제외하고는 모두가 에이드리안과 아리스의 관계를 알고 있었다. 한때 교제하다가 안 좋은 이유로 헤어지게 되었다는 사실도, 그리고 지금은 아리스에게 다른 남자 친구가 생겼다는 것도.

그래서 학생회 내에서도 두 사람의 눈치를 보거나 흥미를 가지고 그들을 관찰하는 학생들이 많았다.

그것을 알기 때문에 아리스와 에이드리안은 일부러 더 태연하게 서로를 대했다. 도대체 무엇을 기대했던 건지, 두 사람이 아무렇지 않게 대화하는 모습을 볼 때마다 실망스러운 눈빛을 보이는 학생들도 있었다. 하지만 그들이 원하는 대로 행동해야 할 이유는 없었다.

사실 아리스는 에이드리안의 태도를 조금 신경 쓰고 있었다. 일전에 에이드리안이 그녀에게 옛일은 잊고 다시 사귀자는 황당한 소리를 했었기 때문이다.

물론 아리스는 그것을 거절했지만 에이드리안이 전처럼 미련을 남기고 묘한 태도를 보이지는 않을까 다소 염려가 되기는 했다. 그런 구설수에 오르내리는 것도 이제는 지긋지긋했고, 더 이상은 귀찮은 일에 휘말리고 싶지 않아서였다.

그러나 다행히도 에이드리안 역시 언제 그런 일이 있었냐는 듯이 아리스를 대했다. 지난번의 일 이후로 에이드리안도 마음을 정리한 건지, 아니면 다른 학생들의 앞에서 민망한 모습을 보이고 싶지 않아 일부러 태연히 구는 것인지 이유는 알 수 없었다.

하지만 그런 것이야 아무래도 상관없는 것이 아리스의 솔직한 심정이었다. 아리스에게 있어 에이드리안은 이미 자신과 연관이 없는 완벽한 타인이었으니까. 그래서 그가 무슨 생각을 하고 있든 솔직히 그렇게 궁금하지도 않았다.

다만 그녀는 지금의 상황이 꽤 만족스러웠기에 앞으로도 그가 지금처럼만 해 주기를 바랄 뿐이었다.

"그럼 다음 회의 시간에 보자."

"수고하셨어요."

"고생했어."

다 함께 인사를 나누고 학생회 간부들은 뿔뿔이 흩어졌다. 아리스도 학생들 틈에 섞여 학생회실을 빠져나왔다.

졸업 학년이 되고 나서 아리스는 전보다 배는 더 정신없이 바빠졌다. 학생회장이 되면서 교수님들과 학생들이 여기저기서 그녀를 찾는 일도 많아졌고, 또 졸업을 준비하며 해야 할 일도 많았다.

물론 아리스는 그 모든 일정을 완벽하게 소화해 내며 다시 한번 주위 사람들의 경탄 어린 시선을 받았다.

"아리스, 회의 다 끝났어?"

"응, 오래 기다렸지?"

"아니야. 네가 처음에 늦어질 것 같다고 해서 나도 다른 거 하고 있었으니까 괜찮아. 그런데 진짜 다른 때보다 늦게 끝났다."

기숙사 방으로 돌아오자 여느 때처럼 리즈벳이 아리스를 반겨 주었다.

4학년이 되어서도 그녀들은 같은 방을 사용하고 있었다. 사실 학년이 올라갈수록 기숙사의 방 배정은 학생들이 바라는 대로 이루어졌기 때문에 친한 친구들끼리 같은 방을 사용하는 경우가 대부분이었다.

"이번 연극에 사용할 의상이 그거야?"

"맞아. 여기 밑단만 내가 조금 손보려고."

리즈벳은 레이스가 잔뜩 들어간 화려한 드레스를 품에 안고 무언가를 집중해 하고 있었다.

그녀는 이번 학기에 원예부를 그만두고 의상 담당으로 연극부에 들어갔다. 졸업 학년이 동아리를 나가는 경우는 있어도 새로 들어가는 일은 극히 드문 일이었다.

하지만 지난 학기에 연극부의 의상을 고르는 일을 도와주다가 재미를 붙였는지, 리즈벳은 그동안 유리 하이트 때문에 붙어 있던 원예부에 퇴부 신청서를 내고 연극부에 들어갔다. 연극부에서도 리즈벳을 적극적으로 환영해 주었다.

"이거 조금만 더 하면 되는데 끝내고 밥 먹으러 가도 돼?"

"응, 천천히 해. 지금 그렇게 배고프진 않으니까."

어차피 먼저 늦은 것은 아리스였기 때문에 리즈벳이 원한다면 얼마든지 기다릴 수 있었다.

게다가 저렇게 즐거운 얼굴로 일을 하고 있는데 방해하고 싶지도 않았고.

리즈벳은 머리 위에 꽃 두 송이를 달고 콧노래를 흥얼거리며 다시 바느질하기 시작했다. 아리스는 의자에 앉아 그런 그녀의 모습을 웃으며 지켜보았다.

시간이 지나도 아리스의 눈에는 여전히 사람들의 머리 위에 피어난 꽃이 보였다.

일전에 '사람들에게 있는 꽃을 그만 보고 싶다'고 생각한 직후 정말 그녀의 눈이 평범하게 돌아왔던 적이 있었다. 그래서 혹시 이번에도 똑같이 생각하면 저 꽃들이 사라질까 싶었지만, 어째서인지 이번에는 눈에 띄는 변화가 일어나지 않았다.

하지만 예전 같으면 마냥 막막하게만 느껴졌을 일이 이제는 그렇게까지 신경 쓰이지 않았다. 이미 적응이 될 만큼 된 데다가, 또 다른 사람들의 마음을 들여다볼 수 있다는 것에 나름대로 긍정적인 면도 있었기 때문이었다.

음, 물론 사람이 많은 곳에 있을 때면 뒤섞인 꽃냄새 때문에 여전히 속이 울렁거리기는 했지만 말이다.

하지만 다이젠을 보면 머리 위의 꽃이 보인다는 사실이 그렇게 나쁘게 느껴지지만도 않았다.

"다이젠."

지금처럼 그녀를 볼 때마다 봄이 온 것처럼 활짝 피어나는 붉은 꽃이 무척 예뻤으니까.

리즈벳과 함께 저녁을 먹은 후에 아리스는 다이젠과 만나기 위해 정원 쪽으로 걸음을 옮긴 참이었다. 그런데 만나기로 정한 약속 장소에서 다이젠은 다른 누군가와 함께 서 있었다.

"아리스 선배."

아리스가 다이젠을 부르자 곧바로 그가 그녀를 돌아보았다. 그 직후 다이젠의 앞에 있던 여학생이 그에게 무어라 말한 뒤 자리를 비켰다.

"누구야? 같은 반 친구?"

"아니, 다른 반."

다이젠의 말에 아리스가 '흐음?'하고 소리 내며 멀어지는 여학생의 뒷모습을 바라보았다.

어쩐 일로 다른 여자애랑 같이 있나 했더니, 심지어 같은 반도 아니고 다른 반 여자애라고?

"중요한 얘기 중이었던 거 아니야?"

"그냥 별 얘기 아니었어. 합동 수업 때 같은 조인데 그것 때문에 할 말이 있다고 해서."

아리스가 지나가듯 물은 말에 다이젠은 대수롭지 않다는 듯이 대답했다. 조금 전에 함께 있던 두 사람의 모습으로 보았을 때, 아마 실제로도 두 사람이 나눈 대화는 별로 특이한 내용이 아니었을 터였다.

하지만 아리스의 기분은 여전히 미묘했다.

왜냐하면 방금 전에 자리를 떠난 여학생의 꽃이 다이젠을 향해 아주 활짝 피어 있었기 때문이다. 물론 다이젠의 꽃은 그 여학생의 앞에서 봉오리 상태를 유지하고 있다가 아리스를 보는 순간 기다렸다는 듯이 꽃잎을 펼쳤다.

"가자."

그때, 다이젠이 자연스럽게 아리스의 손을 잡으며 걸음을 옮겼다. 아리스는 자신의 손을 붙잡은 다이젠의 손을 한 차례 내려다보았다. 그리고 이내 그를 따라 자리에 멈추었던 발을 뗐다.

"그래서 오늘은 좀 정신없었어."

"네 친구들도 참 은근히 재미있더라."

아직 여름이 오기 전인 늦봄이었다.

그래서인지 날씨가 너무 덥지도 춥지도 않고 기분 좋게 포근해서 점심이나 저녁 시간마다 밖으로 산책을 나오는 학생들이 많았다.

지금도 아리스와 다이젠이 두런두런 이야기하며 걷고 있는 동안 주위를 오가는 학생들이 여럿 눈에 띄었다. 그들은 손을 잡고 정원을 걷는 두 사람을 저마다 힐끔거리며 지나갔다.

그러다 문득 아리스는 이상함을 느꼈다.

아무래도 남학생들끼리 사이좋게 정원을 산책하는 경우는 많지 않아서, 지금 이곳에 있는 학생 중에는 여학생의 비율이 압도적으로 높았다.

그리고 그중에 다이젠을 향해 꽃잎을 펼치는 여학생들이 아까부터 계속 눈에 들어왔다.

물론 다이젠이 여학생들 사이에서 인기가 꽤 있다는 사실은 전부터 알고 있었지만 이 정도는 아니었던 것 같은데?

"왜 그래?"

"아니, 그냥."

아리스는 은근한 찜찜함을 느끼며 다이젠과 조금 더 함께 시간을 보내다가 기숙사 방으로 돌아왔다.

* * *

"오늘 저녁 시간에 뭐할 거야?"

"음, 글쎄. 도서관에 갈까 싶은데."

"책 빌리러, 아니면 공부하러?"

다음 날에는 점심시간에 다이젠과 만났다. 학생 휴게실에서 테이블을 사이에 두고 노닥거리던 중 다이젠이 묻는 말에 아리스는 잠깐 생각하다가 대답했다.

"공부 쪽."

"나도 같이 가."

그리고 곧바로 잇따른 말에 아리스는 고개를 갸웃하며 말했다.

"상관없지만 네가 심심할걸?"

"안 심심해. 나도 공부할 거야."

그 순간 아리스의 두 눈이 동그랗게 떠졌다. 그녀는 약간 귀를 의심하는 마음으로 다이젠에게 되물었다.

"시험 기간도 아직 멀었는데?"

"그건 아리스 선배도 마찬가지잖아."

물론 그건 그렇지만 그래도 이건 경우가 다르지 않나 싶었다. 하지만 다이젠은 아리스와 생각이 다른 듯 어느덧 전보다 조금 길어져 눈을 찌르는 앞머리를 태연히 만지작거리고 있었다.

그러다 그는 아리스의 시선을 느끼고 그녀를 향해 다시 눈길을 돌렸다.

"왜 그렇게 쳐다봐?"

아니, 네가 공부를 한다니까 신기해서…….

아리스는 저도 모르게 생각한 것을 입 밖으로 말할 뻔했다. 하지만 다이젠이 그녀의 속마음을 꿰뚫어 보기라도 한 것처럼 무시하지 말라는 듯이 슬그머니 눈을 치켜떠서 늦지 않게 하려던 말을 삼켜 낼 수 있었다.

시험 기간에도 안 하던 공부를 도대체 무슨 바람이 불어서 자처해

한다는 것인지 도무지 알 수가 없었다. 하지만 원래 열심히 하던 공부를 안 하겠다는 것도 아니고 그 반대인 경우이니 나쁠 것 없는 일이었다.

"그래, 그럼 같이 가자."

그래서 아리스는 신기한 마음으로 다이젠과 함께 방과 후에 도서관에 가기로 결정했다.

"진짜 공부할 거야?"

"그렇다니까. 속고만 살았어?"

그리고 두 사람은 정말 저녁 시간에 만나 함께 도서관으로 이동했다. 아직까지 미심쩍은 마음이 들어 아리스가 슬쩍 묻자 다이젠이 담담하게 대꾸했다. 그 얼굴을 보고 아리스도 더 확인하지 않기로 했다.

"어디에 앉을 거야?"

"아리스 선배 옆자리."

아직 시험 기간이 아니었기 때문에 도서관의 열람실은 한적한 편이었다. 그리고 예상하고 있었듯이 열람실을 차지하고 있는 학생들의 대부분은 4학년이었다.

아리스와 다이젠은 열람실의 한쪽 구석에 위치한 빈 자리로 향했다. 그리고 나란히 앉아 각자의 공부를 시작했다.

하지만 다이젠과 이런 식으로 도서관에 같이 와서 공부를 하는 것은 처음이라 그런지 아무래도 조금 신경이 쓰였다. 그래서 아리스는 저도 모르게 옆을 힐끔거리며 다이젠을 관찰하게 되었다.

뜻밖에도 다이젠은 꽤나 집중해서 책을 보고 있었다. 그 모습을 보니 의외라는 생각이 들었다.

솔직히 처음에는 그냥 한번 해 본 소리가 아닐까 싶었는데 혹시 진지한 생각으로 말했던 걸까?

그러다 아리스의 시선을 느꼈는지 다이젠이 책에 박혀 있던 눈길을 움직였다. 눈이 마주친 직후, 다이젠이 아리스를 향해 소리 없이 입 모양으로만 말했다.

'나만 쳐다보지 말고 집중해.'

그 순간 아리스의 눈매가 움찔거렸다.

아니, 저렇게 말하면 꼭 그녀가 다이젠한테 정신이 팔려서 공부에 집중하지 못하기라도 했던 것 같지 않은가? 하지만 아리스는 그냥 다이젠이 진짜 공부를 하는지 궁금해서 잠깐 지켜보고 있었던 것뿐이었다.

아리스는 다이젠을 향해 한 차례 불만스럽게 얼굴을 찌푸려 보인 뒤 고개를 돌렸다. 다이젠은 입술을 삐죽이며 불만을 표출하는 아리스의 모습을 장난스러운 눈빛으로 쳐다보다가 다시 책으로 시선을 돌렸다.

그 후로 두 사람은 한동안 각자의 할 일에 집중했다. 그리고 시간이 어느 정도 지난 뒤 잠깐 쉬기 위해 도서관을 나섰다.

"공부는 잘 돼?"

"그럭저럭."

"모르는 거 있으면 알려 줄 수 있는데."

"누구 가르쳐 주는 거 잘해?"

"내가 못 하는 게 있을 것 같아?"

아리스가 그걸 말이라고 하냐는 듯 코웃음을 치며 반문하자 다이젠이 그녀를 따라 픽 웃으며 대답했다.

"없겠지. 아리스 선배인데."

아리스는 다이젠의 웃는 얼굴을 가만히 바라보다가 이내 헛기침을 하며 지나가듯이 말했다.

"모처럼 열심히 하고 있으니까 성적 오르면 선물이라도 줄까?"

그 말에 다이젠의 시선이 아리스를 향했다.

"뭘 줄 건데?"

"네가 갖고 싶은 거."

"갖고 싶은 거 뭐든?"

그 순간 아리스가 멈칫했다.

아리스는 그냥 깊이 생각하지 않고 가벼운 마음으로 던진 말인데 다이젠이 '갖고 싶은 건 뭐든'이라고 하자 갑자기 괜한 말을 했나 싶어졌다.

"성적이 오른다고 무조건 다 주겠다는 건 아니야. 기준을 정해야지."

"등수, 아니면 점수?"

"지난 시험 성적이 대강 어땠는데?"

다이젠의 성적은 대체로 중상위권인 것으로 알고 있었다. 물론 다른 학년인 다이젠의 성적을 아리스가 자세히 알 리는 만무했다. 하지만 다이젠과 같은 학년인 학생회의 학생들이 전에 다이젠의 성적에 대해 이야기하는 것을 언뜻 들은 적이 있어서 기억하고 있었다.

다이젠에게 이번 학기의 중간 지난 시험 때의 성적을 대강 들으니 역시 예상대로였다.

"그럼 기준은 전교 30등…… 아니, 20등으로 하는 게 어때?"

처음에는 그냥 순전히 다이젠의 의욕을 북돋아 줄 마음으로 권한

내기였다. 하지만 다이젠의 반응을 보아 하니 아무래도 기준을 너무 낮게 잡으면 안 될 것 같다는 생각이 들었다.

그래서 이건 좀 무리가 아닐까 싶은 정도로까지 내기의 기준선을 높였는데도 다이젠은 군말 없이 수락했다.

"나중에 말 바꾸지 마."

아리스는 도대체 이 자신감은 뭘까 하는 생각에 의아해졌다. 물론 다이젠이 머리가 좋은 편이라는 사실도 알고 평소에 공부하는 것에 비해서 성적이 비정상적일 정도로 잘 나오는 편이라는 사실도 알고 있었지만⋯⋯. 그래도 갑자기 저 정도로 성적을 올리는 건 어려울 텐데?

"너무 무리한 건 안 돼. 내가 줄 수 있는 한도 내에서야."

"알아."

다이젠의 자신감에 아리스까지 전염된 것일까? 갑자기 이번 시험이 끝난 후가 조금 걱정되기 시작했다. 하지만 무리한 요구는 안 된다고 미리 못을 박았으니까 괜찮겠지.

그러나 그렇게 생각하면서도 마음 한 편으로 찜찜한 것은 어째서인지 몰랐다.

두 사람은 조금 더 도서관에서 시간을 보내다가 점호 시간이 다가올 때쯤 자리를 정리했다. 이렇게 오랫동안 공부할 계획은 아니었는데 예상 밖으로 다이젠에게 자극을 받아서 저도 모르게 집중해 버린 탓이었다.

꽤 늦은 시간이라 그런지 도서관에서 기숙사 쪽으로 향하는 학생들은 별로 없었다.

"기숙사 앞까지 데려다줄게."

"어차피 바로 이 앞인데 뭐."

여학생 기숙사와 남학생 기숙사는 입구가 달랐기 때문에 아리스는 중간에서 다이젠과 헤어지려고 했다. 하지만 다이젠은 여전히 아리스의 손을 잡은 채로 여학생 기숙사를 향해서 걸음을 옮겼다.

"내가 좀 더 오래 같이 있고 싶어서 그래."

그러면서 그가 지나가듯 흘린 말에 아리스는 잠깐 할 말을 잃었다.

걸으면서 다이젠의 옆얼굴을 올려다보았지만 그는 동요 없는 얼굴을 하고 있었다. 방금 전에 꽤 간지러운 말을 했던 것 치고는 몹시도 태연하기 짝이 없는 얼굴이었다.

"그럼 내일 봐."

오히려 아리스가 약간 쑥스러워져서 다소 멋쩍은 말투가 입 밖으로 새어 나왔다. 여학생 기숙사까지의 거리는 가까웠기 때문에 금방 그 앞에 도착했다.

"들어가는 거 보고 갈게."

아리스의 말에 다이젠도 담백하게 마주 인사했다. 그 얼굴이 여전히 표정 변화가 없어서 이제 그만 맞잡은 손을 놓지 않을까 했는데…….

다음 순간 다이젠은 오히려 아리스의 손을 가까이 끌어당겼다. 방심하고 있던 아리스는 다이젠이 당기는 대로 그에게 끌려갈 수밖에 없었다.

"잘 자."

아리스는 바로 머리 위에서 스미는 속삭임을 들으며 눈을 깜빡거렸다. 그리고 뒤늦게 자신이 다이젠에게 안겨 있는 것을 깨닫고 흠칫 놀라 입을 벌렸다.

하지만 아리스가 무어라 반응하기 전에 다이젠이 아리스를 감싸 안고 있던 팔을 풀었다. 그러자 하얀 달빛에 물든 다이젠의 얼굴이 시야에 들어왔다.

이상한 일이었다. 은은하게 미소 짓고 있는 다이젠의 얼굴을 보는 순간 어째서인지 말문이 막히면서 머릿속에 맴돌고 있던 말들이 순식간에 사라졌다.

결국 아리스는 다이젠에게 '너도 잘 자'라는 말을 어물어물 남긴 채 걸음을 옮기고 말았다.

그러다 한 번 뒤돌아보았을 때, 다이젠은 아직까지도 그녀를 지켜보며 서 있었다. 아리스는 방금 전보다 더 복잡해진 마음을 느끼며 기숙사로 돌아왔다.

"아리스, 초콜릿 먹을래?"

"아니, 지금 너무 늦은 시간이라 안 먹어."

방으로 돌아와서 보니 리즈벳은 침대 위에서 간식을 주워 먹으며 소설책을 읽고 있었다. 그녀는 아리스가 문을 열고 들어오자마자 자신이 먹고 있던 간식을 권했다. 아리스는 그것을 거절하며 문을 닫았다.

"에이, 그런 게 어디 있어? 아직 그렇게 늦은 시간도 아닌데. 그리고 넌 좀 더 쪄도 돼."

리즈벳이 투덜거렸지만 지금 아리스에게 중요한 것은 초콜릿 같은 것이 아니었다.

"아무래도 주도권을 빼앗기고 있는 것 같아."

아리스가 진지하게 중얼거리는 혼잣말에 리즈벳이 의아한 눈빛을 보냈다. 하지만 아리스는 심각하게 고민하고 있었다.

얼마 전부터 다이젠이 아리스에게 무슨 말을 하고 어떤 행동을 할 때마다 왜인지 그녀 혼자 동요하는 것 같아 마음에 들지 않았다. 게다가 다이젠은 점점 자연스럽게 낯간지러운 말을 하는 데 이어 이제는 먼저 주도적으로 손을 잡는 등의 서슴없는 접촉을 하기까지 했다. 방금 전에도 아차 하는 사이에 마음대로 끌어안기까지 하고…….

물론 그런 것 때문에 기분이 나쁜 것은 아니었다. 그랬다면 진작 단호히 거부하고도 남았을 테니까.

하지만 바로 그게 문제다!

왜냐하면 다소 당황스럽기는 할지언정 기분이 조금도 불쾌하지 않았기 때문이다. 오히려 그 반대라면 반대였다.

다이젠이 한 번씩 이렇게 심장에 콱 들어와 박히는 말이나 행동을 할 때마다 가슴 어귀가 간질간질해지면서 거부할 생각 따위는 손톱만큼도 들지 않게 되었으니까.

이대로는 다이젠이 뭘 하든 아무 소리도 못 하고 그냥 바보처럼 휩쓸려서 '그래, 그냥 네가 하고 싶은 대로 다 해' 같은 말이나 해 버릴지도 모른다는 위기감이 엄습했다.

아리스는 평소에 자신이 똑 부러지고 단호한 성격이라고 생각했는데 이상하게도 어느 순간부터 다이젠을 상대로는 뜻하지 않게 물렁물렁해지고 있었다. 아리스 스스로도 그런 자신을 느끼고 있었기 때문에 이대로는 위험하다는 생각이 들었다.

"뭔지는 잘 모르겠지만 다이젠 얘기야?"

그때, 리즈벳이 초콜릿에 이어 책상 서랍에 넣어 놨던 과자를 꺼내 먹기 시작하면서 아리스에게 물었다. 방금 전에 아리스가 만나고 온 사람이 다이젠이라는 사실을 알기 때문에 아마도 그에 관한 일이겠거니 하고 짐작한 것 같았다.

"난 아직도 신기해. 설마 너희 둘이 사귀게 될 줄은 몰랐어."

리즈벳의 말에 아리스는 조금 겸연쩍은 기분이 되었다.

사실 다이젠과 이런 관계가 될 줄 몰랐던 것은 아리스 역시 마찬가지였다.

"매일 볼 때마다 티격태격하더니. 하긴, 지금 와서 생각해 보면 그렇게 싸우는 것도 다 서로 관심이 있어야 하는 거지?"

"아니, 뭐. 그렇게 많이 싸우지는 않았어……."

아리스가 약간 소극적으로 중얼거리자 리즈벳이 '개구리 올챙이 적 생각 못 한다더니'하는 눈빛으로 그녀를 쳐다보았다. 그 눈빛이 꽤나 생생해서 아리스는 그만 더욱 민망한 기분이 들고 말았다.

"크흠. 어차피 그건 예전 일이니까."

그래서 그녀는 괜히 헛기침을 하며 변명조로 말했다. 다이젠과 만날 때마다 서로 으르렁거리며 얻게 된 분노를 리즈벳의 앞에서 격렬히 토로했던 것이 바로 엊그제 같은데……. 지금은 두 사람의 관계가 그때와 완전히 달라져 있었다.

그리고 아리스의 변명을 어떻게 받아들였는지, 리즈벳이 혼자서 고개를 주억거리며 말했다.

"하긴, 그건 그래. 너랑 사귀고 나서부터 다이젠도 성격이 좀 바뀐 것 같지? 그래서 그런지 여자애들한테 인기도 더 많아진 것 같던데."

그 순간 아리스는 멈칫할 수밖에 없었다.

다이젠을 좋아하는 여학생들이 예전보다 많아진 것 같다는 것은 아리스도 얼마 전부터 느끼던 것이었다. 길을 오가다 보면 그를 상대로 머리 위의 꽃을 피우는 여학생들이 전에 비해 눈에 띄게 늘어 있기도 했다.

"왠지 전에는 좀 범접할 수 없는 느낌이 강했는데 요즘은 그래도 어느 정도 친근해졌다고 해야 할까, 많이 유해졌다고 해야 할까."

그런데 막상 그런 것을 리즈벳의 입으로 확인받자 기분이 영 좋지만은 않았다.

하지만 왜지? 에이드리안과 사귈 때는 그가 여학생들에게 인기가 많다는 사실에 뿌듯한 기분만 들었는데. 그런데 다이젠을 좋아해서 그의 주위에 얼쩡거리는 여학생들이 많아졌다는 사실에 어째서인지 거슬리는 느낌이 들고 있었다.

물론 다이젠의 꽃은 다른 사람을 상대로 한 번도 꽃잎을 펼친 적이 없었기 때문에 그런 면에 있어서는 흐뭇한 기분이 들기도 했지만…….

하지만 거기까지 생각하다 말고 아리스는 얼굴을 구기며 끄응 신음하고 말았다.

그러니까 이런 점이 마음에 들지 않는다는 것이었다.

이건 꼭 그녀가 다이젠 때문에 질투라도 하는 것 같은 모양새가 아닌가? 게다가 어린애도 아니고, 이런 속 좁은 마음이라니.

아무래도 요즘 다이젠과 붙어 있는 시간이 늘어났다 보니까 이런 식으로 생각하는 방향이 편중되는 것 같았다.

아리스는 다시 한번 이대로는 안 되겠다는 생각을 하며 혼자서 무언가를 결심했다.

* * *

"한동안 바쁠 예정이라고?"

"응. 너도 알다시피 할 일이 좀 많아서."

아리스의 말에 다이젠이 고개를 비스듬히 기울였다.

하지만 아리스는 천연덕스럽게 그런 그를 올려다보았다. 그녀는 다이젠과 잠시 동안 거리를 두기로 결심하고 그러한 생각을 실천으로 옮긴 참이었다.

사실 아무리 할 일이 많다고 해도 얼굴 한 번 못 볼 정도로 바쁘다는 것은 말이 되지 않았다. 하지만 자고로 연애에는 밀고 당기기가 중요한 것이라고 하지 않던가?

한동안 다이젠이 원하는 대로 끌려가 줬으니 지금은 한 발짝 물러나야 할 때인 것 같았다.

"그래, 그럼."

다행히 다이젠은 이상한 점을 느끼지 못한 듯 별다른 말없이 고개를 끄덕였다.

그런데 어째서일까? 다이젠이 너무 쉽게 수긍하니 기분이 또 별로 좋지 않아졌다. 한동안 시간이 없어 따로 만나지 못한다고 했는데 설마 아무렇지도 않은 거가?

계획대로 되었으니 기뻐해야 마땅해야 어째서인지 아리스는 다이젠에게 조금 따져 묻고 싶은 마음이 되었다. 도대체 이건 무슨 변덕인지 스스로가 생각했을 때에도 알 수가 없었다.

"이해해 줘서 고마워. 너도 시험 때까지 열심히 해."

당연하게도 아리스는 그런 자신의 마음을 다이젠에게 들키고 싶지 않았다. 그래서 여느 때처럼 웃는 얼굴로 말하며 그에게서 먼저 돌아섰다.

하지만 자신을 붙잡지 않는 다이젠에게 또 조금 불만스러운 마음이

드는 것은 어째서인지 몰랐다.

* * *

"너, 네 남자 친구하고 헤어졌어?"

어느 날, 아리스는 자신에게 다가와 이런 황당한 소리를 꺼낸 장본인을 차게 식은 눈빛으로 내려다보았다. 이동 수업 중에 복도에서 만난 사람은 다름 아닌 크리스틴이었다.

"멀쩡히 잘 만나고 있는 애들을 가지고 웬 헛소리야?"

아리스의 옆에 서 있던 리즈벳이 크리스틴의 말을 듣고 어처구니없다는 듯이 말했다.

"넌 할 일이 그렇게 없어? 전부터 아리스 일에 왜 이렇게 관심이 많아?"

그러면서 던진 소리에 크리스틴이 발끈한 듯 소리쳤다.

"너야말로 헛소리 집어치워! 난 애 일에 관심 별로 없거든! 그냥 그런 소리가 내 귀에 들려서 지나가는 길에 물어본 거야!"

하지만 우연히 그런 말을 듣고 지나가는 길에 물어본 것이라 하기에는 지금의 만남 자체가 다소 작위적이었다. 일단 크리스틴의 교실은 지금 그들이 서 있는 복도와 상당히 떨어져 있었다. 또 그녀는 아리스를 보자마자 기다렸다는 듯이 종종걸음으로 다가와 다짜고짜 저런 질문을 날렸으니까.

"그런 말도 안 되는 소리를 어디에서 들었는지 궁금하네. 네가 생각하는 그런 일은 없는데 실망시켜서 어떡하지?"

하지만 크리스틴의 이런 앞뒤 가리지 않는 행동을 한두 번 겪은 것도 아니었기 때문에 아리스는 심드렁하게 반응할 수 있었다.

"그래? 헤어진 게 아니야? 난 너희들이 요즘 서로 만나지도 않는 것 같기에 갈라선 줄 알았지? 그럼 싸웠어? 아니면 벌써 권태기?"

"유감스럽지만 전부 다 아니야. 그렇게까지 궁금해하는 걸 보니 정말 나한테 관심이 많구나?"

"무, 무슨 소리야! 난 너한테 관심이 많은 게 아니라……!"

아리스가 측은한 눈빛을 보내며 말하자 크리스틴이 당황한 듯이 언성을 높였다. 하지만 그녀는 곧 무슨 말인가를 하려고 하다가 그냥 혼자 씩씩거리며 입을 다물었다. 그리고 잠시 후 발개진 얼굴로 버럭 소리 질렀다.

"어쨌든 헤어진 것도 아니고 사이가 안 좋은 것도 아니면 좀 더 티내고 다니란 말이야! 에이드리안이 혹시라도 딴마음 먹지 못하게!"

아주 말도 안 되는 억지였다. 애초에 아리스가 왜 크리스틴을 위해 다이젠과의 사이를 과시하며 다녀야 한단 말인가? 게다가 그 이유조차 황당했다. 에이드리안이 딴마음을 먹지 못하게 하기 위해서?

아리스는 혹시 하는 생각에 크리스틴을 향해 물었다.

"너 설마 에이드리안하고 다시 만나니?"

"그, 그건 아니지만 곧 그렇게 될 수도 있으니까!"

그쯤 되자 아리스는 그만 참지 못해 탄식하고 말았다.

아무래도 크리스틴은 에이드리안을 향한 고집스러운 마음을 아직 꺾지 않은 모양이었다. 학기 초에도 그렇고, 지금도 이렇게 아리스에게 황당한 소리를 하러 올 정도이니 에이드리안을 정말 어지간히 좋아하는 게 아닌 것 같았다.

"네가 에이드리안을 좋아하든 말든 상관은 없는데, 이제 이런 식으로 나한테 와서 귀찮게 구는 건 그만둬. 난 이제 그 애랑 아무런 연관도 없는 사람이니까. 솔직히 이런 식으로 너랑 다시 얽히는 것도 썩 유쾌하지는 않아. 네가 나한테 지금처럼 와서 억지를 부리는 것도 솔직히 황당하다는 생각이 들고."

하지만 그건 그거고 이건 이거였다.

이제 아리스는 크리스틴을 예전처럼 눈엣가시로 여기며 싫어하지는 않았지만 그렇다 해서 이런 식으로 그녀를 찾아오는 크리스틴이 달갑지도 않았다. 게다가 예전에 그들 사이에 있던 일을 그새 잊었는지, 이런 식으로 적반하장으로 구는 것도 솔직히 뻔뻔하다고 생각되었다.

그래서 아리스가 웃음기 없는 얼굴로 말하자 크리스틴이 움찔했다.

"나도, 나도 딱히 네 얼굴 보는 게 좋아서 찾아온 건 아니거든! 흥, 나도 바쁜 사람이야, 왜 이래?"

그녀는 발끈한 듯이 콧방귀를 뀌며 말한 뒤 머리카락을 거칠게 휘날리며 뒤돌아섰다. 아리스의 말에 기분이 상했는지 쿵쿵거리며 걷는 크리스틴의 발걸음이 다소 거칠었다.

"뭐야, 쟤 설마 아직도 에이드리안을 좋아하는 거야?"

방금 전 크리스틴의 언행에서 무언가를 느꼈는지 리즈벳이 믿을 수 없다는 듯이 중얼거렸다. 그 말을 듣고 아리스는 다시 한 번 끄응 신음할 수밖에 없었다.

"수업 시간에 늦겠다. 그만 가자."

"쟤도 참 대단하다."

아리스가 먼저 자리에서 발길을 떼자 리즈벳이 고개를 절레절레 저으며 그 뒤를 쫓아왔다.

"그것보다 너희가 요즘 좀 떨어져 있었다고 헤어진 걸로 착각한 것도 웃겨. 사귄다고 해서 꼭 하루 종일 뭔가를 같이 해야 하는 건 아니잖아? 게다가 이제 시험 기간이기도 하고 서로 할 일도 많고 바빠서 그런걸."

리즈벳은 아무리 생각해도 크리스틴이 웃기다는 듯이 혀를 쯧쯧 차며 말했다. 하지만 아리스는 그녀의 말에 속이 뜨끔거리는 것을 느껴야만 했다.

사실 아리스가 다이젠과 떨어져 있기로 한 것은 그런 이유가 아니었기 때문에 어쩔 수 없이 양심이 조금 찔렸다. 하지만 이런 이야기는 스스로 생각하기에도 너무 유치해서 친구인 리즈벳에게도 말하기가 어려웠다.

"맞아. 고작 그런 걸로 오해하다니 웃긴 것 같아."

그래서 아리스는 그저 리즈벳을 향해 약간 어색하게 웃어 보일 수밖에 없었다.

* * *

"왜 저렇게 달라붙는 거야?"

방과 후, 아리스는 학생회실에 가다 말고 자리에 멈추어 서고 말았다. 복도의 창문을 통해 우연히 무언가를 발견하고 만 아리스의 눈빛이 약간 싸늘해졌다.

그곳에는 다이젠과 어떤 여학생이 서 있었다.

리본의 색깔을 보니 아무래도 신입생인 것 같은데. 하기야, 다이젠의 악명을 모르고 저렇게 용감하게 나설 만한 사람은 신입생밖에 없긴 할 것이었다.

아리스의 시선은 줄곧 여학생의 손에 고정되어 있었다. 정확히 말하자면 다이젠의 팔을 붙잡고 있는 여학생의 손이었다.

방금 전 한두 마디 정도 무어라 대화를 나누다가 다이젠이 먼저 돌아서자, 여학생이 못 가게 막으려는 듯이 팔을 붙잡은 것이었다. 때마침 늦봄인 지금 그들의 머리 위에는 서서히 떨어지기 시작한 나무의 꽃잎까지 황홀하게 흩날리고 있었다.

그래서인지 그런 그들의 모습은 꼭 리즈벳이 즐겨 보는 로맨스 소설의 한 장면이라도 재연하고 있는 것 같았다.

물론 아리스는 그런 눈앞의 광경을 차게 식은 눈빛으로 바라보고 있었다.

당연하다면 당연하게도, 다이젠은 자신을 붙잡은 여학생의 손을 망설임 없이 떨쳐 냈다. 딱히 결벽증이라 할 만한 증세가 있는 것도 아니었는데 그는 예전부터 다른 사람이 자신을 마음대로 건드리는 것을 싫어했다.

사실 저 두 사람이 무슨 이야기를 나누고 있든 아리스는 마음을 쓸 필요가 하나도 없었다. 왜냐하면 지금 그녀의 시야에 비치는 꽃을 통해 그들의 마음을 여실히 들여다볼 수가 있었으니까. 가령 다이젠을 향한 소녀의 활짝 만개한 마음이라던가, 또 그런 그녀에게 꽉 닫힌 다이젠의 마음 같은 것을.

아리스는 제자리에 서서 잠깐 시선을 아래로 내리깔다가 천천히 눈앞의 광경에서 돌아섰다.

사실 머리 위에 있는 꽃이 아니더라도 다이젠의 마음 정도는 그리

어렵지 않게 알 수 있었다. 아리스가 아닌 사람에게 언제나 온도를 달리하는 눈빛이나 표정을 보면 저절로 알 수가 있었으니까.

그러니 그를 의심한다거나 마음이 불안해서 이런 기분이 드는 것은 아니었다.

하지만 그럼 어째서 다른 여자애들이 다이젠을 저런 시선으로 보는 것이 이토록 짜증이 나는지 알 수가 없었다.

"안녕하세요, 교수님."

아리스는 학생회실로 향하는 길에 레안 아르카노발 교수와 마주쳤다.

"어, 그래."

그녀가 먼저 웃으며 인사하자 레안도 언제나처럼 약간 시큰둥한 어투로 대답했다. 하지만 곧 그는 웃고 있는 아리스의 얼굴을 힐끔 보며 이상하다는 듯이 미간을 찌푸렸다.

"뭐야, 왜 화가 나 있어?"

그 순간 아리스는 흠칫했다. 평소처럼 자연스러운 미소를 입가에 걸고 있다고 생각했는데 지금 그녀의 기분이 나쁜 상태라는 걸 어떻게 알았지? 가끔 보면 레안 아르카노발은 평소에 나무늘보 같은 주제에 쓸데없이 예리할 때가 있었다.

"화 안 났어요. 뭔가 잘못 아셨나 봐요."

아리스가 웃으며 부정하자 레안이 고개를 갸웃하며 뒷머리를 긁었다.

"그래, 뭐. 그럼 가던 길 가라."

"네, 교수님도 안녕히 가세요."

그는 그녀의 말에 납득한 기색은 아니었지만 곧 아무래도 상관없다는 듯이 손을 휘휘 저으며 아리스를 스쳐 지나갔다.

아리스는 레안 아르카노발을 등졌을 때에서야 얼굴에 그리고 있던 미소를 지웠다.

예전에 그녀는 부자지간인 레안과 다이젠의 외모가 닮았다는 사실을 부정했다. 하지만 이제 그런 생각은 철회해야 할 듯했다.

그녀의 심기를 불편하게 만들고 있는 다이젠과 매우 닮은 얼굴을 한 레안 교수를 보자 속이 아까보다 더욱 부글부글 끓고 있었으니까 말이다.

아니, 다이젠 쟤는 여자애가 팔을 붙잡는 것 하나 제대로 못 피하나? 그리고 신입생 여자애랑 애초에 할 이야기가 뭐가 있다고 단둘이 오붓하게 꽃나무 아래에 서 있던 거야? 그 여자애 머리 위에 있던 꽃이 아주 활짝 피어 있던데, 도대체 다른 여자애들은 언제 홀리고 다닌 거래?

나랑 안 만나고 있는 동안인가? 그래 봤자 며칠이나 지났다고. 게다가 저 여자애도 웃겨. 이래 봬도 다이젠하고 내가 사귀고 있다는 사실은 학교 내에서 꽤 유명해서 모르려야 모를 수가 없을 텐데, 남의 남자 친구한테 달라붙긴 왜 달라붙어?

비논리적인 생각인 줄 스스로도 알면서도 어째서인지 계속 짜증이 났다.

그래서 아리스는 미간을 찌푸린 채로 학생회실의 문을 열었다.

"아리스."

그런데 그녀보다 먼저 학생회실에 도착해 있는 사람이 있었다. 바로 에이드리안이었다.

그는 회의용 책상에 앉아 있다가 문이 열리는 기척을 느끼고 고개를 돌렸다. 그리고 어째서인지 얼굴을 찡그리고 있는 아리스를 보고 움찔했다.

"왜 그래? 무슨 일 있었어?"

그 물음이 퍽 조심스러운 것을 보니 아리스의 표정이 좋지 않긴 한 모양이었다. 아리스는 방심하고 있다가 자신의 찌푸린 얼굴을 다른 사람에게 보였다는 생각에 내심 혀를 찼다.

당연히 그녀보다 먼저 학생회실에 와 있는 다른 학생이 있을 수도 있는 일이었는데 그런 간단한 사실을 잊다니. 아무래도 방금 전 복도를 지나가다가 보았던 광경에 생각보다 더 정신이 팔려 있었구나 싶었다.

"아무것도 아니니까 신경 쓰지 마."

아리스는 표정을 가다듬으며 학생회실 안으로 들어섰다. 쓸데없는 관심은 반갑지 않았기 때문에 더 이상 다른 말을 꺼내지 못하도록 단호하게 잘라 버렸다. 게다가 다른 사람도 아니고 에이드리안과 서로의 안부를 묻는 등의 다정한 대화는 나누고 싶지 않았다.

그런데 의자에 앉아 회의 준비를 하는 아리스의 얼굴에 자꾸만 누군가의 시선이 와 닿았다. 처음에는 무시하려고 했지만 도무지 그 시선이 떨어지지 않아서 결국 아리스는 에이드리안을 향해 눈을 움직이고 말았다.

"왜 자꾸 힐끔거려?"

아리스의 싸늘한 물음에 에이드리안은 또 한 번 깜짝 놀란 표정을 지었다. 그리고 이내 조금 머뭇거리며 입을 열었다.

"아니, 난 그냥……. 아리스, 네가 그런 얼굴을 하는 건 처음 본 것 같아서."

그 말을 들으니 왜 저런 얼굴을 하고 있는지 납득이 되었다.

그러고 보니 에이드리안은 지금처럼 불쾌한 기색을 드러내는 아리스를 처음 보는 것일 수도 있었다. 아리스는 예전에 에이드리안에게 완전무결한 모습만 보여 주고 싶다고 생각했고, 그런 이유로 감정적인 동요가 이는 모습도 보이지 않았다.

지금 와서 생각해 보면 에이드리안의 앞에서는 솔직해지지 못했던 것 같다. 좀 더 노골적으로 말하자면, 어떤 의미로는 다소의 내숭이나 가식을 부리며 거리를 두고 있었다고 보아도 좋았다.

하지만 아리스는 그런 자신의 모습을 가짜라고 생각하지는 않았다. 사람은 모두 여러 가지 다양한 일면을 가지고 있는 법이었고, 그러니 어느 쪽의 모습을 보이든 상대방을 속이고 있다고 할 수는 없다고 생각했다.

"나도 사람인데 좀 기분이 안 좋을 수도 있지."

아마 예전 같으면 좀 더 착하고 예쁘게, 지금과는 다른 방식으로 말했을 것이었다. 물론 그 전에 이런 식으로 무방비하게 있다가 찡그린 얼굴을 들키는 일도 없었을 테지만.

하지만 이제 아리스는 에이드리안에게 딱히 잘 보이고 싶은 마음도, 그럴 만한 이유도 없었다. 그래서 그냥 툭 던지듯이 이렇게 말했다.

그러자 에이드리안은 설마 아리스가 지금처럼 반응할 줄은 몰랐다는 듯이 한동안 말이 없었다. 그리고 잠시 후 아리스에게서 시선을 돌리며 작게 읊조렸다.

"그래, 그렇네."

그 말이 꽤나 싱거웠기 때문에 아리스는 에이드리안과 더 이상 대화를 잇지 않고 다시 고개를 돌렸다.

* * *

"아리스, 잠깐만."

매주 돌아오는 학생회 회의를 끝마치고 나오는 길에 에이드리안이 아리스를 불렀다.

등 뒤에서 들려오는 목소리에 막 문을 나서는 중이던 아리스가 걸음을 멈추었다. 주위에 있던 학생들도 덩달아 움직임을 멈추고 두 사람에게 시선을 고정했다.

"왜 그러는데?"

"아까 회의했던 내용으로 잠시 할 말이 있어서."

하지만 주변 사람들의 의혹과 상관없이 에이드리안은 담담한 얼굴을 하고 있었다.

그래서 아리스도 태연한 모습으로 다시 뒤돌아섰다.

"그래, 그럼 지금은 복잡하니까 애들 다 나가고 나면 이야기하자."

학생들은 잠깐 두 사람에게 관심을 갖다가 묘한 기류라고는 조금도 엿보이지 않는 그들에게 흥미를 잃은 듯 하나둘씩 학생회실을 빠져나갔다.

"할 말이 뭐야?"

그렇게 둘만 남게 되었을 때, 아리스가 에이드리안을 향해 물었다.

다년간 가까이에서 지켜봐 온 시간이 있었기 때문에 지금 에이드리안이 그녀를 붙잡은 이유가 회의 내용 때문이 아니란 사실을 알 것 같았다. 사실 아리스로서는 이런 식으로 굳이 따로 시간을 내 그가 하는 말을 들어 줘야 할 이유가 없었다. 그리고 그런 사실을 알기 때문인지, 에이드리안도 다른 학생들의 앞에서 회의 이야기를 꺼내며 아리스를 붙잡은 것이었다.

"얼마 전에는 미안했다고 말하고 싶어서."

에이드리안은 뜻밖에도 아리스에게 사과를 했다.

얼마 전의 일이라면 학기 초에 교무실 앞에서 대화를 나누었던 일을 말하는 것일까?

"지난 일이 있고 나서 몇 번이나 곱씹으면서 생각했어. 그때 너한테 그런 식으로 말하면 안 되었던 건데 하고 후회도 했고."

확실히 '옛일은 모두 잊고 다시 시작하자'는 에이드리안의 말이 황당하기는 했다. 더군다나 두 사람이 헤어졌던 이유는 에이드리안이 크리스틴과 양다리를 걸치다가 일방적으로 이별을 통보했기 때문이 아니던가?

물론 이제 와서 생각해 보면 두 사람의 사이가 멀어졌던 데는 아리스에게도 원인이 아주 없다고는 할 수 없을 것이었다. 사귀는 동안 그녀는 그에게 항상 어느 정도의 거리를 두고 있었고, 아마 에이드리안도 그 사실을 은연중에 느꼈을지도 모르는 일이니까.

하지만 적어도 아리스는 에이드리안을 만나는 동안 다른 사람에게 한눈을 팔지는 않았다. 게다가 모든 이유를 차치하고서라도 에이드리안이 그녀에게 이별을 통보한 방식은 잘못되어 있었다.

그런데 그 모든 사실을 잊은 듯이 감히 먼저 재결합을 하자는 요구를 하니 아리스로서는 기가 찰 수밖에 없었던 것이다.

"지금도 그런 일 때문에 너와 껄끄러워지고 싶지 않아. 어차피 앞으로도 학생회실에서 계속 마주쳐야 하는데 서로 불편하잖아."

그래서 그 당시의 뻔뻔함을 반성하여 사과하려는 것인가 싶었는데……

가만히 들어 보니 결국은 '이대로는 너도 나도 불편하니 과거는 모두 잊자'는 소리를 돌려 말하고 있었다.

"그러니까 지난번에 있었던 일은 그냥 없던 걸로……."

더 이상 들어 봤자 뻔한 소리만 늘어놓을 것 같아서 아리스는 구구절절한 에이드리안의 말을 끊으며 대답했다.

"에이드리안, 전에도 말했지만 난 이제 너한테 별로 관심이 없어. 그 말은, 네가 생각하는 것처럼 나는 너를 그렇게 의식하고 있지 않다는 거야."

게다가 그녀로서는 도대체 에이드리안이 뭘 원하고 새삼스럽게 이런 말을 꺼내는 것인지 알 수가 없었다.

"물론 네 말처럼 그렇다고 해서 네가 편하다는 건 아니야. 전에 그런 일들이 있었는데 어떻게 아무 일도 없었던 것처럼 행동할 수 있겠어? 네 말이 맞아. 나도 네가 껄끄러워. 하지만 이 이상 너랑 편해지기 위해 무언가를 하고 싶은 생각도 없어."

아리스와 에이드리안의 교차점은 이미 예전에 지나갔다. 따라서 그녀는 에이드리안과 다시 잘 지내기 위해 행동 변화를 일으켜야 할 필요성을 느끼지 못했다.

"나는 지금 너와 내 거리감이 딱 좋다고 생각해. 그러니까 그냥 지금처럼 지내자. 네 말처럼 앞으로 1년만 지나면 서로 볼 일도 없을 테니까 그 정도가 괜찮을 것 같아."

아리스가 깔끔하게 정리해서 결론을 내리자 에이드리안이 입술을 달싹였다. 그의 얼굴에는 약간의 당혹감이 떠올라 있었다.

"그럼 여기에서 더 이상 불편해질 것도 좋아질 것도 없을 것 같은데, 너도 그걸로 됐지?"

어떤 의미로 아리스의 말은 그가 바라던 방향과 비슷한 것 같았다. 하지만 이런 방식으로 말하는 것을 듣고 싶은 건 아니었던 것 같다는 생각이 들었다.

"그래⋯⋯. 네 말이 맞는 것 같아."

결국 에이드리안은 머뭇거리며 아리스의 말에 수긍했다.

아리스는 동요 어린 마음을 감추지 못하는 에이드리안과는 달리 아까부터 표정 변화 하나 없이 담담한 얼굴을 하고 있었다.

그렇게 대화를 끝내고 난 뒤 아리스가 먼저 학생회실을 나섰다.

"어?"

그러다 그녀는 막 문 앞을 지나고 있던 다이젠과 마주치고 말았다.

시선이 맞닿은 순간, 두 사람 다 무의식중에 멈칫했다.

"어머, 아리스."

다이젠은 혼자가 아니었다. 그의 옆에서 나란히 걷고 있던 리리안 교수가 아리스를 보고 반갑게 미소 지었다. 다이젠의 손에 들린 책과 자료들을 보아하니, 아무래도 다이젠이 어머니인 리리안 교수의 짐을 대신 들어 옮겨 주고 있던 것 같았다.

"아, 에이드리안도 있었구나."

아마 열린 문 사이로 방 안에 있던 에이드리안의 모습이 드러난 모양이었다. 리리안 교수와 다이젠의 시선이 동시에 자신의 등 뒤로 향하는 순간, 아리스는 저도 모르게 속으로 탄식했다.

"안녕하세요, 교수님. 학생회 일 때문에 이야기할 게 있어서요."

"맞아, 오늘이 학생회 회의가 있는 날이었지?"

아리스는 애써 태연히 말했다. 하지만 그녀의 신경은 리리안 교수의 옆에 서 있는 다이젠에게 향하고 있었다.

"안녕하세요."

"그래, 둘 다 고생하네."

에이드리안도 학생회실에서 나와 리리안 교수에게 인사했다. 리리안과 다이젠, 둘 다 별다른 말은 하지 않고 있었지만 아리스는 기이하게도 등 뒤로 식은땀이 흐르는 느낌이었다.

도대체 이건 또 무슨 공교로운 우연인지 알 수가 없었다. 왜 하필두 사람이 지금 이 시간에 학생회실 앞을 지나가서 이런 식으로 마주쳐야만 했는지.

물론 아리스는 맹세코 에이드리안과 양심에 찔릴 만한 일을 하지 않았다.

하지만 이런 식으로 그와 단둘이 있는 모습을 보인 것만으로도 괜스레 난처한 기분이 들고 있었다. 더군다나 지금 텅 비어 있는 학생회실을 보면, 회의가 진작 끝났다는 사실을 누구나 알 수 있을 테니까.

"졸업 학년인 데다 학생회 일까지 하고 있으니 많이 바쁘겠다. 지금 마무리하고 나가는 길이었니?"

"네, 이제 기숙사로 가려던 참이었어요."

"그래, 그럼 둘 다 좋은 저녁 시간 보내렴."

그래도 리리안 교수가 자연스럽게 말을 건네 준 덕분에 괜히 어색한 태도를 보이지 않을 수 있었다.

그녀는 여전히 다정하게 웃는 얼굴로 아리스와 에이드리안을 향해 말한 뒤, 이번에는 다이젠에게 고개를 돌렸다.

"다이젠, 들고 있는 건 이리 줄래? 여기서부터는 직접 들고 갈게."

"그냥 같이 가요. 이거 꽤 무거워서."

아마 리리안 교수는 다이젠을 배려하려고 한 것 같았다. 그녀 역시 다이젠과 아리스의 관계를 알고 있었기 때문이다. 하기야 이미 교내에 소문이 자자해 모르려야 모를 수가 없을 터였지만.

그러나 다이젠은 고개를 저어 보이며 리리안 교수의 권유를 거절했다. 그 후 그는 아리스를 향해 시선을 움직였다.

"아리스 선배, 그럼 나중에 봐."

"어, 그래."

이어지는 인사말이 너무나도 무덤덤해서 아리스도 얼결에 담담히 대꾸했다.

그리고 난 후 리리안 교수와 다이젠이 먼저 뒤돌아섰다. 아리스는 다이젠의 뒷모습을 보며 다소 안심했다.

회의가 끝난 뒤 에이드리안과 단둘이 학생회실에 남아 있었던 것을 알고 그래도 조금은 기분 상해하지 않을까 싶었는데 괜한 기우였던 것일까. 다행스럽게도 다이젠은 불쾌한 기색을 내보이는 일 없이 아리스를 평소처럼 대했다.

하지만 다르게 생각해 보면 애초에 다이젠은 아리스와 에이드리안이 같은 학생회에서 일하며 매주 얼굴을 마주한다는 사실을 알고 있지 않던가? 그러니 오늘 일도 정말 학생회 일의 연장선이라 생각해 대수롭지 않게 여긴 것일 수도 있었다.

"그럼 나도 먼저 가 볼게."

아리스는 그렇게 결론을 내리며 에이드리안을 두고 먼저 걸음을 옮겼다. 에이드리안이 입술을 달싹이며 무어라 하고 싶은 말이 있는 것처럼 굴었지만 아리스는 그런 그를 기다려 주지 않았다.

그리고 기숙사로 돌아가는 길에 아리스는 새삼스럽게 반성했다.

다이젠은 자신과 전 남자 친구인 에이드리안이 단둘이 함께 있는 모습을 보여도 저렇게 아무렇지 않아 하는데. 그런데 정작 자신은 다이젠의 주위에 어슬렁거리는 여학생들을 보는 것만으로도 괜히 심통이 나서는.

아무래도 다이젠의 저 초연함을 본받아야 할 것 같다는 생각이 들었다.

아리스는 그렇게 또 한 번의 굳은 결의를 다지며 걸음을 옮겼다.

* * *

"쟤도 참, 어떤 의미로는 대단하다고 해야 할지."

아리스는 음악실의 창가에 서서 작게 혀를 차며 중얼거렸다.

5교시의 교양 과목은 음악실을 이용하는 수업이었기 때문에 그녀는 리즈벳과 함께 점심 식사를 한 뒤 이곳으로 이동한 참이었다. 아직 점심시간이 끝날 때까지는 여유가 있어서 지금 음악실에는 두 사람 말고는 아무도 없었다.

"왜, 누구?"

아리스의 혼잣말을 들은 리즈벳이 호기심을 내비치며 물었다. 그녀는 방금 전에 점심밥을 먹은 것으로는 성이 차지 않았는지, 아까 가방에서 챙겨 온 초콜릿 쿠키를 집어먹고 있었다.

"그냥 낯익은 얼굴이 보여서."

아리스의 시선이 닿은 곳에 있는 사람들은 다름 아닌 에이드리안과 크리스틴이었다. 두 사람은 인적이 드문 곳에 위치한 꽃나무 아래에서 서로를 마주 보며 서 있었다.

아리스는 실내의 공기를 환기시키기 위해 창문을 열다가 우연히 두 사람을 발견했다.

한동안 우연히 서로를 만나도 못 본 척하는 등 거리를 두는 모습을 보이더니 오늘은 무슨 바람이 불었는지 몰랐다. 두 사람이 무슨 이야기를 나누는지는 들리지 않았지만 그들의 머리 위에 피어난 꽃만큼은 아리스의 눈에 너무나도 또렷이 들어왔다.

"어, 뭐야. 에이드리안이랑 크리스틴이네."

어느새 슬쩍 아리스의 옆으로 다가온 리즈벳이 과자를 우물거리며 말했다. 그녀도 저 두 사람이 함께 있는 것을 뜻밖이라 여기는 것 같았다.

"쟤네들도 참 징글징글해. 작년에는 그 난리를 피우면서 사귀더니, 이제는 서로 없는 사람 취급하면서 아는 척도 안 하고. 하여간 만날 때도 헤어질 때도 어지간히 요란했어."

그러다 문득 리즈벳이 고개를 갸웃했다.

"그런데 지난번에 보니까 크리스틴은 아직도 에이드리안한테 마음이 남은 것 같지 않았어?"

리즈벳은 지난번 복도에서 크리스틴을 만났던 일을 떠올리는 듯이 눈을 가늘게 뜨더니 다시 과자를 집어먹었다.

만약 리즈벳의 눈에도 저 두 사람의 꽃이 보였다면 자신의 생각을 확신할 수 있었을 것이었다.

왜냐하면 지금 이 순간에도 크리스틴의 머리 위에 있는 노란 꽃은 에이드리안을 향해 만개해 있었기 때문이다. 그녀의 마음은 지금껏 한순간도 변한 적이 없었다는 듯이 여전히 눈앞에 있는 사람을 향해 활짝 피어나 있었다.

그동안 아리스의 앞에서 자신이 에이드리안을 찬 것이라니, 이제 그런 줏대 없는 애는 좋아하지 않는다느니 하며 떠들어 대던 것과는 사뭇 다른 양상이었다.

반면 에이드리안의 꽃은…….

"우리 그만 보고 자리에 가서 앉자."

아리스는 아예 창가 앞에 걸터앉아 관전의 태세를 갖추는 리즈벳을 은근히 회유하며 말했다.

"왜? 난 좀 더 보고 싶은데."

그러자 리즈벳이 한참 재미있는 구경을 하는 중인데 왜 그러냐는 듯이 아리스를 쳐다보았다. 하지만 아리스는 저 두 사람의 모습을 이렇게 지켜보는 것에 서서히 거부감이 들고 있었다.

에이드리안과 크리스틴의 꽃이 너무나 큰 차이를 보이고 있었기 때문인가?

크리스틴의 머리에 있는 꽃이 예전과 변함없는 모습을 보이는 것과 상반되게도 에이드리안의 꽃은 일전에 아리스가 보았던 것과 매우 다른 모양을 하고 있었다.

아리스는 꽉 다물린 봉오리 상태의 꽃을 보며 내심 입맛이 써지는 것을 느꼈다.

물론 지금껏 에이드리안의 꽃은 다른 사람의 앞에서 단 한 번도 활짝 펼쳐진 적이 없었다. 하지만 그래도 두 사람이 교제했던 기간 동안은, 크리스틴을 눈앞에 두었을 때 절반이라도 벌어져 있었는데…….

지금 에이드리안의 꽃은 완전히 꽃잎을 다문 봉오리 형태를 하고 있었다. 차라리 그의 꽃은 아리스나, 하다못해 그저 그런 정도의 적당한 친분만 유지하고 있는 같은 반의 여학생 앞에서 지금보다 더 크게 피어났다.

이렇게 적나라하게 두 사람의 감정의 차이를 두 눈으로 목격하게 되자 이유를 알 수 없게도 조금 씁쓸해졌다.

주는 것 없이 얄미운 크리스틴이었지만 그래도 에이드리안을 좋아하는 마음이 진심이었다는 사실을 아리스는 알았다. 꼭 머리 위의 꽃 때문이 아니었더라도 그녀는 의외로 겉과 속이 동일한 구석이 있어서 에이드리안을 향한 마음을 가감 없이 드러내는 편이었다.

그리고 크리스틴은 그다지 끝이 좋지 않게 헤어진 뒤에도 여전히 에이드리안을 좋아하는 모양이었다. 지난번에 복도에서 마주쳤을 때도 그녀는 에이드리안과 다시 시작하기를 바라는 마음을 은근히 드러냈다.

하지만 안타깝게도, 에이드리안의 꽃은 그런 그녀의 바람이 '더 이상 가망이 없다'고 말해주고 있었다.

"리, 리, 리즈벳, 그리고 아리스. 아, 안녕."

바로 그때 누군가 음악실의 문을 열고 안으로 들어섰다. 그 소리를 듣고 아리스와 리즈벳은 창밖에서 눈길을 떼고 고개를 돌렸다.

같은 반 학생인 가비 루크라임의 등장이었다. 그를 본 리즈벳이 과자를 먹던 손을 멈추며 '윽'하고 소리 냈다.

"안녕, 가비."

아리스는 그런 리즈벳의 옆구리를 팔꿈치로 살짝 치며 가비를 향해 마주 인사해 주었다. 머리 위의 꽃이 확연히 상반되는 것은 이 두 사람도 마찬가지였다.

"두, 둘 다 일찍 왔네?"

"너야말로 왜 벌써 왔어? 쉬는 시간도 아직 남았는데 그냥 교실에 있다가 나중에 오지."

"교, 교실에 갔더니 안 보여서, 음악실에 이, 있을 거라고 생각했어."

"뭐? 그러니까 지금 날 찾아왔다는 거야?"

리즈벳의 직설적인 물음에 가비가 차마 대답하지 못하고 우물쭈물 거리며 뺨을 붉혔다. 리즈벳은 그런 가비를 보며 약간 당황한 듯이 더듬거렸다.

"귀, 귀찮게 왜 자꾸 나만 졸졸 따라다녀? 넌 친구도 없어?"

"어, 없는데……."

이번에는 리즈벳이 그의 말에 말문이 막힌 표정을 지었다. 사실 가비에게 이렇다 할 친구가 없다는 사실은 조금 과장해서 전교생이 다 아는 사실이었다. 정작 가비 본인은 그런 사실을 조금도 불편해 하거나 속상하게 여기지 않는 눈치였지만…….

리즈벳은 무심코 가비의 아픈 점을 찔렀다는 생각에 당황한 기색이었다.

"치, 친구가 없긴 왜 없어! 같은 반 애들은 그냥 전부 다 친구지! 에잇……! 야, 너 이리 와서 이거나 먹어!"

그녀는 아무렇게나 되는 대로 소리치더니, 곧 손에 들고 있던 과자를 가비에게 던지듯이 건넸다.

"나, 나, 나한테 주는 거야?"

"그래, 매일 자두 말랭이니 생강 말랭이니 하는 설탕 덩어리만 먹지 말고 그거나 먹으라고."

리즈벳은 정작 자신이 먹던 것도 당분의 함량이 엄청난 초콜릿 쿠키인 것을 잊은 모양이었다.

아무튼 가비는 예상치 못한 리즈벳의 선물에 감동한 것 같았다. 앞머리에 얼굴이 반은 가려져 표정은 잘 보이지 않았지만 그에게서 뿜어져 나오는 행복한 기운이 아리스에게까지 여실히 느껴졌다. 리즈벳은 그런 그를 향해 '흥'하고 콧방귀를 뀐 뒤 음악실의 맨 뒷자리로 걸어갔다.

가비가 나타난 직후 리즈벳의 관심은 에이드리안과 크리스틴에게서 완전히 떠난 것 같았다. 아리스는 단순한 친구의 모습을 보며 웃다가 걸음을 옮기기 전에 슬쩍 창밖으로 시선을 미끄러뜨렸다.

그때까지도 에이드리안과 크리스틴은 서로의 얼굴을 마주보고 대화를 나누고 있었다. 하지만 아리스는 그들에게서 관심을 거두고 창가에서 발길을 돌렸다.

* * *

"요즘 뭐 하고 지냈어?"

"나야 평소랑 똑같지."

오랜만에 만나는 다이젠은 기분 탓인지 예전보다 신수가 훤해 보였다.

물론 오랜만이라고 해 봤자 이렇게 따로 시간을 내서 만난 것은 거의 일주일 만이었고, 그동안 교내에서 마주친 적도 자주 있기는 했다.

"시험공부는 잘돼 가고?"

아리스는 고개를 비스듬히 기울이며 다이젠을 올려다보았다. 이번 시험은 내기까지 걸려 있어서 다이젠이 어떻게 공부를 하고 있는지 조금 궁금해졌다.

"모르는 거 있으면 언제든 물어보라고 해 놓고 정작 내가 시간을 못 내네."

그러다 문득 혹시 다이젠이 오해를 하는 것은 아닌가 싶어졌다. 아리스는 결코 다이젠을 내기에서 지게 만들기 위해 바쁘다는 핑계로 그를 만나지 않는 것이 아니었다.

"괜찮아. 아리스 선배 바쁘잖아. 어쩔 수 없지."

하지만 다이젠은 그런 생각은 눈곱만큼도 하지 않는 듯이, 아리스의 말에 상당히 어른스러운 반응을 보였다.

아리스는 그 모습을 보고 상당히 의외라는 생각을 했다. 아리스가 앞으로는 한동안 따로 시간을 내기 어렵다고 처음 말했을 때도, 또 지난번에 학생회실 앞에서 에이드리안과 함께 있는 모습을 들켰을 때도, 다이젠은 예상 외로 담담한 반응을 보이며 어른스럽게 행동했다.

어, 잠깐. 뭐야, 그럼 혹시 어른스럽지 못한 사람은 나 혼자뿐인 거 아니야?

그런 생각에 아리스는 갑자기 조금 심통이 났다. 하지만 여기에서 그런 것을 티 낼 수는 없는 노릇이었다. 왜냐하면 그녀가 다이젠보다 나이도 많고 더 어른이었으니까!

"그래도 오늘은 여유 시간이 좀 있는 거야?"

"응, 모처럼인데 뭐 하고 놀까?"

그래서 아리스는 다이젠을 향해 여유 있어 보이는 미소를 지으며 물었다.

그러자 다이젠이 잠시 무언가를 생각하는 듯하다가, 이윽고 느리게 눈을 깜빡이며 말했다.

"아무것도 안 해도 좋은데. 아리스 선배랑 같이 있으면."

지나가듯 내뱉은 다이젠의 그 말이 아리스의 가슴에 사정없이 훅 들어와 박힌 것은 당연했다. 아리스의 견고한 미소가 한순간 무너질 뻔했다. 갑자기 확 열이 오르는 느낌이 들면서 양쪽 귀가 홧홧해졌다.

그러나 아리스는 곧 정신을 차리고 큼큼 헛기침을 했다. 그리고 이번에는 자신이 다이젠을 이끌겠다고 생각하며 먼저 그에게 손을 뻗었다.

"그럼 손잡고 좀 걷자."

다이젠의 시선이 그들의 맞닿은 손 위로 떨어졌다. 아리스는 그런 그를 붙잡고 앞장서 걷기 시작했다.

다이젠은 아리스가 잡아끄는 대로 얌전히 그녀를 따라왔다.

다이젠으로서는 두 사람이 가는 곳이 어디든 상관없기 때문에 그런 것이었지만 아리스는 지금의 상황이 제법 만족스러웠다. 비록 사소한 부분이기는 하나 그래도 다이젠보다 한 발 앞선 위치를 차지했다는 생각에 내심 흡족해졌다.

그렇게 두 사람은 손을 붙잡고 저녁 시간의 교정을 거닐었다.

"그러고 보니까 아나가 브리오슈 먹고 싶다고, 다음에 올 때는 그걸 사다 달라고 하더라."

그러다 문득 지난 주말의 일이 생각나 아리스는 지나가듯 다이젠에게 말했다.

다이젠의 여동생인 아나이스는 아직도 병원에서 재활 치료를 받는 중이었다. 하지만 오랜 투병 생활을 했다는 것이 믿기지 않을 정도로 그녀의 현재 상태는 매우 양호했고, 지금도 매일매일 빠른 속도로 건강을 회복해 가는 중이라고 들었다. 이번에 새로 개발된 신약도 부작용 없이 그녀에게 잘 맞는다고 하니 무척 다행인 일이었다.

"아나 보러 갔었어?"

"주말에 잠깐 들렀어."

"흐응."

앗, 그리고 귓가에 울리는 자그마한 소리에 아리스는 순간 아차 했다.

그러고 보니 얼마 전에 그녀는 바빠서 한동안 시간을 내지 못하게 되었다고 다이젠에게 말하지 않았던가? 그런데 주말에 따로 아나이스를 만나러 갔다는 사실을 이렇게 무심코 흘려 버리다니.

아리스는 살짝 다이젠의 표정을 살폈다.

"그럼 이번 주말에는 내가 들러야겠네."

하지만 그는 아리스의 말에서 별다른 느낌을 받지 못한 모양이었다. 담담히 대꾸하는 그의 얼굴이나 목소리에서는 특이한 점이 발견되지 않았다. 더군다나 지금의 그는 정면을 응시하고 있었기 때문에 꽃의 반응도 볼 수가 없었다.

"먹고 싶다고 한 게 브리오슈라고?"

"응…… . 병원 건너편에 있는 가게에서 파나 보던데."

아리스는 잠시 고개를 갸웃거리다가 다이젠에게서 시선을 돌렸다.

그렇게 조금 더 교정을 걷다가 아리스는 낯익은 누군가의 모습을 발견했다. 가로수 밑에 있는 벤치에 혼자 우두커니 앉아 있는 것은 다름 아닌 크리스틴이었다.

그러고 보면 언젠가부터 크리스틴이 혼자 있는 모습이 자주 눈에 띄었던 것 같다.

듣기로는 작년에 친구들과 싸웠다고 하던가. 아마 축제 기간 동안의 일이었던 것으로 기억하고 있었다.

크리스틴과 다른 여학생이 머리채를 붙잡고 서로에게 발길질과 주먹질을 하며 싸웠다는 소문이 한바탕 크게 번진 적이 있었다. 그 여학생은 전부터 크리스틴과 어울려 다녔던 친구였는데, 그 이후로 크리스틴 혼자만 무리에서 뚝 떨어져 나온 것 같았다.

그래도 주눅이 들거나 움츠러드는 일 없이 혼자서도 뻔뻔할 정도로 당당하게 행동하는 것이 크리스틴다웠다. 태도만 보면 마치 크리스틴이 무리에서 도태된 것이 아니라 그녀가 다른 사람들을 도태시키는 것으로 보일 정도였으니.

오죽하면 아리스도 지금 와서 새삼스럽게 그녀가 혼자라는 사실을 깨달았겠는가.

"저쪽으로 가자."

아리스는 작게 혀를 찬 뒤 다이젠의 손을 붙잡고 크리스틴이 있는 곳과 반대되는 방향으로 걸음을 옮겼다.

똥은 무서워서가 아니라 더러워서 피한다는 말이 있듯이, 크리스틴과 만나면 피곤하고 귀찮은 일만 생겼기 때문에 별로 마주치고 싶지 않았다. 물론 아리스도 처음에는 단순무식한 크리스틴을 약 올려 주는 것에 나름대로의 희열을 느끼기도 했지만 그것도 오래 가지 않았다.

솔직히 크리스틴은 도무지 말이 통하지 않는 상대라 성가셨다. 게다가 이제는 예전만큼 크리스틴이 밉지는 않았지만 그렇다 한들 그녀와 얼굴을 맞대는 것이 좋지도 않았다.

그러나 어째서인지 혼자 있는 크리스틴의 모습이 조금 눈에 밟히는 것도 사실이었다. 때마침 얼마 전에 음악실에서 보았던 에이드리안과 크리스틴의 모습이 머릿속에 떠오르면서 찝찝함은 한결 더해졌다. 그래도 아리스는 그런 그녀를 뒤로한 채 걸었다.

"신경 쓰여?"

그때, 다이젠이 아리스를 향해 물었다. 아무래도 그녀의 시선이 닿았던 곳에 누가 있었는지 본 모양이었다.

"아니, 내가 왜 신경을 써."

당연히 아리스는 무슨 소리냐는 듯이 웃으며 부정했다.

"그래, 신경 쓰지 마."

그러자 다이젠이 그렇게 말하며 성큼 앞으로 걸음을 옮겼다. 그렇게 빠른 속도를 낸 것 같지도 않았는데 그가 방금 전보다 큰 보폭으로 걷기 시작하자 원래 있던 곳에서 금세 멀어졌다.

어느덧 상대보다 반걸음쯤 앞선 사람은 다이젠이 되었다.

아리스의 시선이 그런 그의 옆모습을 향했다. 그리고 아리스는 다시 다이젠을 앞서려고 하는 대신 맞잡은 손에 힘을 줘서 그를 조금 천천히 걷게 했다.

"옆에서 나란히 걷자."

이번에는 다이젠의 눈길이 아래로 미끄러졌다.

눈이 마주치는 순간 코끝에 화악 달콤한 향기가 퍼졌다. 활짝 만개한 붉은 꽃이 꽃잎을 두어 번 팔랑이다가 얌전해졌다. 아리스는 그 모습을 보고 어렴풋이 웃었다.

그 후로 두 사람은 보폭을 맞추어서 나란히 걸었다. 하나둘씩 떠오른 별들이 밤하늘에 은하수를 그릴 때까지.

* * *

"쟤 요즘 이상하게 저기압이지 않냐?"

"그러게. 어제 저녁에만 해도 아리스 선배 만나러 간다고 기분 좋더니."

"뭐, 저렇게 기분이 오락가락 하는 것도 다 아리스 선배 때문이겠지."

"이야, 여자 친구 없는 사람은 서러워서 살 수가 있나."

다이젠은 옆에서 다 들리게 수군거리는 친구들의 목소리를 듣고 얼굴을 구겼다.

"시끄러워."

그들의 말대로 다이젠의 기분은 요즘 들어 꽤나 저조한 편이었다. 그리고 그의 기분을 이 정도로 좌지우지할 수 있는 건 아마 아리스가 유일할 것이었다. 그러니 그들의 예상은 들어맞은 셈이었다.

지금도 다이젠은 그리 멀지 않은 곳에서 보이는 두 사람을 보고 미간을 좁히고 있는 중이었다. 그리고 그의 시야에 비치는 두 사람이란 바로 아리스와 에이드리안이었다.

"뜨겁네, 뜨거워."

"타 죽겠네, 타 죽겠어."

"남자의 질투가 더 무섭다더니."

"아리스 선배는 다이젠이 이러는 줄 아는지 몰라."

"아, 좀 닥쳐."

결국 다이젠은 참지 못해 으르렁거리고 말았다.

아까부터 자꾸만 옆에서 쓸데없는 추임새를 넣는 것이 몹시도 거슬렸다. 하지만 다이젠이 날선 반응을 보이는데도 친구들은 재미있다는 듯이 낄낄거리기만 했다. 그게 또 그렇게 못마땅할 수가 없었다.

"그런데 어쩔 수 없지 않냐. 같은 학생회잖아."

"맞아."

다이젠이 짜증을 내자 그들도 슬슬 놀리는 것을 그만 둬야겠다 싶었는지 저런 하나 마나 한 소리를 했다. 아리스와 그녀의 전 남자 친구인 에이드리안이 함께 붙어 있는 것이 마음이 들지 않아도 뭐 어쩌겠냐는 듯한 말투였다. 또, 저 두 사람이 붙어 있어 봤자 그것은 사적인 이유가 아니라 어디까지나 공적인 목적 때문이 아니겠느냐는 위로 같기도 했다.

다이젠은 대답하지 않았다.

그 역시도 그 사실을 모르고 있지 않았기 때문이다. 지금 아리스와 에이드리안이 나란히 길을 걷고 있는 것도, 단순히 학생회실에 가는 길에 만났기 때문이란 사실을 어렵지 않게 짐작할 수 있었다. 게다가 대부분의 경우 둘 중 먼저 상대방에게 다가가는 것은 에이드리안 쪽이었다. 다이젠은 그 사실이 마뜩잖았다.

이제 와서 뒤늦게 미련을 뚝뚝 떨어뜨리고 있는 꼴이라니, 웃기지도 않지.

그는 멀찍이서 보이는 에이드리안의 얼굴을 싸늘한 시선으로 응시하며 다소 냉소적으로 생각했다.

다이젠이 알기로, 아리스는 아직도 에이드리안을 껄끄럽게 생각하고 있었다.

에이드리안은 아리스의 자존심에 꽤 뚜렷이 흠집을 낸 장본인이었으니 당연했다. 그리고 객관적으로든 주관적으로든, 그것은 몇 번을 생각해 봐도 에이드리안의 잘못인 것이 맞았다.

그럼 당연히 그 녀석 쪽에서 먼저 거리를 둬야 하는 것 아닌가?

그런데도 저렇게 무슨 일이 있었냐는 듯이 천연덕스럽게 달라붙는 것을 보면 어지간히 뻔뻔한 것이 아니다 싶었다.

사실 아리스의 앞에서는 태연한 척했지만 다이젠은 여전히 에이드리안을 볼 때마다 기분이 썩 좋지 않았다. 지금처럼 아리스와 에이드리안이 함께 있는 모습을 볼 때면 더욱 그랬다.

어떤 의미로는 유치한 질투라고 해도 좋았다. 스스로도 이런 자신이 조금 싫었지만 사람의 마음이란 것이 마냥 생각한 대로 움직이지 않는 것이다 보니 어쩔 수가 없었다.

게다가 다이젠은 요즘 들어 아리스를 마음껏 만나지 못해 가뭄을 맞은 풀처럼 하루하루 시들시들하게 죽어 가고 있었다. 그런데 자신도 양껏 보지 못하는 아리스를 에이드리안 따위가 같은 학생회 임원이라는 명목으로 더 자주 만나고 있다고 생각하니 절로 짜증이 났다.

물론 이런 말, 아리스의 앞에서는 할 수 있을 리가 없었다.

다이젠이 요즘 아리스에게 애써 담담한 모습만을 보였던 이유도 그녀의 앞에서 어른스러워 보이고 싶었기 때문이니까. 그리고 유치하게 질투 같은 걸 하는 모습을 보여 그녀에게 어린애 취급을 받고 싶지도 않았다. 그렇지 않아도 고작 한 살 차이에 불과한데, 어째서인지 예전부터 아리스가 가끔 그를 어리게 보는 것 같아서 불만스럽기도 했다.

그래서 한동안 시간을 내기 어렵다는 아리스의 말에도, 또 얼마 전 에이드리안과 단 둘이 학생회실에 있던 아리스의 모습에도 의연한 얼굴을 하고 돌아선 것이다. 사실은 전혀 괜찮지 않은 주제에 허세를 부린 것이나 마찬가지였다.

"마음에 안 들어."

다이젠은 손을 들어 자신의 머리카락을 약간 거칠게 헤집으며 낮게 중얼거렸다.

'아리스 결핍증'이라도 생긴 것처럼 시간이 지날수록 아리스와 떨어져 있는 시간을 점점 참기가 어려워졌다. 아리스가 한동안 따로 시간을 내서 만나지 못할 것 같다고 처음에 말했을 때만 해도 다이젠은 이 정도로 힘들 줄은 상상도 하지 못했다.

그런데 이렇게 오래 견뎌야 할 줄 알았다면 차라리 아리스에게 투정이라도 부려 볼 걸 그랬다는 생각이 들었다.

하다못해 어제 그는 '지난 주말에 아나이스를 만나러 갔었다'는 아리스의 말을 들은 순간 여동생까지 질투하는 볼썽사나운 사람이 되고 말았다.

"너 요즘 연애 사업이 잘 안 되나 보더라?"

그리고 방과 후, 다이젠은 기다렸다는 듯이 온실에 나타나 그의 속을 긁는 레안 때문에 또 한 번 짜증이 나는 것을 느꼈다.

"그래, 원래 다 떨어졌다 붙었다 하는 거지."

하지만 그를 놀릴 작정을 하고 온 것은 아닌 듯, 다이젠의 아버지인 레안은 다소 심드렁한 어투로 태평하게 말했다.

"지난번에 너랑 어떤 여자애랑 있는 거 보고 표정이 싸늘해지는 것 같던데. 잘은 몰라도 네가 화나게 한 거 아니야?"

그 소리를 듣고 다이젠은 의아해지고 말았다.

자신과 어떤 여학생이 같이 있는 걸 보고 아리스의 표정이 싸늘해졌다고? 하지만 그의 기억으로, 자신은 아리스의 기분을 상하게 할 정도로 특정 여학생과 붙어 있었던 적이 없었다.

다이젠은 의문을 느끼며 혼잣말을 하듯 작게 중얼거렸다.

"어제 봤을 때는 화가 난 기색이 없었는데."

게다가 바로 어제 저녁에 만났을 때에도 아리스는 평소처럼 그를 대해 주었다. 그러니 분명 그의 아버지가 무언가를 잘못 봤겠거니 싶었다.

"그래? 아니면 말고."

역시나 레안은 다이젠의 말에 무책임하게 반응했다. 그리고 잇따른 그의 목소리에 다이젠은 아까보다 두 배는 더 짜증이 나고 말았다.

"참, 지난주에 네 여자 친구가 병실에 들고 온 과자 맛있더라. 집에서 자기가 직접 만든 수제 과자라고 하던데 넌 그날 안 와서 못 먹었지? 아나랑 나랑 둘이 다 먹었는데 네 몫으로 좀 남겨 줄 걸 그랬나? 뭐, 이제 와서 아쉬워 해 봤자 늦었지만."

아무래도 아까의 생각을 정정해야 할 듯했다.

레안은 어디로 보나 그를 놀리러 온 것이 분명했다.

그 증거로 레안은 다이젠을 약 올리는 말을 한 뒤 밉살맞게 킬킬 웃으며 그를 스쳐 지나갔다.

다이젠은 또 다시 속이 부글거리는 것을 느끼며 멀어지는 아버지의 뒷모습을 다소 사나운 눈빛으로 쳐다보았다. 레안은 여전히 웃는 낯으로 그런 그를 뒤돌아보며 손을 흔들었다. 그 모습이 참으로 얄밉기도 했다.

　　　　　　　　　　* * *

　시험을 열흘 정도 앞두고 아리스의 일정은 전보다 빠듯해졌다.

　학생회 일에 과제와 시험공부, 그리고 논문 준비까지 더해져 이런
저런 일들이 많아진 탓이었다. 그래서 그녀가 다이젠에게 한 말도 마
냥 지어낸 소리는 아니게 되었다.

　야옹.

　"앗, 네로."

　그러던 어느 날, 학생회실로 향하던 길에 아리스는 익숙한 얼룩무
늬 고양이를 발견했다.

　"뭐야, 그동안 어디 있었어?"

　학기가 시작된 후로 좀처럼 모습을 비추지 않더니 오늘은 어쩐 일
인 것일까? 여전히 가끔은 식당에 밥을 얻어먹으러 출몰한다고 했고,
또 교내에서 고양이를 봤다는 다른 학생들의 목격담도 간혹 들려오곤
했다. 그런데 이상하게 아리스의 눈에는 네로가 보이지 않아 의문을
느끼던 참이었다.

　"살이 좀 찐 것 같기도 하고."

　그래도 보아하니 그동안 몸 건강히 잘 지낸 것 같아 다행이라는 생
각이 들었다. 아리스는 가까이 다가온 고양이의 턱을 긁어 주었다.
그러자 네로가 기분이 좋은 듯 골골거리는 소리를 냈다.

　"뭐야, 이렇게 반가워할 거면 좀 더 빨리 보러 왔으면 좋았잖아."

　어째서인지 예전에 놀던 장소인 담벼락 부근에도 고양이의 모습이
보이지 않아 몇 번이나 허탕을 쳐야 했던 아리스가 다소 불만스럽게
투덜거렸다.

야오옹.

그때, 오랜만에 보는 고양이가 아리스를 향해 배를 만져달라는 듯이 발라당 몸을 뒤집었다. 설마 아리스의 서운함을 알아차리기라도 한 것일까? 그녀는 여전히 넉살도 좋은 녀석이라고 생각하며 헛웃음을 지었다. 그리고 이내 어쩔 수 없다는 듯 고양이의 배로 손을 뻗었다.

귓가에 들리는 야옹거리는 소리가 한결 더 리듬감 있어졌다. 그런데 이상하다. 보통 고양이는 이 정도로 사람을 잘 따르지는 않는다고 하던데 이런 고양이를 뭐라고 부른다고 하더라. 개냥이……? 강아지 같다고 해서 개냥이라고 불렀던 것 같은데, 맞나?

음, 그런데 고양이 뱃살이 원래 이렇게 감촉이 좋은 거였던가. 뭔가 말랑말랑하네. 묘하게 중독성이 있는 것 같기도 하고…….

"아리스, 거기서 뭐 해?"

혼자서 그런 생각을 하고 있을 때, 문득 등 뒤에서 그녀를 부르는 누군가의 목소리가 들려왔다.

아리스는 반사적으로 고개를 돌렸다. 햇빛이 역광으로 들어 등 뒤에 서 있는 사람의 얼굴이 한순간 식별되지 않았으나 목소리로 정체를 알 수 있었다.

"그 고양이는……."

에이드리안은 교정의 한 구석에 쭈그려 앉아 있는 아리스를 의아하게 쳐다보고 있었다. 그러다가 이내 그녀의 발치에 있는 고양이를 발견하고 멈칫했다.

냐앙.

"앗, 네로!"

그때, 납작 누워서 아리스의 손길을 받고 있던 네로가 자리에서 몸을 뒤집었다. 그리고 곧바로 덤불 사이로 뛰어들었다.

아리스는 멀어지는 고양이의 뒷모습을 허망하게 바라보았다. 그리고 잠시 후 하는 수 없이 자리에서 몸을 일으켰다.

"지난 학기에 다쳤던 고양이 맞지?"

"응."

에이드리안도 네로의 얼굴을 알아본 모양이었다. 하기야 학교 내에서 돌아다니는 고양이는 한 마리뿐이었으니 알아차리는 것이 당연할지도 몰랐다. 게다가 작년에 네로와 관련해 제법 큰 일이 있기도 했으니까.

그런데 어째서인지 에이드리안은 다소 꺼림칙한 얼굴을 하고 있었다.

처음에는 그 이유를 몰랐으나 그런 에이드리안의 얼굴을 보는 동안 문득 지난 학기에 네로가 다쳤을 때의 일이 떠올랐다. 그러고 보니 에이드리안이 네로를 공격한 범인으로 다이젠을 의심해 몰아붙였지.

추측하건대 아마 에이드리안도 그 당시의 일을 떠올려 저런 표정을 짓고 있는 것 같았다.

아리스는 그런 에이드리안을 힐끔 올려다보다가 이내 자리에 멈추었던 걸음을 뗐다. 에이드리안이 그런 아리스의 뒤를 천천히 따라왔다.

그는 별다른 말이 없는 아리스를 보고 안심한 것 같기도 하고 다른 한편으로는 조금 서운한 것 같기도 한 눈빛을 보였다. 아리스가 그의 치부라고도 할 수 있는 지난 일을 들추지 않아 다행이라 여겨지는 한

편, 그에게 아무런 관심도 표하지 않는 그녀의 태도가 섭섭하게 느껴지는 모양이었다.

두 사람은 그렇게 말없이 학생회실로 향하는 길을 걸었다. 다른 학생들이 그들을 본다면 일행이라고 오해할 수도 있었지만 기실 그들 사이에 오가는 대화는 아무것도 없었다.

아리스는 에이드리안의 머리 위에 있는 꽃을 통해 함께 걷는 동안 그가 표출하고 있는 동요를 읽어 냈다. 하지만 결국은 아무런 행동도 아무런 말도 하지 않고 그대로 먼저 학생회실에 들어섰다.

"안녕, 얘들아."

"안녕, 아리스."

"안녕하세요."

아리스가 웃는 얼굴로 인사하자 먼저 학생회실에 도착해 있던 학생들도 그녀에게 마주 인사했다. 뒤따라 들어온 에이드리안 역시 마찬가지였다.

"어, 에이드리안. 머리에 뭐가 붙은 것 같은데?"

그러다 누군가가 지나가듯 던진 말에 에이드리안의 손이 자신의 머리 위로 향했다. 하지만 그의 손은 계속해서 헛손질만 할 뿐, 머리카락에 붙은 것을 좀처럼 떼어 내지 못했다.

"내가 떼 줄게."

그런 에이드리안을 보다 못한 옆자리의 여학생이 그를 향해 손을 뻗었다.

"민들레 홀씨네. 벌써 그런 계절인가."

그의 머리카락에 붙어 있던 것은 새하얀 민들레 홀씨였다. 하긴 벌써 늦봄이니 민들레 홀씨가 공기 중에 날아다닐 때가 되긴 했다.

"그런데 머리 모양이 좀 헝클어졌다. 거울 빌려줄까?"

"아, 고마워."

아까 보이지 않는 상태로 머리를 더듬거린 탓인지 에이드리안의 머리카락이 평소의 단정함을 약간 잃고 헝클어져 있었다. 여학생이 그에게 휴대용 거울을 내밀자 에이드리안이 그것을 받아 들었다. 그리고 곧바로 그의 눈이 거울을 들여다보았다.

화아악.

바로 그 순간이었다.

에이드리안의 머리 위에 있던 꽃이 활짝 피어난 것은.

이제껏 다른 누구의 앞에서도 만개한 적이 없던 꽃이 기다렸다는 듯이 이파리를 펼치고 청초한 아름다움을 뽐내기 시작했다.

아리스는 뜻하지 않게 그 광경을 보고 깜짝 놀라서 두 눈을 휘둥그렇게 떴다.

사람의 머리 위에 달린 꽃은 그 사람이 보고 있는 생물이나 물건을 향한 감정을 드러내는 것이 아니던가? 그리고 그것에 대한 호감 상태에 따라 만개한 꽃에서 아직 덜 여문 봉오리까지 그 모양이 다양한 것으로 알고 있었다.

그런데 왜 거울을 보고 있는 에이드리안의 꽃이 저렇게 활짝 피어나 있는 거지?

당혹감과 혼란으로 물든 아리스의 눈동자가 얇게 흔들리기 시작했다. 설마 하니, 지금 그녀가 짐작하고 있는 그런 이유 때문일까?

"여기. 고마워, 잘 썼어."

에이드리안이 거울에서 눈을 떼자마자 그의 머리 위에 있는 하얀 꽃이 다시 잎을 오므렸다. 그 모습을 보고 아리스는 그만 할 말을 잃고 말했다.

"왜 그래, 아리스?"

맞은편에 있던 학생 중 한 명이 문득 의아하다는 듯 아리스를 향해 물었다. 그 소리를 들은 에이드리안의 시선도 아리스에게 미끄러졌다.

에이드리안의 꽃이 다른 학생을 눈에 담을 때보다는 조금 더 크게 피어났다. 두말할 필요도 없이, 그동안 그의 꽃은 아리스나 크리스틴을 상대로도 단 한 번도 활짝 피어난 적이 없었다.

아리스는 동요하는 표정을 가다듬고 입을 열었다.

"아니야. 회의 시작하자."

그리고 그날 학생회 회의가 끝나고 기숙사로 돌아왔을 때, 아리스는 책장 한 구석에 꽂아두었던 식물도감을 오랜만에 꺼내 들었다.

그동안은 이 많고 많은 꽃 중에 비슷한 모양을 가진 것을 찾기가 어려워 도중에 포기했지만…….

아까 에이드리안의 모습을 보았을 때 그녀의 머릿속을 스쳐 지나갔던 꽃이 하나 있었다.

가운데가 노랗고 겉 꽃잎이 하얀 꽃. 아리스는 학생회실에서 보았던 인상 깊은 장면을 다시금 떠올리며 도감의 책장을 넘겼다.

그리고 이내 에이드리안의 꽃인 것이 분명해 보이는 꽃을 발견했다. 그 순간 아리스의 입술이 작게 벌어졌다.

"수선화."

그녀는 식물도감 속의 꽃 이름을 소리 내 읊었다.

수선화. 이른 봄에 개화하며 노란색의 속 꽃잎과 하얀색의 겉 꽃잎으로 이루어져 있다. 꽃말은 자기애, 자존심.

"허."

아리스의 입술 사이로 헛웃음이 비집고 새어 나왔다. 갑자기 그녀가 지금까지 보았던 광경이 모두 이해가 되기 시작했다. 누구의 앞에서도 활짝 피어난 적이 없던 에이드리안의 꽃이 거울을 보는 순간 만개하던 이유도.

어찌 보면 식물도감 속에 적힌 내용 하나로 비약하는 것 같기도 했지만 그녀가 목격한 것이 있다 보니 은근히 신뢰가 가고 있었다.

"뭐야, 갑자기 왜 식물도감 책을 그렇게 뒤져 봐? 거기에 뭐 재미있는 거라도 있어?"

아리스가 기숙사 방에 들어오자마자 책장을 뒤지는 것을 의아하게 보고 있던 리즈벳이 궁금하다는 듯이 물었다.

"재미있는 거라고 해야 할지, 이상한 거라고 해야 할지, 아니면 믿을 수 없는 거라고 해야 할지."

아리스는 왜인지 까닭 모르게 조금 허탈해져서 그렇게 중얼거렸다. 그러자 리즈벳이 더 궁금해진 듯이 하던 일을 멈추고 아리스를 향해 다가왔다.

아리스는 그런 그녀에게 책장이 펼쳐진 식물도감 책을 건네주었다.

"이게 에이드리안의 꽃이었어."

"에이드리안의 꽃? 아, 혹시 머리 위에 있다는 꽃 얘기야? 그거 아직도 보이는 거였어?"

한동안 아리스가 꽃 얘기를 안 했기 때문에 리즈벳은 사람들의 머리 위에 달린 꽃에 대해 잊고 있었던 듯했다. 그녀는 아리스의 말을 듣고 눈을 동그랗게 뜨며 식물도감을 내려다보았다.

리즈벳이 '에이드리안한테 딱 맞는 꽃이네!'라며 배를 붙잡고 박장

대소를 한 것은 그로부터 몇 초의 시간이 지난 후였다.

* * *

"안녕하세요, 교수님."

"어, 그래."

며칠 후 아리스는 도서관을 나서다가 마주친 레안 아르카노발을 향해 인사했다. 출석부를 손에 들고 있는 것을 보니 그는 교무실로 향하는 중인 듯했다.

"요즘은 온실에 안 가?"

그런데 레안은 여느 때처럼 심드렁하게 아리스를 스쳐 지나가는 대신 그렇게 물었다.

"네, 조금 바빠서요."

왜 갑자기 그런 것에 관심을 갖는지 다소 의아했으나 아리스는 티내지 않고 대답했다.

레안 아르카노발의 무심함은 아리스와 아들인 다이젠의 사이를 알게 된 뒤에도 여전했다. 물론 가끔씩 다이젠을 놀릴 때 아리스를 이용한다고는 하나, 그것은 레안이 골려 주고 싶은 대상인 다이젠인 눈앞에 있을 때로만 한정되었다.

그래서 이렇게 그가 먼저 아리스에게 관심을 표하는 것은 꽤 드문 일이었다. 아리스의 대답에 레안이 그럴 줄 알았다는 듯 반응했다.

"어쩐지."

"어쩐지라니요?"

"아니, 온실에 혼자 버려진 똥개처럼 있는 애를 하나 봐서."

레안이 지나가듯 흘린 말에 아리스는 방금 전보다 더 의아해졌다. 하지만 곧 그가 누구를 일컬은 것인지를 깨닫고 멈칫했다.

"뭐, 시험 기간이니까 바쁘긴 하겠지. 공부 열심히 해라."

레안은 별로 다른 의미를 두고 한 소리는 아니라는 듯 그렇게 말한 뒤 아리스를 두고 먼저 걸음을 옮겼다. 아리스의 미묘한 시선이 그런 그의 뒷모습에 잠시 동안 머물렀다.

방과 후로부터도 시간이 조금 더 지나 어느덧 해가 뉘엿뉘엿 저물고 있었다. 아리스는 주황색으로 물든 가로수 길을 걸었다.

하지만 그녀가 향하는 곳은 원래 목적이었던 기숙사가 아니었다.

끼익.

온실의 유리문을 손으로 밀자 안쪽에 고여 있던 공기가 밖으로 새어 나왔다.

실내가 아주 조용해서 저도 모르게 발소리를 줄이게 되었다. 레안 아르카노발의 말에 따르면 이 안에 그녀가 찾는 사람이 있다는 소리인데……. 온실에는 고요함만이 가득 차 있어서 다른 누군가가 머물고 있는 것 같지 않았다.

그래도 아리스는 여러 식물을 헤쳐 온실 깊숙한 곳으로 걸음을 옮겼다.

그러자 잠시 후, 익숙한 사람의 모습이 시야에 비쳤다.

다이젠은 일전에 온실 속에 가져다 놓은 긴 의자에 누워 눈을 감고 있었다. 아래로 늘어뜨려진 한 손에는 책이 들려 있었고, 다른 한쪽 팔은 들어 올려 눈가를 덮고 있는 상태였다. 소매를 걷은 하얀 셔츠와 상아색 머리카락 위로 짙은 노을이 번졌다.

평소라면 누군가 온실 안에 들어온 것을 바로 알아차렸을 텐데 깜빡 잠이라도 든 것일까? 팔에 가려져 얼굴은 보이지 않았지만 미동 없이 가만히 누워 있는 것으로 보았을 때 그런 것 같기도 했다.

"다이젠."

아리스는 다가가서 다이젠의 앞에 다리를 굽히고 앉았다. 그리고 무릎 위에 손을 올려 턱을 괴고 그의 이름을 작게 소리 내 불렀다. 만약 일어나지 않으면 흔들어 깨워야 할지, 아니면 옆에서 조금 기다려야 할지 고민하던 참이었다.

그런데 그녀의 목소리를 들은 순간, 눈가에 덮여 있던 다이젠의 팔이 작게 흔들렸다. 곧 그의 얼굴을 가리고 있던 팔이 천천히 밑으로 내려갔다. 그 아래에 있던 붉은 눈동자가 아리스를 향하고, 그 직후 다이젠의 입술이 작게 벌어졌다.

"아리스 선배."

그는 약간 믿을 수 없다는 눈빛으로 아리스를 쳐다보고 있었다. 마주한 얼굴에 떠오른 의문에 아리스가 대답했다.

"안녕. 지나가던 길에 잠깐 들렀어."

다이젠이 자리에서 상체를 일으켰다. 그러는 바람에 그의 손에 들려 있던 책이 바닥으로 떨어져 내렸다. 다이젠이 밑으로 내팽개쳐진 책에 일말의 관심도 두지 않아서, 결국 아리스가 그것을 주워 들어야 했다.

하지만 그는 아리스가 책을 건네는데도 신경 쓰지 않고 그녀를 향해 물었다.

"온실에는 웬일이야?"

그래도 방금 전에는 조금 귀여운 반응이었던 것 같은데, 다이젠은 그새 원래의 모습으로 돌아왔다. 아리스는 손에 들고 있는 책을 다이젠의 옆에 내려놓으며 대꾸했다.

"너 보러 왔지."

지나가는 듯한 그녀의 말에 다이젠이 멈칫했다. 그는 잠시 동안 무슨 생각을 하는지 모를 얼굴로 아리스를 가만히 쳐다보다가 다시금 입을 열었다.

"내가 여기에 있는 건 어떻게 알았어?"

그 질문에 아리스는 잠깐 솔직히 대답할까 말까 고민하다가 그냥 사실대로 말했다.

"도서관에서 나오는 길에 레안 아르카노발 교수님을 만나서."

그 순간 다이젠의 눈썹이 꿈틀거렸다. 찌푸려진 그의 미간을 보니 레안과 아리스의 만남을 탐탁지 않게 여기는 기색이었다.

"아버지가 선배한테 온실에 가 보래?"

"아니, 그냥 네가 여기에 있다는 것만 말해 주시던데."

아리스는 그런 다이젠을 잠깐 말없이 바라보았다. 그리고 이내 고개를 비스듬히 기울이며 입을 열었다.

"그래서, 넌 나를 기다리고 있었던 거야?"

직설적인 물음에 다이젠이 한순간 움찔했다. 그 모습을 보고 아리스는 자신의 생각이 맞다는 것을 확신했다.

물론 다이젠은 예전부터 시간이 날 때마다 종종 온실에 들러 시간을 보내고는 했다. 하지만 아까 만난 레안 아르카노발의 어투로 미루어 짐작했을 때, 오늘 다이젠이 혼자 이곳에 있던 것은 그런 의미가 아닌 듯했다.

그렇다면 혹시 지금처럼 온실에서 그녀를 기다렸던 것도 오늘 하루의 일이 아닌 걸까?

"내가 한동안 바빠서 시간 내기 어렵다고 했잖아? 기다려도 올지 안 올지 모르는데?"

아리스가 거듭 내뱉은 말에 다이젠의 미간이 살짝 찌푸려졌다. 한순간 그의 눈동자에 갈등이 어렸다.

"왔잖아, 지금."

그러나 결국 다이젠이 툭 내뱉은 말은 결국 오늘은 왔으니 상관없지 않느냐는 듯한 것이었다. 그는 아리스의 말이 사실이라는 것을 부정하지는 않았다.

아리스는 여전히 다이젠의 앞에 무릎을 굽히고 앉은 채로 그에게 다시 한번 물었다.

"나 보고 싶었어?"

손에 턱을 괴고 묻는 아리스의 눈동자가 묘하게 반짝거렸다.

마치 다이젠의 반응을 재미있어 하는 것 같기도 하고, 그의 대답을 기대하는 것 같기도 한 표정과 목소리였다. 그런 그녀를 보고 다이젠은 움찔했다.

"몰라서 물어보는 거 아니지?"

그리고 이내 살짝 눈살을 찌푸리며 아리스에게 반문했다.

"몰라서 물어보는 건데?"

하지만 아리스는 정말 순수한 의미의 질문이라는 듯이 눈을 동그랗게 뜨며 그에게 다시 되물었다. 물론 다이젠은 그것을 순진하게 믿을 정도로 아리스에 대해 잘 모르지는 않았다.

다이젠은 자신의 속내를 뻔히 다 알면서도 이러는 아리스에게 조금 불만스러운 마음이 들었다. 그러나 어쩐지 분통이 터지다가도 아리스의 얼굴을 보니 순식간에 마음이 풀렸다. 사실 조금 전까지만 해도 별로 좋지 않던 그의 기분은 온실에 온 아리스를 보는 순간 눈 녹듯이 사르르 풀어진 뒤였다.

"보고 싶은 게 당연하잖아. 한동안 나한테는 얼굴도 잘 안 보여 줬으면서."

결국 이번에도 진 것은 다이젠이었다.

처음에는 그 말만 하고 말 생각이었는데 아리스의 얼굴을 보는 동안 속에 억누르고 있던 감정이 제멋대로 꿈틀거렸다.

"귀찮게 하기 싫어서 이런 말 안 하려고 했는데, 도대체 매일 할 일이 왜 그렇게 많아?"

어느덧 다이젠은 아리스에게 투정을 부리듯이 말하고 있었다. 한 번 속마음을 드러내 솔직히 말하기 시작하자 그다음은 좀 더 쉬웠다.

"그리고 나랑은 같이 이야기할 시간도 없이 바쁘다면서 에이드리안은 왜 그렇게 자주 만나는데."

그리고 그 순간 다이젠은 후련함과 자괴감을 동시에 느꼈다.

그동안 혼자 꾹꾹 억눌러 오던 말을 마침내 내뱉은 사실에 속이 시원하면서도, 결국은 참지 못해 아리스의 앞에서 어린애 같은 모습을 보였다는 생각에 회의감이 밀려들었다.

"하지만…… 네가 괜찮다고 했잖아."

아리스가 어떻게 반응할지 내심 신경이 쓰였으나 그녀는 다소 오묘한 얼굴로 그를 응시하며 그렇게 말할 뿐이었다.

"그런 거, 그냥 그런 척했을 뿐인 게 당연하잖아."

그게 또 조금 야속해서 다이젠은 이제 속마음을 숨기려는 시도를 그만두기로 했다. 그래서 포기한 채 그렇게 말하고 나자 이번에는 허탈함이 밀려들었다.

"짜증 나."

다이젠은 자괴감 어린 음성으로 혼잣말처럼 중얼거리며 손을 들어 얼굴을 쓸어내렸다. 아리스는 그런 다이젠의 모습을 바라보았다.

"또 고작 한 살 차이밖에 안 나면서 나보고 유치하다느니 어리다느니 할 거면, 부탁이니까 지금은 그냥 아무 말도 하지 마."

다이젠은 어지간히 지금의 상황에 회의감이 드는 듯이 그렇게 중얼거리며 아리스의 시선을 피했다.

바로 그때, 어렴풋한 웃음소리가 온실 안에 번져 들었다.

그 소리를 듣고 다이젠이 이제는 정말 다 포기했다는 듯이 읊조렸다.

"그래, 마음대로 비웃어. 나도 내가 웃기니까."

하지만 아리스는 다이젠의 말대로 그가 우스워서 웃은 것은 아니었다.

"아니야, 안 비웃어."

웃음기 어린 목소리에 마침내 다이젠이 아리스를 향해 시선을 움직였다. 그녀는 눈꼬리를 부드럽게 휜 채 그를 보며 미소 짓고 있었다. 그 얼굴이 마치 그를 달래 주듯 다정했다. 하지만 이어서 속삭여지는 아리스의 말에 다이젠은 그녀를 따라 웃을 수 없었다.

"그래, 내가 보고 싶었구나. 그래서 온실에서 내가 올지 안 올지도 모르면서 기다리고, 또 에이드리안이랑 내가 만나는 걸 볼 때마다 사실은 질투하고?"

"질투…… 라고는 안 했어."

하지만 스스로가 듣기에도 자신의 말은 영 궁색했다. 아리스도 그의 말을 믿지 않는 듯 얼굴의 웃음기를 거두지 않았다.

사실 아리스는 스스로도 믿을 수 없을 정도로 기분이 좋은 상태였다. 다이젠의 말을 듣는 동안 저도 모르게 웃고 만 이유도 그래서였다.

그래, 사실은 하나도 괜찮지 않으면서 그냥 괜찮은 척한 것뿐이란 말이지. 게다가 그는 함께 보내지 못하는 시간 동안 그녀가 보고 싶었다고 했다.

그럼 그냥 솔직하게 말하면 되었을 텐데.

하지만 그걸로 치면 솔직하지 못한 건 그녀도 마찬가지였다. 그리고 지금까지는 그 사실을 다이젠이 알게 하고 싶지 않았지만……

"사실 나도 너랑 비슷했어."

아마 그녀가 솔직하게 말해 주면 그도 기뻐할 테니까.

그래서 그렇게 말하자 다이젠이 한순간 멈칫했다.

"나랑 비슷했다고?"

"실은 나도 좀 질투했거든."

"도대체 어느 부분에서 질투를 했다는 건지 잘 모르겠는데……"

다이젠은 아리스의 말이 잘 이해되지 않는 것 같았다. 그는 보편적으로 다른 여학생과 연을 만들지 않는 편이었으니 그런 의문도 이해가 되었다. 아리스는 그런 그에게 자세히 설명해 주지 않고 말을 이었다.

"그리고 나도 네가 보고 싶었던 것 같아."

그 순간 다이젠의 표정이 조금 변했다.

"그래서, 어떻게 해 줄까?"

아리스는 그의 얼굴을 올려다보며 다시 한번 미소 지었다.

"이제 내가 뭘 어떻게 해 주면 좋겠어?"

사실은 물어보나 마나 한 질문이었다.

그에 다이젠의 시선이 잠시 동안 아리스에게 가만히 머물렀다. 그러다 이윽고 그가 그녀를 향해 손을 뻗으며 입을 열었다.

"일단 지금은……."

다이젠의 손이 아리스를 잡아끈 것과 나직한 속삭임이 귓가에 내려앉은 것은 거의 동시였다.

"아무 데도 가지 말고 내 옆에 있어."

아리스는 기꺼이 그런 다이젠에게 안기며 웃었다.

그의 붉은 꽃에서 풍기는 향기가 한결 더 달콤하게 짙어졌다.

지금까지 두 사람이 신경 쓰고 있었던 것들은 전부 다 쓸데없는 일로 느껴질 정도로, 몹시도 만족스러운 순간이었다.

* * *

시간이 더 흘러 어느덧 1학기의 기말시험이 끝났다.

앞으로 성큼 다가온 방학에 학생들은 모두 들뜬 기색이었다. 그들은 저마다 약 한 달간의 방학 동안 무엇을 하며 지낼지 계획을 세우며 시간을 보냈다.

그런 와중에 아리스는 마침내 눈앞에 내밀어진 이번 시험의 결과물을 보고 적지 않은 충격을 받았다.

"거짓말이지?"

하지만 믿을 수 없다는 듯이 읊조린 그녀의 말에도 다이젠은 태연했다. 그것만 보면 방금 전에 눈을 의심할 만한 성적표를 내밀어 아리스를 놀라게 한 사람이 마치 따로 있는 것 같았다.

"이거 네 성적표 맞아?"

아리스는 눈앞에 있는 다이젠과 손에 들린 종이를 번갈아 쳐다보다가 다시 한번 확인하듯 물었다. 그러자 다이젠이 고개를 비스듬히 기울이며 약간 거만하게 말했다.

"왜 그렇게 놀라? 난 당연한 결과라고 생각하는데."

당연히 아리스는 기가 막혔다.

"갑자기 성적이 이렇게 많이 오른 게 당연하다고?"

다이젠은 이번 시험 때 실로 놀라운 성적을 기록했다.

물론 아리스도 다이젠이 이번에는 어쩐 일로 열심히 공부하고 있다는 사실을 알고 있기는 했다.

하지만 아무리 그래도 그렇지, 갑자기 전교 한 자릿수 등수라니? 다이젠에게 좀 무리일 것이라 생각되는 전교 20등을 내기의 기준으로 삼은 것이 무색할 정도였다.

다이젠은 아직도 얼떨떨해하는 아리스를 향해 코웃음 치며 말했다.

"난 원래 공부를 못했던 게 아니라 안 했던 거야."

그 말투나 표정이 정말 담담한 것을 보니, 다이젠은 자신이 이런 성적을 받을 줄 이미 알고 있었던 듯했다.

"그것보다, 내기한 거 기억하고 있지?"

게다가 자신이 내기의 승자가 될 것이란 사실 역시 추호도 의심하지 않았던 것 같았다. 어쩐지 처음에 전교 20등을 걸고 내기를 할 때 너무 쉽게 수락하더라니.

"그래…… 바라는 거 있으면 말해 봐."

그래도 어쨌거나 다이젠이 이번 시험 때 성적을 굉장히 많이 올린 것은 사실이니 기특한 마음에 소원 하나쯤 못 들어줄 것도 없지 싶었다. 물론 뭘 요구할지 몰라서 조금 걱정되기는 했지만.

아리스의 말에 다이젠이 만족스러운 표정을 지었다.

"내가 아리스 선배한테 원하는 건……."

하지만 곧이어 그가 내뱉은 말에 아리스는 당황하고 말았다.

"뭐?"

아리스가 귀를 의심하며 반문하는데도 다이젠은 제대로 들은 것이 맞다는 듯 곧은 눈빛으로 그녀를 볼 뿐이었다.

"그런 거 말고, 그냥 다른 소원으로 해."

"다른 소원 없는데."

아리스가 다른 방향으로 다이젠을 유도하려고 했지만 그는 넘어오지 않았다.

"그리고 원하는 건 다 들어주는 거 아니었어? 이 정도면 별로 무리한 요구도 아니잖아."

아리스는 여전히 당황해서 다이젠을 응시했다. 대답을 기다리듯 가만히 그녀를 쳐다보는 그의 얼굴에 마음속으로 수많은 갈등이 왔다 갔다 했다.

결국 아리스는 끄응 작은 신음을 내뱉으며 입을 열었다.

"그럼 눈 감아."

"그냥 이대로 보고 있으면 안 돼?"

"안 돼."

다이젠의 이번 요구는 단칼에 잘라내 버렸다.

다이젠은 다소 불만스러운 듯했지만 이내 아리스에게 한발 양보하겠다는 듯이 얌전히 눈을 감았다.

하지만 아리스의 고뇌는 그때부터 시작이었다. 정작 다이젠에게 눈을 감게 하고 나니 이제부터 자신이 해야 할 일이 더 현실적으로 다가온 탓이었다.

아리스는 잠깐 갈팡질팡하며 이러지도 저러지도 못하다가 이내 눈을 질끈 감고 움직였다.

마침내 그녀의 손이 다이젠의 뺨에 닿았다. 그리고 그녀는 고개를 숙여 눈앞에 있는 사람에게 순식간에 입술을 대고 떨어졌다.

그 후 도망가듯 재빨리 뒤로 물러나는 아리스를 다이젠의 손이 붙잡았다.

"아리스 선배, 혹시 지금 장난하는 거야?"

나직한 음성이 온실 안에 울렸다.

다이젠은 찡그린 듯 웃는 얼굴을 하고 있었다. 방금 전에 아리스가 도대체 뭘 하고 지나갔는지 모르겠다는 듯한 어투였다.

그의 말을 듣고 아리스가 주춤거리며 항변했다.

"나보고 먼저 뽀뽀해 달라고 해서 해줬잖아?"

"내가 언제 뽀뽀해 달라고 했어?"

다이젠이 황당한 웃음을 지으며 붙잡고 있는 아리스의 팔을 잡아당겼다. 그때까지도 아리스는 그에게서 반쯤 몸을 튼 채 얼굴을 옆으로 돌리고 있었다.

그리고 다음 순간 자신에게 붙잡혀 몸을 돌린 아리스의 얼굴을 보고, 다이젠은 멈칫하고 말았다.

왜냐하면 그를 쳐다보지 못하고 시선을 비끼고 있는 아리스의 얼굴이 다른 때보다 발갛게 상기되어 있었기 때문이었다.

"혹시 지금 쑥스러워 하는 거야?"

"뭐? 아니야……."

"진짜?"

당연히 아리스는 부정했지만 뒤이어 다이젠의 손이 그녀의 얼굴을 감싸는 바람에 그만 할 말을 잃고 말았다. 가까이에서 다이젠이 아리스의 얼굴이 들여다보았다. 아리스는 고개를 돌리고 싶었지만 이미 다이젠의 손에 얼굴이 고정되어 그럴 수 없었다.

지척에서 눈이 마주치는 순간 아리스의 얼굴이 방금 전보다 약간 더 빨갛게 달아올랐다. 다이젠은 그런 그녀를 재미있다는 듯한 웃음이 담긴 눈빛으로 바라보고 있었다.

"네가……."

결국 아리스는 항복하며 웅얼거리고 말았다.

"네가 그런 이상한 소원을 비니까 그렇잖아."

물론 내기에서 이기면 원하는 것을 들어준다고 한 건 맞았지만, 설마 이런 소원을 말하다니. 그런데 다음 순간 다이젠이 아리스의 말에 무슨 소리냐는 듯이 반박해서 그녀는 또 한 번 말문이 막힐 수밖에 없었다.

"그런데 아리스 선배 지금 하다가 말았잖아. 설마 지금 이걸로 퉁칠 생각은 아니지?"

아마 지금 다이젠은 아리스의 눈동자가 흔들리고 있는 것을 가감 없이 볼 수 있을 것이었다.

아리스가 그렇게 당황하고 있는 동안, 마침내 다이젠이 쿡 웃음을 터트리며 입을 열었다.

"그래도 귀여우니까 오늘은 봐줄까?"

왜인지 연상인 그녀를 애 취급하는 것 같아서 귀엽다는 말은 좀 걸렸지만 그래도 이대로 그냥 넘어간다는 말에는 안심이 되었다.

하지만 그녀가 방심하고 있는 사이, 다이젠이 아리스의 입술을 덮쳤다. 단순히 맞닿았다가 떨어지는 정도가 아니라 깊숙이 포개지는 움직임에 아리스가 화들짝 놀라 그를 밀쳐 냈다.

"뭐야, 봐준다며?"

"응, 아리스 선배가 해 주는 건 다음에."

이게 무슨 말장난 같은 소리냐고 항변하려던 그녀의 말은 다이젠에게 모조리 삼켜졌다. 그에게서 벗어나려고 잠깐 버둥거렸지만 맞닿은 몸은 꼼짝도 하지 않아서, 결국 얼마 안 가 아리스는 포기하고 말았다.

도대체 누가 누구를 밀고 당기는지 모를, 여느 때와 같은 일상이었다.

외전 - 다이젠과 아리스의 오묘한 데이트

"아리스, 어서 와."

병실의 문을 열고 안으로 들어서자마자 검은 머리의 소녀가 아리스를 반겨 주었다.

그녀는 다이젠의 여동생인 아나이스였다. 창가에 앉아 있는 그녀를 보고 아리스가 슬쩍 얼굴을 찌푸렸다.

"아나, 창문 앞에 너무 오래 있지 말라고 했잖아."

제법 엄한 그녀의 목소리에 아나이스가 움찔하며 변명했다.

"별로 그렇게 오래 있지는 않았어. 창문도 지금 막 열었는데?"

"내가 올라오기 전부터 열고 있는 거 아래에서 다 봤어."

하지만 아리스는 병동에 들어서기 전에 열려 있는 병실의 창문을 본 모양이었다. 자신의 변명이 통하지 않는다는 사실을 눈치챈 아나이스가 투덜거렸다.

"아리스, 어쩐지 잔소리가 늘었어."

기분 탓인지 아리스가 병실에 올 때마다 잔소리를 듣지 않는 날이 없는 것 같았다. 지난번에는 편식하지 마라, 밤에는 꼭 이불을 덮고 자라, 손발을 차게 하지 마라 등등의 소리를 하지 않았던가.

"벌써부터 시누이 노릇하는 거야?"

"아니, 친구 노릇하는 거야."

아나이스가 슬쩍 장난을 쳤지만 아리스에게는 통하지 않았다. 아나이스는 아리스의 반응이 재미없다는 듯 입술을 삐죽였다. 차라리 이런 면에 있어서는 오빠인 다이젠의 반응이 더 나은 편이었다.

물론 다이젠 역시 아나이스가 충분히 만족할 만한 반응을 보여 주는 것은 아니긴 했다. 하지만 그래도 아리스와 관련된 지금 같은 농담을 할 때면 다이젠은 최소한 작게 움찔거리는 모습이라도 보였으니까.

"친구가 아니라 엄마 같아."

아리스는 아나이스가 있는 창가로 다가가 창문을 닫았다. 그리고 그 앞에 앉아 있는 아나이스를 데리고 가서 침대에 앉혔다. 아나이스는 아리스가 하는 대로 얌전히 따라와 침대에 자리를 잡으며 작게 중얼거렸다.

하지만 이러는 것이 싫어서 그러는 건 아니었다. 아리스도 아나이스의 말에 피식 웃었다.

"내가 리리안 교수님 같다고? 칭찬 고마워."

"엄마가 그 말 들으면 좋아하시겠네."

방금 전 잠깐 만져 본 아나이스의 손은 조금 차가웠다. 지금이 여름인 것을 감안하면 다소 신경이 쓰이는 체온이었다. 그래서 아리스는 의자 위에 놓은 담요를 가져다가 아나이스에게 덮어 주었다.

그러자 아나이스가 너무하다는 듯이 볼멘 어투로 말했다.

"이건 좀 그렇지 않아? 지금 날 쪄 죽게 만들 셈이야?"

"딱 1분만 그러고 있어."

아리스는 귓가에 들리는 원성을 무시한 채 아나이스의 앞에 있는 의자를 끌어다 자리를 잡았다. 아나이스도 금방 포기했다. 사실 날씨가 그렇게까지 더운 것은 아니었기 때문에 담요를 잠깐 덮고 있는다고 해서 그렇게까지 고통스러울 것도 없었다.

"아리스, 어제부터 방학이라고 했나?"

"응. 그러니까 오늘도 왔지."

"이제 평일에도 볼 수 있어서 좋다."

아리스는 방긋 웃는 아나이스를 보며 마주 미소 지었다. 아나이스의 머리 위에 있는 꽃도 기분이 좋은 것처럼 살랑살랑 이파리를 흔들고 있었다.

그 모습을 보고 아리스는 반은 충동적으로 아나이스를 향해 말했다.

"조만간 어디 놀러 갈까?"

하지만 아나이스를 데리고 어딘가 놀러 갈까 하는 생각은 전부터 하고 있던 것이었다.

"너무 멀리는 어렵겠지만 그래도 방학이니까. 의사 선생님도 무리하지 않는 선에서 외출하는 건 괜찮다고 하셨고."

아나이스는 나날이 빠른 속도로 몸을 회복해 가는 중이었고, 이 상태라면 머지않아 완쾌하게 될 것이라 했다. 오히려 적당한 운동은 몸에 좋다고 했으니 가까운 곳에 외출하는 정도는 괜찮을 것 같았다.

"진짜? 난 당연히 좋아."

아나이스는 아리스의 말에 잠깐 놀란 듯 두 눈을 크게 뜨다가 곧 밝은 표정을 지었다. 아리스의 말을 기뻐하며 반기는 것이 여실히 드러나 보이는 얼굴이었다. 그녀의 머리 위에 있는 하얀 꽃도 이파리를 크게 흔들며 다른 때보다 뚜렷한 반응을 보이고 있었다.

그러고 보니 아나이스는 아주 어릴 때부터 병을 앓아서 자유롭게 바깥을 돌아다닌 적이 없겠구나 싶었다.

"특별히 가고 싶은 데 있어?"

"아리스가 데려다주는 데는 어디든 다 좋을 것 같은데."

아나이스가 정말 진심으로 좋아하는 게 눈에 보여서 아리스도 덩달아 의욕이 났다. 그녀는 아나이스에게 좋은 추억을 만들어 줘야겠다고 다짐했다.

* * *

"가까운 곳이면 기분 전환 삼아 괜찮을 것 같은데."

그날 저녁, 아리스의 말을 들은 이안이 고개를 끄덕이며 수락했다. 그의 말을 들은 아리스의 얼굴이 밝아졌다. 물론 병동에 있는 다른 의사에게 의견을 묻기는 했지만 그래도 혹시 하는 마음이 있었기 때문이다.

하지만 이안은 아리스의 물음에 잠시 생각하다가 긍정적인 답변을 주었다.

"장시간 외출하는 건 몸에 부담이 갈 수 있으니 지양하고."

"네, 그럴게요."

아나이스에 대한 것은 대개 이안이 총괄하고 있었기 때문에 그녀의 상태가 어떤지도 병원 내에서 가장 잘 알고 있었다. 원래 병원장인 이안이 직접 전담하는 환자는 많지 않았지만 아나이스의 경우는 특이한 병세를 가지고 있었기 때문에 전부터 각별히 신경 쓰고 있었다.

신약 개발로 아나이스가 가지고 있던 병을 완쾌시킬 수 있는 방도를 찾게 된 이후로는 더욱 주의를 기울이고 있는 편이었다. 혹시 모를 부작용이 있을 수도 있었기 때문에 더욱 그랬다. 게다가 그녀는 예전부터 친분이 있는 레안 아르카노발의 딸이기도 했기에 더욱 마음이 쓰일 수밖에 없었다.

어쨌든, 그래서 아버지의 허락을 받게 된 아리스는 이제 완전히 걱정을 덜게 되었다. 만약의 경우 아나이스를 실망시키게 될 일도 없어졌으니 이제는 정말 마음 편히 계획을 짜도 될 것 같았다.

아리스는 방학 동안 아나이스를 어디로 데리고 가면 좋을지 좀 더 깊게 고민하기 시작했다.

"넌 어떻게 생각해?"

하지만 아무래도 혼자서 결정하기에는 다소의 어려움이 있었다. 그래서 얼마 후 만난 다이젠을 앞에 두게 되었을 때, 아리스는 지나가듯 그의 의견을 물었다.

두 사람이 만난 곳은 아나이스의 병실이었다. 하지만 아나이스는 정기 검사를 받으러 자리를 비운 참이었기 때문에 병실에는 다이젠과 아리스, 단 둘뿐이었다.

"나도 그 생각 하긴 했는데."

아리스의 말에 다이젠은 선수를 빼앗겼다는 듯이 콧잔등을 찡그렸다.

"아주 어릴 때는 그래도 나름대로 가족 여행이라 할 만한 걸 갔던 적이 있는데 아마 아나는 기억도 잘 못 할걸."

역시 그녀의 예상대로 다이젠의 가족들은 아나이스의 병세 때문에 그녀를 데리고 제대로 여행을 가본 적이 없다고 했다. 물론 그녀의 가장 큰 병증은 까닭 모를 기면증이지만, 그뿐만 아니라 기본적인 체력이나 면역력이 약한 것도 문제였다.

하지만 이제는 병원에서도 아나이스의 외출을 긍정적으로 보는 입장이었으니 정말 무리하지만 않으면 될 것 같았다.

"그럼 같이 생각해 보자."

"그래. 어쩐지 아나이스가 며칠 전부터 기분이 좋아 보였는데 그런 이유 때문이었구나."

다이젠은 이제야 알겠다는 듯한 표정을 짓고 있었다.

그렇지 않아도 얼마 전부터 아나이스의 기분이 유독 좋아 보여 의아하던 참이었다. 오늘도 평소에 그녀가 싫어하던 정기 검진이 있는 날인데, 어쩐 일로 웃는 낯으로 병실을 나서는 것이 이상했다. 그런데 그게 다 아리스 덕분이었구나 싶었다.

아리스는 이번 방학을 주로 아나이스와 함께 보내려는 것 같았다. 이제 졸업 학년이라 많이 바쁠 것을 생각하면 이렇게까지 아나이스를 신경 써 주는 것이 어떤 의미로는 대단하기도 했다.

물론 아나이스의 오빠인 다이젠으로서는 고마운 일이었지만…….
기분이 다소 묘해지는 것은 어째서인지 몰랐다.

다이젠이 슬쩍 미간을 좁힌 채 그런 생각을 하고 있을 때, 아리스가 문득 지나가는 어투로 그에게 말했다.

"내일 우리 집에 올래?"

"선배네 집에?"

갑작스러운 초대에 다이젠은 멈칫했다. 하지만 아리스는 별생각 없이 내뱉은 말인 듯, 담담하게 고개를 끄덕였다.

"아나 모르게 얘기하고 싶은데 병원에서는 좀 그렇잖아."

아나이스에게는 자세한 계획을 알려 주지 않은 채 당일 깜짝 놀라게 해 주고 싶었다. 그러자니 아나이스가 있는 병동에서는 다이젠과 상의하기가 조금 그랬고……. 그렇다고 밖에 있는 디저트 카페 같은 곳에 가서 이야기를 나누기에는 사람들이 많은 공간이라는 점이 달갑지 않았다.

아리스의 눈에는 아직 다른 사람들의 꽃이 보이고 있었기 때문이다. 그래서 지금도 사람이 많은 장소에 가면 머리가 지끈거릴 정도로 지독한 꽃향기에 속이 울렁거리곤 했다.

물론 다이젠의 꽃이 있는 한 매스꺼움은 금세 가라앉았지만 그럴 바에는 차라리 그녀의 방에서 조용히 이야기를 나누는 편이 나을 것 같았다.

"그래도 괜찮아?"

다이젠은 아리스의 갑작스러운 권유에 조금 놀란 듯했다. 하기야 이제까지 서로를 직접 집에 초대하는 일은 없었으니 그럴 만도 했다.

아리스는 반문하는 다이젠을 향해 고개를 끄덕여 보였다.

"응, 그날 집에 아무도 없을 거라 괜찮아."

그런데 그 순간, 다이젠이 아까보다 확연히 티가 나게 멈칫했다.

"……집에 아무도 없다고?"

"아빠는 병원에 계실 거고, 엄마도 다른 약속이 있어서 나가실 거 거든."

그 말을 듣고 어째서인지 다이젠이 눈살을 움찔 찌푸렸다. 그 모습을 보고 아리스는 왜 그러냐는 듯이 그를 의아하게 쳐다보았다. 그런 아리스의 눈동자는 지금 다이젠이 느끼고 있는 고뇌를 조금도 모른다는 듯이 말갛기만 했다.

"아니……. 그럼 내일 몇 시에 가면 돼?"

그것을 보고 다이젠도 오묘한 표정을 지으며, 다른 말을 하는 대신 그저 그렇게 물었다.

"넌 언제가 편해? 우리 집 어디에 있는지는 알지?"

"집 앞까지 데려다준 적 몇 번 있었잖아."

그렇게 두 사람은 다음 날 아리스의 집에서 만날 약속을 잡고 헤어졌다.

* * *

"어머? 다이젠이 우리 집에 온다고?"

아리스의 어머니인 줄리아가 깜짝 놀라 반문했다. 아리스는 그렇다는 의미로 고개를 끄덕였다.

"네, 엄마는 내일 외출하신다고 했죠?"

아리스의 말처럼 줄리아는 내일 점심 무렵 약속이 있어 외출할 예정이었다.

딸에게서 깜짝 소식을 들은 줄리아의 눈이 반짝반짝 빛났다. 아리스는 아무렇지 않은 듯이 담담한 모습으로 물을 따라 마시고 있었는데 오히려 줄리아가 더 극적인 반응을 보이고 있었다.

하지만 그녀로서는 그럴 수밖에 없었다.

줄리아는 자신의 딸이 레안 아르카노발 교수의 아들인 다이젠과 교제한다는 사실을 알았을 때부터 주책맞게도 마음이 들떴다.

사실 그녀에게는 학창 시절 레안 교수를 짝사랑했던 과거가 있었다. 그래서 줄리아의 남편인 이안은 어쩌다 그 당시의 일을 회상할 때면 아직도 안 그런 척하며 슬쩍 미간을 찌푸리곤 했다. 그 모습이 귀엽고 재미있어서 줄리아가 일부러 이안을 놀리기 위해 가끔 그때의 기억을 들춘다는 것은 혼자만의 비밀이었다.

어쨌든, 그런데 아리스가 그 레안 교수의 아들과 연애라니!

레안은 비록 그녀의 옛 짝사랑 상대였지만 어차피 학창 시절의 일이었다. 그리고 그와의 인연은 졸업 후에도 이어져서 지금까지도 은사와 옛 제자로서 좋은 관계를 유지하고 있었다. 게다가 줄리아는 그의 아들인 다이젠에게도 평소에 호감을 가지고 있던 참이었다.

그녀의 취향은 일관적이었기 때문에 아버지를 닮은 다이젠의 외모도 마음에 들었을 뿐더러, 의외로 지고지순한 면이 있는 점에도 마음이 갔다. 알고 보니 다이젠은 꽤 오래 전부터 아리스를 짝사랑해 왔다고 하니 말이다.

줄리아는 어쩔 수 없는 팔불출 엄마라서, 자신의 딸을 그렇게 한결같이 좋아해 왔다고 하는 다이젠에게 점수를 더 주게 되는 것은 어쩔 수가 없었다. 물론 다이젠은 줄리아에게 원래도 후한 점수를 받고 있었긴 했다.

그래서 아리스와 다이젠의 소식을 들었을 때 반가운 마음이 컸다. 아리스가 전 남자 친구인 에이드리안 라인츠버그와 별로 좋지 않은 이별을 했기 때문에 더욱 그랬다. 그 일로 딸이 깊이 상처받지 않았을까 걱정하고 있었던 줄리아로서는 마음 한편으로 안심이 될 수밖에 없었다.

그런데 이번에는 아리스가 다이젠을 집에 데리고 온다고 하니 관심이 생기지 않을 수가 없었다.

줄리아는 문득 장난스러운 마음이 들어 은근한 어투로 아리스를 떠보았다.

"응, 그런데 엄마도 오랜만에 네 남자 친구 좀 보고 싶은데 그냥 집에 있을까?"

풉.

그 순간 아리스는 마시고 있던 물을 뿜을 뻔했다.

그것은 줄리아의 입에서 나온 어떤 단어가 그녀에게 적지 않은 영향력을 끼쳤기 때문이었다.

남자 친구라니.

물론 맞는 말이었고, 또 이제는 어느 정도 시일이 지났으니 충분히 적응할 때도 되었긴 하다. 학교에서도 그들의 관계를 묻는 학생들에게 자신의 입으로 같은 말을 한 적도 있었고…….

그런데 어머니의 입에서 나오는 '남자 친구'라는 단어에 어쩐지 낯이 근질근질해졌다.

이상하네. 예전에 에이드리안하고 사귈 때에는 이런 일에 별다른 감흥이 없었던 것 같은데.

"어머, 애. 농담이야. 약속이 없어도 만들어서 나가야지. 집에 어른이 있으면 괜히 불편하잖니?"

"아니, 그래서가 아니고……."

"나도 다 젊을 때 그래 봐서 아니까 괜찮아, 괜찮아. 너희들끼리 편하게 놀도록 하렴."

줄리아는 아리스의 반응을 오해한 듯이 소녀처럼 해맑은 얼굴을 하고 호호호 웃었다.

"그런데 네 아빠한테는 미리 말 안 하는 게 낫겠다. 알게 되면 내일 출근 안 한다고 할지도 모르니까."

물론 반은 농담이었다. 하지만 아마 이안은 내일 다이젠을 집에 부른다는 사실을 알게 되면 내내 신경을 쓸 것이 분명했다.

아리스는 괜히 기분이 뭔가 좀 그래서 그냥 어색하게 웃으며 방으로 들어갔다. 침대 쪽으로 걸어가던 아리스의 걸음이 잠시 후 문득 멈추어졌다.

음, 아무래도 방을 좀 치워야 할 것 같은데.

물론 아리스는 원래도 깔끔한 성격인 만큼 평소에 정리 정돈을 잘 해 놓는 편이었다. 하지만 막상 방에 다른 손님을 들이려니 다른 때보다 조금 더 신경이 쓰였다.

물론 그녀의 방에 누군가 놀러 오는 것이 이번이 처음은 아니었다. 리즈벳과는 꽤 자주 서로의 집을 오가며 만나는 편이었으니까. 그런데 다이젠이 그녀의 방에 오는 것은 리즈벳이 오는 것과는 달리 묘하게 여러 가지를 신경 쓰이게 했다.

그래서 아리스는 저녁 늦은 시간, 계획에 없던 대대적인 방청소를 시작했다.

그렇게 시간이 조금 더 지났을 때 그녀는 난처함을 느끼고 말았다. 아무리 방을 쓸고 닦아 청소를 해도 도저히 성에 차지를 않았던 것이다.

"아리스, 엄마가 도와줄 건 없을까?"

"아, 괜찮아요. 어차피 이제 다 했어요. 그냥 가볍게 치우려고 했던 거라서."

방에서의 소란을 느낀 줄리아가 슬쩍 문을 열고 묻자 아리스가 뜨끔해서 말했다.

하지만 어디로 보나 방을 가볍게 치운 것은 결코 아니었다. 그렇지 않아도 깨끗하던 아리스의 방은 이제 거의 광채가 날 정도로 윤이 나고 있었으니까. 그리고 그것으로도 모자라서 아리스는 뭘 더 치울까 고민하며 꼼꼼히 방을 둘러보고 있던 참이었다.

"그래, 그럼 일찍 자렴."

기분 탓인지 아리스를 향한 줄리아의 얼굴이 마치 '나는 다 알고 있다'라고 말하는 것 같았다.

그녀의 머리 위에 있는 보라색 꽃도 아까 밖에서 이야기를 나눌 때처럼 어딘가 장난스러운 느낌으로 잎을 위아래로 접었다 펼쳤다 하고 있었다.

하지만 그녀는 아리스에게 별다른 말을 하지 않고 웃으며 방문을 닫았다.

"으음."

줄리아가 방을 나서고 나서 아리스는 다시 한번 방 안의 풍경을 둘러보았다. 역시 마음에 차지 않는다. 어쩌면 손님용 응접실에서 다이젠을 맞는 것이 차라리 나을 수도 있다는 생각이 들었다.

하지만 왠지 그건 좀 삭막한 느낌이잖아? 기껏 초대해 놓고 응접실이라니. 만약 반대의 상황에서 다이젠이 그녀를 집에 초대했는데 응접실에서만 이야기를 나눠야 한다면 그건 좀 기분이 묘할 것 같았다.

조금 서운할 것 같기도 하고.

결국 아리스는 잠깐 미간을 좁히며 고민하다가 다시 방 청소를 하기 시작했다. 물론 그녀의 방은 이미 몹시 깨끗해서 더 이상 정리할 것도 없었지만 말이다.

그렇게 또 한동안 부산스럽게 움직이던 아리스가 마침내 그럭저럭 만족한 얼굴로 손을 털었다.

음, 좋아. 청소는 이 정도면 될 것 같고.

그러다 문득 주위를 살피던 그녀의 눈길이 옷장에 닿았다. 그 순간 아리스가 멈칫했다.

앗, 잠깐. 그런데 내일 다이젠이 왔을 때 무슨 옷을 입지?

집인데 지나치게 차려 입자니 그것도 이상하고, 또 그렇다고 해서 아무 옷이나 걸쳐 입은 후줄근한 모습으로 맞이할 수도 없는 노릇이었다.

아리스의 미간이 깊게 패었다.

정작 다이젠을 집에 초대했을 때에는 아무런 생각이 없었는데 이상하게도 시간이 지날수록 고민할 거리가 많아지고 있었다.

아리스는 기껏 방을 청소했던 것이 무색하게도 이번에는 옷장의 문을 열어 그 안을 뒤지기 시작했다.

결국 그날 그녀는 밤늦은 시간이 되어서야 그나마 만족스럽게 잠자리에 들 수 있었다.

* * *

"다이젠, 어서 와."

다음날 오후, 약속했던 대로 다이젠이 아리스의 집을 방문했다. 아리스가 문을 열어 주자 다이젠이 안으로 들어섰다.

"내가 좀 빨리 왔나?"

"아니, 딱 맞춰서 왔어."

그러다 문득 다이젠의 손에 들린 것이 눈에 띄어서 아리스가 물었다.

"손에 그건 뭐야?"

"빈손으로 오기 좀 그래서."

그가 들고 있는 것은 두 사람이 종종 가던 디저트 카페의 간식인 것 같았다.

"그런 거 안 사 와도 되는데."

"그래도. 아, 내가 들고 갈게."

아리스는 그의 손에 있는 것을 받아들려고 했다. 하지만 다이젠은 앞으로 내밀어진 그녀의 손을 자연스럽게 붙잡으며 멈춰 있던 걸음을 옮겼다.

철창이 높게 솟은 정문과 건물의 현관까지는 거리가 꽤 있었다. 그래서 그들은 나란히 손을 잡고 정원을 사이에 낀 길을 걸었다. 잠깐 주위를 둘러보던 다이젠이 입을 열었다.

"정원이 꽤 크네."

"응, 후원도 있는데 나중에 가 볼래?"

"관리는 직접 하는 거야?"

"아니, 돌봐 주시는 분이 따로 있어."

아리스는 그의 질문에 대답하며 풋 웃었다.

역시 평소에 학교의 온실을 담당하던 사람인만큼 정원에 관심이 많구나 싶었다.

다이젠은 아버지인 레안의 반협박으로 어쩔 수 없이 노동력 착취를 당하고 있는 것뿐이라고 주장했지만 아리스가 볼 때에는 아니었다.

그야, 정말 강제로 일하는 것뿐이라면 그렇게 예쁜 꽃들이 자라지는 못했을 테니까. 식물들은 주변의 환경에 예민하다고 하니 자신을 돌봐 주는 사람의 마음이 그렇게 부정적이라면 아마도 그 영향을 받았을 것이라고 생각했다. 게다가 다이젠은 입으로 투덜거리는 것과 달리 항상 정성껏 식물을 가꾸었다.

그러니 학교의 온실에 자라난 식물들도 그렇게 건강하고 예쁜 것이라고 생각했다.

"예쁘네, 정원."

정원을 구경하며 걷던 다이젠이 짤막하지만 진심이 담긴 감상을 내뱉었다. 아리스는 나중에 후원도 보여 줘야겠다고 생각하며 기분 좋게 걸음을 옮겼다.

"들어와."

마침내 현관에 다다라 아리스가 문을 열어 주었다.

"어제도 말했지만 집에 나밖에 없어."

"음."

그녀는 편하게 있어도 된다는 의미로 말한 것이었는데 어째서인지 다이젠이 오묘한 표정을 지었다. 하지만 그것은 한순간 스쳐 지나간 표정이었기 때문에 아리스는 잠시 고개를 갸웃하다가 말했다.

"그럼 잠시 실례할게. 오늘 초대해 줘서 고마워."

"이쪽으로 와."

아리스는 다이젠을 인도하면서 슬쩍 벽에 걸린 거울을 봤다.

응, 좋아. 꾸민 듯 아닌 듯 아주 자연스러워. 내가 예쁜 거야 당연하고.

최대한 신경을 안 쓴 것처럼 보이는 예쁜 옷을 찾기 위해서 어젯밤 얼마나 늦게까지 옷장을 뒤지며 고민했는지 모른다. 그래도 다시 한 번 거울을 보고 확인하니 자신의 차림새가 제법 마음에 들어서 흡족했다.

그러다가 문득 앞머리 모양이 약간 흐트러진 것이 보여서 얼른 손으로 매만져 정리했다.

아리스의 방은 2층에 있었기 때문에 계단을 올라가야 했다.

"여기가 내 방이야."

아리스가 먼저 문을 열고 안으로 들어섰다. 그러자 다이젠이 그 뒤를 따라 들어왔다. 그의 눈길이 아리스의 방을 한 차례 천천히 훑고 지나갔다.

아리스는 약간 기분이 묘해졌다. 다이젠이 그녀의 방에 들어와 있는 광경이 어쩐지 조금 이상하게 느껴졌다.

하지만 낯선 기분을 느끼는 아리스와 달리 다이젠은 오히려 담담한 반응을 내보였다.

"딱 아리스 선배 방 같네."

그가 픽 웃으며 읊조린 말에 아리스는 '그런가?'하며 고개를 갸웃했다.

다이젠의 눈길이 향하는 곳에 그녀의 시선도 덩달아 미끄러졌다. 어제 한바탕 소란을 피운 아리스의 방은 마치 청소 대행업체라도 다녀간 것처럼 깨끗한 모습을 자랑했다.

음, 그런데 이렇게 다시 보니 좀 지나치다 싶을 정도로 깨끗한 것 같기도 하고. 어제 청소를 너무 열심히 했나.

아리스는 괜히 조금 겸연쩍어져서 큼큼 헛기침을 했다. 그래도 다이젠은 이상한 점을 느끼지 못하고 그저 아리스의 성격답게 정리 정돈이 잘 되어 있다고 생각하는 것 같았다.

"여기 앉으면 돼?"

"어, 거기에 내가 미리 찾아본 거 있어."

다이젠은 아리스가 준비해 놓은 자리에 앉아 테이블 위에 있는 종이를 내려다보았다.

그것은 각종 여행 장소들에 대한 세세한 정보를 모아 놓은 자료들이었다.

"뭐가 이렇게 많아?"

"이왕 할 거면 제대로 해야지."

다이젠이 슬그머니 한쪽 눈썹을 비대칭으로 만들며 물었지만 아리스는 이 정도는 당연한 것이 아니냐는 듯이 당당하게 대답했다.

아리스와 다이젠이 아나이스를 데리고 갈 여행지에 관해 이야기를 나눈 것은 불과 어제의 일이었다. 그런데 이 정도로 세세하게 준비가 되어 있는 것을 보니 아마도 며칠 전에 아나이스와 처음 이야기하고 난 직후부터 바로 이런저런 것을 조사했던 모양이었다.

다이젠은 가장 위에 놓인 책자부터 들고 종이를 넘기기 시작했다. 그 안쪽에도 괜찮다 싶은 장소에는 전부 표시가 되어 메모까지 붙어 있었다. 꼼꼼한 자료 조사에서 아리스의 성격이 드러나 보여서 왠지 웃음이 났다.

"생각보다 완전 제대로인데?"

"아나를 아무 데나 데려갈 수는 없잖아. 기념적인 첫 장거리 외출인데."

"어차피 다 이 근방이라 장거리라고 하기에는 좀 무리가 있는 것 아니야?"

"평소에 병원 주위만 산책하던 거랑 비교하면 장거리 맞지 뭐."

"아, 여기는 어릴 때 한 번 가 봤던 곳이다. 나도 여기 괜찮은 것 같다고 생각했어."

"그렇지? 이것도 한 번 봐 봐."

자신의 방에 다이젠을 데리고 온 것은 처음이라 조금 어색할까 봐 우려했던 것이 무색하게도 자연스럽게 대화가 이어졌다.

하긴, 그냥 장소만 집으로 바뀌었을 뿐인데 뭐 평소와 별다를 것이 있겠나.

아리스는 그렇게 태평히 생각하며 다이젠과 이야기를 이어갔다.

* * *

"그래서 지금 둘이 집에 있다고?"

반문하는 음성이 약간 서늘했다.

줄리아는 약간 찌푸려진 이안의 얼굴을 보며 쯧쯧 혀를 찼다.

"방학인데 집에 딸 남자 친구가 좀 놀러 올 수도 있고 그런 거지, 너무 유난스럽게 반응하지 마요."

그녀는 점심 약속 직후 곧바로 집으로 돌아가지 않고 남편이 있는 병원에 들른 참이었다. 학교에서 다이젠의 부모인 아르카노발 부부가 잉꼬부부로 유명한 것처럼 병원에서는 이안이 애처가로 소문이 나 있었다. 그는 아내인 줄리아의 갑작스러운 방문에도 그녀를 기다리게 하지 않았다.

물론 줄리아도 애초에 오늘은 이안의 일정이 여유롭다는 사실을 알고 병원에 찾아온 것이었지만 말이다.

그래서 두 사람은 잠깐 짬을 내서 함께 얼굴을 마주 보고 차를 마시고 있는 참이었다.

그러다가 줄리아가 지금쯤 집에 함께 있을 아리스와 다이젠을 문득 떠올리고 입을 열었다. 그러자 이안이 대번에 눈가를 꿈틀거리며 마뜩잖은 기색을 드러냈다.

"그럼 당신이라도 집에 있지 그랬어?"

"왜 이래요, 난 눈치 없는 엄마란 소리 듣기 싫단 말이에요."

이안은 아리스가 다이젠과 함께 단 둘이 집에 있는 것이 어지간히 마음에 들지 않는 눈치였다. 하지만 사실 그는 꼭 집이 아니라 다른 어디더라도 딸과 남자 친구가 함께 있는 것 자체를 탐탁지 않게 여길 것이 분명했다.

그래서 줄리아는 그런 남편을 보며 그저 한 번 콧방귀를 뀌고 말았다.

"당신도 어디 가서 눈치 없는 아빠라는 소리 듣기 싫으면 그러지 않는 게 좋아요."

"그래도 애들끼리 단 둘이 있는 건……."

"그런 걸 꼰대라고 하는 거예요."

꼰대…….

혀를 차며 읊조리는 줄리아의 말에 이안이 굳어졌다. 그는 잠시 할 말을 잃은 얼굴을 하고 있다가 이내 마음을 가다듬고 눈살을 찌푸리며 아내의 말을 부정했다.

"난 그런 아빠 아니야."

"그럼, 알죠. 나도 아니까 하는 말이에요."

줄리아는 언제 일침을 가했냐는 듯 이번에는 그를 살살 구슬리기 시작했다.

"그리고 전 다이젠이 마음에 드는데, 당신은 안 그래요?"

그러다 줄리아가 넌지시 운을 띄웠다. 그녀의 생각에는 이안도 말처럼 다이젠을 마냥 탐탁지 않게 여기는 것은 아닌 것 같았다. 다이젠을 대하는 그의 태도가 처음에 예상했던 것보다 유해 보였기 때문이다.

"무엇보다 아리스를 많이 좋아하는 게 눈에 보여서 마음에 들어요."

어차피 부모의 마음이란 다 비슷한 것이었으므로 이안 역시 그녀와 같은 것을 느꼈으리라 생각했다. 게다가 이안은 동생인 아나이스 때문에 병원 출입이 잦은 다이젠을 줄리아보다 더 자주 만나고 있었다.

이안이 설핏 미간을 좁히며 마침내 입을 열었다.

"아리스가 전에 만났던 남자애보다는 나은 것 같긴 하지만."

그것은 두말할 필요도 없이 아리스의 전 남자 친구였던 에이드리안 라인츠버그의 이야기였다.

하지만 애당초 에이드리안과 다이젠을 비교해서는 안 될 노릇이었다. 당연했다. 에이드리안은 그들의 딸인 아리스를 두고 다른 여학생과 양다리를 걸친 것으로도 모자라 일방적인 결별 통보까지 하는 천인공노한 짓을 저지른 사람이었으니까.

솔직히 애들 싸움에 어른이 끼어드는 것만큼 치사한 일도 없을 테지만 줄리아와 이안은 딸을 위해서라면 얼마든지 더럽고 치사해질 수 있는 부류들이었다.

그래서 그들은 딸에게 상처를 준 에이드리안의 상단에 타격을 입힐 생각까지 가지고 있었다. 줄리아와 이안은 이런저런 사업으로 베오니아의 실질적인 자금줄을 쥐고 있었기 때문에 그리 대단하지도 않은 상단 하나쯤 파산하게 만드는 것 정도야 그리 어려운 일도 아니었다.

하지만 그것은 계획으로만 그치고 결국 실천으로 옮겨지지 않았다.

그들이 마음이 바뀐 이유는 딱 하나였다. 의외로 딸인 아리스가 에이드리안의 일로 마음 상한 것 같지 않았기 때문에.

줄리아는 가끔 아리스 몰래 학교에 찾아가서 딸의 친구인 리즈벳을 만나곤 했다. 그녀에게 듣는 딸의 학교생활은 굉장히 흥미로웠다.

분명 먼저 이별의 뜻을 밝힌 것은 에이드리안이라고 들었는데 결국은 그가 다시 아리스에게 매달리는 형국이 되었다는 소리를 들었을 때 줄리아가 얼마나 큰 쾌감을 느꼈는지 모른다. 게다가 레안 아르카노발 교수의 아들인 다이젠과 그녀의 딸인 아리스의 사이가 심상치 않아 보인다니!

리즈벳의 입에서 나오는 이야기마다 어찌나 흥미진진하던지. 그래서 줄리아는 리즈벳을 먹을 것으로 낚아 가며 그녀가 들려주는 딸의 이야기를 경청했다.

사실은 그러는 데 재미를 느끼느라 아리스의 옛 남자 친구인 에이드리안에 대해 한동안 잊고 있던 것도 맞았다.

"그러니까 우린 그냥 뒤에서 조용히 지켜보자고요. 무엇보다 아리스도 그 아이를 좋아하는 눈치니까."

줄리아의 말을 들은 이안은 여전히 무언가가 마음에 안 드는 듯이 잠깐 눈살을 찌푸렸다. 하지만 그는 아내의 말에 무어라 반박하는 대신 작게 혀를 찬 뒤 앞에 있는 찻잔을 들어올렸다.

줄리아는 그것이 무언의 긍정임을 알기 때문에 그저 말갛게 웃어 보였다.

* * *

다이젠과 아리스는 아나이스를 데리고 외출할 장소를 정하기 위해 오랫동안 함께 머리를 맞대고 상의했다. 그런 지 얼마간의 시간이 지났을 때였다.

"그런데 이 표시는 뭐야?"

책자를 넘기던 다이젠이 문득 무언가를 발견하고 아리스에게 물었다.

"뭐가?"

"여기. 다른 데 표시한 거랑은 좀 다른 것 같아서."

아리스는 다이젠의 말을 듣고 의아하게 시선을 움직였다. 이윽고 그녀의 눈길이 다이젠이 펼친 종이 위에 닿았다. 그곳에는 파란색 펜으로 메모된 다른 글씨와는 달리 혼자 빨간색으로 표시된 자국이 있었다.

그 순간 아리스는 저도 모르게 화들짝 놀라 움찔거리고 말았다.

"그거…… 그냥 아무것도 아니야."

그녀는 괜히 뜨끔해서 그렇게 말한 뒤 다이젠의 손에 들린 책자를 빼내 갔다. 그 태도가 사뭇 부자연스러워서 다이젠은 의아해졌다.

"예전에 표시해 놨던 거라 색깔이 다른 거니까 신경 쓸 필요 없어."

아리스는 제 안의 동요를 감추고 웃었다.

사실 저 표시는 아나이스가 아니라 다이젠과 둘이 갔으면 좋겠다 싶은 장소를 따로 표시해 놓은 것이었다. 하지만 그런 사실을 다이젠에게 들킬 생각은 없었기 때문에 지금의 상황이 괜히 조금 당황스러웠다.

다행히 다이젠은 그러냐는 듯이 심드렁하게 아리스에게서 고개를 돌렸다.

하지만 다이젠은 평소에 눈치가 없는 편이 아니었다. 그의 눈동자가 테이블 위에 놓인 책자들을 기민하게 훑고 지나갔다.

뭐지? 분명히 다른 곳에도 저 표시가 있었는데.

그는 겉으로는 아리스의 행동을 신경 쓰지 않는 듯이 무심한 얼굴을 한 채로 다른 책자들을 뒤적이기 시작했다.

"너 여기 가 봤어?"

그러다 잠시 후, 아리스가 다이젠 쪽으로 몸을 기울이며 말을 걸었다.

거리가 가까워지자 다가온 몸에서 달큼한 향기가 훅 밀려들었다. 다이젠은 반사적으로 책자를 쥔 손에 지그시 힘을 주었다.

"아니, 선배는 가 봤어?"

"나도 안 가 봤어. 생각해 보면 엄청 가까운 곳인데 지금까지 한 번도 안 가 봤다니 이상하지 않아?"

그러면서 아리스가 다이젠을 올려다보며 웃었다.

다이젠은 거의 책자가 구겨질 정도로 손에 힘을 쥐며 상체를 슬쩍 뒤로 뺐다. 그러자 아리스가 그에게서 이상함을 느꼈는지 얼굴에 얇은 의문을 드리웠다.

하지만 다행이라고 해야 할지, 그녀는 조금 전 다이젠이 의도적으로 자신에게 거리를 벌린 사실을 깨닫지는 못한 것 같았다.

"이번 기회에 가 보는 것도 나쁘지 않겠네. 여기에 가 보고 싶어?"

다이젠은 아리스에게서 시선을 돌리며 최대한 자연스럽게 말을 이었다.

"그럼 일단 후보로 둘까? 이왕 같이 갈 거면 우리 둘 다 처음인 곳을 가는 것도 괜찮을 것 같아."

아리스가 잠깐 입술을 모으고 얼굴을 찌푸린 채 무언가를 고민하는 표정을 지었다. 그 얼굴에 문득 다이젠의 눈길이 머물렀다. 그는 방금 전 아리스의 얼굴을 보지 않으려고 노력했던 것이 무색하게도 또 한 번 그녀에게 시선을 사로잡혔다.

저 표정은 뭐지? 처음 보는 건데, 귀여워.

저도 모르게 조금 멍하니 그렇게 생각해 놓고 다이젠은 흠칫했다.

"아, 참. 마실 거라도 가져다줄까? 뭐 먹으면서 볼래?"

그때, 아리스가 잊고 있던 것을 떠올린 듯 화들짝 놀라며 입을 열었다.

다이젠과 이야기하는 것이 재미있어서 손님 접대를 하는 것도 잊고 있었다. 그녀는 자리에서 몸을 일으키며 말했다.

"잠깐만 기다리고 있어."

다이젠은 괜찮다고 말하려고 했지만 아리스는 그의 대답을 듣기도 전에 방을 나섰다.

그 후 다이젠은 손을 들어 얼굴을 약간 거칠게 쓸어내렸다.

아무도 없는 집에, 그것도 아리스의 방에서, 이렇게 그녀와 단 둘이 있다니. 이런 건 별로 좋지 않았다.

지금도 사방에서 아리스의 냄새가 풍겨서 솔직히 조금 곤혹스러웠다.

여자들 방은 다 이렇게 깨끗하고 향기롭고 그런 건가?

아리스의 방은 어느 한 곳 그녀의 느낌이 나지 않는 부분이 없었다. 그래서 아리스의 개인적인 공간에 그가 들어와 있다는 사실이 무척 묘하게 다가왔다.

그나저나, 아리스도 너무 무방비한 것 아닌가?

다이젠은 얼굴을 파묻고 있던 손에서 고개를 들었다. 그의 눈동자에는 난처함과 불만이 짙게 물들어 있었다.

이렇게 아무도 없는 집에 겁 없이 덜컥 그를 초대하다니. 아리스에게 경계심이 없는 건지, 아니면 그 정도로 그를 믿는다는 건지 알 수가 없었다. 아니, 물론 아무도 없는 집이라고 다이젠이 아리스에게 엄한 짓을 할 것은 아니지만.

그래도 한 번 의식하기 시작하니 괜히 묘한 기분이 들면서 행동이 다소 부자연스러워지는 것은 어쩔 수 없었다.

"다이젠, 네가 사 온 것도 아예 지금 먹자."

그때, 자리를 비웠던 아리스가 돌아왔다. 그녀는 한 손에는 머그잔과 포크가 놓인 쟁반을, 그리고 한 손에는 다이젠이 가져온 디저트 카페의 상자를 들고 있었다.

양손 가득 무언가를 들고 온 것을 보니 아까 아리스가 방을 나설 때 같이 갈 걸 그랬다는 생각이 들었다. 다이젠은 다른 데 정신이 팔려 그런 부분을 미처 신경 쓰지 못한 스스로에게 속으로 혀를 찼다.

"마실 건 그냥 커피인데, 괜찮아?"

"괜찮아."

다이젠은 지금이라도 아리스의 손에 들린 것을 받아 주기 위해 자리에서 일어났다. 아리스는 그런 그를 보지 못한 채 문을 닫기 위해 뒤돌아섰다.

그러다가 다음 순간, 그만 팔꿈치를 문고리에 부딪치고 말았다.

"앗!"

아차 하는 순간 머그컵을 올려둔 쟁반이 흔들렸다. 아리스는 손에 든 것을 떨어뜨리지 않기 위해 팔을 움직였다. 그러느라 약간 몸의 균형이 흔들리고 말았다.

그와 동시에 다이젠도 반사적으로 아리스를 향해 손을 뻗었다.

곧 단단한 팔이 그녀의 허리를 휘어 감았다. 다이젠의 다른 한 손은 어느덧 아리스가 들고 있는 쟁반을 받치고 있었다.

금방이라도 쏟아질 듯 크게 찰랑거리던 뜨거운 액체가 컵 안에서 곧 잠잠히 움직임을 멈추었다.

다이젠이 놀라운 순발력을 발휘한 덕에 다행히 손에 들고 있던 것을 떨어뜨리지 않을 수 있었다.

"와, 큰일 날 뻔했다. 도와줘서 고마……."

아리스는 조금 전의 일로 놀라서 두근거리는 심장을 느끼며 자신을 도와준 다이젠에게 감사의 인사를 하기 위해 고개를 들었다.

그리고 가까이에 있는 붉은 눈동자와 시선이 마주치는 순간, 저도 모르게 말끝을 흐리고 말았다.

한순간 할 말을 잃고 말 정도로 다이젠의 얼굴이 아주 가까이에 있었다. 바로 코앞에서 그녀를 응시하는 그의 눈동자에 가슴이 철렁 내려앉았다. 그러고 보니 지금 두 사람은 몸을 바싹 밀착하고 있기까지 했다.

어라……? 뭐지, 이 상투적인 상황은?

아리스는 당황스러움을 느끼며 도르륵 눈을 굴렸다. 지금 다이젠과 그녀가 취하고 있는 자세를 생각하니 갑자기 덜컥 말문이 막혔다.

마치 유치한 로맨스 소설책들에나 단골 소재로 등장할 법한 진부한 장면이 아닌가? 아니, 그것도 다 옛말이지. 이런 건 솔직히 이미 우릴 대로 다 우려서 더 이상 써먹지도 않을 전개 방식이었다.

그런데 왜 내가 지금 그런 상황에 처해 있는 거지……?

아리스는 마주한 다이젠의 눈을 보며 잠시 두 눈을 흔들었다. 미처 예상치 못했던 갑작스러운 상황에 몹시 당황스러웠다.

하지만 역시 아리스가 있는 곳은 소설이 아니라 현실이었다. 그렇기 때문에 다행스럽게도 로맨스 소설의 정석처럼 손발이 오그라드는 다음 전개로는 넘어가지 않을 수 있었다.

"조심 좀 해. 그러다 다치면 어떻게 할 거야."

아리스에게 까칠하게 힐난을 던진 다이젠이 그녀의 허리를 받치고 있던 팔을 풀었다. 어느덧 아리스의 손에 들려 있던 것들도 다이젠이 옮겨 든 뒤였다.

"그러게, 다음부터는 좀 조심해야겠네."

다이젠은 조금 전 무슨 일이 있었냐는 듯이 아무렇지도 않게 행동했다. 그래서 아리스도 덩달아 어색해하지 않고 대답할 수 있었다. 그래도 방금 전의 일을 상기하니 괜스레 약간 멋쩍어져서 아리스는 손을 들어 앞머리를 만지작거렸다.

그런데 테이블 위에 쟁반과 상자를 올려놓고 아리스를 돌아본 다이젠이 다음 순간 멈칫했다.

"잠깐, 손이 왜 그래?"

다이젠의 시선이 꽂힌 곳은 아리스의 손이었다. 아리스는 그의 말을 듣고 의아한 얼굴로 자신의 손에 눈길을 옮겼다.

그러자 약간 젖은 손이 조금 빨갛게 달아올라 있는 것이 보였다.

"어, 커피를 조금 쏟았나 봐."

"그런 건 빨리 말 해."

조금 전의 일로 놀라서 그런지 지금까지 손등이 아픈 줄도 모르고 있었다. 그런데 피부가 약간 발그스름하게 변한 것을 보니 아무래도 살짝 덴 것 같았다. 하지만 그냥 손등이 약간 홧홧한 정도라서 아리스는 그다지 크게 반응하지 않았다.

오히려 다이젠이 얼굴을 찌푸리며 곧바로 아리스의 다른 쪽 손을 잡아끌었다.

"세면대 어디에 있어?"

"방에서 나가서 오른쪽에."

아리스는 자신을 이끌고 앞장서는 다이젠을 따라 걸었다. 그의 뒷모습을 보고 걷는 동안 어쩐지 기분이 묘했다.

잠시 후, 두 사람은 거실에 있는 소파에 앉아 있었다.

어차피 손을 크게 덴 것도 아니었기 때문에 간단한 응급 처치만 하면 되었다. 다이젠은 영 마음에 안 드는 눈치였지만 이 정도로는 병원에 가는 것도 우스웠다. 아리스가 재차 괜찮다고 말했는데도 다이젠은 굳이 그녀를 앉혀 놓고 손등을 살폈다.

그러다 문득 옛일이 떠올라 아리스가 지나가듯 말했다.

"작년 일 생각난다. 그때에는 네가 다쳤는데."

작년 가을, 학교에서 축제가 열렸을 때의 기억이었다.

그때는 고양이 네로가 다이젠의 손등을 할퀴어서 같이 의무실에 갔다. 그리고 의무실이 비어 있어서 대신 아리스가 그에게 응급 처치를 해 주었다.

다이젠 역시 그 당시의 일을 떠올린 듯, 미간을 좁히며 아리스를 향해 말했다.

"그때는 나한테 제대로 치료받으라고 하더니."

"너랑 나는 좀 경우가 다르잖아."

"다르긴 뭐가 달라."

"솔직히 이건 덴 것도 아닌데. 그냥 열만 좀 식히면 금방 나아."

"아리스 선배가 의사야?"

"의사 딸을 만만하게 보지 말지?"

아무래도 다이젠이 조금 과하게 걱정하는 것 같아서 아리스는 다소 겸연쩍어졌다. 그녀가 봤을 때 자신의 손등 상태는 지극히 경미한 수준으로, 이 정도는 어디 가서 데었다고 하기에도 민망했다.

그런데 다이젠은 계속 병원에 가 봐야 하는 게 아니냐면서 아리스의 손을 이리저리 살피고 있었다.

하지만 아리스는 다이젠이 자신의 손을 만지작거리는 동안 점점 기분이 묘해져서 문제였다.

"저기, 손 좀 그만 놔줘 봐."

"가만히 있어 봐."

그래서 슬쩍 손을 빼려고 했지만 다이젠이 놔주지 않았다.

피부 위에 스치는 손길이 간지러웠다. 무엇보다도 다이젠이 언제 깨질지 모를 유리 조각이라도 만지듯이 굉장히 조심스럽게 손을 만지고 있어서 부끄러웠다.

그냥 단순히 손을 만지는 것뿐인데 이런 생각을 들게 할 수 있다니, 어찌 보면 이것도 참 신기한 재주였다.

아리스가 자꾸 움찔거리며 손을 빼려고 하자 다이젠이 의심의 눈초리를 보냈다.

"아파?"

역시 병원에 가야 하는 것이 아니냐는 표정이라 아리스는 저도 모르게 그냥 솔직하게 말했다.

"그게 아니라 네가 자꾸 그렇게 만지니까 기분이 좀 이상해서 그래."

앗, 그런데 말해 놓고 보니 너무 솔직했나 싶었다.

그 순간 다이젠의 머리 위에 있는 꽃이 동요했다. 아리스의 말을 들은 순간 굳어 버린 다이젠과 달리 그의 꽃은 이파리를 잠깐 오므리나가 곧 꽃잎을 작게 흔들며 짙은 향기를 내뿜었다.

"기분이 이상해?"

굳게 닫혀 있던 다이젠의 입술에서 나지막한 속삭임이 흘러나왔다. 아리스는 피부 위를 스치는 감촉에 일순간 움찔했다.

"어떻게 이상한데?"

맞닿아 있던 다이젠의 손이 느릿하게 미끄러지는 느낌이 선연했다. 섬세한 굴곡을 가진 손이 드러난 피부 위를 기어 올라가 그대로 손목을 감싸 쥐었다.

그것으로 그치지 않고 엄지손가락으로 연약한 피부를 은근히 훑는 느낌에 아리스가 흠칫 놀라 팔을 뒤로 뺐다. 하지만 그것은 다만 시도로만 그쳤을 뿐이었다.

방금 전보다 조금 더 강한 힘으로 아리스의 손목을 틀어쥔 다이젠이 계속해서 그녀의 귓가에 속삭였다.

"그런 말, 어떻게 들릴지 알고서 하는 거야?"

갑자기 분위기가 조금 이상해졌다.

아리스는 저도 모르게 숨을 죽이고 마주한 붉은 눈동자를 바라보았다. 목소리만큼이나 낮게 가라앉아 있는 그 눈동자가 오롯이 그녀를 비추고 있었다.

"일부러 부추기려고 그러는 건 아닐 테고."

맞닿은 서로의 피부에서 열이 피어오르는 것 같았다. 코끝에 짙게 감도는 향기에 머리가 조금 어지러웠다.

"모르고 그러는 거면 그 나름대로 치사한데."

조금씩 가까워지는 다이젠 때문에 아리스는 저도 모르게 상체를 서서히 뒤로 물렸다.

풀썩.

그리고 정신을 차렸을 때 어느덧 그녀는 소파에 누워 있었다.

"다이젠……."

"아리스 선배는 어떨지 모르지만 난 이런 걸로 만족이 안 돼."

다이젠에게 붙잡힌 손이 그대로 소파 위에 고정되었다. 아리스는 입 밖으로 아무 소리도 내뱉지 못하고 다이젠의 얼굴을 올려다보았다.

낯선 열기를 품고 일렁이는 붉은 눈동자에서 시선을 뗄 수가 없었다. 얼핏 위험한 느낌을 풍기는 느린 손길이 아리스의 팔을 타고 미끄러졌다.

"사실은 더 만지고 싶어."

갈증에 젖어 버석거리는 음성이 귓전에 울렸다.

다이젠의 얼굴이 점점 가까워졌다. 목덜미에 숨결이 닿는 순간, 아리스는 움찔 몸을 떨었다.

"다……."

덜컹.

밖에서 작은 소리가 들린 것은 바로 그때였다.

처음에는 잘못 들은 소리인 줄 알았지만 아니었다. 문 쪽에서 인기척이 느껴진 순간 다이젠과 아리스 둘 모두 흠칫했다. 주변에 낮게 깔려 있던 묘한 공기도 어느덧 딱딱하게 굳어 있었다.

"어머, 애들아?"

잠시 후, 안으로 들어선 것은 줄리아였다.

그녀는 거실에서 자신을 맞는 두 사람을 보고 두 눈을 조금 크게 떴다.

다이젠과 아리스는 조금 전 무슨 일이 있었냐는 듯한 태연한 얼굴을 하고 있었다. 자세히 보면 얼굴에 아직 채 지워지지 않은 당혹감이나 약간 발간 뺨이 눈에 들어올 것이었으나 줄리아는 그것을 눈치채지 못했다.

"안녕하세요, 어머니."

"그래, 다이젠이구나. 오랜만이다. 앞으로도 자주 놀러 오렴."

다이젠이 먼저 줄리아에게 인사했다. 줄리아도 웃는 얼굴로 다이젠을 반겼다.

"엄마, 예정보다 일찍 오셨네요."

"응, 그렇게 됐어. 너희는 왜 여기에 있니? 방에 같이 있을 줄 알았더니."

사실 줄리아는 이안의 성화에 못 이겨 집에 일찍 돌아온 참이었다. 그녀는 아까 병원에서의 일을 떠올리며 속으로 쯧쯧 혀를 찼다. 기껏 그녀의 말을 이해했나 싶더니만, 결국은 이렇게 도돌이표였다.

물론 줄리아도 딸의 남자 친구인 다이젠의 얼굴을 오랜만에 보고 싶은 마음이 있어서 겸사겸사 곧바로 집에 돌아온 것이기도 하지만.

"그냥 방이 조금 답답해서 나와 있었어요."

"그럼 엄마가 다른 방에 가 있을 테니까 그냥 거실에 있을래?"

"아니에요, 지금 다시 들어가려고 하던 참이에요."

아리스는 줄리아에게 웃으며 그렇게 말한 뒤 다이젠을 데리고 다시 방으로 돌아갔다.

달칵.

문이 닫히고 방 안에는 잠시 침묵이 흘렀다.

"엄마가 생각보다 빨리 오셨네."

정적을 깨고 아리스가 먼저 입을 열었다. 다이젠은 아까 방 안에 혼자 있을 때처럼 손을 들어 마른세수를 했다. 만약 아리스의 어머니인 줄리아가 때마침 집에 돌아오지 않았다면 어떻게 되었을지 감이 잡히지 않았다.

"커피 다 식었겠네."

다이젠은 조금 전에 있었던 일을 머릿속에서 몰아내려 노력했다. 그리고 최대한 의연한 어투로 말한 뒤 문 앞에서 먼저 발길을 뗐다.

그런데 아리스의 목소리가 그런 그의 뒷덜미를 붙잡았다.

"네가 날 만지고 싶다는 건 어느 범위야?"

그 순간 다이젠이 멈칫하며 아리스를 뒤돌아보았다.

"손 붙잡고 끌어안고 키스하는 거 말고 다른 걸 하고 싶다는 거야?"

갑자기 대화의 수위가 상당히 위험해졌다. 설마 그런 이야기를 할 줄은 몰랐기 때문에 다이젠은 일순간 할 말을 잃고 아리스를 바라보았다.

하지만 그를 굳게 만든 장본인인 아리스는 그저 호기심 어린 눈빛을 하고 있을 뿐이었다. 지금 자신이 하는 말이 무슨 의미인지도 모르는 듯한 그녀를 보니 갑자기 두통이 일었다.

다이젠은 약간 거친 손길로 얼굴을 쓸어내리며 입을 열었다.

"나도 몰라."

"왜 몰라?"

"지금 일부러 그러는 거지?"

"아니, 진짜 궁금해서 그러는 거야."

다이젠이 움직임을 멈추고 아리스에게 시선을 미끄러뜨렸다. 아리스는 여전히 주금 전과 같은 맑가 눈으로 그를 바라보고 있었다. 다이젠은 그런 그녀를 잠시 동안 말없이 쳐다보았다.

"궁금하면 한번 해 볼래?"

자리에 멈춰 서 있던 다이젠이 다시금 걸음을 옮기기 시작한 것은 그때였다. 몇 발짝 다가오지도 않았는데 금세 두 사람의 거리가 좁혀졌다. 아리스는 반사적으로 뒷걸음질 치려고 했지만 그녀의 뒤에는 빈 공간이 없었다.

"아무래도 이 분야에 대한 탐구적 호기심이 넘쳐 나는 모양인데."

아리스의 등에 문이 닿는 것과 동시에 다이젠이 팔을 뻗어 그 사이에 그녀를 가두었다.

"원한다면 내가 자세하게 알려 줄 수 있어."

나직한 속삭임이 귀를 간질였다. 아리스는 바싹 굳은 채 자신에게 밀착한 다이젠을 올려다보았다.

"아리스 선배는 그냥 가만히 있으면 돼."

아까와 비슷한 상황이었지만 어째서인지 그 긴장감의 정도가 달랐다. 아무래도 그녀의 말이 다이젠의 속에 도사리고 있는 어느 위험한 부분을 건드린 것 같았다.

아리스는 당혹감을 느끼며 입술을 달싹였다.

"어, 아니……. 이제 안 궁금해졌……."

하지만 다음 순간 이어진 다이젠의 행동에 그녀의 목소리는 급격히 사그라들고 말았다.

"아니."

맞잡은 손을 통해 뜨거운 체온이 피부에 스몄다. 다이젠의 얼굴 근처로 끌려간 손 위에 얇은 숨결이 스쳐 지나갔다.

"궁금할 거야, 선배는."

느린 입술이 살갗에 닿는 감촉이 선명했다.

아리스는 그 생소한 느낌과 정면에서 맞부딪힌 강렬한 붉은 눈동자에 잠깐 넋을 놓았다.

촉촉한 입술이 천천히 손등을 타고 올라갔다. 단지 그뿐인데도 어쩐지 숨을 쉴 수가 없었다. 맞닿은 곳마다 간지러움 이상의 야릇한 자극이 퍼져 나갔다. 다이젠의 손과 입술이 지나가는 자리 위로 낯선 열기가 피어오르는 것 같았다.

그때, 작게 벌어진 입술이 조금 전과는 다른 방식으로 손목 안쪽의

연약한 살갗을 베어 물었다.

퍼뜩 놀란 아리스가 작게 신음하며 다이젠에게 붙잡힌 손을 불에 덴 듯이 뒤로 물렀다. 다이젠은 의외로 쉽게 아리스의 손을 놓았다.

하지만 그것은 그녀를 풀어 주기 위해서가 아니었다. 아까 휘청거리는 아리스를 붙잡아 줄 때 그랬던 것처럼, 단단한 팔이 다시 한번 그녀의 허리를 휘어 감았다.

다른 쪽 손은 은근한 움직임으로 아리스의 머리카락을 스쳐 귓바퀴에 닿았다. 간지러워 어깨를 움찟 떨기 무섭게 다이젠의 손길이 닿았던 부분에 습한 입술이 내려앉았다.

"잠깐……."

아리스의 입술에서 밭은 숨이 새어 나왔다.

그녀는 급히 목을 움츠렸으나 어느새 고개를 단단히 고정시키고 있는 다이젠 때문에 그러지 못했다. 귓불을 깨물고 내려간 입술이 이번에는 희게 드러난 목덜미 위로 떨어졌다.

그 순간, 다이젠의 옷자락을 붙들고 있던 아리스의 손에 힘이 들어갔다.

"아."

뜨거운 입술이 예민한 피부 위로 눌려 찍히는 감촉이 생경했다. 무어라 형언할 수 없는 감각이 등줄기를 타고 기어올랐다. 무의식중에 몸을 뒤틀었으나 견고한 품에 갇혀 꼼짝도 할 수 없었다.

심장이 사정없이 쿵쿵 뛰었다. 가까스로 가파른 숨을 뱉어 내는 입술에 다이젠의 손이 닿았다.

다음 순간 허공에서 눈이 마주쳤다. 아리스 못지않게 다이젠의 숨결도 흐트러져 있었다. 갈급한 느낌을 풍기는 강렬한 붉은 눈동자에서 시선을 뗄 수가 없었다.

그의 농밀한 손길이 느리게 그녀의 입술을 훑고 지나갔다. 곧 작게 벌어진 입술이 맞닿으려는 순간이었다.

똑똑.

"아리스!"

문을 두드리는 소리와 함께 밖에서 아리스를 부르는 목소리가 들렸다.

방 안에 고여 있던 숨 막히는 침묵에 균열이 생겼다.

"아리스, 나 놀러 왔어!"

심지어 밖에서 들리는 그 목소리는 리즈벳의 것이었다.

아리스는 잠깐 지금 자신이 처한 상황을 인식하기 위해 노력해야만 했다.

아리스가 그러는 사이 다이젠이 먼저 그녀에게 겹쳐 있던 몸을 뗐다. 허리를 감싸고 있던 팔도, 입술에 닿아 있던 손길도 완전히 떨어져 나갔다.

그제야 아리스도 정신을 차렸다.

"리즈벳."

"안녕!"

애써 마음을 진정시키고 문을 열자 그 앞에 서 있던 리즈벳이 활짝 웃으며 인사했다. 그녀의 머리 위에 있는 꽃 세 송이도 아리스를 보며 피어났다.

"다이젠도 안녕. 네가 와 있을 줄 알았으면 미리 연락하고 올걸."

그녀는 기별도 없이 와서 놀라게 해 미안하다며 아리스와 다이젠에게 사과했다. 그 밝은 모습을 보니, 조금 전까지 이 방에서 있었던 일은 하나도 눈치채지 못한 것 같았다. 아리스로서는 다행인 일이었다.

"아래층에서 어머니한테 애기 듣고 그냥 갈까 하다가, 그래도 얼굴도 안 보고 가기는 좀 서운해서."

"그래, 잘 왔어."

리즈벳은 방학을 맞아 모처럼 아리스를 보러 놀러 온 모양이었다. 아리스는 약간 혼이 빠져나간 상태로 그런 그녀를 맞아 주었다.

방금 전에 다이젠과 도대체 무슨 일이 있었던 건지 알 수가 없었다. 혹시 꿈을 꿨나?

하지만 아직까지도 미친 것처럼 쿵쾅거리며 뛰는 심장을 보니 아무래도 한낮에 꿈을 꾼 것은 아닌 것 같았다.

그때, 옆에 있던 다이젠이 아리스를 보며 입을 열었다. 눈이 마주치는 순간, 아리스는 무심코 몸을 움찔 떨고 말았다.

"그럼 난 이만 가 볼게. 친구랑 같이 놀아."

"아니야, 그럼 내가 널 쫓아내는 것 같잖아."

"어차피 이제 슬슬 돌아가려고 했던 참이라."

리즈벳의 방문에 다이젠이 먼저 자리를 비켜 주었다. 다른 때 같으면 아쉬움을 느꼈겠지만 오늘은 아리스도 그를 붙잡지 않았다.

다이젠은 아리스에게 굳이 나오지 않아도 된다고 했다. 아무리 그래도 그를 집에서 혼자 내보낼 수는 없어서 아리스는 다이젠을 따라 방을 나섰다. 어쩌면 조금 전에 있었던 일이 어쩐지 실감이 나지 않아 그럴 수 있었던 것인지도 몰랐다.

하지만 막상 다시 방으로 돌아오고 나니 그를 어떻게 배웅했는지 잘 기억이 나지 않았다.

아리스는 약간 멍한 정신으로 리즈벳을 향해 다가갔다.

"이거 다이젠이 가져온 거야? 먹어도 돼?"

"응, 먹어."

리즈벳은 아주 익숙하게 아리스의 방에 자리를 잡고 앉아 있었다. 아리스가 허락하자 그녀는 반색하며 테이블 위에 있는 상자를 열어 보았다.

"하나도 안 먹었네? 아리스, 너도 같이 먹자."

"그래……."

아리스는 여전히 넋을 빼 놓은 상태로 리즈벳에게 다가갔다. 그리고 그녀가 내미는 포크를 기계적으로 받아 들고 멍하게 손을 움직이기 시작했다.

"둘이 뭐 하고 놀았어? 이 위에 있는 건 다 뭐야? 둘이 여행 가게?"

"아니, 다이젠 동생하고."

"헐, 다이젠한테 동생이 있어? 걔 외동 아니야?"

리즈벳이 전혀 생각도 못 했다는 듯 깜짝 놀라서 외쳤다.

아리스는 다이젠에게 여동생이 한 명 있다는 사실을 설명하며 테이블 위에 펼쳐진 것들을 주섬주섬 정리했다.

리즈벳이 약간 토라진 목소리로 자신과도 같이 놀러가자고 해서, 아리스는 또 정신을 약간 빼 놓은 채로 그러겠다고 대답했다. 그러자 리즈벳은 만족스러운 얼굴로 다이젠이 가져온 케이크를 먹었다.

그날 밤, 아리스는 일찌감치 잠자리에 들었다.

그런데 어두운 방에 누워 가만히 눈을 감고 있자 낮에 있던 일들이 새록새록 머릿속에 떠올랐다.

"아리스 선배는 어떨지 모르지만 난 이런 걸로 만족이 안 돼."

"사실은 더 만지고 싶어."

"궁금하면 한번 해 볼래?"

"아리스 선배는 그냥 가만히 있으면 돼."

그리고 그렇게 말하며 다이젠이 그녀에게 했던 행동들도.

"아니. 궁금할 거야, 선배는."

문득 그의 나지막한 목소리가 지금 바로 귀에 대고 속삭이는 것처럼 선명하게 울렸다.

그 순간 아리스는 얼굴에 확 열이 몰리는 것을 느끼며 이불을 차고 벌떡 일어나고 말았다.

그날, 아리스가 쉽게 잠들지 못하고 밤새 빨개진 얼굴로 침대 속에서 뒤척거린 것은 누구도 모르는 이야기였다.

외전 - 자두 말랭이와 생강 말랭이의 상관관계

"그럼 난 갈게. 다음에 또 봐!"

"응, 다음엔 내가 놀러 갈게."

리즈벳은 아리스의 집을 나와 문 앞에서 그녀와 인사를 나누고 돌아섰다.

"아, 벌써 해가 지네."

어느덧 저 멀리 보이는 산등성이 너머로 해가 뉘엿뉘엿 넘어가고 있었다. 리즈벳이 걷고 있는 길목도 주황색 빛의 물살에 흠뻑 젖어 있었다.

원래는 잠깐 아리스의 얼굴만 보고 갈 생각이었는데 같이 이야기하는 것이 재미있어서 시간 가는 줄 몰랐다. 음, 그리고 다이젠이 가져온 케이크도 종류마다 전부 다 맛있었지.

리즈벳은 좀 전에 먹은 조각 케이크들을 떠올리며 입맛을 다시다가 문득 미간을 찌푸렸다.

아까는 의도치 않게 자신이 다이젠을 쫓아낸 것 같아 조금 마음에 걸렸다. 물론 다이젠은 원래 돌아갈 생각이었다고 했고, 아리스도 괜찮으니 신경 쓰지 말라고 했지만.

그러고 보니 두 사람 분위기가 어쩐지 조금 묘했단 말이야?

리즈벳은 자신이 막 아리스의 방을 찾아갔을 때 느꼈던 아리송한 분위기를 떠올리며 고개를 갸웃했다. 그 후의 아리스의 태도도 어딘가 이상한 구석이 있었고…….

"앗, 뽀삐야!"

하지만 그것도 잠시뿐, 곧 그녀는 눈앞에 보이는 하얀 삽살개를 보고 반갑게 뛰어갔다.

"뽀삐야, 잘 있었어?"

"멍멍!"

목줄이 묶인 개도 리즈벳을 보고 신나서 짖었다.

그녀는 아리스의 집이 있는 주택가를 나서 어느덧 비오스 거리에 서 있었다. 상점가가 즐비한 비오스 거리는 저녁 시간인 지금, 다른 때보다 더욱 시끌벅적했다.

리즈벳이 뽀삐라고 부른 개가 묶여 있는 곳도 어느 상점의 문밖이었다. 리즈벳의 집에 가기 위해서는 꼭 이 길을 지나야 했기 때문에 평소에도 오다가다 꽤 자주 뽀삐를 만나 인사하고는 했다.

"리즈벳이구나. 친구는 잘 만나고 오는 길이니?"

"헤헤, 네."

그런 이유로 그녀는 가게의 주인과도 안면이 있는 사이였다.

"멍멍!"

"그래그래, 쓰다듬어 줄 테니까 좀 진정해 봐."

리즈벳은 털이 북실북실한 개의 등과 턱을 긁어 주었다. 그러자 기분이 좋아졌는지 가뜩이나 정신없던 꼬리의 움직임이 더욱 요란해졌다. 잠깐 옆에 있던 가게의 주인아주머니는 손님을 맞으러 다시 자리를 옮겼다.

"멍멍!"

그런데 별안간 뽀삐가 리즈벳을 만났을 때처럼 크게 짖기 시작했다.

리즈벳은 뽀삐가 반응한 사람이 누구인지 보기 위해 고개를 돌렸다. 그리고 조금도 예상치 못했던 사람을 만나게 되었다.

답답하게 눈 밑까지 내려온 연한 갈색의 더벅머리. 엉거주춤하게 굽은 어깨. 그녀를 보고 놀란 듯이 멍청하게 벌어진 입과 발갛게 상기된 뺨.

다름 아닌 가비 루크라임이었다.

"리, 리, 리즈벳."

리즈벳은 뜻밖의 만남에 잠깐 할 말을 잃고 있다가 자신을 부르는 목소리에 정신을 차렸다. 곧 그녀의 입에서 황당한 목소리가 내뱉어졌다.

"가비 루크라임, 너 스토커야?"

학교에서야 가비가 늘 리즈벳을 졸졸 쫓아다니니 그러려니 한다고 쳐도, 밖에서까지 이렇게 얼굴을 보는 것은 확실히 의심이 들었다.

그제야 자신이 리즈벳에게 어떤 오해를 샀는지 알아챈 가비가 파드득 놀라며 고개를 마구 흔들어 도리질 쳤다.

"오, 오, 오해야! 그, 그런 게 아니라!"

그는 손까지 마구 내저으며 리즈벳의 말에 필사적으로 항변했다.

"나, 나는 그냥, 당근이랑 쪼, 쪽파를 사러 왔을 뿐인데……."

뭐? 당근이랑 쪽파?

가비의 말을 듣고 리즈벳이 미간을 좁혔다.

당근과 쪽파라니, 묘하게 구체적인 목록이 아닌가?

아, 그러고 보니 바로 이 옆 가게가 식료품점이긴 했다. 게다가 베오니아 수도의 거의 모든 사람들이 이 비오스 거리의 상점을 이용하고 있었으니 가비도 그중 한 명이라고 해도 이상할 것은 없었다.

더군다나 지금 가비는 가게에 들어가려던 것이 아니라, 그 안에서 막 나온 참인 듯했다. 그의 품에 안긴 갈색의 큰 종이봉투에는 정말 쪽파로 보이는 초록색의 기다란 줄기가 밖으로 삐져나와 있었다.

그럼 지금은 진짜 우연한 만남일 뿐이라고?

"멍멍! 멍!"

그때, 리즈벳의 옆에 있던 개가 또 한 번 가비를 향해 우렁차게 짖었다.

뽀삐가 이렇게 격렬히 반응하는 것을 보면 확실히 가비가 이 근처를 자주 왔다 갔다 한 것 같기는 했다.

그런데 기분 탓인가? 왠지 뽀삐가 가비를 반가워하는 건 아닌 듯한 느낌인데. 게다가 울음소리도 평소보다 묘하게 사나운 것이…….

"멍!"

리즈벳은 의아함을 느끼며 고개를 들었다. 그리고 다음 순간, 그녀는 뽀삐가 짖을 때마다 몸을 크게 움찔거리다가 급기야 주춤 뒷걸음질 치기까지 하는 가비를 보고야 말았다.

리즈벳의 입에서 설마 하는 물음이 내뱉어졌다.

"뭐야, 너 뽀삐보다 서열이 아래인 거야?"

"컹컹!"

대답은 뽀삐에게서 흘러나왔다.

"히익."

뽀삐가 크게 짖으며 앞으로 달려들 것처럼 굴자, 가비가 질겁했다. 그의 얼굴이 사색이 될수록 뽀삐는 더욱 신이 나서 소란을 떨었다.

그 꼴을 보니 그동안 가비가 뽀삐에게 어지간히 만만하게 보인 게 아닌 것 같았다.

"너 강아지 무서워해?"

"아, 아, 아니, 아, 아, 아, 안 무서워."

리즈벳의 물음에 가비는 고개를 저으며 부정했다.

하지만 그렇게 말해 봤자 하나도 믿기지 않았다. 일단 평소보다 말을 두 배는 더 더듬고 있지 않은가? 게다가 가비의 다리가 후들거리는 게 그녀의 두 눈에도 여실히 보일 정도였다.

"야, 뽀삐. 그만해."

그것을 보고 리즈벳이 아직도 대거리 중인 뽀삐와 가비 사이에 끼어들었다.

"쟤가 아무리 만만해 보여도 그렇게 사납게 굴지 마. 쟤 겁 많단 말이야."

가비는 여전히 몸을 오들오들 떨면서 개를 어르고 있는 리즈벳의 뒷모습을 바라보았다.

아, 그래도 그를 걱정해서 뽀삐를 말려 주고 있는 것이……

"너 때문에 이제부터 쟤가 옆집 식료품점에 안 오게 되면 어떻게 할 거야? 단골손님을 잃은 식료품점 아저씨가 이제부터 너한테 간식 안 줄지도 모르는데 그래도 괜찮아?"

……아닌가?

처음에는 그를 위해 개를 진정시키고 있는 것이라고 생각했는데 계속 듣다 보니 뭔가 묘했다. 어쩐지 그가 아니라 식료품점의 매출, 혹은 뽀삐의 간식을 걱정해 주고 있는 듯한…….

"그러니까 적당히 해. 알겠어?"

"멍!"

그래도 리즈벳 덕분에 뽀삐가 금방 얌전해져서 다행이었다. 전부터 볼일이 있어 가비가 이 근처에 올 때마다 사납게 짖어 대던 뽀삐였기 때문이다. 그래서 평소에 가비는 최대한 뽀삐의 눈을 피해 다니거나 심부름으로 어쩔 수 없이 식료품점에 들러야 할 때마다 걸음을 서두르고는 했다.

그래도 지금은 리즈벳이 개의 모습을 반쯤 가리고 있기 때문인지 가비의 긴장도 조금씩 풀어지기 시작했다.

잠시 후 리즈벳이 가비를 향해 몸을 돌렸다.

"너도 겁먹지 말란 말이야. 눈을 피하지 말고 똑바로 보라고."

"으, 응!"

"중요한 건 기백이야! 알았어?"

"응!"

리즈벳이 한마디씩 할 때마다 가비는 무조건 알았다고 고개를 끄덕였다. 꼭 리즈벳이 팥으로 메주를 쑨다고 해도 무작정 알겠다고 할 기세였다. 그런 가비를 보는 리즈벳의 얼굴이 서서히 묘해졌다.

후두둑. 투둑.

그때, 어디에선가 떨어진 물방울이 머리와 뺨을 적셨다.

"어, 비잖아?"

어쩐지 하늘이 다소 흐리다 싶더니 한두 방울씩 비가 떨어지기 시작했다.

리즈벳은 '집까지 거리가 좀 있는데 지금 빨리 뛰어가야 할까'하고 고민했다. 하지만 그것도 잠시뿐이었다.

처음에는 한두 방울씩 떨어지던 빗줄기가 별안간 퍼붓는 듯한 물줄기로 바뀌었기 때문이다.

쏴아아.

굵은 장대비가 갑자기 쏟아지는 바람에 리즈벳과 가비는 그 자리에서 급히 몸을 피해야만 했다.

"으, 갑자기 왜 비가 쏟아지고 야단이람."

"그, 그래도 소나기인 것 같으니까 그, 금방 그칠 거야."

그래도 평소에 가게의 주인과 친분이 있던 덕인지 지붕 밑에서 잠시 비를 피하는 것을 허락받을 수 있었다.

뽀삐도 비를 피해 자신의 집에 들어가 있는 상태였다. 그래서 가비도 다른 곳으로 도망가지 않고 리즈벳의 옆에서 함께 비를 피할 수 있었다.

"그런데 넌 무슨 당근이랑 쪽파를 그렇게 많이 샀어? 가족이 많은가 봐?"

그러다 리즈벳은 문득 가비의 품에 들린 종이봉투에 시선을 두었다. 그 안에는 가비가 아까 말했던 것들이 한가득 들어 있었다.

저녁 시간이라 그런지 비오스 거리로 장을 보러 나온 사람들이 많았다. 지금도 옆에 있는 식료품점에는 사람들이 바글거렸다.

리즈벳의 물음에 가비가 더듬거리며 대답했다.

"가, 가족들하고 먹을 게 아니라, 소, 손님들한테 내갈 음식 재료야."

"아, 너희 집에 오늘 손님이 왔어?"

"그게 아니라…… 우, 우리 집이 식당을 우, 운영하고 있거든. 그런데 오, 오늘은 다른 날보다 재료가 일찍 떨어져서 그, 급하게……."

그런데 가비의 대답이 뜻밖이라 리즈벳은 조금 놀랐다. 가비의 집이 식당을 운영하고 있다니, 처음 듣는 말이었다.

"진짜? 너희 집에서 식당을 운영해? 어디에서? 무슨 식당인데?"

갑자기 호기심이 생겨 이것저것을 묻자 가비는 땀을 뻘뻘 흘리면서도 착실히 대답해 주었다.

"헐, 나 거기 가 본 적 있는데. 토마토 치킨 스튜랑 새우 크림 파스타가 특히 미친 듯이 맛있잖아?"

놀랍게도 가비의 가족이 운영하는 식당은 리즈벳이 자주 가 본 적이 있는 곳이었다. 심지어 그곳은 리즈벳이 꽤 좋아하는 식당이기도 했다.

그런데 거기가 가비네 식당이었단 말이야?

전에 아리스하고도 몇 번 같이 갔던 적이 있는데, 나중에 만나면 말해 줘야겠다.

"으, 응. 우리 식당 음식 다 마, 맛있어."

"그건 인정할 수밖에 없겠네……. 그럼 다음에 너희 식당에 갔을 때 너랑 같은 반 친구라고 그러면 할인 같은 거라도 해 주시려나?"

"그, 그럴걸."

"농담이야. 아는 사람 가게면 돈 내고 더 자주 가서 사 먹어야지.

난 원래도 너희 가게 단골이었는데. 내가 아는 사람마다 너희 가게 다 추천하고 그랬다? 진짜야.”

비가 내리는 풍경 속에 리즈벳의 재잘거리는 목소리가 번져 들었다. 가비는 그 소리에 조용히 귀를 기울이다가 저도 모르게 작게 웃었다.

그러자 그의 웃음을 귀신같이 알아차린 리즈벳이 말하던 것을 멈추었다.

“뭐야, 갑자기 왜 웃어? 내가 너희 가게 칭찬해 주니까 좋아?”

“그게 아니라…….”

가비는 어째서인지 쉽게 말하지 못하고 조금 어물거렸다. 리즈벳은 이 녀석이 또 왜 이렇게 뜸을 들이나 싶어서 슬그머니 미간을 찌푸렸다.

하지만 곧 이어지는 가비의 말에 그녀는 그만 할 말을 잃고 말았다.

“그냥, 이, 이렇게 너랑 만나서 얘기하는 게 좋아서.”

그렇게 말한 뒤 가비는 양 뺨을 발그레하게 붉혔다. 차마 리즈벳의 얼굴을 볼 수 없다는 듯이 고개를 돌리며 입술을 옴짝거리는 모양새가 마치 수줍은 소년의 표본 같았다.

문제는 그런 가비를 보는 동안 어째서인지 리즈벳도 괜스레 덩달아 부끄러워지고 있다는 사실이었다.

이, 이 자식. 전부터 느낀 거지만 남자애가 낯간지러운 말을 잘도 하잖아. 그리고 자기가 말해 놓고 왜 자기가 이렇게 쑥스러워하고 난리야? 그럴 거면 차라리 아무 말도 하지 말던가.

“넌 도대체 내가 왜 좋아?”

그런 생각을 하다가 리즈벳은 거의 충동적으로 가비를 향해 묻고 말았다.

"그래, 이왕 이렇게 된 거 툭 까놓고 말해 보자."

처음에는 괜히 이런 말을 꺼냈나 싶기도 했지만 차라리 지금 속 시원히 이야기를 나누는 것이 더 편할 것 같았다.

"솔직히 내가 엄청 예쁜 것도 아니고, 그렇다고 성격이 사근사근하고 착한 것도 아니고, 딱히 네가 좋아할 만한 면이 없는 것 같은데 도대체 내 어디가 마음에 들어서 몇 년째 이러는 건지 모르겠거든."

게다가 가비 루크라임이 그녀에게 이러는 이유가 진심으로 궁금하기도 했다.

가비는 그녀의 질문에 당황한 눈치였다.

도망갈 곳을 찾는 것처럼 안절부절못하는 모습이 가여울 정도였다. 머리카락에 가려져 보이지는 않았지만 아마 지금 그의 눈동자도 격렬하게 동요하며 흔들리고 있을 것 같았다.

하지만 상섬의 좁은 치마 밑에서는 달아날 곳이 아무데도 없었다. 게다가 리즈벳은 이번에야말로 대답을 듣고 말겠다는 굳은 의지를 내비치고 있었다.

그래서 결국 가비는 다른 때보다 심하게 더듬거리며 리즈벳에게 대답할 수밖에 없었다.

"워, 워 워, 원래 좋아하는 데에는 이, 이, 이유가 없다고 해, 했어."

"난 그런 말 안 믿거든?"

하지만 리즈벳은 그의 말에 콧방귀를 뀌었다.

좋아하는 데 이유가 없다니. 리즈벳은 그 말을 믿지 않았다.

리즈벳은 누군가를 싫어하는 것에도 좋아하는 것에도 분명 그 나름의 이유기 마련이라고 생각했다.

그녀가 원예부 선배인 유리 하이트를 좋아한 데에도 이유는 있었다.

웃는 모습이 예뻐서. 또 함께 있으면 마음이 편안해지는 분위기를 가지고 있어서. 그리고 다른 사람을 함부로 험담하거나 누군가의 겉모습만 보고 쉽게 판단하지는 않을 것 같아서. 그밖에도 사근사근한 목소리가 마음에 들었다거나 언뜻 보면 누구에게나 다정한 느낌이지만 사실은 누구에게도 쉽게 마음을 주지 않을 것 같은 점에 마음이 끌렸다거나 하는 여러 가지 이유.

그것들은 분명 사소하기는 해도 리즈벳에게 있어 아무런 의미가 없지는 않았다.

"이, 이유가 꼭 있어야 하는 건가?"

가비는 리즈벳의 말을 듣고 아까보다 더욱 당황한 기색이었다.

리즈벳은 또다시 안절부절못하는 가비를 보다가 그냥 더 이상 아무 말도 하지 않기로 했다.

이렇게까지 곤혹스러워 하는 모습을 보니 그를 닦달해 대답을 듣고 싶던 마음이 푸시식 빠르게 식어 버렸다.

"그렇다고 억지로 짜낼 건 없거든."

리즈벳은 약간 떨떠름한 얼굴로 말했다.

그러자 가비가 무슨 말인가를 할 듯 말 듯 입술을 움찔거렸다. 하지만 그는 곧 다시 입을 굳게 다물더니, 곧 당근과 쪽파가 든 종이봉투 속에서 무언가를 주섬주섬 꺼냈다.

"이, 이, 이거 너 써."

"뭐? 야, 너 우산 있었……."

"내, 내일 우리 가게에 도, 돌려주러 와."

"뭐라고?"

"그, 그럼 안녕!"

가비는 종이봉투 안에 들어 있던 접이식 우산을 리즈벳에게 강제로 떠넘겼다. 그러고는 그녀의 황당한 시선을 뒤로 한 채 빗속으로 달려가기 시작했다.

쏟아지는 빗줄기 사이로 순식간에 가비의 뒷모습이 멀어졌다.

뭐야, 저 녀석. 마냥 굼뜬 줄 알았더니 은근히 발이 빠르잖아?

리즈벳은 얼굴을 구긴 채 가비의 뒷모습을 바라보다가 이윽고 조금 전 그가 주고 간 우산으로 시선을 내렸다.

아니, 우산이 있으면 먼저 쓰고 갈 것이지 뭐 하러 지금까지 여기에 서 있었던 거야?

더군다나 심부름 중이었던 애가…….

"그냥, 이, 이렇게 너랑 만나서 얘기하는 게 좋아서."

그러다 문득 조금 전 가비가 속삭였던 말이 귓가에 맴돌았다.

그 순간 리즈벳은 저도 모르게 끄응 신음하고 말았다.

……내가 좋아하는 이유를 대라느니 하면서 괴롭혀서 도망간 건가. 아무래도 그게 맞는 것 같은데.

차라리 그냥 아무 말도 하지 말 걸 그랬다는 생각이 들었다. 어차피 그런 이유 따위 들어 봤자 달라질 것도 없는데. 그렇지 않아도 소심하고 수줍음도 많이 타는 애인데 너무 몰아붙였나?

리즈벳은 그런 생각을 하며 가비가 준 우산을 펼쳐 들었다.

정작 우산의 주인은 비를 맞고 갔기 때문에 조금 양심이 찔리기도 했지만 어차피 이렇게 된 거 그냥 빌려 써도 되지 않을까 싶었다. 가비가 그러라고 주고 간 것이기도 하고.

그래서 리즈벳은 노란 우산을 쓰고 쏟아지는 빗줄기 속으로 몸을 들였다.

하지만 그렇게 집으로 가는 동안 가비의 뒷모습이 자꾸만 눈에 밟힌 것은 어째서인지 몰랐다.

* * *

다음날 리즈벳은 눈앞에 곱게 접힌 노란 우산을 보고 맹렬히 고민했다.

이걸 가져다주러 가, 말아?

"윽."

하지만 고민해 봤자 부질없었다.

빌렸으니까 당연히 돌려주러 가야지.

리즈벳은 잠깐 머리를 벅벅 긁다가 마침내 마음을 굳히고 자리에서 벌떡 일어났다.

지금 시간은 오후 3시경. 그녀는 하는 일 없이 집에서 빈둥거리고 있던 중이었다. 어차피 방학을 맞아 딱히 집에서 할 일도 없었고, 별다른 약속이 있는 것도 아니었다.

물론 집에서 빈둥거린다고 해 봤자 침대에 누워서 노닥거리는 것 반, 책상 위에 올려 둔 우산을 보고 고민하는 것 반이었지만.

하지만 은근히 성실한 리즈벳의 성격상 저 우산을 가비에게 돌려주지 않는 것은 애초에 선택지에 없었다. 그렇다면 문제는 저것을 언제 돌려주러 가냐는 것인데.

"내, 내일 우리 가게에 도, 돌려주러 와."

어제 그녀에게 우산을 떠넘길 때 가비가 저렇게 말해 버렸기 때문에 어쩔 수가 없었다.

아니, 그 녀석은 왜 멋대로 약속까지 정하고 난리람?

리즈벳은 속으로 투덜거리며 책상 위의 우산을 집어 들었다.

"리즈벳, 어디 가니?"

"어제 친구한테 빌린 게 있어서 돌려주러."

"올 때 사과 푸딩 사 와. 지난번에 네가 가져온 거 맛있더라."

"엄마가 돈 주면."

"다음 달 용돈 안 받고 싶다고?"

"넵, 사오겠습니다."

그렇게 집을 나선 리즈벳은 가비의 가족이 운영한다고 했던 음식점으로 걸음을 옮겼다. 한바탕 비가 쏟아졌던 어제와 달리 오늘은 날씨가 무척 화창했다. 비에 씻겨 내려간 공기가 어제보다 한결 깨끗한 것 같았다.

가비, 걔는 오늘 하루 종일 가게에 있을 예정인 건가? 그러니까 나보고 가게로 오라고 한 거겠지?

점심이랑 저녁 식사 때는 손님이 붐빌 테니까 차라리 이런 어중간한 시간에 들르는 게 나을 것 같은데.

그런데 음식점에 찾아가는 건데 아무것도 안 사 먹고 그냥 나와도 되나?   ·

리즈벳은 그런 온갖 고민을 하며 비오스 거리로 들어섰다.

가비의 가족이 운영하는 음식점이 있는 곳은 비오스 거리에서도 활성화된 번화가였다.

물론 근처에 있는 대형 음식점에 비교하면 그렇게 유명세가 있거나 손님이 많은 것은 아니었다. 하지만 가비네 가게는 이 부근에 사는 사람들이라면 누구나 한 번쯤은 그 문턱을 넘어 봤을 정도로 입소문이 나 있는 편이었다.

마침내 도착한 가게의 문 앞에서 리즈벳은 잠깐 미간을 좁히며 망설였다.

손님도 아닌데 당당하게 정문으로 들어서기가 왠지 좀 그랬다. 하지만 그렇다 해서 관계자 전용의 뒷문을 이용할 수도 없는 노릇이었다. 그래서 리즈벳은 어쩔 수 없이 눈앞에 있는 문을 밀어젖혔다.

딸랑.

윽, 문에 달린 종소리가 왜 이렇게 커?

평소에는 별로 의식한 적 없는 소리가 오늘따라 유독 크게 귓전을 울렸다. 리즈벳은 괜스레 움찔하며 조용히 안으로 들어섰다.

"아, 죄송합니다. 지금은 영업시간이 아니에요."

리즈벳을 보자마자 점원으로 보이는 남자가 말했다. 그는 대걸레로 홀의 바닥을 닦고 있는 중이었다.

아무래도 지금은 점심 영업을 끝내고 휴식 겸 저녁 영업을 준비하는 시간인 것 같았다. 내부를 살피자 분주하게 움직이는 몇몇 사람들이 보였다. 하지만 어디에도 가비는 보이지 않았다.

리즈벳은 약간의 껄끄러움을 느끼며 입을 열었다.

"여기 가비네 가게 맞죠? 전 학교 친구인데 잠깐 돌려줄 게 있어서 왔어요."

"아, 가비 친구요?"

잠깐, 왜 그렇게 큰 소리로 말하는 거야?

점원이 리즈벳의 말에 깜짝 놀란 듯이 두 눈을 동그랗게 뜨며 목소리를 높여 반문했다. 가뜩이나 가게 안은 조용했기 때문에 그 음성이 퍼져 나가는 것은 순식간이었다.

저마다 부산스럽게 일하고 있던 사람들이 남자의 말을 듣고 하나둘씩 고개를 돌렸다.

"뭐? 가비 친구?"

"가비 친구라고?"

"더군다나 여자애?"

"여자 사람 친구?"

"뭐? 가비 여자 친구가 왔다고?"

"여자 친구?!"

우당탕탕 하는 소리가 들리더니 가게의 안쪽에 있던 사람들까지 얼굴을 드러냈다.

리즈벳은 뜬 눈으로 루머의 양산 과정을 목격했다.

"아니, 여자 친구는 무슨, 그냥 같은 학교 친구라고요!"

황당한 얼굴로 반박했지만 이미 그들은 리즈벳의 말을 듣고 있지 않은 것 같았다.

"가비는 지금 어디에 있어?"

"지금 안쪽에서 양파 썰고 있을걸."

"빨리 불러와! 여자 친구가 기다리잖아!"

그들은 저마다 소란스럽게 왁자지껄 떠들어 대다가 이윽고 어쩔 줄 몰라 하며 리즈벳에게 다가왔다.

"여, 여자 친구분은 이쪽으로 와서 앉으세요."

"전 여자 친구가 아니라 여자 사람 친구……."

"거기, 뭘 멀뚱히 보고 있어? 빨리 시원한 물이나 음료라도 내와!"

"잠깐, 방석! 여기, 이거 깔고 앉으세요."

몇 번을 거듭 말해도 도통 소용이 없었다.

리즈벳은 얼결에 그들이 내주는 자리에 앉게 되었다. 그러고 나서도 사람들은 안절부절 못 하며 리즈벳의 주위를 맴돌았다. 리즈벳도 매우 불편하게 앉아 빨리 가비가 나오기를 기다렸다.

"리, 리, 리즈벳……."

다행히 오래 지나지 않아 가비가 모습을 드러냈다.

그런데 그는 어째서인지 울고 있었다. 손으로 몇 번이나 훔쳐 내도 가비의 뺨 위로 흐르는 눈물은 그칠 줄을 몰랐다.

그 모습을 보고 옆에 있던 사람들이 자기들끼리 소곤거렸다.

"누가 가비한테 양파 써는 일 시켰어? 여자 친구가 왔는데 이렇게 울고 있어서 어떻게 해?!"

"삼촌이 시켰잖아요. 그러게 그냥 감자 깎는 일이나 시키자니까!"

"아, 아니, 갑자기 여자 친구가 올 줄 누가 알았나."

"그나저나 가비, 쟤 의외로 제법이잖아? 우리 몰래 언제 여자 친구를 만들었대?"

여자 친구가 아니라고 아무리 해명해도 도무지 알아들을 분위기가 아니었다. 리즈벳은 그냥 포기하고 가비를 향해 입을 열었다.

"너 양파 썰고 손은 씻었어?"

"아, 아앗, 아니. 까, 깜빡……."

"그런데 그렇게 눈을 비비니까 눈물이 더 나지."

그러자 옆에서 그들의 대화에 귀를 기울이고 있던 사람들이 또 얼굴을 맞대고 무어라 속닥거렸다.

"여자 친구가 참 똑소리 나네."

"자, 가비. 여기 물수건."

누군가 빠른 속도로 안쪽으로 들어가더니 곧 물에 적신 수건을 들고 나왔다. 그들은 가식적인 얼굴로 하하 호호 웃으며 가비의 손에 수건을 쥐여 주었다.

분명 손을 닦으라고 준 것 같은데 가비는 그 수건을 들고 그대로 얼굴을 문질렀다. 양파 때문에 매운 눈을 닦아 내려고 그런 것 같았다.

그러자 자연스럽게 가비의 얼굴을 가리고 있던 앞머리가 걷혔다.

"헉, 잠깐!"

"기다려!"

바로 그 순간 옆에 있던 사람들이 빛의 속도로 우르르 달려와 가비를 둘러쌌다. 빈틈 하나 없이 철통 보호 하는 그 모습에 이건 또 무슨 짓인가 싶어졌다. 그들은 리즈벳의 눈치를 보며 그녀에게서 가비를 꼭꼭 감추었다.

"이, 이 녀석. 그래, 눈이 많이 맵지? 형이 닦아 줄게."

"아니, 그런데 가비 여자 친구잖아. 여자 친구한테도 얼굴을 숨겨야 해?"

"모르는 소리 마. 자기보다 예쁜 남자를 어느 여자가 좋아해?"

"맞아, 가비가 처음으로 사귀는 여자 친구인데 얼굴 보고 헤어지자고 하면 어떻게 해."

"야, 입방정 떨지 마! 들리면 어쩌려고!"

그 순간, 가비를 막고 선 사람들의 시선이 일제히 리즈벳에게 날아왔다.

눈이 마주치는 순간, 어색한 웃음이 그들 사이에 흘렀다.

"아하하하."

"호호. 여자 친구분 정말 예쁘세요. 가비가 어떻게 이런 예쁜 여자 친구를 사귀었는지 몰라."

리즈벳은 알 만하다는 표정을 지었다.

왜 가족들이 가비의 얼굴을 감추려고 이렇게 혈안인지 이유를 알 것 같았다.

"아니요, 저기. 전 이미 볼 장 다 봐서 얼굴 까도 별로 안 놀라거든요."

하지만 그들은 리즈벳의 반응을 걱정할 필요가 없었다. 왜냐하면 일단 그녀는 가비의 여자 친구도 아니었고, 또 가비의 얼굴을 처음 보는 것도 아니었으니까.

"헉, 볼 장을 다 봤대!"

"벌써 그런 사이야?!"

"가비, 이 자식! 드디어 너의 참된 모습을 알아주는 사람이 나타났구나!"

고작 얼굴 한 번 본 것 가지고 그들은 엄청나게 호들갑을 떨어 댔다.

아니, 물론 가비의 얼굴이 리즈벳조차 한순간 충격을 받을 정도로 엄청나게 예쁘기는 했지만…….

그래도 그게 이렇게 앞머리까지 덥수룩하게 내려서 얼굴을 가리고 다닐 만한 일인가?

어쨌든 빨리 여기에서 벗어나야겠다. 다들 엄청난 오해들을 하고 있는데 아무리 여자 친구가 아니라고 말을 해도 믿지를 않잖아.

"아무튼 난 우산 돌려주러 온 거야. 자, 여기. 어제는 잘 썼어. 고마워. 그럼 난 이만 가 볼게. 다들 안녕히 계세요!"

리즈벳은 인간 방어벽이 허술해진 사이 가비에게 다가가 우산을 넘겼다. 그리고 하고 싶은 말을 한꺼번에 쏟아낸 다음 마지막 인사까지 남기고 뒤돌아섰다.

"자, 자, 잠깐만, 리즈벳!"

그런데 갑자기 누군가가 뒤돌아선 그녀의 팔을 붙잡았다.

"가, 가지 말고 기, 기, 기다려 줘."

뜻밖에도 리즈벳을 붙잡은 것은 가비였다.

이제껏 리즈벳의 뒤를 졸졸 따라다니기만 했지, 한 번도 이런 식으로 먼저 그녀를 붙잡은 적은 없었기 때문에 리즈벳은 조금 당황했다. 옆에 있던 사람들도 가비의 행동에 놀란 눈치였다.

하지만 그들은 곧 정신을 차리고 가비와 함께 리즈벳을 붙잡으려고 노력했다.

"그, 그래! 조금만 더 놀다가 가."

"어차피 우리 가게도 지금 휴식 시간이거든."

"가비가 일을 도와주고 있긴 한데, 지금은 한가해."

"아, 뭐라도 먹을래? 먹고 싶은 건 다 만들어 줄게! 그러고 보니까 가비 여자 친구, 우리 단골 아니었나? 몇 번 봤던 것 같은데."

리즈벳의 얼굴에 곤혹감이 어렸다.

딱히 이 자리에 오래 있고 싶은 생각은 없는데, 그렇다고 이 많은 사람들의 청을 뿌리치고 단호히 뒤돌아서려니 그것도 좀 그랬다.

그때, 가비가 가게의 사람들을 돌아보며 말했다.

"여, 여, 여자 친구 아니야. 그, 그런 말은 리즈벳이 기분 나쁠 테니까, 하, 하지 마."

그 목소리가 꽤 단호해서 리즈벳은 이유를 알 수 없게 조금 묘한 기분이 되어 버렸다.

"아, 여자 친구 아니야?"

"그러고 보니까 아까 그냥 학교 친구라고 했는데……."

"뭐? 그걸 왜 이제 말해?"

"아이고, 우리가 실례를 했네. 미안해, 가비 친구."

아까 리즈벳이 입이 아프도록 말할 때는 우왕좌왕 하느라 못 들은 것 같더니, 이제야 오해를 푼 모양이었다.

주춤주춤 사과하는 말을 들으며 리즈벳은 가비에게 고개를 돌렸다.

"나한테 뭐 할 말 있어?"

오늘 그에게 우산을 돌려준 것으로 그녀의 목적은 이루어졌다. 하지만 가비는 아직 그녀에게 볼일이 남은 것 같았다.

"보, 보여 줄 게 있어."

그 말을 듣고 리즈벳은 아직도 옆에서 그녀의 눈치를 보고 있는 사람들을 슬쩍 쳐다보았다.

"그럼 밖에 나가서 얘기해."

그녀가 가비의 여자 친구가 아니라는 사실은 밝혀졌지만 그래도 여기에 있기는 영 부담스러웠다. 게다가 아무리 휴식 시간이라고는 하나 엄연히 영업 준비 중인 가게에 죽치고 있을 수도 없는 노릇이었다.

"그, 그럼 밖에서 잠깐만 기다려 줘. 가, 가게 옆에 벤치가 있는데, 난 잠깐 방에……. 그, 그냥 가면 아, 안 돼!"

그렇게 몇 번이나 당부한 뒤 가비는 헐레벌떡 가게의 안쪽으로 뛰어갔다.

그런데 방이라니? 아, 그러고 보니 식당이 있는 건물은 복층이던데, 위층을 주거 공간으로 사용하고 있는 건가?

어쨌든, 그만 밖으로 나가야겠다.

"그럼 저는 나가 있을게요. 전 신경 쓰지 마시고 일하세요."

리즈벳과 가게의 사람들은 서로의 얼굴을 마주 보고 약간 어색하게 하하 호호 웃었다.

그러고 나서 리즈벳은 빠른 걸음으로 문을 나섰다.

딸랑.

처음 가게에 들어섰을 때처럼 발랄한 종소리가 등 뒤에서 한 차례 울려 퍼졌다. 그제야 리즈벳은 숨을 크게 들이마실 수 있었다.

그러고 보니 나름대로 반 친구를 만나러 온 건데 그냥 빈손으로 찾아온 게 뒤늦게 마음에 걸렸다. 하지만 음식점에 먹을 걸 들고 오기도 좀 그렇고. 그리고 원래는 그냥 우산만 돌려주고 바로 나갈 생각이었는데, 어쩌다 보니 가게에서 일하는 모든 사람들을 다 보게 되었다.

게다가 그들은 대부분 다 가족인 것 같았다. 두세 명을 제외하고는 외양도 가비와 닮아 있었으니까. 아까 자기들끼리 대화할 때도 누군가가 삼촌이라는 호칭을 사용했던 것 같고.

자두 말랭이와 생강 말랭이의 상관관계 451

슬쩍 뒤돌아보니 몇 사람이 아직까지도 안쪽에서 그녀를 힐끔거리고 있는 것이 유리창을 통해 보였다. 눈이 마주친 순간, 그들과 리즈벳 모두가 흠칫했다.

리즈벳은 아무것도 보지 못한 척을 하며 또다시 재빨리 걸음을 옮겼다. 가비의 말처럼 건물의 옆쪽에는 휴식 공간으로 마련해 놓은 듯한 자리가 있었다. 소담한 꽃들이 핀 작은 화단 옆쪽에 나무 벤치가 보였다. 하지만 오늘 새벽까지도 퍼부어 대던 비 때문에 벤치는 조금 축축하게 젖어 있었다.

그래서 리즈벳은 자리에 앉지 않고 그 옆에 서서 멀뚱히 가비를 기다렸다.

음? 아니, 그런데 내가 왜 그 녀석을 기다려야 하는 거지? 아까는 조금 당황해서 엉겁결에 대답해 버렸네.

어쨌든 기다리겠다고 했으니 그냥 갈 수도 없었다. 그나저나 도대체 뭘 보여 주겠다는 거야? 방까지 가서 가져온다고 하지를 않나…….

리즈벳은 찜찜한 기분으로 조금 전 자신이 지나온 길을 힐끔거렸다.

얼마 지나지 않아 가비가 나타났다. 그는 리즈벳이 있는 곳을 향해 전속력으로 달려왔다.

"리, 리, 리즈벳!"

저렇게 뛰다가 넘어지는 거 아니야, 하고 생각하는 순간 돌부리에 발이 걸렸는지 가비가 비틀거렸다.

리즈벳은 바닥에 철퍼덕 넘어지는 가비를 보고 깜짝 놀라 다가갔다.

"너 괜찮아?"

"괘, 괜찮아."

다행히 크게 다친 곳은 없어 보였다. 리즈벳은 얼굴을 찡그리며 가비의 옷에 묻은 흙을 같이 털어 주었다.

"어차피 요 앞인데 그냥 걸어오지, 왜 그렇게 뛰어?"

"네, 네가 그냥 갈까 봐."

그 말에 리즈벳이 멈칫했다.

"내가 기다린다고 했잖아."

"으, 응, 고마워."

아니, 고맙다는 인사를 듣고 싶은 게 아닌데.

리즈벳은 바보 같이 웃는 가비의 얼굴을 보며 입술을 달싹였다. 하지만 결국은 무슨 말을 해야 할지 알 수가 없어 그냥 다시 입을 다물어 버렸다.

어, 이상하네. 이 기분 뭐지? 왠지 조금 착잡한 것 같기도 하고 미안한 것 같기도 하고, 뭐 이렇게 바보 같은 애가 다 있나 싶기도 하고, 말로는 정확히 설명하기 어려운 복잡 미묘한 기분인데.

"저, 저기, 아까는 미안해. 조, 좀 정신없었지."

"아니⋯⋯. 괜찮아."

"오, 오해받아서 기분 나빴을 텐데, 미안해."

"아니야, 별로 기분 안 나빴어."

딱히 사과할 일이 아닌데 가비가 미안하다고 하니까 리즈벳도 괜히 가만히 있기가 난감해졌다.

"어제 우산 빌려줘서 고마워. 으, 으음. 덕분에 비 안 맞고 집에 갔어."

그런데 다른 사람도 아니고 가비 루크라임과 얼굴을 마주 보고 이런 말을 하려니 여간 어색한 것이 아니었다. 리즈벳의 말에 가비가 도움이 되어서 기쁘다는 듯이 해맑게 웃어서 더욱 그랬다.

"그런데 나한테 보여 줄 게 있다고? 손에 들고 있는 그거야?"

아무래도 빨리 이야기를 끝내고 집에 가야겠어.

리즈벳은 그렇게 결심한 뒤 더는 긴 말을 하지 않고 바로 본론으로 들어갔다. 방금 전에 넘어지면서도 가비가 끝내 손에서 놓지 않고 사수하던 저 종이. 저것이 바로 가비가 그녀에게 보여 주고 싶다고 말했던 물건인 것 같았다.

"으, 응. 맞아."

"그럼 이리 줘."

그런데 가비는 손에 들고 있는 것을 리즈벳에게 쉽게 주지 못하고 쭈뼛거렸다.

아니, 먼저 보여 주고 싶다고 한 건 자기면서 뭘 이렇게 꾸물거린담?

결국 인내심이 한계에 달한 리즈벳이 가비에게 성큼 다가갔다.

"도대체 뭔데 그래?"

"아, 앗, 잠깐……."

마침내 가비의 손에 있던 종이가 리즈벳의 손으로 옮겨 갔다.

도대체 얼마나 대단한 것이기에 이렇게 뜸을 들인 것인지 어디 보자.

그녀는 그런 생각을 하며 종이에 적힌 것을 읽어 내렸다.

"이, 이, 이게 뭐야?"

하지만 다음 순간, 그녀는 화악 얼굴에 열이 오르는 것을 느끼며 가비처럼 말을 더듬고 말았다.

왜냐하면 종이에 적힌 내용이 그녀로서는 조금도 상상하지 못했던 것이기 때문이다.

"어, 어제 네가 누군가를 조, 좋아하는 데는 다 이유가 있는 거라고 해서 하, 한 번 적어 봤어."

그때 가비는 한껏 당황한 얼굴로 리즈벳을 보다가, 돌연 그녀에게 우산을 떠넘기고 자리를 비켰다. 그래서 단순히 갑작스러운 물음에 당황한 그가 자리를 피한 것이라고 생각했는데.

그런데 집에 가서 이걸 적었다고?

언뜻 봐도 가비가 적은 목록은 거의 100개쯤은 되는 것 같았다. 그것을 내려다보는 동안 또 한 번 덜컥 말문이 막혔다.

"배, 백 개는 채우고 싶었는데 가, 가게 일을 도와야 해서, 다 모, 못 썼어."

아니, 심지어 여기에서 뭔가를 더 쓰려고 했다고?

리즈벳은 저도 모르게 얼빠진 표정을 지으며 가비를 쳐다보았다.

"리, 리즈벳, 네 말이 맞는 것 같아. 좋아하는 데는 다 이, 이유가 있는 거라는 말이 마, 맞아."

그는 막상 리즈벳이 종이의 내용을 보게 되자 부끄러운 듯이 얼굴을 발갛게 물들이고 고개를 푹 숙인 채 말을 이었다.

"나, 나는 네가 내 마음을 안 믿어 줘도 상관은 없지만……. 그래도 너, 넌 어제 네가 한 말과 달리 좋아할 만한 점이 어, 엄청 많으니까……."

리즈벳은 그런 가비의 모습을 멍청히 바라보았다.

"그러니까…… 그건 지, 집에 가서 봐! 그, 그럼 잘 가!"

가비는 더 이상 리즈벳을 마주 보고 있는 것이 무리라는 듯이 횡설

수설하다가 먼저 돌아섰다. 리즈벳은 갈색 머리를 흩날리며 뛰는 그의 뒷모습을 무어라 형언할 수 없는 기분으로 지켜보았다.

그러다 고개를 내리자 여전히 그녀의 손에 들려 있는 종이가 시야에 비쳤다. 예상외의 단정한 필체로 또박또박 적힌 글씨가 유독 두드러지게 눈에 들어왔다.

"뭐야, 진짜……."

리즈벳의 입에서 작게 중얼거리는 음성이 흘러나왔다.

그녀는 가비가 먼저 자리를 비키고 나서도 한동안 움직이지 않고 손에 들린 종이를 가만히 내려다보았다.

어쩐지 마음 한 편이 이상하게 술렁거렸다.

* * *

"나 참, 살다 살다 남자애한테 별걸 다 받아 보네."

그날 저녁, 리즈벳은 침대 위에 드러누워 가비가 준 종이를 들여다보았다.

그녀의 얼굴은 무어라 설명할 수 없는 미묘한 감정에 젖어 있었다.

"웃음소리가 크고 호탕하다? 이런 것도 칭찬이야? 게다가 구두끈을 맬 때 매듭을 예쁘게 묶는다는 건 또 뭐야? 이런 건 도대체 언제 본 거래?"

종이의 내용을 읽으면 읽을수록 기분이 이상해졌다.

거기에는 리즈벳의 주황색 머리카락이 잘 익은 오렌지 색깔 같아서 예쁘다거나, 리즈벳이 싫은 건 싫다고 말하는 솔직한 성격이라 좋다거나, 자신은 노란색을 제일 좋아하는데 리즈벳에게 그 색깔이 잘 어울린다거나 하는 별의별 내용이 다 적혀 있었다.

"진짜 이상한 애잖아."

마지막 89번째 내용까지 빠짐없이 다 읽고 난 뒤 리즈벳은 종이를 들고 있던 손을 침대 위로 내렸다. 그러고 나서 침대에 누운 상태 그대로 천장을 올려다보는데, 어쩐지 점점 몸을 가만히 놔두기가 어려워졌다.

어딘가 가려운 곳이 생겼는데 그게 어느 부분인지 몰라서 긁지 못하는 것처럼 괜히 속이 근질근질했다.

그래서 리즈벳은 대신 입에 물고 있던 알사탕을 와작와작 씹어 먹었다.

가비가 적은 내용에는 평소에 리즈벳이 스스로 자신의 단점이라 생각한 부분도 섞여 있었다. 또, 그녀 스스로조차 몰랐던 자잘한 습관이나 사소한 행동 같은 것도 목록에 들어가 있었다.

그런 부분들에 누군가 의미를 두고, 심지어 좋게 봐 주었다는 사실이 이상했다.

……하지만 그건 분명 나쁜 기분은 아니었다.

리즈벳은 다시 종이를 들어 거기에 적힌 내용을 또 한 번 읽어 보았다.

그렇게 밤이 늦을 때까지 몇 번이나 반복해서.

* * *

"어이, 가비 루크라임."

"멍멍!"

일주일 후, 가비는 식료품점 앞에서 리즈벳을 만났다. 그녀의 옆에서 뽀삐도 함께 가비를 맞아 주었다.

가비는 크게 짖는 뽀삐의 울음소리에 화들짝 놀라 일단 본능적으로 한 걸음 뒤로 물러났다. 그런 그를 보고 리즈벳이 어쩜 너는 이렇게 변함이 없느냐는 듯 쯧쯧 혀를 찼다.

"리, 리, 리즈벳."

가비는 지금 이 자리에서 리즈벳을 만난 것이 상당히 의외라 여겨지는 모양이었다. 어쩌면 리즈벳이 그가 나타나자마자 기다렸다는 듯이 인사를 건네서 그런 것일 수도 있었다.

"여, 여긴 웬일이야?"

"웬일은 무슨 웬일. 당연히 뽀삐 보러 왔지. 설마 내가 여기서 널 기다리기라도 했을까 봐?"

헛된 희망을 버리라는 듯이 코웃음 치며 읊조린 리즈벳의 말에 가비가 바보같이 고개를 주억거렸다.

"나, 난 지금 식료품점에 가는 길인데, 우, 우연이네."

그 모습을 보고 리즈벳이 슬쩍 고개를 옆으로 기울였다. 얼굴에 날아가 꽂히는 그녀의 시선에 가비가 일순간 움찔거리는 것이 보였다.

리즈벳은 그 모습을 잠깐 말없이 지켜보다가 툭 내뱉듯이 말했다.

"식료품점에 간다며? 빨리 사 와."

"으, 응."

가비는 리즈벳의 재촉에 무의식중에 대답한 뒤 잠시 멈추었던 걸음을 다시 서둘렀다. 그런데 그렇게 리즈벳을 뒤로한 채 식료품점으로 향하는 동안 뭔가 이상한 기분이 들었다.

그래서 가비가 슬쩍 뒤돌아봤을 때, 뽀삐가 기다렸다는 듯이 우렁차게 '멍멍!' 울었다. 그러는 바람에 그는 또다시 찔끔하여 쏜살같이 식료품점을 향해 뛰어갈 수밖에 없었다.

얼마간의 시간이 지난 후, 가비가 덥수룩한 머리를 흩날리며 다시 리즈벳에게 뛰어왔다.

"살 거 다 샀어?"

"응!"

"좋아, 그럼 가자."

"으, 응?"

리즈벳의 말에 가비가 어벙하게 되물었다.

하지만 리즈벳은 가비의 반응이야 어떻든 상관없다는 듯이 그에게서 몸을 돌려 뽀삐에게 인사했다.

"뽀삐야, 그럼 조금 이따가 봐. 그동안 밥 잘 먹고 잘 놀고 있어."

"멍!"

그런 후 그녀는 멍청히 서 있는 가비를 향해 다가갔다. 리즈벳이 옆으로 와서 붙자 가비는 한 차례 파드득 몸을 떨더니 또 안절부절못했다.

"뭐해, 멀뚱히 서서."

리즈벳의 핀잔이 있은 후에야 가비의 발길이 자리에서 떨어졌다. 하지만 그는 식재료가 든 종이봉투를 신줏단지처럼 품에 꽉 안은 채 허둥지둥하며 온몸으로 자신의 불편함을 내뿜었다.

평소에는 누가 시키지 않아도 귀찮을 정도로 그녀의 뒤를 잘만 졸졸 따라오더니. 그래도 지난번에 자신이 부끄러운 일을 했다는 자각은 있는 모양이었다.

"뭐야, 그렇게 나랑 같이 걷기 싫어?"

"아, 아, 아, 아니야."

"마침 나도 뽀삐랑 놀다가 그만 집에 가려던 참이었어. 별다른 이유 없으니까 괜히 설레발치지 말지?"

"으, 으, 응."

가비는 리즈벳의 말에 또 알겠다고 고개를 크게 주억거렸다.

그렇게 두 사람은 함께 길을 걸었다. 시간은 오전 10시, 하늘은 맑고 적당히 선선한 바람이 불어오는 기분 좋은 날이었다.

그러다 문득 가비는 이상함을 느꼈다.

"그, 그런데 리즈벳."

"왜?"

"너, 너희 집은 이쪽 방향 아, 아니지 않아?"

그의 물음에 리즈벳이 한 차례 눈매를 움찔거렸다.

"뭐야, 너 진짜 스토커야? 우리 집 방향을 네가 어떻게 알아?"

수상쩍다는 듯 의심을 담은 그녀의 눈빛에 가비가 소스라치게 놀라며 부정했다.

"아, 아, 아니야. 나, 난 그냥 지난번에 네가 이 반대쪽으로 가는 걸 우, 우연히 본 적이 있어서…… 이, 일부러 본 게 절대 아니고……."

고개까지 도리도리 저으며 강력히 부정하는 모습이 애처로울 정도였다. 그 모습을 보고 리즈벳이 '네가 정 그렇게 애쓰니 한번 믿어 주겠다.'는 표정을 지었다.

그 후 그녀가 괜히 헛기침을 하며 말했다.

"그냥 너희 가게 쪽에 볼일이 있어서 나도 이쪽으로 가는 거야."

가비의 의문은 해소된 것 같았다. 그는 별다른 의심도 없이 그저

'그렇구나'하고 해맑게 대답하며 아까보다 약간 편하게 걷기 시작했다.

"그런데 너 그렇게 머리카락으로 눈을 가리고 있으면 앞이 잘 안 보이지 않아?"

"이, 익숙해져서 괜찮아."

리즈벳이 지나가듯 건넨 말에 지난번에 학교에서 물었을 때와 비슷한 대답이 돌아왔다.

어디서 무슨 묘기를 부릴 것도 아니고, 쓸데없이 이런 일에 익숙해져서 뭘 하려고 그러는 것인지 당최 알 수가 없었다. 뭐, 얼굴을 가리고 다니는 이유를 모르는 것도 아니지만.

그나저나 저 덥수룩한 머리칼 밑에 그런 얼굴이 숨어 있다니, 아직도 믿기지가 않는단 말이지.

"왜, 왜 그렇게 봐?"

리즈벳의 시선을 느낀 가비의 뺨이 급속도로 발그레해졌다. 사실 그의 얼굴은 아까 리즈벳을 처음 만난 순간부터 약간 불그스름했다. 그런데 지금은 그것보다 더 빨갛게 달아올라 있었다.

리즈벳은 참 알기 쉬운 녀석이라고 생각하며 애매한 표정을 지었다.

"새삼스럽게 네가 날 참 많이 좋아하는구나 싶어서."

리즈벳이 읊조린 소리에 가비의 얼굴이 이번에는 터질 것처럼 빨개졌다. 그 빛깔이 잘 익은 홍시 같아서 손가락으로 쿡 찌르면 터질 것 같았다.

"너, 평소에 날 엄청 자세히 관찰했더라? 그리고 너한테는, 내 장점이 그렇게 많아 보여?"

리즈벳은 종이에 적혀 있던 자그마치 89개나 되는 목록을 떠올리며 말했다.

가비는 설마 이런 식으로 그녀가 자신의 앞에서 그 종이에 적힌 내용에 대해 말할 줄은 몰랐던 모양이었다. 그가 한껏 당황한 티를 내면서 입을 열어 더듬거렸다.

"그, 그, 그건 별로 내가 엄청 자세히 관찰한 게 아니라, 그냥 보다 보면 자연스럽게 눈에 띄는……."

"그래서, 날 그 정도까지 좋아하는 건 아니라고?"

"아, 아, 아닌 건 아니지만……."

리즈벳이 생각하기에도 조금 못된 질문이다 싶었다.

가비는 그녀의 직설적인 말에 이러지도 저러지도 못하고 횡설수설했다.

예전 같으면 이런 모습을 답답하다고 생각했을 것이 분명했다. 하지만 어째서인지 지금은 이런 가비에게 짜증이 나지도, 귀찮다는 생각이 들지도 않았다.

"눈 좀 보여 줘 봐."

"뭐, 뭐?"

갑작스러운 요구에 가비가 당황했다. 그의 입에서 거절의 말이 나오지 않자 리즈벳은 손을 움직였다.

곧 가비의 긴 앞머리가 그녀의 손에 걸렸다.

그러자 누구나 깜짝 놀랄 정도로 예쁜 얼굴이 겉으로 드러났다.

유리알처럼 맑고 깨끗한 연푸른 눈동자도 마침내 그녀의 시야에 들어왔다.

당혹감을 품고 깜빡이는 그 동그란 눈이 마치 깊은 속까지 투명하게 비춰 내고 있는 것 같았다. 그의 얼굴은 여전히 발그스름했다.

"나쁘지 않네."

리즈벳은 혼잣말처럼 그렇게 툭 내뱉듯 중얼거린 뒤, 가비의 머리를 걷고 있던 손을 내렸다.

그 후 멈춰 있던 그녀의 걸음이 다시 자리에서 옮겨졌다. 가비는 지금 자신에게 무슨 일이 일어난 것인지 도통 모르겠다는 듯이 어벙한 얼굴을 하고 서 있었다.

"뭘 그렇게 꾸물거려? 빨리 안 와?"

앞서 걷던 리즈벳이 그런 가비를 뒤돌아보며 재촉했다. 잠깐 멍청한 얼굴을 하고 있던 가비가 퍼뜩 정신을 차린 듯, 그런 그녀를 향해 달려갔다.

하얀 뭉게구름이 뜬 하늘이 청명하게 푸르렀다.

아마 이 자리에 아리스가 있었다면, 리즈벳의 머리 위로 소담히 꽃잎을 펼치고 피어난 하얀 꽃 한 송이를 발견할 수 있었을 것이었다.

소리 없이 변화가 시작된 여름이었다.

외전 - 아리스와 다이젠의 하루

"왜 안 들어가?"

아리스는 등 뒤에서 들리는 목소리에 저도 모르게 흠칫했다.

그녀의 손은 문고리 위에서 한참 전부터 배회하던 중이었다. 그녀의 반듯한 미간도 무언가를 고뇌하듯이 찌푸려져 있었다.

그런데 예기치 못하게 익숙한 목소리가 고막을 파고들어서 아리스는 깜짝 놀랄 수밖에 없었다.

고개를 돌리자 그녀를 내려다보고 있는 다이젠의 얼굴이 시야에 들어왔다.

그는 약간 삐딱하게 고개를 기울인 채 아리스를 바라보고 있었다. 눈이 마주치는 순간 어쩔 수 없이 심장이 덜컹 내려앉았다.

"어, 아니……."

아리스는 당황해 저도 모르게 조금 말을 더듬었다.

지금 그녀가 서 있는 곳은 아나이스의 병실 앞이었다.

며칠 전, 다이젠이 아리스의 집에 다녀간 이후로 두 사람이 이렇게 얼굴을 마주하는 것은 오늘이 처음이었다. 그래서인지 다이젠의 얼굴을 마주하는 순간 머릿속이 새하얗게 변해서 아무 말도 생각나지 않았다.

평소라면 꽃에서 흘러나오는 향기로 다이젠이 가까이에 있는지 아닌지 알 수 있었을 터였다. 하지만 오늘 아리스의 눈에는 사람들의 머리 위에 있는 꽃이 보이지 않았다.

꽃은 어째서인지 며칠 전부터 눈에 보였다 안 보였다 하는 것을 반복하고 있었는데, 하필이면 오늘은 눈에 보이지 않는 날이었다.

그래서 다이젠이 이렇게 근접한 거리까지 다가올 동안 아무것도 알아차리지 못한 것이다.

물론 거기에는 아리스가 아까부터 문고리를 부여잡고 '문을 열까 말까' 맹렬히 고민하고 있었던 이유도 있었다.

아나이스의 병실에 혹시 다이젠이 있지 않을까 하는 생각에 문을 열기가 망설여졌기 때문이었다.

"안에 아나이스 없어?"

그런데 다이젠은 아주 담담한 태도로 아리스를 대했다. 그의 입에서 흘러나온 고요한 물음에 아리스는 엉겁결에 대답했다.

"아직 노크를 안 해 봐서 몰라."

그녀의 말에 또 다이젠이 잠깐 아리스를 말없이 내려다보았다. 아리스는 그 시선에 손끝을 움찔했다.

"아니. 궁금할 거야, 선배는."

며칠 전에 들었던 그 말이 다시금 귓가에서 속삭여지는 것 같았다.
"그, 음. 너 먼저 들어가."
아리스는 손을 들어 괜스레 간지러운 느낌이 드는 귀를 만지작거렸
다.
"지금 안 들어가?"
"잠깐 세면대 좀 들렀다 오려고."
스스로 생각하기에도 궁색한 변명이었지만 어쩔 수가 없었다. 지금
이렇게 태연히 다이젠을 마주하는 것만으로도 아리스에게는 대단한
일이었다.
"그래, 그럼."
다행스럽게도 다이젠은 다른 말 없이 그렇게 대답했다.
곧 그가 한 걸음 가까이 다가와서 아리스는 저도 모르게 뒷걸음질
치고 말았다. 그러나 다이젠은 그런 아리스의 옆으로 팔을 뻗어 문을
두드렸다.
똑똑.
"아나, 들어갈게."
"응, 들어와."
노크 소리 뒤로 아나이스의 음성이 귓가에 흘러들었다.
문을 열기 직전, 다이젠의 시선이 한 차례 아리스를 스쳐 지나갔다.
그 후 다이젠이 병실 안으로 몸을 들였다.
"뭐 하고 있었어?"
"그냥 책 보고 있었어. 빌리고 나서 알았는데 이거 두 권짜리인 거

있지? 앞 권이 없어서 뒤 권부터 보고 있는데 신기하게 내용 파악이 다 돼."

"그게 뭐야."

"이리 와서 얘기 좀 들어 봐. 이 소설 여자 주인공이 말이야, 가문의 몰락으로 남장을 하고 남자 주인공 집안에 하인으로 들어갔는데……."

안쪽에서 새어 나온 대화 소리가 문밖에 서 있는 아리스의 귀에까지 작게 울렸다.

아리스는 그 소리를 들으며 잠깐 얼굴을 문지르다가 이윽고 걸음을 옮겼다.

세면실에 다녀온다는 것도 변명이었을 뿐, 딱히 다른 곳에 볼일이 있던 것은 아니었다. 하지만 이왕 그렇게 말한 김에 마음이라도 좀 가다듬고 올 생각이었다.

"아리스, 아나 보러 왔니?"

"네."

그렇게 복도를 걷던 중에 안면이 있는 간호사와 마주치게 되었다. 그녀는 마침 잘 만났다는 듯이 아리스에게 무언가를 건네주었다.

"그럼 이것 좀 아나에게 전해 주지 않을래? 어제저녁에 책을 빌려 줬는데 글쎄 뒤 권을 먼저 준 거 있지."

아, 방금 전 문 앞에서 들었던 대화 속의 그 책인가?

"제가 가져다줄게요. 이리 주세요."

"고마워."

아리스는 간호사가 내민 책을 받아들었다. 그 후 간호사는 바쁜 일이 있는지 걸음을 서둘러 복도의 저편으로 사라졌다.

아리스는 책을 들고 잠시 고민하다가 그냥 아나이스와 다이젠이 있는 병실로 돌아가기로 했다. 책을 들고 세면대에 가기도 좀 그랬고 또 너무 오랫동안 병실을 피하는 것도 괜히 부자연스럽게 느껴질 것 같았기 때문이다.

그렇게 병실의 문을 열고 안으로 들어서자 아직도 함께 이야기 중인 다이젠과 아나이스의 모습이 눈에 들어왔다.

"아리스!"

아나이스가 여느 때처럼 반갑게 아리스를 맞아주었다. 뒤따라 다이젠이 그녀를 향해 고개를 돌렸다. 아리스는 그 시선을 느끼며 최대한 자연스럽게 문을 닫고 걸음을 옮겼다.

"아리스, 왜 이렇게 늦게 왔어?"

"미안. 아, 이 책 너한테 전해달라고 하던데."

"아, 앞 권이구나."

아리스에게서 책을 받아 든 아나이스가 마침 잘 왔다는 듯이 입을 열었다.

"있잖아, 아리스도 이 책 얘기 좀 같이 들어 볼래?"

"무슨 얘기인데?"

"오빠한테는 지금 막 설명해 주고 있었는데 이거 책 내용이 아주 웃겨."

"재미있는 얘기야?"

"재미있다면 재미있지. 언니도 들으면 헛웃음이 나올걸?"

아나이스의 재잘거리는 목소리를 방패 삼아 아리스는 다이젠과 떨어진 곳에 있는 의자에 가서 슬쩍 엉덩이를 붙이고 앉았다.

다행히 아나이스가 있어서 그런지 아까처럼 다이젠이 어색하게 느껴지지는 않았다. 아리스는 최대한 아나이스의 말에만 집중하며 평소보다 더욱 열렬히 반응해 주었다. 그러자 아무것도 모르는 아나이스는 아리스의 반응이 오빠보다 재미있다며 신나 했다.

"……."

그러다 어느 순간, 갑자기 병실 안이 조용해졌다.

왜, 그런 순간이 있지 않은가. 다 같이 왁자지껄하게 떠들다가 어느 순간 짜 맞추기라도 한 것처럼 일제히 말을 멈춰 엄숙한 침묵이 내려앉는 때.

지금이 바로 그때였다.

아나이스는 바로 그 순간 이상함을 감지한 듯했다. 잘은 몰라도 다이젠과 아리스 사이에 약간의 어색한 공기가 흐르고 있다는 사실을.

"음, 시금치 주스 먹을래?"

"그건 네가 먹어야 할 거잖아."

분위기를 환기시킬 겸 말했으나 다이젠이 곧바로 딴죽을 걸었다.

아나이스는 조금 억울해졌다. 자신은 그저 두 사람의 분위기가 뭔가 이상해서 도와주려고 한 말일 뿐인데! 물론 오늘 오전에 그녀의 어머니인 리리안이 와서 주고 간 특제 건강 주스가 먹기 싫은 것도 맞았지만.

"그럼 시금치 주스 먹을 테니까 사과 깎아 줘."

아나이스가 볼멘 어투로 다이젠에게 요구했다. 다이젠이 내가 왜 그래야 하냐는 듯이 한쪽 눈썹을 슬그머니 추켜올렸지만 아나이스는 아랑곳하지 않았다.

"아리스 언니, 그거 알아? 우리 오빠, 사과 엄청 잘 깎는다?"

그녀는 옆에 있던 아리스를 향해 슬슬 바람을 불어넣었다.

"사과로 토끼도 만들고 별거 다 해.. 지금 한번 해 보라고 해 봐."

"너 은근히 시켜 먹는다."

"저렇게 말해도 막상 해 달라고 하면 다 해 줘."

다이젠과 아나이스의 대화는 꼭 만담 같았다.

아리스는 외동딸이었기 때문에 이런 남매간의 대화가 흥미롭게 느껴졌다.

"진짜 그렇게 사과를 잘 깎아?"

아리스가 관심을 보이자 다이젠이 슬쩍 눈매를 찌푸렸다.

"아나가 괜히 하는 말이야."

"괜히 쑥스러워서 저래."

"쑥스럽긴 누가 쑥스러워한다고?"

"오빠가."

결국 승자는 아나이스였다.

잠시 후 다이젠은 '내가 지금 왜 이런 걸 해야 하는지 모르겠다.'는 얼굴로 손에 사과와 과도를 들고 있었다.

그 모습이 언뜻 안 어울리는 듯했지만 폼이 제법 그럴싸한 것을 보면 한두 번 해 본 일이 아닌 것 같았다. 다이젠은 두 여자의 시선이 불편하다는 듯, 약간 찌푸린 얼굴로 손을 움직이기 시작했다.

놀랍게도 아나이스의 말처럼 다이젠은 사과 깎기의 달인이었다. 금세 하얀 속살을 드러낸 사과를 보고 아리스는 약간 놀랐다. 서서히 벗겨져 나가는 붉은 껍질은 굵기도 일정하고 얇았다.

하긴, 가만히 생각해 보면 다이젠은 안 그렇게 생겨서 은근히 손재주가 있었다. 평소에 세심하게 화단을 가꾸던 것도 그렇고. 지금은 또 잔뜩 귀찮은 얼굴을 하고 있는 주제에 한두 번 해 본 것 같지 않은 능숙한 솜씨로 과일을 깎고 있지 않나.

"토끼도 만들어 줘."

"벌써 껍질 다 벗겼어. 그냥 먹어."

심지어 일정한 크기로 잘려서 접시 위에 놓인 사과의 모양까지 예뻐 아리스는 그만 큭 웃고 말았다.

"네가 우리 엄마보다 더 능숙한 것 같아."

"칭찬 아니지?"

"칭찬이야."

다이젠은 얼굴을 구기면서도 사과를 마저 다 자른 뒤 하던 일에서 손을 뗐다.

그래도 이 일로 웃고 떠드는 사이 어느덧 처음의 어색함이 사라졌다.

아나이스도 만족스러운 얼굴로 사과를 먹고 있었다. 자신의 의도대로 다이젠과 아리스의 분위기가 처음보다 많이 풀어져서 흐뭇한 것인지, 아니면 단순히 사과가 맛있어서 기분이 좋은 것인지, 그것도 아니면 오빠를 놀리는 데 성공해 만족스러운 것인지는 알 수가 없었지만.

"이거 다 먹고 산책 갈래?"

"나 검사받으러 가야 돼."

아나이스의 말에 아리스가 멈칫했다.

"오늘도 검사 있어?"

"응, 좀 당겨졌어. 어디가 특별히 안 좋거나 해서 그런 건 아니고, 그냥 원래 검사받는 날에 담당 선생님이 자리에 안 계실 거라 그래서."

다행히 몸 상태가 또 안 좋아졌다거나 한 것은 아닌 모양이었다. 아나이스가 걱정하지 말라는 듯이 아리스에게 말했다. 그 말을 듣고 아리스도 안심할 수 있었다.

"얘, 요즘 엄청 건강해. 걱정할 거 하나도 없어."

다이젠도 옆에서 거들었다. 아나이스는 오빠의 말에 맞장구를 치다가, 그가 초록색 음료가 든 병을 앞으로 내밀자 죽상을 지었다. 하지만 다이젠이 아나이스의 사정을 봐주지 않았기 때문에, 그녀는 결국 눈물을 삼키며 특제 건강 주스를 모조리 다 마셔야만 했다.

똑똑.

"아나이스, 들어가도 되겠니?"

잠시 후, 문밖에서 아나이스를 부르는 목소리가 들렸다. 목소리가 낯익은 것을 보니 병원 관계자인 것이 분명했다.

"들어오세요."

아나이스가 대답하자 역시 얼굴이 익숙한 간호사가 안으로 들어왔다.

"오빠랑 아리스도 와 있었구나."

"안녕하세요."

다이젠과 아리스는 예전부터 꽤 자주 아나이스의 병실을 찾았기 때문에 간호사와도 친한 편이었다. 그녀가 먼저 병실에 있던 그들을 아는 척하며 인사해 주어서, 두 사람도 마주 인사했다.

"아나이스는 지금부터 검사받으러 가야 하는데."

"벌써 시간이 그렇게 됐어요?"

"시간이 그렇게 오래 걸리지는 않을 거야. 오늘은 간단한 검사만 받으면 되니까."

그 말을 듣고 아나이스가 미적거리며 자리에서 일어났다. 한창 즐거운 시간을 방해받아서 아쉬운 모양이라, 아리스는 그녀가 올 때까지 집에 돌아가지 않고 기다리겠다고 말하며 아나이스를 배웅해 주었다.

"잘 다녀와, 아나."

그렇게 간호사와 아나이스가 병실을 빠져나간 뒤 그곳에는 다이젠과 아리스, 단둘만 남게 되었다.

째깍, 째깍.

병실 안에 울려 퍼지는 시계 초침 소리가 오늘따라 유독 크게 느껴졌다.

미소 띤 얼굴로 아나이스를 배웅해 줄 때까지만 해도 괜찮았던 것 같은데, 둘이 있게 되자 어쩐지 분위기가 또 급격히 어색해졌다.

"크흠. 이 책이 그렇게 재미있나?"

아리스는 갑갑한 공기를 견디지 못해 괜히 혼잣말을 하며 딴청을 피웠다.

침대 위에 있는 책은 아까 아나이스가 신이 나서 재잘거리던 바로 그 책이었다. 아리스는 아까 아나이스가 해 준 이야기에 엄청난 관심이 있는 것처럼 책을 집어 들고 살펴보았다.

그래도 역시 옆에 있는 다이젠이 의식되는 것은 어쩔 수 없었다. 자리라도 멀리 떨어져 앉고 싶었지만 그렇게 하면 괜히 더 부자연스럽고 어색해질 것 같아서 그냥 책으로 관심사를 돌리는 것만으로 만족하기로 했다.

다이젠은 아무런 말 없이 그런 아리스를 쳐다보고 있었다. 아리스는 옆얼굴에 와 닿는 시선을 느끼며 일부러 소리 내서 책장을 팔락팔락 넘겼다.

그러자 잠시 후 옆에서 어쩔 수 없다는 듯한 낮은 한숨 소리가 들렸다. 그 소리를 듣고 아리스는 한순간 몸을 움찔할 수밖에 없었다. 다음 순간 다이젠이 의자에서 몸을 일으켰기 때문에 더욱 그랬다.

"밖으로 나가자."

그는 그렇게 툭 지나가듯 말을 던지며 아리스를 내려다보았다. 아리스가 주춤거리며 반문했다.

"밖에는 왜?"

"그럼 나랑 둘이 여기 있고 싶어?"

그 순간 아리스는 꿀 먹은 벙어리가 되었다.

설마 다이젠의 입에서 이런 직설적인 말이 나올 줄은 몰랐기 때문이다.

물론 아까부터 아리스가 이토록 티 나게 그를 피하는 듯이 행동하는데, 다이젠이 그 사실을 모르리라고 생각하지는 않았다. 하지만 저런 노골적인 말이라니.

아니, 네가 그렇게 말하면 내가 뭐가 돼…….

그걸로 치면 너 혼자 나가면 되지 않느냐고 따지고 싶었지만 정작 아리스도 다이젠을 두고 도망가듯이 혼자 병실 밖으로 나갈 생각은 없었다. 게다가 아무리 이 자리가 어색하다 한들 다이젠을 내쫓고 싶은 것도, 또 그 정도로 불편한 것도 아니었다.

애초에 지금 아리스의 행동이 딱딱한 것도 지난번의 일 때문에 다소 어색해서 그런 것뿐이었으니까.

아리스는 손으로 잠깐 얼굴을 매만지다가 이윽고 다시 침대 위에 책을 내려놓고 자리에서 일어났다.

그러나 예상했듯 그들의 분위기는 병실 밖으로 나오고 나서도 여전했다.

그들은 약간 데면데면한 상태로 한 뼘 정도 거리를 두고 복도를 걸었다.

그도 그럴 것이, 본질적인 마음의 문제가 아직 해결되지 않았는데 장소만 바꾸었다고 해서 모든 것이 순식간에 괜찮아질 리가 없었다. 물론 그나마 밀폐된 장소에 있는 것보다는 바깥에 있는 쪽이 마음의 안정에 좀 더 도움이 되는 것은 사실이었지만.

그런데 정작 다이젠은 태연한 얼굴을 하고 있는 걸 보니 이렇게 상대방을 의식하는 건 자신뿐인가 싶어졌다.

아리스는 힐끔 옆에 있는 다이젠의 얼굴을 올려다보았다.

"어느 쪽으로 갈래?"

산책로에 다다라 다이젠이 아리스를 내려다보며 물었다. 그의 얼굴은 여전히 담담했다.

아리스의 눈썹이 슬그머니 치켜 올라갔다.

"저쪽."

아리스는 그렇게 말한 뒤 다이젠에게 손을 뻗었다.

맞닿은 다이젠의 손이 한순간 움찔했지만 그녀는 아랑곳하지 않고 손아귀에 힘을 주었다. 여전히 혼자서 다이젠을 의식하고 있다는 사실을 그에게 재차 상기시켜 주고 싶지 않았다.

음, 그런데 괜한 오기였나……. 역시 뭔가 좀 어색하다.

아리스는 슬그머니 다시 손을 뺄까 생각하다가 왜인지 그게 더 이상한 것 같아서 잠시 갈팡질팡했다.

"그럼 저쪽으로 가자."

그런데 그런 아리스의 고뇌를 알아차린 것처럼 다음 순간 다이젠이 아리스의 손을 꽉 붙잡고 먼저 앞장섰다.

아리스는 색색의 꽃들이 피어 있는 산책로를 걸으며 맞잡은 손을 내려다보았다.

그리고 공연한 경쟁심이 들어 다이젠의 손을 좀 더 힘줘서 꽉 그러쥐었다.

그러자 다이젠이 뭘 하냐는 듯이 그녀를 내려다보았다.

"내가 더 힘세."

아리스의 말에 그가 실소했다. 하지만 결국은 다이젠이 마음대로 하라는 듯이 아리스에게 얌전히 손을 맡겼기 때문에, 그녀는 조금 만족스러워졌다.

약간의 마음의 여유가 생기자 주변의 풍경도 조금씩 눈에 들어오기 시작했다. 물론 병동 내에 있는 이 산책로는 한두 번 와 보는 것이 아니었다. 하지만 그래도 오늘은 날씨가 무척 화창해서 그런지 산책로 주변의 식물들도 평소보다 파릇파릇하고 생생하게 보였다.

"이번 주말에 다른 약속 있어?"

그러다 문득 다이젠이 아리스에게 물었다. 그의 말처럼 밖으로 나온 것이 잘한 선택이었는지, 두 사람의 분위기는 아까보다 많이 풀어져 있었다.

"아니, 왜?"

"그럼 나랑 만나."

그 순간 아리스는 지난번 집에서 다이젠과 나누었던 대화를 떠올렸다. 그리고 보니 아나이스를 데리고 갈 여행지를 고르다가 미리 사전 답사를 가 보자는 식으로 이야기가 진행되었지.

"아, 아나랑 같이 놀러 갈 데 미리 가 보려고?"

"아니, 그냥 데이트 신청인데."

그런데 다이젠은 그런 아리스의 생각을 단번에 부정했다. 지난번 아리스의 집에서 보았던 책자에서 다르게 표시되어 있던 페이지 속의 장소가 그의 머리에 남아 있었다.

"아나이스랑 상관없이 어디든 둘이 놀러 가고 싶어서."

덧붙여진 다이젠의 말에 아리스는 잠시 동안 말이 없었다.

그녀는 조금 전 들은 말이 약간 뜻밖이라 한순간 뭐라고 대답해야 할지 알 수가 없었다.

아니, 사실은 그렇게 뜻밖이라 할 것도 없는 일이기는 했다. 두 사람은 사귀고 있는 사이였으니까. 그저 지금 다이젠이 그런 말을 할 줄은 몰랐기 때문에 조금 당황한 것뿐이다.

그럴 이유가 없는데 어쩐지 약간 뺨이 뜨거웠다. 하지만 아리스는 다이젠의 말에 언제 동요했냐는 듯이 아무렇지도 않은 척 물었다.

"어디 갈 건데?"

"좋은 데."

하지만 다이젠은 그냥 장난스럽게 넘길 뿐, 대답해 주지 않았다.

두 사람은 산책로의 건너편에서 오는 다른 사람들을 피해 길의 한쪽으로 비켜섰다. 그러는 바람에 아까보다 다이젠과 아리스의 거리가 좀 더 가까워졌다.

맞은편에서 오던 사람들과 스쳐 지나간 뒤, 이번에는 다이젠이 깍지를 껴서 아리스의 손을 좀 더 밀착해 잡았다.

아리스는 조금 쑥스러워져서 공연히 다이젠을 힐난했다.

"손잡아도 된다고 안 했는데?"

"먼저 잡은 건 아리스 선배잖아."

그 순간 아리스는 윽, 신음하고 말았다.

다이젠의 말이 맞았다. 조금 전에 산책로에 들어설 때 먼저 그의 손을 잡은 건 아리스였다.

"그리고 싫어하는 것 같지 않아서."

덧붙여진 다이젠의 알미운 발언에 아리스의 미간이 꿈틀거렸다.

"뭐, 착각이거든?"

"그럼 싫어?"

그의 머리 위에서 예쁘게 피어나 있던 꽃보다도 더 붉은 눈동자가 아리스를 물끄러미 응시했다. 대답을 요구하는 그의 얼굴 위로 눈부신 햇살이 한 움큼 고여 있었다.

문득, 며칠 전에 있었던 일이 또 한 번 머릿속에 스쳐 지나갔다. 그때 보았던 다이젠의 눈빛도, 그리고 그때 귓가에 속삭여졌던 다이젠의 목소리도 다시금 기억 속에 떠올랐다.

"아니. 궁금할 거야, 선배는."

그때도, 지금도 아리스는 어째서인지 옴짝달싹 못 한 채 눈앞에 있는 얼굴을 숨을 죽이고 올려다볼 수밖에 없었다. 마치 설탕 속에 절여진 과일이나 꿀통에 빠진 벌이 된 것 같은 기분이었다.

지금 이 순간, 그녀는 왜 얼마 전 자신이 다이젠의 행동을 버젓이 뜬 눈으로 지켜보면서도 그를 거부하지 못했는지 조금 알 것 같았다.

"너……. 나한테 미인계 쓰지 마."

아리스는 슬쩍 고개를 돌리며 딱 붙어 있던 입술을 가까스로 벌렸다.

아무래도 다이젠의 얼굴을 가까이에서 볼 때마다 숨이 턱턱 막히고 가슴이 심부전증이라도 걸린 것처럼 두근두근 뛰고 또 뺨이 뜨끈한 느낌이 드는 것이, 그의 요망한 술수에 보기 좋게 넘어간 것 같았다. 그렇지 않고서야 언제 어디에서나 이성적이고 침착한 자신이 이렇게 말도 안 되는 증상을 겪을 리가 없었다.

다이젠은 그녀의 말이 의외인 것처럼 슬쩍 눈매를 찡그렸다. 설마 하니 아리스의 입에서 그런 말을 들을 줄은 몰랐던 눈치였다.

하지만 곧 그는 아주 재미있는 농담을 들은 것처럼 픽 웃으며 입을 열었다.

"요컨대, 내 미인계가 선배한테 통한다는 거네."

아리스는 아니라고 부정하고 싶었지만 이미 지금 그녀가 보이고 있는 반응이 모든 것을 말해 주고 있었다. 머리카락 사이로 드러난 그녀의 귀가 약간 발그스름했다.

아리스는 조금 억울한 마음이 들었다. 지금 다이젠의 머리 위에 있는 꽃이 보였다면 그의 속마음이 어떤지 속속들이 알 수 있었을 텐데. 지금은 이렇게 겉으로 감정이 드러나 보이는 것이 어쩐지 자신뿐인 것 같아서 조금 심통이 났다. 다이젠이 그녀를 보고 웃고 있는 것을 낯이 간지러워서 더 그랬다.

아리스는 시끄러우니까 이제 그만 말하고 잠자코 따라오라는 듯이 다이젠의 손을 세게 잡아끌었다. 물론 다이젠에게는 가려운 수준밖에 되지 않았지만 그래도 그는 그냥 아리스가 원하는 대로 얌전히 끌려가 주었다.

"그래서 주말에는 어디 갈 건지 진짜 말 안 해 줄 거야?"

"한번 맞혀 봐."

뭉게구름이 떠 있는 하늘은 화창하고 주위의 신록은 푸르렀다. 화사한 꽃들이 둘러싸고 있는 산책로에 두 사람의 목소리가 잔잔히 울려 퍼졌다.

여느 때와 같은 평범하고 평화로운 일상이었다.

아마도 언제까지나 지속될.